生死河

蔡骏 著

江苏凤凰文艺出版社
JIANGSU PHOENIX LITERATURE AND ART PUBLISHING

图书在版编目（CIP）数据

生死河 / 蔡骏著. -- 南京 : 江苏凤凰文艺出版社,
2025. 5. -- ISBN 978-7-5594-9454-2
Ⅰ. I247.5
中国国家版本馆CIP数据核字第2025XR4879号

生死河

蔡骏 著

出 版 人	张在健
策　　划	孙　茜
统　　筹	唐　婧
责任编辑	万馥蕾
装帧设计	王柿原
责任印制	杨　丹
出版发行	江苏凤凰文艺出版社
	南京市中央路165号，邮编：210009
网　　址	http://www.jswenyi.com
印　　刷	苏州市越洋印刷有限公司
开　　本	880毫米×1230毫米　1/32
印　　张	12.75
字　　数	350千字
版　　次	2025年5月第1版
印　　次	2025年5月第1次印刷
书　　号	ISBN 978-7-5594-9454-2
定　　价	68.00元

江苏凤凰文艺版图书凡印刷、装订错误，可向出版社调换，联系电话025-83280257

目 录

第一部 ——— 001

黄泉路

词典里说死亡是相对于生命体存在的一种生命现象,即维持一个生物存活的所有生物学功能的永久终止。导致死亡的原因有:衰老、被捕食、营养不良、疾病、自杀、被杀以及意外事故,或者受伤。所有已知的生物都不可避免要经历死亡。

人死以后的物质遗骸,通常被称为尸体。

第二部 ——— 041

忘川水

1995年6月19日,深夜10点,当谷秋莎与爸爸一起在苍山洱海间欣赏月光,申明正在电闪雷鸣中的地下死去。

谁杀了申明?

九年来,这个问题始终萦绕在心底,即便早就嫁作他人之妇,却终究无法忘记。

忽然,谷秋莎很想再见到那个叫司望的男孩。

第三部 ——————————————————— 125

奈何桥

"人类是有灵魂的,灵魂与呼吸之间,有种若即若离的关系。"比如,当我们睡觉时,灵魂与肉体短暂分开,死亡则是永久的别离。动物或者植物,同样也存在灵魂。灵魂,可以从一个生命转移到另一个生命。

第四部 ——————————————————— 211

孟婆汤

夜色苍茫,南明路早已不复往昔。司望一句话都没说,连天飞雪不断地扑上眼睛,渐渐地模糊了视线,幸好还有路灯亮着,把两个人的影子投在白色雪地上。

经过通往魔女区的小径,夹在两个建造中的楼盘之间,蜿蜒曲折到废弃厂房的角落。欧阳小枝停下脚步,几乎能望见残留的烟囱。忽然,再也无法向内走哪怕一步。

第五部 未亡人

申敏十八岁了,像春天的油菜花田般惹人怜爱。天空飘着小雨,爸爸带她刚给妈妈扫完墓,捧着纸钱与鲜花,来到郊外另一座公墓,这里埋葬着她从未谋面的哥哥。

令人意外的是,墓碑前蹲着一个男人,正在烧着纸钱与锡箔,雨水与火焰化作烟雾缭绕左右。

后记

如果　我死了
请悄悄地将我忘了
寂寞的时候
就在我喜欢的油菜花田中为我哭泣吧

如果　有无法入眠的夜晚
在黑暗的海边
请从窗户轻轻地呼喊我吧
让我的名字　乘风而去

如果　被雨敲打的
杏花散落一地的话
离乡背井的我
将竖起衣领　漫步在雨中

如果　点燃火柴的话
哀伤便会涌现
这样爱哭的我的脆弱的泪水
思念　究竟是什么

——森田童子《如果我死了》

第一部

黄泉路

我所能看见的妇女
水中的妇女
请在麦地之中
清理好我的骨头
如一束芦花的骨头
把它装在琴箱里带回

我所能看见的
洁净的妇女,河流
上的妇女
请把手伸到麦地之中

当我没有希望
坐在一束麦子上回家
请整理好我那凌乱的骨头
放入那暗红色的小木柜。带回它
像带回你们富裕的嫁妆

——海子《莫扎特在〈安魂曲〉中说》

第一章

1995年6月19日,我死了。

词典里说死亡是相对于生命体存在的一种生命现象,即维持一个生物存活的所有生物学功能的永久终止。导致死亡的原因有:衰老、被捕食、营养不良、疾病、自杀、被杀以及意外事故,或者受伤。所有已知的生物都不可避免要经历死亡。

人死以后的物质遗骸,通常被称为尸体。

科学家说每个人在死亡瞬间,都可能有濒死体验,比如穿越一条散发着白光的隧道,感觉灵魂飘浮于天花板,俯瞰躺在床上自己的尸体,或者看到这辈子死去的亲人,以及生命中所有的细节一一回放。

乃至见到基督、佛祖、大仙、哆啦Ａ梦……

至于——死后的世界是什么?

电冰箱的冷藏室般冰冷?微波炉的高火挡般炽热?还是星球大战里的外星般荒漠?抑或阿凡提口中的天国花园?

当我还住在地下室,向老爷爷要过一套白话本的《聊斋志异》,我对那些故事深信不疑——死后可转世投胎重新做人,大奸大恶之徒则要在十八层地狱中遭受各种酷刑,悲惨的冤魂不散就只能沦落为聂小倩了……上中学以后,政治课上学了马克思的辩证唯物主义,才让我确信所谓的转世轮回,全属鬼扯淡的无稽之谈。

我们死后,就什么都没有了——真的是这样吗?

十六岁,有次在操场上疯玩,一块玻璃从天而降,在我跟前砸得粉碎,几片碎玻璃扎进腿里。如果再快一秒钟,或者玻璃偏几厘米,就会在我脑袋上敲个大洞，要么当场一命呜呼，要么变成植物人。虽然只是轻微外伤，我却莫名其妙地上吐下泻，躺在医院里大病一场，每夜被各种噩梦惊醒，不是遭人用刀割断喉咙，就是过马路时被卡车撞飞，或是从楼顶失足坠落……

我是多么惧怕死亡啊，你也是。

1995 年 6 月 19 日，星期一，深夜 10 点。

我死于谋杀。

第二章

我相信，死亡是有预兆的。

被杀害前的两个星期，死亡如同熟透了的红苹果，接二连三扑到牛顿面前……

1995 年 6 月 5 日，星期一，清晨 6 点，我被窗外的尖叫声惊醒。

以为那是噩梦里的声音，好几年没再来过了，挣扎着要爬起来，但无能为力，仿佛有人重重压在身上——许多人都有过类似经验，据说这就是"鬼压床"。

他又来了。我看到一张脸，暗黑中模糊的脸，安在强壮男人的躯干上。像小时候那样，我想尖叫，却发不出声音，似乎被掐紧脖子。

窗外又传来第二声、第三声、第 N 声尖叫，从凄厉的女声变成粗野的男声……

这些撕心裂肺的叫声救了我的命。

晨光熹微，噩梦中的那团脸消失，只剩下床头贴着的海报，马拉多纳正捧起大力神杯，他是我少年时代唯一的偶像。

这是寄宿制南明高级中学，从四楼窗户向外眺望，学校图书馆的屋顶上，躺着一个白衣女生。

虽有百米之遥，但我一眼就认了出来——柳曼，身体扭曲得不成样子，一动不动地僵硬在屋顶上，黑色长发如瀑布般铺在红色瓦楞间，我想起看过无数遍的《红与黑》。

她死了。

柳曼是高三（2）班的学生，而我是她的语文老师兼班主任。

我叫申明——申明的申，申明的明。

三年前，我刚从中文系本科毕业，被分配到南明高级中学做老师，这是我最熟悉的学校。

我只穿起一条长裤，披上衬衫冲出寝室。整栋楼响彻男生们的喧哗，他们大多第一次看到同学死于非命。我连滚带爬地摔倒在楼梯拐角，又疯狂地爬起来，没感到额头正在流血。

学校大操场颇为宽广，中间是片标准足球场，外面有圈田径跑道，再往后是一大片开满鲜艳花朵的夹竹桃林，反正在这荒郊野外有的是空地。

十年前，就在这片跑道上，我获得过校运动会的男子百米冠军。

我裸露着胸膛，撒开双腿全力冲刺，时间一下子停滞，仿佛在我与图书馆之间，隔着一条深不见底的河流。背后就是女生宿舍，尖叫与哭喊声此起彼伏，少女们都趴在窗口，焦点却已从屋顶的女尸，转移到我飞速穿过操场的背影上。

1分20秒，从寝室到图书馆。

南明高中的校舍比较新，唯独图书馆的两层小楼例外——不知多少年前就在这儿了，还有中国传统的歇山顶，屋脊上开了个小阁楼，谁都没上去过。这扇神秘的阁楼窗户，半夜偶尔会亮起微弱灯光，成为学校一大灵异传说胜地。

来到充满纸页与油墨味的二楼，整栋图书馆都空无一人，除了屋顶上的死人。

再爬一层楼梯，小阁楼的木门从外面用插销锁上了。我拔下插销推开门，迎面是一间幽暗屋子，窄窗射来刺眼的亮光，堆满各种老书，灰尘呛得人咳嗽，伴着一股奇怪的味道。

窗户是敞开的。

风吹乱了头发，我毫不犹豫地翻出窗户——图书馆楼顶，瓦片与几蓬青草在脚下，横卧白衣黑发的少女。

跌跌撞撞摸过去，脚底一滑几乎摔倒，远远听到女生宿舍一片惊呼，有块瓦片应声坠落，在楼下粉身碎骨。

我看清了柳曼的脸，南明高级中学最漂亮的女生，也是流言蜚语最多的女生，其中最为不堪入耳的八卦——与我有关。

从她僵硬扭曲的表情可以看出，她死得非常痛苦，双眼瞪大了面对天空，最终时刻看的是月亮还是流星？

抑或凶手的脸？

为何我认定这是一场谋杀？

不过，她死去的姿态很漂亮。

像一朵被摘下来的玫瑰，正以独特的姿态渐渐枯萎。

我惧怕死亡，但不惧怕死人，小心翼翼俯下身，触向柳曼的脖子。女生宿舍的尖叫声越发惶恐凄惨，不知我在她们心中的形象，是变得更男人还是更可怕？

摸到了——只有死人的皮肤，才会如此冰凉，还有一种特有的僵硬。

尽管有充足的心理准备，我还是滑倒在瓦片上，蹬着脚仰天挪后几寸，指尖触电一般，仿佛再过片刻就要腐烂。

我已代替医生开出了柳曼的死亡通知单。

忽然，眼角有两滴眼泪滑滑落，这是作为一名高中老师，尤其是死去女生的班主任老师，最为合情合理的泪水。

我与柳曼并排躺在图书馆的屋顶上，就像两具尸体。我看不到星星与月亮，只有清晨阴暗的天空，似乎飘浮着死者的灵魂。透过大操场上浑浊阴惨的空气，女生寝室的某个窗口，她正藏在一堆女生的缝隙间，异常冷静地望着我。

第三章

"这是一场谋杀。"

说话的男人三十出头，穿着深色警服，面色黝黑冷峻，自始至终没有表情，声音异常沉闷。

"有……有没有凶手的线索？"

该死！怎么一下子结巴了？手指下意识地摩擦衣角，二楼的教师办公室只有我们两人。外面走廊不时有学生经过，挤在窗前看热闹，全被教导主任轰走了。

六小时前，学校图书馆的屋顶上，我确认高三（2）班的女生柳曼死了，我是她的班主任兼语文老师。

"我叫黄海，是负责本案的警官。"

"没想到我带的毕业班会发生这种事，再过一个月就要高考了，这下真是……我和校长刚接待了柳曼的爸爸，虽然不断道歉，我还是被打了一记耳光，但我不会记恨的。"

我摸着通红的脸颊，想把目光拉向地面，黄海警官的双眼却如磁铁，令人无处藏身。

"申老师，有人反映——昨天晚自习后，你和柳曼两个人，单独在教室里聊天，有这回事吗？"

他的语速缓慢有力，像数百吨重的打桩机，将我碾得粉身碎骨。

"是。"

"为什么不早点说?"

"我——"

果然,我成了杀人嫌疑对象。

"别紧张,把情况说明就可以。"

"昨晚,我正好路过那间教室,是柳曼把我拖住说话的。她问我语文模拟考卷里的难题,比如曹操的《短歌行》'青青子衿,悠悠我心'这两句的典故出处。"

这是警方的审讯吗?我出丑到了极点,双腿夹紧,居然有要小便的冲动。

"哦,就这些吗?"

"都是文言文方面的,她问柳永《雨霖铃》'都门帐饮无绪,留恋处,兰舟催发'的兰舟与李清照笔下的'轻解罗裳,独上兰舟'是不是同一种船?"

"还有吗?"

黄海警官冷静地等待补充,这可怕的耐心,让我想起柳曼死亡的姿态:"还有白居易的《琵琶行》,'钿头云篦击节碎,血色罗裙翻酒污'这句中的'钿头云篦'具体何解?好像就这三个问题,我解答后就离开了。"

其实,我脑中浮现的是"血色罗裙翻酒污"。

"申老师,你对柳曼的印象是怎么样的?"

"这个学生性格有些怪异,喜欢到处打听事情,学校里几乎没有她不知道的秘密,因此也有些同学讨厌她。像她这么漂亮的女生,自然能引起男生的兴趣,不过至今还没有早恋的迹象。她的胆量比许多男生都大,恐怕也只有她敢半夜一个人跑到图书馆的小阁楼。"

"你怎么知道她是半夜一个人过去的?"

"哦?还有凶手呢!"虽然我没有杀人,可在警察耳中,我的每句话里都有破绽,"你的意思是——除了凶手与被害人,现场可能还有第三个人?"

黄海警官平静地摇头:"我不是来跟你推理案情的。"

"柳曼看起来开朗活泼,实际是个内心孤僻的孩子。大概是单亲家庭,跟着爸爸长大,缺乏母爱的缘故。她的成绩不好,读书易分心,在外面社会关系复杂。我们南明高中是全市的重点寄宿制学校,给不少名牌大学输送过尖子生,但柳曼能不能考上大学都是个问号,我作为她的班主任很头疼,经常在晚上帮她补课。"

"非常抱歉,我想问的是——"

"我知道你要问什么,"我一拳重重砸在玻璃台板上,"可恶!最近两个星期,学校里流传着无耻的谣言,竟说我跟柳曼之间存在某种暧昧关系,这是对我的人格与师德的最大侮辱,无中生有的血口喷人!"

"申老师,关于这件事,我与校长以及几位老师都聊过了,这个谣言没有任何证据,只在学生中间流传,我相信你是清白的。"黄海警官忍不住点起一根香烟,猛抽两口,"对了,听说你就是这个学校毕业的?"

"是,我的高中三年就在此度过,对这里的一草一木都太熟悉了,没想到从北大中文系毕业后,我被分配回了母校任教,成为一个光荣的人民教师,我觉得非常幸运。"

说到这种恶心的官话套话,我可是出口成章,无须经过大脑思考。

"一草一木?"黄海皱起眉头。

我摸不着头脑:"有什么不对吗?"

"没有,申老师,您才二十五岁,觉悟就那么高,真让人敬佩啊。"他的脸上满是蓝色的烟雾,让人看不清眼睛,"听说您很快就要离开南明高中了?"

"真舍不得啊!我才当了三年高中老师,这是我带的第一届也是最后一届毕业班,等到高考结束后的七月,我就会上调到市教育局团委。"

"那么恭喜您了。"

"我还是喜欢当老师,大概很难适应机关办公室的工作吧。"

他毫无表情地点头,迅速掐灭吸到一半的烟头:"我先走了!这几天你不会出远门吧?"

"是,我一直住在学校的宿舍,下个月就要高考了,哪能离开学生们呢?"

"随时保持联系,再见!"

黄海警官风一般走出房间,我看到窗外走廊里教导主任的脸,他却避开我的目光,跟在警察身后离开了。

我对警察说谎了。

柳曼虽然喜欢朦胧诗,却对古典诗词知之甚少,怎会问出"钿头云篦击节碎"?

昨晚,她在自习教室对我说:"申老师,我已经知道了她的秘密。"

难道与死亡诗社有关?

我的心头狂跳,想要快点逃出去,免得被人看到徒增麻烦,这女生已够让我倒霉了,真希望她今晚就从世上消失。

五分钟后,她说出了大部分死人才知道的事,我想用"女巫"两个字来形容并不为过。

"跟你有什么关系?"

头顶的日光灯管不停摇晃,将两个人影投在地上,即便教室里一丝风都没有。

她靠在黑板上说:"就在这所学校里,我知道所有人的秘密。"

这才是昨晚真实的对话。

但是,我没杀人。

1995年6月5日,中午12点。所有人都去食堂了,唯独我孤零零地坐在办公室,早上刚触摸过尸体,怎有胃口吃得下饭?

下午,我上了一节语文课,批改前几天收上来的测试卷子。教室中间空了个座位,不知谁放了一朵夹竹桃花在课桌上。学生们不时抬头盯着我,交头接耳。我的语气虚弱,始终不敢提到柳曼,仿佛今天死去的女生从没来过我们班上。

最后一节课,匆忙低头走出教室,走廊里挤满围观的人,就像我的脸上贴着"杀人犯"三个字。

多功能楼底下,我们班的几个男生正凑着说话,看到我立即散开。只有马力留了下来,他是班里功课最好,也是我最喜欢的学生。

"你们在说柳曼?"

"申老师,您不知道吗?"

马力的个子修长,长得像吴奇隆,却留着郭富城的发型,整天一脸忧郁的样子。

"什么?"

"柳曼是被人毒死的!"

"我猜也是嘛,早上我检查她的尸体时,没发现有什么外伤。"

"学校里都传遍了,上午警察在现场勘察,认定柳曼是通过图书馆的阁楼窗户,才爬到屋顶上去的。阁楼房门被人从外面锁上,受害者在里面打不开,中毒后也无法逃出。地板上发现了一些液体残迹,警方收集证据走后,我们的化学老师私自进去做了化验,你知道他是个大嘴巴。"

"告诉我化验结果。"

"在水迹中发现大量夹竹桃苷的成分。"

"夹竹桃苷?"

其实,我全明白了,却在马力的面前装糊涂。

"化学老师在上课时说过,夹竹桃苷可从夹竹桃中提取,生物体内如果有 0.5 毫克纯的夹竹桃苷足以致命!因此,他叫我们不要靠近那些夹竹桃。"

学校操场两侧长满了夹竹桃,每年期末考试,都会开得鲜红灿烂,而红色夹竹桃正是毒性最烈的一种。

"不要随便乱传这些话,警方验尸报告出来前,谁都不晓得柳曼的真实死因是什么!"我拍了拍马力的肩膀,贴着他的耳朵说,"人言可畏!你明白我的意思。"

"老师,我想柳曼不会无缘无故去闹鬼的图书馆小阁楼,一定是有人把她约到那里去的,你说约她去的那个人是谁呢?"

他瞪着一双清澈到让人心悸的眼睛,我后退两步:"连你也不相信我了?"

"对不起,可是同学们都在说……"

"住嘴!"

我飞快地从马力面前跑开,看着郁郁葱葱的夹竹桃,绿色枝叶间无数火红的花朵,让人有种莫名的恶心。

忽然,我明白了黄海警官为何要重复一遍我所说的"一草一木"。

第四章

1995年6月5日,黑夜。

男生宿舍楼的四层,走廊最深处的19号寝室,隔壁是堆满杂物的储藏室。未婚妻谷秋莎只来过两次,说我住的地方连狗窝都不如,发誓要让我有一个最宽敞舒适的家。

一个月后,我和她就要结婚了。

婚礼时间定在高考结束后,也是我调离南明高中,正式到市教育局上班之前。而我俩领取结婚证的时间,已定在两周后的6月19日。

我刚跟未婚妻通了一个电话,还不敢告诉她今天的事,只说我可能遇到了一些麻烦,但很快就会过去的。

手表走到了十点钟，这是谷秋莎的爸爸送给我的，还是在香港买的瑞士名表，一度引起教师办公室的轰动。我本来都舍不得拿出来，生怕把光亮的表面磨损了，还是秋莎强迫我必须每天都要戴。

坐在写字台跟前，我来不及摘下手表，痴痴看着表面的玻璃，映出自己疲惫不堪的脸。自从大学毕业回母校做语文老师，我已单独在此住了三年。虽然墙面有些脱落，天花板开裂发霉，只有一张摇摇欲坠的单人床，以及来自旧货市场常飘雪花的彩电——但我仍留恋这间屋子，因为高中三年，也是在这间寝室里度过的。

那时屋里有三张床，各有上下铺住了六个男生。1988年，寝室里有一人上吊自杀，当我们在晨曦中醒来，看到一具尸体悬挂在电风扇底下……我不幸睡在上铺，死人僵硬的身体晃在眼前，露出肚脐眼与我的双目平行，仿佛一只眼睛在对我说话。

学校调查不了了之，只说他无法承受高考压力，担心落榜而走上绝路。这结果让我们几个室友都难以接受，连续做了几周的噩梦。等到我们这届毕业，再没人敢踏入这间寝室，连同隔壁好几间屋子，不断传出闹鬼的说法，便全部被学校废弃了。

四年后，我作为新晋教师归来，也是南明高中唯一自北大毕业的老师。但我没有房子，学校也无法解决住房问题，只能将这间凶屋辟作我的单身宿舍。

不过，下个月我就要搬家了，告别这间度过了六年的屋子。

新房是教育局分配的公寓，也算开了个特例，毕竟我踏上教师讲台仅仅三年——而许多教书一辈子都快退休的老人，三代人挤在狭窄漏水的破烂老屋，都没机会分得这样一套住房。两个月前，我刚拿到新房钥匙，市中心的二室一厅，教育系统能分配的最好条件，楼上住的就是市教委领导。未婚妻家里人帮我们张罗着装修，昨天刚运进新买的进口家具与电器，其花费早就超过我一年工资。

我明白，不知有多少人羡慕我，嫉妒我，恨我。

虽然睡不着，我还是早早关灯躺到床上，没过片刻就听到敲门声。忐忑不安地打开房门,却看到中午那位警官,他的目光越过我的肩头,扫视屋里各个细节。

"晚上好,申老师,我能否检查您的房间?"

警官出示了一张搜查证,后面是学校的教导主任严厉,正以怜悯的目光盯着我。

"你们……你们在怀疑我?"

教导主任是个中年男人,有一副诚恳的表情:"申老师,你上课可是出了名的口齿流利,今晚怎么也——"

我几乎要抽自己耳光,死死拦在门前:"严老师,是你?"

"你不让我进来吗?"

黄海警官的嗓音更为沉闷。

"不,请随便看!我没有做过亏心事,怎么会害怕搜查呢?"我把警察让进屋子,指着写字台上挂着的一串珠链说,"小心别打坏了这个东西。"

虽然,他们没有驱赶我离开,但我一脸羞耻地走出寝室,有个警察形影不离地跟着我,我还会逃跑吗?

我走到冷冷的月光下,回头看到男生们拥出寝室,大概已认定我是杀人犯,警察正在将我逮捕押送?

等待搜查的几分钟,难熬得要让人死掉。我转向另一边的女生宿舍楼,窗边同样挤满少女们的脸,唯独没有看到她。

黄海警官下楼了,透明袋里装着一个塑料瓶。黑夜中看不清他的脸,但他没再跟我说一句话。两个警察从左右夹住我,将我带到学校大门口,一辆闪灯的警车正在等候。

"警官,请锁好我的房门,里头有我重要的东西。"

这是我被逮捕时所说的唯一的话。

当我被塞入警车的瞬间,南明路边站着个男人,路灯照着他白得有些吓人的脸。

他叫张鸣松。

第五章

在公安局度过的第一个不眠之夜。

我请求给未婚妻打个电话,但不被允许。黄海警官答应我会通知她的,他也知道谷秋莎的爸爸是谁。然而,直到天明,一点消息都没有。拘留室内没有镜子,我看不到自己的脸,恐怕已熬出了黑眼圈。吃不下任何东西,胃里难受得要命,盒饭早餐仍放在地上。

1995年6月6日,上午,第一次审问。

"从我的宿舍里发现了什么?"

警官还没说话,我抢先问了一句,黄海沉闷地回答:"那个塑料瓶子,在你的衣橱顶上发现的。虽然瓶子是空的,但残留有夹竹桃汁液的提炼物,经检验就是在最近几天。"

"你是说我提炼了夹竹桃的毒液,在前天晚上毒死了柳曼?"

"现在,你是最大的嫌疑人,但并不等于你就是凶手。"

不用再解释了,所有人都把我当作了杀人犯——认定我与柳曼有不道德关系,而我即将结婚走上仕途,她成了最大的绊脚石,说不定毕业后,还会不断来骚扰纠缠。我住在学校宿舍,有天然的作案条件,何况校园里到处是夹竹桃,半夜出去弄点汁液如探囊取物。图书馆小阁楼这种地方,夜里谁都不敢上去,也只有我才可能把柳曼骗上来……

"我没杀人!"

指天发誓,有用吗?我真蠢啊。

"我详细调查了你读大学时的记录,你居然选修过毒理学,对于中文系的学生而言,不是很奇怪吗?"

"那你查过我的母亲是怎么死的吗?"

黄海飞速说出答案:"她是被你的父亲杀死的,在你七岁那年。"

"重点是——她是被毒死的。"我反倒恢复了平静,像在叙述一桩社会新闻,"他在我妈妈每天喝的药里下毒。在妈妈死的那天,我一滴眼泪也没有流,而是从家里逃出来,抱住警察大腿狠狠咬了一口,才给妈妈送去做了尸检,查出了真正的死因。"

"昨晚我调阅过卷宗,你的父亲被判死刑枪决了。这么说来——你是因为妈妈被毒死,才在大学里选修毒理学的?"

"还有其他理由吗?难道我能未卜先知?几年前就知道我想要杀柳曼,因此先学会毒死人的技巧?"

"申明,学校里流传的你跟柳曼的暧昧关系呢?"

"那是没有过的事!她只是经常来问我题目,有时候说些奇怪的话,可我知道老师与学生间应该有的分寸,特别是像她这种漂亮女生,我从一开始就格外当心。"

"你很讨女高中生们的喜欢吧?"

我只能说五官端正双目有神,看上去像先进表彰大会上的一脸正气。偶尔有人夸我气宇轩昂,面相里隐藏出人头地的英雄之命。现在的女孩子会喜欢我这样的类型吗?

"不知道,大概是我的性格比较温和,平时的话又不太多,空闲时会写点古典诗词,你知道十八岁少女多愁善感,对我这样的男人有些崇拜吧,再过两年长大后,她们肯定会改变的。"

我在语无伦次什么啊?这不就是在承认柳曼被我吸引了吗?

旁边的笔录员迅速记下这些话,黄海警官微微点头:"好,我们换个话题吧,申明,能说说你的过去吗?"

"我的过去?"

"就从高中时代说起吧,昨天我们聊得太仓促了,听说你是被保送进的北大?"

"对，我的志愿填写的就是北京大学，但并没把握能考进去。但在高考前一个月，差不多就是七年前的今天，南明高中对面发生了一件大事——当时南明路上除了荒野与工厂，还有些破烂的违章建筑，外来流浪人员搭的窝棚，不知什么原因发生了火灾。那晚火光冲天，许多学生都爬上围墙看热闹，只有我冲过马路，投身火场去救人，侥幸捡回一条命来。我因此荣获全市表彰，电视台与报纸都来采访，差点上了新闻联播。"

"于是，你得到了金子般的保送机会。"

"黄警官，你相信命运吗？"

"不相信。"

"我也不相信，可是——我在大学里读书非常刻苦，几乎两耳不闻窗外事，成绩名列前茅，毕业时却遭遇不公，许多同学功课比我差很多，有的简直是糟糕，却被分配到中央机关。而我竟被发配回原籍，做了高中语文老师。"

"可你现在获得了最好的机会。"黄海警官点起一根香烟，喷到我头上的空气中，"听说你快要结婚了，能谈谈未婚妻吗？"

"两年前，我坐公交车回学校，发现有人在偷她的钱包，全车人无动于衷，售票员居然打开了车门。就当小偷逃下车时，我奋不顾身地冲上去，把他压在地上，最终扭送到了派出所。我与谷秋莎就这样认识了，她非常感激，接连请我吃了好几顿饭。她在教育出版社工作，负责高中语文教材的编辑，跟我聊得特别投缘，很快成了我的女朋友。"

"你以前谈过恋爱吗？"

"没有，她是我的第一个。"面对黄海口中的烟雾，我下意识地往后靠了靠，"谈了半年，我才知道她的父亲是教育局的前任领导，如今是大学校长。她从小就没了妈妈，受到父亲的宠爱。像我这种没有父母的出身，恐怕任何人都会嫌弃的吧。但她爸爸对我印象不错，凑巧也是北大毕业，他的秘书回家生孩子了，我从南明高中被借调到大学,临时做了三个月的校长秘书。我格外地卖命,没日没夜跟随左右,不但把他伺候得舒舒服服,上上下下的领导与教授们,也都对我交口称赞。"

忽然,我顿住没继续说下去,未来的岳父为什么会看重我呢?像我这种出身贫寒的穷小子,居然得到鲤鱼跳龙门的机会?谷校长只有一个女儿,将来总得有人挑起大梁,免得退休后晚景凄凉,与其找个高干子弟联姻,不如亲自培养个勤勉的年轻人,还能死心塌地效忠。

黄海警官打破了沉默:"听说在三月份,你们举办了订婚仪式。"

做梦也想不到,订婚仪式如此盛大,大学与教委领导都来了,乃至各种社会知名人物,从电视台主持人到作家协会主席,简直让我受宠若惊。那是未来岳父的良苦用心,要将我引入他的社交圈,有了这么多人脉关系,什么事都会很方便——比如将我从公安局里弄出去。

我可不想跟警察说这些没用的,抓紧关键:"一个月前,学校接到上级通知,我将在高考后调离教师岗位,进入市教育局的团委工作,正好我也是南明中学的团委书记——这消息很快在圈内传遍了。"

"因此,会有很多人嫉妒你!"他掐灭烟头,用手指关节敲了敲桌面,"这就是你要跟我说的重点吧。"

"黄警官,你看过《基督山恩仇记》吗?"

"我可没空看小说,但我知道你是什么意思。好吧,请你告诉我,你觉得谁想要陷害你?我说的是陷害,而不是嫉妒——听你那么一说,连我都忍不住了!脑袋别在裤腰带上干了十多年,抓了不知多少杀人犯,浑身伤痕累累,连套房子都没分到,而你小子转眼就要平步青云,正常人不嫉妒才怪呢!"

"我明白,通过杀人来栽赃陷害,这样的人不仅仅是嫉妒,能不能给我纸和笔?"

黄海警官盯着我的眼睛,同时把纸笔推过来,我拿起钢笔写了两个漂亮的字——严厉。

第六章

严厉是南明高级中学的教导主任。

他为什么要对我栽赃陷害？其实，我也没有十足的把握。不过，我认定他是个坏人，其他人顶多是散布谣言嚼舌头，他却是那种看起来很老实，却能在背后插你一刀的家伙。

每个学校的教导主任，都是一本正经的老顽固，严厉给人的印象也是如此——就像他的名字。这个四十出头的男人，几年前离了婚，孩子被老婆带走了，并未因此变得老实，反而微谢的头发代表过人的欲望。

有一回，半夜在办公室批改作业，我敞开窗户看星星，无意中瞥到多功能楼顶，有个人影趴在栏杆边。我的视力不错，担心是学生，飞快冲到对面楼顶，发现那人是教导主任，端着长镜头照相机，对准女生宿舍的春光乍泄。我不好意思说什么，毕竟是我的领导，趁他没发现便离开了。从此我开始注意严厉，学校浴室的气窗开得很高，外面是茂密的夹竹桃林，一般不会有人能偷窥到。但教导主任掌管所有的钥匙，能轻易爬到房顶上偷看。有次夜幕降临，当我看到柳曼和两个女生走进浴室，便再也无法容忍，到屋顶上把严厉拖下来，不由分说揍了一顿。这小子非但没反抗，反而跪下来求饶，保证再也不干这样的事了，请我不要说出去，想要什么都可以给我。他答应给女浴室气窗换成毛玻璃，就没有偷窥的可能了。次日，他更换了浴室玻璃，我心慈手软放了他一马。

中山狼。

眼看我就要调去教育局，暗下决心调查严厉，要把这个败类清除出教师队伍。恐怕他心里也很清楚，一旦我离开南明高中，他的末日就要来临了。

柳曼被害的三天前，她告诉我，有天夜里她上厕所出来，发现教导主任在女生寝室的走廊徘徊——按照宿舍管理制度，只要是个男人即便老师，也不准深夜进入女生宿舍，她大胆地叫住严厉，责问他为何在此。而他面色紧张支支吾吾，最后竟以教导主任的身份威胁她，不准她告诉任何人，否则就要她好看。换作普通女生大概被吓唬住了，可柳曼绝非省油的灯，严厉也很清楚这一点，因此给她惹来了杀身之祸。

作为学校的教导主任，具备在图书馆作案的条件，用毒药杀人灭口。第二天，严厉还能潜入我的宿舍，将残留夹竹桃汁液的瓶子偷放进去，一箭双雕。

不过，黄海警官没把我放出公安局，反而送入了拘留所。

我是个高中语文老师，却被关在狭窄阴暗的牢房，身边躺着杀人犯与强奸犯。刚进来就被揍了几顿，我拼命反抗，却被他们拳打脚踢打得更惨。黄海警官审问我时，发现我脸上的淤青，便关照看守给我换牢房，狱友变成小偷与诈骗犯，起码打起架来不太吃亏。

度日如年的这几天里，我的未婚妻一次都没出现过，包括我那无所不能神通广大的岳父大人。

黄海说他去找谷秋莎谈过，尽管不告诉我询问的内容，从他沉默的目光里也看不出端倪，但我有种可怕的预感，让自己一下子冷到冰窟里，即便闷热的牢房挤满了人。

这是老天爷对我去年夏天做的那件事的报应吗？

6月16日，星期五，我被黄海警官释放。他说根据这些天来的调查，无法判定我与柳曼被杀有直接关系，杀人现场没有我的指纹或毛发，柳曼的尸检结果也与我无关，警方倾向于我确实是被人陷害的。我几乎要扑倒在他怀中，这个亲手把我送进监狱的男人，居然成了我的救命恩人。

戴上谷秋莎的爸爸送给我的手表，这是我被逮捕后由警方保管的，还有我的钱包与钥匙。终于照到了镜子，摸着几乎被剃光的头，憔悴的眼袋与伤痕，鬓角第一次冒出白发，仿佛不是二十五岁，而是即将躺进棺材的老头。

在看守所里度过的十天，绝对是此生最漫长的十天。

出去以后，我把身上的钞票都花光了，只够买一件新衣服。我独自去了澡堂子，感觉身上与头发里有数不清的污垢，用尽了好几块肥皂，几乎要把皮肤搓破，这才坐公交车去找未婚妻——还好钱包里的月票没丢。

赶到谷秋莎工作的教育出版社，门房说社里正在开重要会议，谷秋莎已关照过他，如果我来找她的话，让我先回家去等她。

回家？

半小时后，我来到充满油漆味的新家门口，位于闹中取静的市中心，十二楼的电梯小高层。前两个月，每逢周末我都会来监督装修。掏出钥匙塞进锁孔，却怎么也打不开，敲门也没反应。隔壁的老太太出来，说昨天有人来换了锁芯。

愤怒地踹了一脚房门，又心疼地蹲下来摸了摸，还是留下一个深深的凹痕——这是我自己的家啊，我是怎么了？脚趾火辣辣疼起来，我一瘸一拐地下了电梯。

夏天，气温超过了30摄氏度，公交车上散发着各种汗臭味。我昏昏欲睡地靠在栏杆上，车窗外从密集的楼房，变成稀疏的建筑，直到大片荒野，还有烟囱喷着白烟的钢铁厂。

公交车在南明路停下，两堵漫长的围墙间，是一道学校大门，挂着"南明高级中学"的铜牌。

星期五，住宿生们离校返家，大家惊讶地看着我走进校门，无论老师还是我带的学生，没人敢跟我说话。我看到了马力和他的室友，就连他们也在躲避我，同学们如潮水般散开，让我变成一块干涸的岛屿。

"申老师,请到校长办公室来一下。"

身后响起一个阴恻恻的声音,回头看到教导主任严厉的脸——他怎么还在这里?关在监狱里的不该是他吗?

我一言不发地跟着他,踏上楼梯的拐角时,他低声说:"前几天,那个叫黄海的警官来找我了,你果然把我那些事都说出来了。"

半句话都不想说,我能猜到他要说的话——你有证据吗?你拍下照片了吗?这件事我已经跟校长汇报过了,谁会相信一个杀人嫌疑犯的话呢?

沉默着来到办公室,老校长的面色惨白,不停地拿手帕擦额头的汗。七年前,是他亲手给我颁发了见义勇为的奖状,也是他决定保送我到北大读书。三年前,又是他在校门口热烈欢迎我回来,给我腾出住宿的地方。就在上个月,他还说要登门拜访我的未来岳父。

"申老师,很高兴你能回来。今天,我已向全校师生传达了一个重要决定——鉴于申明老师在我校的行为不端,违反了人民教师的基本道德,为维护我校的声誉,给予申明开除公职的处分,特此通知!"

我宛如雕塑凝固许久,才理解他的意思,平静地吐出两个字:"谢谢!"

对于这样的反应,校长有些意外,跟教导主任对视了一眼,摇头说:"对不起,还有一份通知——相同的原因,上面已经批准,给予你开除党籍的处分。"

"好吧,我只想告诉你们——我是清白的,更没有杀人,连警察都相信我的话,为什么你们要这样做?"

"申老——"校长意识到我不是老师了,"小申啊,你才二十五岁,未来的路还长着呢,不要灰心丧气,谁没遇到过坎坷呢?像你这样名牌大学毕业的,总能找到合适的工作,说不定在外面还发展得更好。"

"是谁的意思?"

"你别误会啊,这都是市教育局领导的指示,学校也没人提出反对意见,党支部全票通过了。"

"市教育局领导?上个月,局长还找我谈过话,说我是重点培养的对象。"

校长背过身叹息:"此一时,彼一时也。"

他在赶我走,我也不愿像条狗似的跪下来求他。

教导主任送我到楼下,在我脑后轻声说:"哦,申老师,还有件事啊,你的那间寝室,学校会为你保留到周一晚上,这两天请收拾好行李吧,周二清早就要改造成乒乓球房。如果有需要我帮忙的地方,请尽管说。"

我的肩膀都要抽搐,战栗了半分钟,愤怒地回头打出一拳,这家伙早就没影了。

晚风带着夹竹桃花的气味吹来,我像个死人站了半天。

食堂关门了,我却并不感到饥饿。

回到寝室,屋里已被翻得乱七八糟,地上全是我的藏书,学生们的考卷也不见了,反正再也不是语文教师,对我来说唯一重要的是——慌张地趴在地上,脸贴着地板到处搜寻……

翻箱倒柜,终于在角落的垃圾堆里,发现了那串暗淡的珠链,我紧紧抓在手心,小心地清洗,放到嘴边吻了两下。

今夜,我耐心地收拾房间,恢复到被捕前的样子。我打消了给未婚妻挂电话的念头,可以想象打过去是什么结果,就让谷秋莎和她的爸爸睡个好觉吧。

关灯,上床,再过三天,这张单人床也不再属于我了。

还有我新房里的那张席梦思大床,未来将会属于哪个人?

第七章

第二天。

1995年6月17日,清早,我换上一身干净衣服,坐着公交车前往市区,或许能赶在他们出门之前……

说来可笑,第一次上女朋友家,我既激动又笨拙,手里提着各种落伍的礼物,让谷秋莎奚落了一番。倒是她的爸爸平易近人,作为大学校长,跟我讨论教育界的问题。幸好我做足了准备,说了一番别有见地的看法,让他刮目相看。

9点整,我来到谷家门口,整了整衣服与头发,颤抖着按下门铃。

门里许久都没声音,我跑下去问门房,才知道他们父女昨晚出门,有辆单位轿车来接走了,据说是去云南旅游。

抬头看着太阳,我任由眼睛刺得睁不开,脑中未婚妻的脸也烤得融化了。

忽然,我如此强烈地想去见一个人,假如世上的人都抛弃了我。

正午之前,来到一栋六层公寓,我按响了四楼的门铃。

"谁啊?"

四十岁出头的女子打开房门,手里还拿着炒菜的勺子,疑惑地看着我这不速之客。

"请问申援朝检察官在家吗?"

其实,我认识她,但她似乎不认识我。

没等对方回答,有个中年男人出现在她身边,皱起眉头说:"我知道你来找我干吗。"

我一句话还没说,他就把我拖进家里,他关照妻子回厨房继续烧菜,便让我坐在沙发上,又关上客厅房门。

"她知道我是谁吧?"

"是,但她有七年没见过你了。"这个叫申援朝的男人,给我倒了杯茶,"你的脸色不太好。"

"你已经听说了吧?"

"申明,我们的事情有人知道了吗?"

看他一本正经的表情,我只能报以苦笑,他最关心的果然还是这个!

"我从没说过,可不知什么原因,上个月突然在学校里流传了。"

"显而易见,有人要害你。"

"简直就是要杀我!"

他在客厅里徘徊了几步:"有谁知道这个秘密?"

"除了现在这房间里的三个人,还有我的外婆以外,不会有其他人了。"

"不要怀疑我的妻子,她永远不会把这个秘密说出口的。"

"我上门来可不是问这个的。"我难以启齿,但事到如今只有来找他了,"你能帮我吗?"

"帮你清洗嫌疑?"

"警察都把我放出来了!他们也知道我是被人陷害的,只是外面的人还不清楚罢了。"

"其实,我很担心你要是真被冤枉了,公安把你的案子送来检察院立案公诉,我这个检察官该怎么办?"

申援朝有张20世纪80年代国产电影里英雄模范人物的脸,每次听他说出这些话来,我就会生出几分厌恶。

"如果我死了呢?"

这句话让他停顿了几秒钟,拧起眉毛:"又怎么了?"

于是,我把昨晚发生的一切,包括我被开除,以及未婚妻一家躲避我的情况,全部告诉了这位资深的检察官。直到我再也无法描述想象中的明天,低头喝干了那杯茶,竟把茶叶也咬碎了咽下去。

他冷静地听我说完,从我的手里夺过茶杯,轻声说:"你最近做过什么事?"

"没有什么特别的啊,准备结婚,装修房子,带学生复习高考……"

"你做过对不起未婚妻的事吗?"他拍了拍我的肩膀,"你已经二十五岁了,该知道我问的意思。"

"我——"

看着这个中年男人的眼睛,我却不知道该怎样回答这个问题?

"你有事瞒着我。"

"我想我不能说——但我现在面临的不是这件事。"

"所有的事归根结底都是一件事,相信我这个检察官的经验吧,我跟无数罪犯打过交道,我知道每个人作案的动机,以及他们的内心在想些什么?"

"拜托啊,我不是杀人犯,现在我才是受害人!"

"你还太年轻了!但你告诉我的话,或许可以救你的命,这也是我唯一能帮你的机会。"

我解开衣领看着窗外,太阳直射着他的君子兰,而我摇头说:"不,我不能说。"

"太遗憾了!"他走到我身后,在耳边说,"你跟我年轻的时候很像!饿了吗?在我家吃饭吧。"

还没等我回答,他已去厨房关照妻子了。

中午,我也无处可去,等到主人夫妇端上饭菜,这是我第一次在这里吃饭。

几周之前,南明高中开始流传两个关于我的谣言——

第一个,就是高三(2)班最漂亮的女生柳曼,与班主任老师申明发生了师生恋,最琼瑶的版本说我们是《窗外》的现实版,最重口的版本居然说柳曼请了几天病假是专门为我去做人流的。

第二个,说我的出身卑贱,并非如户口簿上记载的那样。而我七岁那年被枪毙的父亲，与我没有丝毫血缘关系。生我的母亲是个轻薄的女人，我是一个带着耻辱与原罪来到这世上的私生子。

好吧，关于我是私生子这件事，并不是谣言。

给予我生命的这个男人，就是此刻坐在面前、与我共进午餐的检察官申援朝。

但我从不承认他是我的父亲，他也不承认我是他的儿子。

不过，他的妻子早就知道这件事，她应该想起我是谁了，却没有对我表现出敌意，反而不断给我碗里夹菜。说实话这是我被关进监狱以来，吃到的最丰盛可口的一顿饭。

午餐过后，申援朝把我送到楼下。不知道还能对他说什么，我一言不发地转身离开，他却从身后拉住了我，轻轻抱了我一下。

记得他上次抱我，还是在十多年前。

"保重！"下午1点的阳光正烈，小区花坛边的夹竹桃树荫下，他的嘴唇颤抖，"儿子！"

他终于叫我儿子了，我却还是没有叫他一声爸爸，尴尬点头又默然离去。

这是他最后一次见到我。

两小时后，当我回到南明高级中学，门房老头叫住我："申老师，医院打来电话，请你立刻去一趟！"

第八章

外婆快不行了。

已逾子时，闸北区中心医院。急诊室弥漫着酒精与药水味。灯光照在惨白墙上，隐约映出几点污迹，似一团人形的烟雾。一个孤老头被子女遗弃在担架床上，只有插在血管里的输液针头相伴，待到行将就木，小护士们就会叫来值班医生，做下象征性的抢救，厌恶地送入太平间。有个女人被推进来，年轻又漂亮，估计是大学生。乌黑的长发从担架床一头披下，摇晃出洗发水的香味。一对中年夫妇哭喊着，说她吃了一整瓶安眠药。值班医生当即为她洗胃。女孩妈妈轻声说："她肚子里有小孩。"接着恶毒诅咒某个男人。女孩没能吐出胃里的安眠药，医生无能为力地摊开双手。正当家属要给医生下跪，又一群人冲进来，抱着个血流如注的年轻人，胸口插着把尖刀，皮肤白白的戴着眼镜，不像是流氓。有个女人扑到他身上："他还小呢……他还小呢……"医生勉为其难抢救几下，摇头道："准备后事吧！"

"他还小呢……"

天还没亮，二十五岁的我守在外婆身边，抚摸着她的白发，直到心电图变成一根直线。医生默然离去，签下死亡证明。

这是1995年6月18日，星期天，凌晨4点44分，外婆享年六十六岁。

我很冷静，没流一滴眼泪，有条不紊地安排后事。天蒙蒙亮，我跟在殡葬车上，没有半点恐惧，陪伴外婆来到殡仪馆。我没有其他亲戚，外婆也没有单位，人们是不会关心一个老用人的，只有她生前干活的那家人，送来了两百块钱的白包。至于我的未婚妻与她的一家，则从没见过我的外婆。不必做什么追悼会遗体告别仪式了，这世上只需我来跟她告别就够了。我想，我也是外婆最爱的人，她一定会同意我的。

一整天签了无数个字，直到目送外婆去火化，看着她小小的身体送入火化炉，很快变成一堆骨头与灰烬——让我想起万念俱灰这个成语。

我沉默着捡起烫手的骨骸，将它们放进骨灰盒，捧在胸前亲吻了一下。我没钱去买墓地，只能像许多人那样，把骨灰寄存在殡仪馆。

手上沾满外婆的骨灰，却舍不得把这些粉末洗掉，我为自己的手臂别上黑纱，缀一小块代表孙辈的红布，坐上回南明高中的公交车。

深夜，疲惫不堪地回到学校，刚踏入寝室门口，发现有人在我的屋里。我随手抄起一根木棍，正要往那人后脑勺砸去，对方却转身叫起来："喂！是我！"

你他妈的叫得再晚一些啊！这样还能算是正当防卫！

果然是猥琐的教导主任，严厉慌乱地后退几步，举起一长串房门钥匙："不要误会，今晚我在学校值班，只是来检查房间。"

等到我放下木棍，他才注意到我身上的黑纱："申老师，原来你家办了丧事，真不好意思啊。"

我站在门口看着他，如果目光可以杀人的话。

严厉却赖着不走，打量我的房间说："哎呀，申老师啊，你还没有收拾？后天一大早，工人们就要来安装乒乓球台了，你明晚能准时搬走吗？"

说罢，他旁若无人地走到写字台边，摸了摸我挂在上面的那串珠链。

"别动！"

我狂怒地嚷起来，冲上去抓住他的胳膊，没想到他用力挣扎。教导主任个子比我还高，两人要一起倒地时，响起珠链断裂散落的声音。

我发疯似的趴在地上，到处寻找散落的珠子。足足用去半个钟头，直到头晕眼花大腿发麻，才把所有珠子捡齐了。

严厉早就溜了出去，屋里只剩我孤零零一个，无力地瘫坐在地板上，捏着手心里的几十粒珠子。我好不容易找到一根细绳，想要重新把珠链穿起来，可是那些珠子上的孔洞是手工钻出来的，极不规则，一旦断开就再难以穿上。

固执地穿到凌晨，依然无法令珠链完璧，我用力砸了一下地板，也不管是否会惊醒楼下的学生。拳头起了瘀血，刺骨般疼痛，只能翻出个布袋子,将这串珠子收起来。

我像具僵尸似的躺在床上,手心攥紧那串珠子。

明晚,我在期待明晚。

第九章

人,为什么要杀人?

第一种,为保护自家性命;第二种,为夺取他人财产;第三种,为占有异性而消灭竞争对手;第四种,因各种理由而对他人复仇;第五种,为了执行上头的命令;第六种,为佣金而杀人;第七种,无理由杀人。

我的理由是什么?

这是死亡诗社讨论过的话题,我想把这些刻在自己的墓志铭上。

1995年6月19日,星期一,上午,我还活着。

太阳照到床头,恍惚着睁开眼睛,到第三节课了吧?这是我第一次在学校睡懒觉,作为一个被开除的老师,我已被剥夺了上课的资格。

我踩上凳子摸着天花板,从一个夹层缝隙里,抽出了那把军刀——很走运没被警察搜出来。刃上刻有"305厂"字样,带血槽的矛形刀尖。这是两年前路中岳送给我的,他是我最好的朋友,高中同班同学,也是这间寝室的室友。他常能弄到稀奇古怪的东西,比如特供烟酒、军钩靴子、走私手表之类的。

锋利的刀刃发出寒光,如同一面异形的镜子,扭曲地照出我的脸,丑陋得认不出自己了。

我把这把刀子绑在裤脚管中。

食堂没有早餐了,我在学校各处转了一圈,经过高三(2)班的教室门外,讲台上的数学老师不经意间看到窗外的我,微微点头致意。有的学生发现了这个小动作,也转头向我看来。没人再安心复习了,大家纷纷交头接耳,仿佛见到一具行尸走肉。

南明高中有两位名校毕业的老师,一个是来自北大的我,还有一个是清华的张鸣松。他比我大七岁,当我还在母校读高中时,他就是我的数学老师,论教学水平自然没的说,三十岁不到就评上了特级教师。他带的学生成绩特别优异,数学又是最能在高考中拉分的,每年不知有多少家长排队向他预约补课。

我挺直了腰站在教室外,冷冷地注视着学生们,两周前我还是他们的班主任,也是南明文学社的指导老师。窗玻璃反射出一张憔悴阴鸷的脸,宛如噩梦里见过的那个人。我盯着最喜欢的男生马力,他在躲避我的目光,神色间难掩悲戚。虽然,下个月高考结束后就会各奔东西,但以这种方式提前告别,总是难免眼眶发热。

站在教室门口,当着我的所有学生的面,痛痛快快哭了一场,直到张鸣松面色难看地出来说:"抱歉,申老师,你影响到我的学生们上课了。"

下楼时我身上沉甸甸的,裤子口袋里揣着那串珠链,裤脚管内绑着一把带血槽的军刀。

1995年6月19日,这辈子最后一个星期一,也是最后一个夜晚。

摘下谷秋莎的爸爸送的手表,我在食堂吃了最后一顿晚饭。大师傅们也像看杀人犯那样看着我,没有一个同学与老师敢坐在我旁边,距离至少有十米之遥。我却心满意足地大块吃肉,平时舍不得用的饭菜票都用完了,连续打了几个饱嗝。

9点半,夜空中隐约有雷声滚过。

严厉还在学校,在宿舍楼下跟人聊天,看起来气色不错,不时发出猥琐的笑声,说完话还独自抽了根烟。他没有去看我的寝室,大概是害怕再挨打，拍拍衣服走出学校大门。我隐身在黑暗的树荫下，跟他来到南明路上。他要往公交车站而去，但我不能让他走到那里，一旦到了人多的地方，就再没机会下手了。

南明路上没有路灯，四处不见半个人影，前方隐约可见星星点点的灯光，那是半倒闭状态的钢铁厂。我掏出裤脚管里的尖刀，屏着呼吸跟上去。就在严厉听到脚步声，要转回头的瞬间，我将刀子送入他的后背。

该死的，昨晚演练了无数遍，一刀命中对方后背心，可在黑夜混乱的当口，根本看不清捅到哪去了。只感觉刀尖遇到很大阻力，必须再用力才能深入。接着听到严厉沉闷的呼喊声，没想到他的力气很大，像条要被吊死的狗，狂暴地转身抓住了我，鲜血迸裂到我脸上。

以往总觉得电影里杀人比杀鸡还容易，轮到自己动手，才发现杀一个人如此之难。惊心动魄的六十秒后，严厉倒在地上，瞪眼看着我。我喘息着俯下身去，不知自己脸上怎么样了？想是也跟他同样可怕。

忽然，几滴雨点砸到头顶，片刻间，瓢泼夜雨倾泻而下。

冰冷的雨点，让毛细血管里的热度褪去，肾上腺素也停止了分泌。

刹那间，我有些后悔。

人，为什么要杀人？

这才感到莫名的恐惧，要比自己被押上刑场还要恐惧。

没有灯光的南明路上，几乎伸手不见五指，但严厉知道我是谁。他剧烈地咳嗽，嘴角不断淌着血说："申……申明……我……我发誓……我……没有……没有害……害过你……"

雨水打在严厉嘴里，他再也说不出一个字，也吐不出一口气了。

他没有害过我？

血水模糊了他的脸，我摸了摸他的脖子，毫无疑问已是一具死尸。

上个月,我刚看过一卷录像带,是法国导演的电影《这个杀手不太冷》,有个叫 Léon 的男人说:"你杀了人以后,一切都会变了。"

我的命运,再也不可能改变了。

第十章

1995 年 6 月 19 日,高考前夕,一个雷电交加的大雨之夜,郊外的南明路上。

数分钟前,我刚杀了一个人,他是我们学校的教导主任。

去向黄海警官自首之前,我必须先去一个地方。我把尸体扔在南明路边,跌跌撞撞向前走去。我早已对地形烂熟于心,工厂边的围墙几近坍塌,数栋房子沉睡在雨中,宛如断了后代的坟墓无人问津。绕过最大一间厂房,背后有扇裸露的小门。

学生们都管这地方叫"魔女区"。

从口袋里掏出那串珠链,紧紧攥在手心,也不在乎是否沾上血污。点燃一根没受潮的火柴,照亮腐烂的空气,只见一大堆破烂生锈的机器。我焦虑地看着门洞外,天空被闪电撕开,刺痛瞳孔的瞬间,又变成了无边黑色,只剩下油锅般沉闷的大雨。

她怎么还没有来?

厂房内部斑驳的墙边,有一道通往地底的阶梯。

哭声。

嘤嘤的哭声,若有若无,宛如游丝,在大雨之夜潮湿霉烂的空气中,绕了无数个弯道爬过许多个山坡透过茂密的莽丛,悄悄钻入耳膜缝隙。

手上沾满鲜血的我，每迈出一步都那么艰难，战战兢兢地支撑着墙壁，面对那道阶梯，像个破开的洞口，径直连接着凡尔纳的地心。

雷声阵阵。

左脚重重地踩下台阶。

1995年6月19日，深夜9点59分，某个哭声化作柔软却坚韧的绞索，套着脖颈将我拖下深深的地道。

舱门，竟是打开的。

魔女区……

奇怪的声音就是从地下发出的，我点亮一根火柴，照亮通道尽头的舱门。在我的梦中，这道舱门始终以封墓石的形象出现。

舱门外有个圆形的旋转把手，只要用力往下转，就可以把整道门牢牢封死。

为什么是打开的？

火苗狂乱地跳舞，我的影子被投在斑驳的墙上，宛如一万年前的岩画，连同胳膊上黑纱的影子。

每次走进魔女区的舱门，空气都湿得像黄梅天里晒不干的被子，皮肤都会渗出水来。

迎面扑来一股恶心的气味，火柴仅照亮眼前几米开外，就再一次被阴风吹灭。

记得这辈子最后一个动作是转身。

我的内心充满悔恨，就像一时冲动而跳楼的人们，在无助的坠落中产生的沮丧心情。

好疼啊，背后传来钻心的疼痛，某种金属在我的身体里。

天旋地转。

黑暗中瞪大眼睛，感觉自己趴倒在冰冷地面，胸口与脸颊紧贴肮脏的水迹。血汩汩地从背后涌出，手指仅抖动了几下，浑身就再也无法移动半寸，嘴唇尝到一股咸涩的腥味——这是我自己的血，正在放肆地遍地流淌。

耳边响起一片纷乱的脚步声，我睁着眼睛，却连半丝光都看不到。

时间消失了，像过了几秒钟，也像几十年。世界寂静，没有了嗅觉，嘴唇不再属于自己，连身体都飘浮起来，钻心的疼痛竟然没了，不知身在何时何处。

杀人者，偿命。

只是这样的惩罚，未免也来得太快了些吧。

1995年6月19日，22点1分1秒。

我死了。

在生命的最后一秒，我相信不会再有来生。

第十一章

1995年6月19日，乙亥年壬午月辛巳日，农历五月二十二，亥时，凶，"日时相冲，诸事不宜"。

我死于亥时。

每年清明与冬至，我都会去给妈妈上坟，每次都会加深对死亡的理解。如果死后还有人记得你，那就不算真正死去，至少你还活在那些人身上。即便躺在一座无主孤坟中，至少你还活在子孙的DNA里。哪怕你连半点血脉都没留下，起码还有你的名字与照片，留在身份证、学生证、户口本、借书卡、游泳卡、作文簿、毕业考卷……我多怕被大家忘记啊！我叫申明，曾是南明中学高三（2）班的班主任。

我刚杀死了一个人，然后又被另一个人杀死。

在废弃厂房地下的魔女区，有把刀刺入我的后背。

戴着缀有红布的黑纱,我相信自己始终睁着眼睛,传说中的死不瞑目,但我没看到杀死我的凶手的脸。

是否停止呼吸?手腕有没有脉搏?颈动脉还搏动吗?血液不再流动了吗?氧气无法供应大脑?最终发生脑死亡?丝毫不觉得自己存在。

感觉不到自己的存在,就是死吗?

人们都说死的时候会很痛苦,无论是被砍死吊死掐死闷死毒死淹死撞死摔死还是病死……接下来是无尽的孤独。

大学时代,我从学校图书馆看过一本科普书,对于死亡过程的描述令人印象深刻——

苍白僵直:通常发生于死亡后 15 到 120 分钟。

尸斑:尸体较低部位的血液沉淀。

尸冷:死亡以后体温的下降。体温一般会平稳下降,直到与环境温度相同。

尸僵:尸体的四肢变得僵硬,难以移动或摆动。

腐烂:尸体分解为简单形式物质的过程,伴随着强烈难闻的气味。

记性不错吧。

忽然,有道光穿透暗黑地底。我看到一条奇异的甬道,周围是汉白玉的石料,像魔女区的地道,又像古老的地宫。灯光下有个小男孩,穿着打补丁的单薄衣裳,流着眼泪与鼻涕,趴在死去的母亲身上痛哭,旁边的男人冷漠地抽着烟——随即响起清脆的枪声,他也变成了一具尸体,后脑的洞眼冒着烟火,鲜血慢慢流了一地,没过小男孩的脚底板。有个中年女人牵着男孩,走进一条静谧的街道,门牌上依稀写着"安息路"。这是栋古老的房子,男孩住在地下室的窗户后面,每个阴雨天仰头看着雨水奔流的马路,人们锃亮或肮脏的套鞋,偶尔还有女人裙摆里的秘密。男孩双目忧郁，从未有过笑容，脸苍白得像鬼魂，只有两颊绯红，愤怒时尤为可怕。有天深夜，他站在地下室的窗边，街对面的大屋里，响起凄惨的尖叫声，有个女孩冲出来，坐到门口的台阶上哭泣……

我也想哭。

但我只是一具尸体，不会流泪，只会流脓。

很快我将化作骨灰，躺在红木或不锈钢的小盒子中，沉睡于三尺之下的黄土深处。或者，横在魔女区黑暗阴冷的地上，高度腐烂成一团肮脏的物质，连老鼠与臭虫都懒得来吃，最终被微生物吞噬干净，直到变成一具年轻的骨架。

如果有灵魂……我想我可以离开身体，亲眼看到死去的自己，也能看到杀害我的凶手，还能有机会为自己报仇——化作厉鬼，强烈的怨念，长久烙印在魔女区，乃至南明高级中学方圆数公里内。

死后的世界，大概是没有时间观念的，我想这个怨念会是永远的吧。

而人活着，就不可能永远，只有死了。

人从一出生开始，不就是为了等待死亡吗？只不过，我等待得太短暂了一点。

或许，你们中会有一个聪明人，在未来的某个清晨或黑夜，查出陷害我的阴谋真相，并且抓住杀害我的凶手。

谁杀了我？

如果还有来生？如果还有来生？如果还能重新来一遍？如果还能避免一切错误和罪过？好吧，教导主任严厉，虽然我刚杀了你，但如果在另一个世界遇到你，我还是想跟你说一声"对不起"！

似乎睡了漫长的一觉，身体恢复了知觉，只是整个人变得很轻，几乎一阵风能吹走，心中莫名喜悦——这是死而复生的奇迹？

不由自主地站起来，离开魔女区，眼前的路却那么陌生，再也没有破烂的厂房，倒更像古籍绣像里的画面。茫然失措地走了许久，脚下是一条幽暗的小径,两边是萧瑟的树林,泥土里隐约露出白骨,还有夏夜里的粼粼鬼火。头顶响着猫头鹰的哀号,不时有长着人脸的鸟儿飞过,就连身体都是女人的形状,是传说中的姑获鸟吗?

有条河拦住我的去路,水面竟是可怕的血色,充满腥味的热风从对岸袭来,卷起的波涛依稀藏着人影与头发,怕是刚淹死过好几船人。沿着河水走了几步,丝毫没感到害怕,才发现一座古老的石拱桥。青色的桥栏杆下边,坐着个白发苍苍的老太婆,佝偻着身体不知多少岁了,让我想起两天前才死去的外婆。她端着一个破瓷碗,盛满热气腾腾的汤水。她抬头看着我的脸,浑浊不堪的目光里,露出某种特别的惊讶,又有些惋惜地摇摇头,发出悲惨干枯的声音:"怎么是你?"

老太婆把碗塞到我面前,我厌恶地看着那层汤水上的油腻:"这是什么地方?"

"喝了这碗汤,过了这座桥,你就能回家了。"

于是,我将信将疑地拿起碗,强迫自己喝了下去。味道还不坏,就像外婆给我煮过的豆腐羹。

老太婆让到一边,催促道:"快点过桥吧,不然来不及了。"

"来不及投胎吗?"

这是我在南明高中读书时的口头禅。

"是啊,孩子。"

话说之间,我已走过这座古老的石桥,低头看着桥下的河水,布满女人长发般纠缠的水草。刚踏上对岸冰冷如铁的土地,就升起一阵莫名的反胃,不由自主地跪下呕吐起来。

真可惜,我把那碗汤全部吐出来了。

当我还没有转回神来,背后的河流已猛然上涨,瞬间将我吞没到了水底。

在长满水草布满尸骨的黑暗水底,一道奇异冷艳的光从某处射来,照亮了一个人的脸。

那是死人的脸,也是二十五岁的申明的脸。

而我即将成为另一个人。

以前我不相信古书里说的——人死后都要经过鬼门关,走上黄泉路,在抵达冥府之前,还有一条分界的忘川水。经过河上的奈何桥,渡过这条忘川水,就可以去转世投胎了。奈何桥边坐着一个老太婆,她的名字叫孟婆,假若不喝下她碗里的汤,就过不得奈何桥,更渡不了忘川水,但只要喝下这碗孟婆汤,你就会忘记前世的一切记忆。

忘川,孟婆,来生。真的会忘记一切吗?

"如果还有明天?你想怎样装扮你的脸?如果没有明天?要怎么说再见?"

第二部

忘川水

当一个朋友死去
他回到你的体内再一次死亡。

他搜索着,直到找到你,
让你杀死他。

让我们注意——走路,
吃饭,谈天——
他的死亡。

他过去的一切已微不足道。
每个人都很清楚他的哀伤。
如今他死了,并且很少被提及。
他的名字遁去,无人留恋。

然而,他依旧在死后回来,
因为只有在这儿我们才会想起他。
他哀求地试图引起我们注意。
我们不曾看到,也不愿意看到。
最后,他走开了,不再回来,
不会再回来,因为现在再没有人需要他了。

——聂鲁达《朋友回来》(陈黎 译)

第一章

2004 年 10 月 11 日。

宝马 760 开入长寿路第一小学,狭窄的门口进去是两排校舍,再往里才是大操场。校长早已恭候多时,拉开车门谦卑地说:"谷小姐,欢迎光临本校指导工作。"

谷秋莎挽着限量款包,穿着五厘米高跟鞋,好不容易下车站稳。校长陪伴她穿过曲径通幽的暗道,进入一片小院子,左边是幼儿园,右边是排老式民居,有茂盛的竹林与无花果树,想必男生们都喜欢进去捉迷藏。院里隐藏着三层高的教学楼,外墙是白色与浅蓝色,窗里传出小学生读课文的声音,她柔声问道:"我能去听一节课吗?"

校长带她走入三年级(2)班的教室,向大家介绍了贵宾身份,让老师继续上课。谷秋莎找到最后一排空位坐下,校长也毕恭毕敬坐在旁边。

黑板上只写着两个字——菊花。

谷秋莎本能地皱起眉头,旁边的校长也有些尴尬。

讲台上的老师在"菊花"下面写了几行字:

　　　　秋丛绕舍似陶家
　　　　遍绕篱边日渐斜
　　　　不是花中偏爱菊
　　　　此花开尽更无花

"请大家照着课文念一遍。"

谷秋莎正在想这是谁的诗呢,黑板上多了"元稹"两个字,老师高声说:"元稹,是唐朝的一位大诗人,字微之,洛阳人。他是北魏鲜卑族拓跋部的后裔。他与另一位大诗人白居易是好朋友,历史上叫他们二人为'元白',同为新乐府运动的倡导者,著有《元氏长庆集》。"

因有校长及贵宾听课,这位女老师很是紧张,几乎照本宣科了一遍,为了让气氛轻松下来,急忙问道:"同学们,有谁知道这位大诗人?"

三年级的小学生,知道李白、杜甫都很正常,但说到元稹就属冷门了,下面鸦雀无声之际,校长也面露不快,心想这老师太糊涂了。

忽然,有只手臂高高举起,老师像被解围似的兴奋:"司望同学,请你回答!"

一个男孩站起来,座位比较靠后,谷秋莎正好看到他的侧脸——轮廓与五官颇为端正,两只眼睛并不是很大,感觉却是眉清目秀,是那种安静地坐着就能讨人喜欢的孩子,只是穿的衣服朴素廉价。

"曾经沧海难为水,除却巫山不是云。取次花丛懒回顾,半缘修道半缘君。"

清亮悦耳的童声响起,整首诗背得一字不差,竟还带着唐诗才有的抑扬顿挫。

男孩没有停下来:"这首诗是元稹《离思五首》中的第四首,为悼念死去的妻子韦丛。元稹二十四岁时,只是个品级低微的小官员,迎娶了太子少保韦夏卿的小女儿。出身于名门贵族的韦丛,非但没有嫌弃贫寒的丈夫,反而勤俭持家,琴瑟和鸣。七年后,元稹已升任监察御史,韦丛却因病撒手人寰。悲痛之余,元稹写下数首悼亡诗,堪称千古名句。"

他说得头头是道,表情煞是严肃,仿佛亲眼所见。谷秋莎无论如何不敢相信,眼前的男孩只有小学三年级,会不会知道有人要来听课，因此特别准备了一番呢？不过，她纯粹是心血来潮，不可能整栋楼六七个班级，都有人做了这种功课。而且，刚才每句话都如此自然，说明这孩子完全理解了这首诗，绝非死记硬背。

女老师也有些傻了，她都未必清楚这个典故，含糊地说："哦！不错！"

"其实，我并不是很喜欢元微之，就在他写下这首诗的当年，便在江陵纳了妾。不久又在成都认识了年长自己十一岁的名妓薛涛，也是诗文唱和传情。而元稹所写的《莺莺传》又称《会真记》，不过是为他年轻时的始乱终弃而辩白罢了，不想竟引发后世的《西厢记》。因此，他与亡妻韦丛的'曾经沧海难为水'，也不过是走一条攀附权贵之家的捷径而已。"

整个教室寂静了，孩子们都听不懂他在说什么，老师也一知半解。

谷秋莎却像被刀子扎中心脏，极不自在地低下头，想象所有学生都在看自己。

"哦——司望同学请坐吧，我们继续说这首《菊花》。"

老师急于摆脱这一尴尬状况，颠三倒四地念起了教案。

下课铃声响起后，谷秋莎在校长耳边说："我想跟那个孩子谈谈。"

教学楼下的院子里，老师把男孩带到了她面前。

他的个子瘦高，四肢长得颇为匀称，后背挺得笔直宛如站军姿，不像许多孩子因为打游戏，要么戴着厚厚的眼镜要么弯腰驼背。他生就一双精致的眼睛，是个白嫩的正太，唯独鬓角的汗毛颇重。面对校长与贵宾，目光从容镇定，有天潢贵胄之气。

谷秋莎俯身问他："同学，你的名字怎么写？"

"司令的司，眺望的望。"

"司望，我很喜欢你上课背的那首诗，我想知道你的诗词是从哪里学来的？"

"平常自己看书,还有百度。"

"你知道元稹还有著名的《遣悲怀三首》吗?"

"知道。"

男孩目不斜视,眸里的微澜让她心跳加快。

谷秋莎仍未打消怀疑,有必要再考验一下:"好,你能背出其中的任意一首吗?"

"谢公最小偏怜女,自嫁黔娄百事乖。顾我无衣搜荩箧,泥他沽酒拔金钗。野蔬充膳甘长藿,落叶添薪仰古槐。今日俸钱过十万,与君营奠复营斋。"

谷秋莎目瞪口呆地看着男孩,这是她能背诵的少数几首唐诗之一。

校长情不自禁地叫好,男孩不假思索地背了第二首:"昔日戏言身后意,今朝都到眼前来。衣裳已施行看尽,针线犹存未忍开。尚想旧情怜婢仆,也曾因梦送钱财。诚知此恨人人有,贫贱夫妻百事哀。"

"够了!"

男孩已念出《遣悲怀》第三首:"闲坐悲君亦自悲,百年都是几多时。邓攸无子寻知命,潘岳悼亡犹费词。同穴窅冥何所望,他生缘会更难期。惟将终夜长开眼,报答平生未展眉。"

最后那两句话,是谷秋莎与男孩异口同声而出的,居然还成了和声,她惊惧地后退一步。

"小朋友,你可知这'同穴窅冥何所望,他生缘会更难期'是什么意思?"

"夫妻埋入同一座坟墓,恐怕已是遥遥无期,如果还有来生,我们也难以重逢吧。"

自始至终,男孩脸上没任何表情,目光却不离谷秋莎双眼,带着难以察觉的成熟与冷漠。

谷秋莎深呼吸着,伸出一双纤手,抚摸男孩白皙的脸颊。他下意识地往后躲藏，又站定不动，任这女人的手在脸上游走。

上课铃声响起，她揉着男孩的鼻子说："回答得真好！快去上课吧。"

司望和所有孩子一样蹦蹦跳跳上了楼梯，再也看不出刚才的老练。

"同穴窅冥何所望，他生缘会更难期。"

九年前听说未婚夫的死讯，她翻出申明写给自己的信笺，其中就有他亲笔抄写的元稹的这首诗。

校长找来司望的班主任，问到这个男孩的情况，回答却是学习成绩中等，沉默寡言，上课时也不主动发言，从未觉得有过人之处。

"是否有家学渊源？"谷秋莎补充了一句，"比如父母是大学教授？"

"司望的爸爸是个普通工人，两年多前不知什么原因失踪了，他的妈妈在邮局做营业员，家庭层次不是很高。"

"谢谢，麻烦再帮我打听下他的情况，我想这样优秀的孩子，必须好好培养，明白我的意思了吗？"

校长连连点头，把谷秋莎送上了车。沿街的户外广告墙上，是尔雅教育集团的大型喷绘，某个童星代言托出两行字——选择尔雅教育，选择你的人生。

她早就不是教育出版社的编辑了，而是全国排名前十的民营教育机构的总经理。几年前，父亲谷长龙从大学校长位置上退休，拿出毕生积蓄创办了尔雅教育集团。因为长久积攒的政府资源，公司在短短几年间突飞猛进，从出国语言学习到学龄前儿童教育甚至老年人培训班，购买与新建了数所私立中小学，囊括了从摇篮到坟墓的各个阶段。从创业那天起，父亲就让谷秋莎辞职回来帮忙。今年，他因病不再兼任总经理，便让女儿继承这个位子。

一小时后，回到郊区的别墅。

谷秋莎脱掉高跟鞋，在梳妆台前卸去厚厚的妆容。镜子里是个三十四岁的女人,皮肤保养得很好,几乎没有皱纹与色斑,浓妆出门也还是仪态万千,至少在镜头前光彩照人,男女老少都会多看几眼。可惜无论如何装扮,再也不复当年青春,总想起二十五岁那年,即将成为新嫁娘的自己。

父亲出国开会去了,晚饭嘱咐菲佣做了些简单的菜,她独自在餐厅吃完,喝了小杯法国红酒,便进卧室看韩剧了。没多久,房门骤然被推开,进来一个男人。

他也是三十多岁,脸上没有半根胡子,额头上有块淡淡的青色印子,缓缓脱下西装与领带,一言不发走了出去。

谷秋莎早已习惯于这样的夜晚,对着丈夫的背影念出两个字:"废物!"

他叫路中岳。

第二章

谷秋莎第一次见到申明,是在1993年深秋,有件事她从未告诉过申明——那天是她与前男友分手的日子。

那个男人是她的大学同学,人长得又高又帅,家庭背景也很显赫,大学刚毕业就开始谈婚论嫁了。然而,谷秋莎有个秘密,一直埋藏在心底不敢说出口,但这件事早晚都要被对方知道的——除非永远不结婚。

"有件事一直不敢说,希望不要因此而嫌弃我——在我的高二那年,有次肚子痛去医院,请了最好的妇科医生来检查,最后确诊为先天性不孕,就是说再怎么治疗也没用,不可能生孩子。但我仍然是正常的女人,不会因此影响夫妻生活,再说将来还可以去领养。"

话没说完,对方脸色便阴沉下来,直截了当提出分手。想嫁给他的女孩很多,也不乏名门闺秀,何必要娶一个没有生育能力的女人?至于领养孩子之类的想法,痴人说梦罢了。

谷秋莎的第一场恋爱就此结束,她抓着男友肩膀啜泣,最终看着他扬长而去的背影。

那天下午,她失魂落魄地坐公交车回家,因此被偷了钱包,正巧遇上申明挺身而出,他还受了点轻伤。当她感激地看着这个男人,看着他近乎清澈的双眼,年轻干净的脸庞,以及说话间的羞涩与犹疑,刹那间像吃错了药,不可抑制地喜欢上了他。

申明是名校南明高中的语文老师,又是北大毕业的高才生。她常以出版社教材编辑身份去找他,讨论语文课本里一些细微的错误。从没听他提起过父母,而他常年住在学校宿舍,也引起谷秋莎的困惑。正当她要私底下托人打听,申明却主动说出了悲惨身世——七岁那年,他的父亲下药毒死了母亲,随后被判了死刑。他是由外婆领大的,家里也没有房子,自高中时代就一直住校。

谷秋莎明白了,以他的学历与素质,竟只能当个高中语文老师,就是因为出身的卑微。她的父亲是前教育局领导、现任大学校长,双方的家庭背景有天壤之别。

于是,在让申明知道未来岳父的身份之前,她先把自己身体的秘密说了出来……

"虽然,我一直很期待能与喜欢的女子结婚,然后生个可爱的孩子。不过,难道结婚就是为了生儿育女?假如,我真心愿意跟对方结婚,就应该包容她的所有缺陷——何况不能生孩子只是身体问题,与一个人的品德与素养有关吗?就像有的人高一些,有的人矮一些,不都是老天爷命中注定的吗?大不了去福利院领养个孩子回来嘛!"

最后一句话,申明说出了她憋在心里不敢讲的念头。

第二天,谷秋莎果断带着男朋友回家,申明才知道女朋友的爸爸竟是报纸上常提到的谷校长。父亲对他的印象出乎意料地好，两人聊得很愉快，尤其谈到教育改革问题时，申明大胆的想法获得了认可。

那是1994年的春天。

不久后的暑期，父亲把申明从南明高中借调到身边，做了三个月临时秘书。其间发生了一件事，让他更为器重这个未来女婿。

第二年，谷秋莎与申明举行了隆重的订婚仪式。在父亲的授意下，市教育局领导找申明谈话，很快下达文件，将他从南明高中上调到教育局团委。他的前途已被内定，两年后将成为全市教育系统的团委书记，这是一个人能飞黄腾达的最快方法。

1995年，5月的最后几天，她发现申明愁眉不展，验收新房装修的过程中，总有心不在焉的感觉。谷秋莎问他出了什么事，他却强颜欢笑地说，或许只是高考临近压力太大。

她去南明高级中学打听了下，才听说申明与一个高三女生有师生恋，还有人传说他竟是个私生子——不敢相信会有这种事，她即将与这个男人结婚，早就摆过订婚的酒席，就连婚礼的请帖都发出去了，自己该如何面对？高考越发临近，带着毕业班的申明，几乎每晚都要给学生补课，就连周末也不能陪伴未婚妻，更让谷秋莎忧心忡忡。

他俩最后一次见面，是6月3日晚上，两人从新装修的房子出来，去电影院看了阿诺德·施瓦辛格的《真实的谎言》。

看完电影后谷秋莎问他："你对我说过什么谎言？"

申明看着未婚妻的眼睛，沉默许久才说："有人要害死我。"

他承认自己确实是私生子，七岁那年杀死妈妈的男人，其实只是继父。十岁那年，他在户口簿上改姓为申，就是他亲生父亲的姓。从一出生他就背负着耻辱与原罪，只能对未婚妻及岳父隐瞒。

至于，跟女学生发生暧昧关系，申明矢口否认并指天发誓。

谷秋莎表面上相信了他的话，回家却彻夜难眠——打心底里感到不公，自己对这个男人坦诚相待，掏心掏肺地对他好，说出了谁都不能知道的秘密……申明却欺骗了她，隐瞒自己是私生子的真相，直到南明中学传遍了才说出来，能算是老实交代吗？

既然如此，他说自己与女学生是清白的，一定就是真话吗？

"不要相信任何人，哪怕是你最爱的人。"

这是他们的订婚仪式前，父亲悄悄在耳边说的一句话，算是给女儿出嫁前的最后忠告。

还不到三个月，居然一语成谶？

这一晚，谷秋莎几乎撕裂了床单。

两天之后，申明的高中同学路中岳找到她，说她的未婚夫在学校出事了，有个叫柳曼的高三女生死了，据说被人用毒药谋杀。申明的情况非常危险，昨晚有人看到他与这女生单独在一起，公安局正在申请搜查令，能否通过谷校长的关系帮忙？

谷秋莎当场把茶杯打翻，掉下眼泪，她的第一反应不是要救出未婚夫，而是不断设想最危险的可能——他是杀人犯？他杀了有暧昧关系的女学生？因为不能让这个秘密被我知道？必须在结婚之前处理干净？

当晚，她接到申明打来的电话，却冷漠地拒绝与他见面，也没提醒他要检查一下房间。

再次辗转难眠，脑中不断回忆，从她与申明的第一次偶遇，再到第一顿晚餐，第一次约会，第一次拥抱，第一次接吻，第一次……

每个细节，都如一帧帧电影画面，宛在眼前，而他的面目越来越模糊——那只鼻子变得鹰钩起来，双目时而沉静时而暴怒。

他真的爱我吗？

因为我的父亲才接近我的吧？他有其他女人吗？那个高三女生？还是别的什么人？

而我呢？又是为什么才喜欢他？替我夺回钱包的缘分？他与小偷搏斗的勇气？像个男人那样在战斗？他深藏不露的各种才华？两年来坚持每周给我写的诗？他的眼神偶尔流露的、冷静从容又胸怀大志的气魄?

还是——我只是想要寻找一个愿意包容我的缺点,愿意为了我而放弃孩子,或去领养别人孩子的丈夫?

我真的爱他吗?

第二天,谷秋莎听说申明连夜被抓进公安局,警方在他的寝室里发现了杀人毒药。

她没心思上班了,回到家父亲也是一脸怒容。谷校长拿出一封信丢给女儿,却发现是申明的笔迹,收信人名叫贺年,是他在北大的同窗好友,毕业后留京工作。

申明在信里说自己即将结婚,因此而将踏入仕途。让谷秋莎恐惧的是,申明说自己第一次遇到她,是处心积虑跟踪了许久,事先调查清楚了她的家庭背景,直到那天在公交车上盯着她,这才发现有小偷在摸她钱包,否则车里那么多人怎偏偏被他看到?他迅速掳获了校长千金的芳心,接着又是如何算计谷家父女,让谷校长器重他是个人才,并把他借调到身边来做秘书。

不幸中的万幸是,申明没有在信中透露她不能怀孕生育的秘密。

然而,最让谷校长火冒三丈的是,信的结尾写道:"至于我的岳父大人嘛,才是真正道貌岸然的伪君子,如果说我是个骗子,那么他就是骗子中的骗子。早晚有一天,他的那桩卑鄙的秘密,将大白于天下。"

父亲将这封信锁进保险箱,反复关照女儿,此事绝对不能泄露。

半年前,申明把秘密写进了信里,有当时的邮戳日期为证。最近,贺年在北京犯了严重错误,被发配回本市教育局,阴差阳错进入团委工作,才知道申明已被内定为下一任团委书记——人总是有嫉妒心的,尤其是大学同学。毕业分配时申明没有后台,只能做个高中语文老师,而贺年混了个留京的好职位,如今却要做申明的下属,怎么咽得下这口气?

其实,谷秋莎对于这封信的真实性是有怀疑的,所谓"墙倒众人推"，这是父亲经常对她说的一句话。

事到如今，信的真假已不重要，因为墙已轰然倒塌，再也不可能砌起来了。

她换了新装修的婚房的锁芯，父亲则退了婚宴的酒店，收回全部结婚请帖。

就在申明关在看守所的那些天，黄海警官来找过谷秋莎两次，了解他的各种情况。而她也如实相告，包括申明最近的反常表现。

最终，黄海警官问了一句："谷小姐，你相信你的未婚夫吗？"

"首先，我不相信任何人。其次，他也不是我的未婚夫了。"

她异常冷静地回答，也不管这是否会影响到警察的判断，黄海警官面色一沉，什么都没说就走了。

一周之内，谷秋莎的父亲运用各种关系，迫使教育局火速做出决议，将还在狱中的申明清除出教师队伍，同时开除党籍。

6月16日，路中岳到谷家登门拜访，告诉谷秋莎与她的父亲，申明已被警方无罪释放，希望能帮助他。这消息令谷校长颇为紧张，因为双开决定一经下达，绝无收回或更改可能。申明必然已经知道，说不定今晚就会找上门来。

于是，谷校长推辞掉一切公务，连夜带着女儿出发，由司机把他们带到机场，飞往云南大理与丽江旅游了七天。

1995年6月19日，深夜10点，当谷秋莎与爸爸一起在苍山洱海间欣赏月光，申明正在电闪雷鸣中的地下死去。

谁杀了申明？

九年来，这个问题始终萦绕在心底，即便早就嫁作他人之妇，却终究无法忘记。

忽然，谷秋莎很想再见到那个叫司望的男孩。

第三章

2004年10月12日,星期二,长寿路第一小学校门口。

下午4点,谷秋莎坐在宝马760的后排,摇下车窗看着放学的小学生们。许多家长在门口等着接小孩,私家车沿街排成一条长队,收停车费的老头以为她也是来接孩子的。一群边走边聊的孩子后面,司望独自沉默忧郁着,没有人跟他打招呼。他穿着蓝色校服,看起来沉甸甸的书包上沾满沙子,红领巾上还有个破洞。

谷秋莎打开车门,拦在这个三年级小学生面前。他抬头看着她的眼睛,几乎没有半点表情,倒是说话很有礼貌:"阿姨,能不能借道让我走一下?"

"不记得我了吗?昨天,我来听过你的语文课。"

"我记得。"男孩下意识地拉了拉衣服,看来还知道要在女士面前保持形象,"你很喜欢元稹的诗。"

"你家在哪里?我送你回家。"

"不用麻烦了,我都是走回家的,不需要坐车,谢谢你!"

他不卑不亢的说话态度,让谷秋莎似曾相识,难得她穿了双平底鞋:"好吧,我陪你走。"

司望再也不好意思拒绝,任由这陌生女人陪在身边。长寿路第一小学背后是苏州河,有段小路沿河可以抄近道。谷秋莎很久没散过步了,闻着苏州河水的泥土气味,几片枯叶坠落,才发觉秋天早已降临。河水呜咽地流淌,裸露出近岸肮脏的河床,连带成年累月的淤泥和垃圾,或许还有动物的尸骨。一艘船鼓噪着开过去,掀起雁行般的层层波浪,卷过河堤,泛起涛声。经过人迹罕至的那段路,夕阳下四处响着麻雀声,工厂围墙上有黑色野猫走过。两个人的影子被拉得很长,一红一蓝,一长一短。

"司望同学,我有个疑问,为什么你的老师和同学们,都不知道你的才华?"

他继续快步走着却不回答,谷秋莎紧接着问:"我看过你的考卷了,发觉你有时会故意答错题,明明写了正确的答案,却又划掉写个错的,而且错得非常离谱。还有你的字写得很烂,但似乎不太自然,像是有意写得歪歪扭扭。"

"因为,我害怕自己的字写出来后,就会有人过分地关注我。"

"你总算说了句真话,你们老师还说你没什么朋友,也不去同学家玩,更没带同学去过你家,为什么那么孤僻?"

"嗯——我家又小又破,不好意思让别人看到。"

"所以说你一直在隐藏自己?可为什么昨天见到我,就会不鸣则已,一鸣惊人呢?"

"老师让同学说说元稹的其他作品,大家却都没反应,我害怕她会被校长批评,而她平时待我还不错,因此就想帮帮她,课堂上总得有人回答老师的问题吧——正好,我也对元稹非常熟悉。"

这孩子的眼神如此真诚,让谷秋莎打消了之前的犹疑。

"我相信你看过许多古典诗词,那么你爱看小说吗?"

"阿姨,你在考我吗?"

她半蹲下来,揉着男孩漂亮的脸颊说:"你可以叫我谷小姐。"

"好吧,谷小姐。"

"你看过《简·爱》吗?"

虽然,这本书对于小学生来说太成人了,但谷秋莎要考验他的并非这个。

"看过啊。"

"Do you think, because I am poor, obscure, plain, and little, I am soulless and heartless? "

不经意间,谷秋莎背出这段简·爱对罗切斯特所说的名言开头,她相信眼前的男孩很难通过这轮考试,若能把中文翻译出来就谢天谢地了。

"You think wrong!"让人意想不到,司望直接说出了后面的英文,"I have as much soul as you, and full as much heart! And if God had gifted me with some beauty and much wealth, I should have made it as hard for you to leave me, as it is now for me to leave you. I am not talking to you now through the medium of custom, conventionalities, nor even of mortal flesh; it is my spirit that addresses your spirit; just as if both had passed through the grave, and we stood at God's feet, equal, as we are!"

当他声情并茂、字正腔圆地背诵完毕,谷秋莎已不敢直视这孩子的双眼。十年前,谷秋莎送给申明一本《简·爱》的原版小说,那是她爸爸去美国考察时带回来的,她记得申明反复背诵过这段英文。

"就仿佛我们两人穿过坟墓。"

她情不自禁用中文念出这句,司望低垂眼帘,目光隐藏在长长的睫毛后面:"对不起,我看过英文原著,但只会背这段英文。"

"司望,你明白这句话的意思吗?"

"明白。"

"就好像经历过一样?"

他停顿几秒钟,摇摇头:"不知道。"

谷秋莎也不知该说什么好?两人沉默着向前走去,在苏州河边最僻静的那段,一辆破烂的吉普车停在路边。

这辆车怎么看都有些眼熟,虽然四个轮子瘪了两个,车前脸差不多掉了,牌子车标也都没了,只有一副外地牌照斜插在后面。她仍能看出这是一辆老款JEEP,后面车窗上画着一朵红玫瑰插在白骷髅中,虽然厚厚的灰尘与污垢令其暗淡,但可确定是原来车上的喷涂。

司望在旁边说了一句:"这辆车在此两年了,一年级时,爷爷送我回家的路上就有了。"

严格来说，这只是一具汽车的尸体。

秋天，河边变得荒凉萧瑟，那辆车始终停在那里，就像死人那样缓慢地腐烂。忽然，似乎有人在叫某个名字……

谷秋莎惊慌地转回头来，却没看到任何人，跑上苏州河边的绿化带，连只鬼影子都没发现。她越发靠近这辆车，确信门窗都紧关着，也没有被打开的痕迹，因为车门把手上积了厚厚的灰。大胆地把耳朵贴在车窗上，心跳还是快得吓人，期望还能听到那个声音。她颤抖着观望四周，寂静无声的荒地，一边是冰冷的苏州河，另一边是工厂外墙。

还有一个古怪的男孩。

黄昏，5点整。

还是没有一个路人经过，她趴到吉普车的挡风玻璃前，努力往驾驶座里看去——空空的座位上洒满杂物，有废报纸和方便面纸杯，靠背上还有些恶心的污迹。旁边的车窗则是黑色的，从外面看不到里面的情况。

她闻到了一股臭味。

这气味臭得如此蹊跷，简直令人毛骨悚然……就是这辆车吗？谷秋莎还是动了这个念头，无论如何，要打开它的秘密，就像唯有解剖才能弄清一个人的死因。

围绕吉普车转了两圈，发现后备厢略有些松动，可能里面压着某样重物？或者那么多年风吹雨淋，门锁早已生锈毁坏？她完全顾不上脏了，从附近草丛中找了根铁棍，插进后备厢的缝隙，用尽全力往上撬动起来。

"你要干什么？"

司望这才像个小学生的样子，疑惑地看着大人疯狂的举动。

"能帮我一下吗？"

看来谷秋莎的力道还是不够，男孩倒是非常积极，帮着她一起撬动后备厢，同时紧张地向旁边张望，免得有人经过把他们当作偷车贼。

嘣的一声，后备厢撬开了！

果然，一阵怪异的味道喷涌而出，熏得他们几乎昏倒过去。谷秋莎后退了好几步，双手蒙着鼻子，向敞开的后备厢里看去……

苍蝇，几只蝴蝶般肥大的苍蝇，有气无力地飞出来，转眼坠落在男孩脚下。

风，吹起司望胸前的红领巾。

后备厢里有一卷厚厚的地毯，这个三年级的小学生，竟做出成年人都不敢的举动，扯开紧紧卷起的地毯……

"不要啊！"

谷秋莎话音未落，地毯里露出了一具尸体。

严格来说，一具男人的尸体。

更严格来说，一具已高度腐烂接近白骨的男人的尸体，只是那身爬满蛆的黑色西服，还有一只脱落下来的男士皮鞋，才准确说明了死者性别。

他至少已死去两年了。

看到死人的尸骸，谷秋莎吓得跑远了，躲藏在大树的背后。男孩反而加倍镇定，踮起脚尖重新关上后备厢——为了不破坏案发现场，虽然这里极可能并非杀人之地。司望就像个老练的侦探，小心翼翼地观察着四周，不再触碰以免留下指纹，难以置信他只有九岁。

但是，谷秋莎已知道死者是谁了。

第四章

"经过法医检验，死者身份已确定，正是失踪已经两年的贺年。"

说话的是个中年警官，声音沙哑而沉闷，坐在尔雅教育集团的总经理办公室，目光如炬，扫视房里的一切。

谷秋莎还没忘记这张脸，1995年申明被怀疑是杀人犯抓进看守所的几天内，眼前这位警官来找过她两次。

"是啊，当我在苏州河边看到那辆破吉普车，很自然地想起了贺年。开这种车的人非常少，又是个外地牌照，还有后备厢上玫瑰插在骷髅里的图案——当时给我留下过深刻印象，可以肯定是他的车。"

"能否说说当时的情景？你为何没有坐车，而是步行陪伴一个小学生回家？"

黄海警官四十多岁了，九年来发生了许多事，肤色更加黝黑，体形依然魁梧笔直。

"我太对不起那个孩子了，因为我的好奇心，让他看到了一具可怕的尸体，我很担心会给他留下什么心理阴影。"谷秋莎唉声叹气，似乎鱼尾纹都出来了，"司望是几十年罕见的天才，这样的孩子是无价之宝。"

"我明白了，能再聊一下被害人吗？"

"贺年是我们集团的前任副总经理，原来是市教育局的团委书记，几年前跟着我父亲辞职下海，也算是第一批创业高管。我跟他共事过两年，这个人的工作能力很强，性格脾气有些怪异，但从没跟人结过仇怨。"

"根据尸检报告，初步判断死亡时间在2002年12月，差不多就是失踪时间。尸体腐烂完了，法医难以给出确切死因，但从死者衣服上的刀口判断，是被人从背后用尖刀刺死的。凶手将尸体包裹在地毯中，紧紧封闭在后备厢内，丢弃于苏州河边最荒凉的角落。那里罕有路人经过，寒冬腊月尸体又不易腐烂。等到第二年夏天，那段路边堆积了许多垃圾，臭味就被混在一起，更不会有人注意了。"

"是啊，当年他无缘无故地消失，集团还以为他被竞争对手挖走了，在报纸与网络上登过寻人启事，后来才想到去公安局报失踪案，没想到早就遭遇了不幸。"

对于上周在苏州河边的历险,谷秋莎至今心有余悸。简直鬼使神差,她居然发现了贺年的吉普车,并在一个小学生的帮助下,大胆撬开车后盖,结果找到失踪高管的尸体。

"还有件事想问一下,我调查了贺年的档案,发现他是1992年北大中文系毕业的,他有个同班同学籍贯也是本市,我想你肯定认识那个人吧?"

面对黄海警官凌厉的目光,谷秋莎早已料到了,从容不迫地回答:"申明。"

"很巧啊,1995年,当我审问申明,他说自己即将被调入市教育局,内定他将成为团委书记。没过几天他就被杀了,两年后获得这个位置的则是贺年,而他调入教育局的时间,仅在申明死前的一个月。"

"你在怀疑什么?贺年的死与申明有关吗?或者是相反?"

"一切皆有可能。"

谷秋莎的心头狂跳,自然想起了那封信,由贺年提供给她父亲的申明的亲笔信——因为出卖了最信任他的大学同学,贺年获得了团委书记的职位。

她避开黄海的目光回答:"我不知道。"

"好吧,非常感谢你的配合,如果还想起什么事情,请随时联系我。"

黄海警官丢下一张名片后离去,而她的手心已捏满汗珠,却还是没把那个秘密说出来。

九年前的那封信,始终藏在父亲手里,若他不愿拿出来,她的一句话又有何用?

谷秋莎坐卧难安了许久,忽然叫上司机,载她前往长寿路第一小学。

又是拥挤的放学时间,她看到那个叫司望的男孩,穿着蓝校服系着红领巾走出校门口。

他的视力还不错,在许多辆车中看到了谷秋莎,走到宝马760的窗边说:"谷小姐,你找我还有什么事吗?"

"关于上次的事情,我来向你道歉。"

"就是苏州河边那辆破吉普里的尸体?"

"你还是个九岁的孩子,怎么能叫你见到那种脏东西呢?这全是我的错。"谷秋莎给他打开车门,"请进来说话吧。"

司望怯生生地看了看车里,摇着头说:"我怕把你的车弄脏。"

看来他还从没坐过这种好车,而现在的小男孩早就认识各种车的品牌了,谷秋莎笑了笑说:"没关系!快点进来。"

男孩皱着眉头,小心翼翼地坐进来,上下打量着车内装饰,一边说:"谷小姐,关于那具尸体嘛,请你放心,我不会因此而做噩梦的。"

"真的不害怕吗?"

"我见过尸体,去年爷爷去世,还有今年奶奶也走了,我都是看着他们进的火化炉。"

他轻描淡写地说着,谷秋莎已抱住他的肩膀:"可怜的孩子。"

男孩在她耳边呼着热气说:"人总有死的那一天,生命不过是个永恒之环,在生死之间周而复始。"

"司望同学,看来除了语文与英语,你还爱看哲学书嘛。"

"你知道六道轮回吗?"

"说来听听。"

"天道、人间道、阿修罗道、畜生道、饿鬼道、地狱道——人永远在六道中轮回,恶报者下世变成畜生、恶鬼甚至下地狱,善报者回归人间与天道。只有阿罗汉、菩萨、佛才能跳出六道轮回。"

"嗯,这是佛教的说法,可我是信仰基督教的。"

她拿出了挂在胸前的十字架。

这个三年级的小学生,看她的眼神却有些奇怪,像是被什么刺到了眼睛,退缩到车门边说:"你真的信基督吗?"

"干吗要骗你？"

"那你相信人死以后灵魂是存在的，我们都在等待上帝的末日审判，信仰耶稣就能得到救赎而上天堂，反之则只能下地狱吗？"

"我——"谷秋莎被这个问题困扰住了，她是在申明死后才进的教堂，"相信！"

"有一些典籍上说死亡只是从今生到后世的一个阶段，在末日审判来临之时，每个死者都会白骨复生，在主的面前接受审判，若你信仰正确并且行善，就会升入乐园得以永生，否则便会接受火狱的刑罚。"

"小天才，你看过所有的宗教典籍？"

司望自顾自地说下去："或许，只有道教例外，道家重视生命，追求不死，而鬼的世界是一个与人间平行的世界——你见过鬼吗？"

低头沉默，无法回答，男孩神秘兮兮地补充了一句："我见过的。"

"好吧，你把我彻底打败了，不要再讨论这些了好吗？我送你回家。"

他犹豫片刻，报出一个地址，等待良久的司机踩下油门。

十分钟后，宝马车开进一条狭窄的巷子，必须不断按响喇叭，才能让晒太阳的老头、老太们让开，还得与自行车和助动车抢道，要不是老板坐在车上，司机早就摇下窗开骂了。

"就停在这儿吧。"

司望指着一棵正在掉叶子的大槐树，他跳下车说了声"谢谢"，就钻进三层楼的老房子，油腻与剥落的外墙里头，不知居住着怎样的人家？

第五章

一个月后。

司望成为尔雅教育集团的代言人。校长骗他说要为长寿路第一小学做宣传照,把他请到摄影棚拍了一组照片,最后才说是商业广告。谷秋莎的助理找到司望的妈妈,也是这孩子唯一的法定监护人,当场支付了十万元现金,才把代言合同签下来。

谷秋莎请男孩到家里吃饭,他穿着童装赞助商提供的新衣,第一次踏进谷家大门,看着可以打篮球的客厅,脸颊羞涩得发红,在谷秋莎眼里更显可爱。她牵着司望的手,坐到餐桌上介绍家庭成员。

"这位是我的父亲,也是尔雅教育集团的董事长,以前是大学校长,谷长龙教授。"

六十多岁的谷长龙,头发染得乌黑锃亮,慈眉善目地说:"哦,司望同学,早就听说过你了,果然是个神童啊,一看气质就跟别的小孩子不同,感谢你为我们做的代言。"

"谷教授,也感谢您给我提供的机会,祝您健康胃口好。"

男孩回答得颇为得体,谷秋莎很满意,又介绍餐桌对面的男人:"这位是我的丈夫,尔雅教育集团的行政总监,路中岳先生。"

路中岳的表情很不自然,一句话都没说,尴尬地点了点头。

"您好,路先生。"

司望照例礼貌地打招呼,谷秋莎看丈夫不吭气,只能补充一句:"我先生平时不太爱说话,但他曾经是工程师,你有什么数理化方面的问题,尽管来问他。"

"好啊，理工科是我的弱项，以后请多多指教！"

"那就先干杯吧！"

谷秋莎举起红酒荡漾的杯子，菲佣已搬上一桌子丰盛的菜肴，这是她特意请酒店厨师来家里做的。

男孩用果汁与女主人干杯。席间的气氛颇为融洽，谷秋莎与父亲接连向司望提问，没什么能难倒这孩子，无论天文地理历史哲学，他都能娓娓道来。就连路中岳也问了道军事题，关于"二战"的德军坦克，没想到司望竟如数家珍。

最后，谷长龙问到了当今的经济形势，这个三年级的小学生答道："未来三年内，全球经济还将保持相对繁荣。中国的房价至少还会翻一到两倍，想要现金保值的话可以买房。如果想要投资证券市场，建议明年买些基金。"

"有子如斯，夫复何求。"

老爷子长叹一声，看了看餐桌对面的路中岳，令他面色发青地低下头。

晚餐后，男孩没有过多留恋："谷小姐，我要回家了，跟妈妈说好时间的。"

"真是个好孩子。"

谷秋莎越看越觉得舒服，忍不住亲了亲男孩脸颊，嘱咐司机把他送回家。

看着司望坐进宝马远去，她下意识触摸嘴唇，明明是第一次吻他，却有种莫名的熟悉感。

巨大的别墅随之冷清寂寞，父亲早早回房睡觉了——他参加这顿晚餐是被女儿硬逼来的，至于丈夫路中岳更是如此。

怅然若失地回到二楼，她在走廊与路中岳打了个照面，他冰冷地说："今天，那个叫黄海的警官，来找过我问话了——关于贺年的死。"

"问你干什么？"

"因为，那个人。"

她知道路中岳口中的那个人是谁："是啊，你是那个人的高中同学，贺年是他的大学同学，而你却是我的丈夫，贺年被杀前在我们集团工作，又是我发现了他的尸体。"

"因此，我成了嫌疑对象。"

"你不会有事的，放心吧。"她刚要离开，又抓住这个男人的胳膊说，"今天为什么对孩子那么冷淡？"

"你的孩子吗？"

"就当作是我的孩子吧。"

路中岳摇摇头："这是你的权利，但与我无关。"

他用力挣脱妻子的手，走进书房挑灯夜战《魔兽世界》了。

谷秋莎回到卧室，屋里没有一丝男人气味，她躺在宽敞的大床上，抚摸自己的嘴唇与脖子。

路中岳已经三年没在这张床上睡过了。

他们的第一次相识，是在1995年3月，申明与谷秋莎的订婚仪式上。当时，路中岳坐在申明的同学桌里，早已喝得醉醺醺的。申明拖着谷秋莎过来，要给最好的朋友敬酒。路中岳却没撑住，当场吐得稀里哗啦。

谷长龙因此注意到了路中岳。原来，他与路中岳的父亲曾是战友，后来他去了教育局，老路去了区政府，成为一名颇有权力的处长，两人保持不错的关系。当年谷长龙经常到路家做客，对路中岳还留有几分印象。

路中岳大学读的是理科，毕业后分配进南明路上的钢铁厂，与母校南明高中近在咫尺。他是厂里最年轻的工程师，但工厂处于半停产状态，平时闲得要命，常去找最近的申明看球或喝酒。

申明没什么朋友，每次聚会要拉人，他都会想到路中岳，就这样路中岳跟谷秋莎也熟了。他们装修婚房时，路中岳还三天两头来帮忙，搞得申明很不好意思。

1995年6月，申明出事的消息，是路中岳第一时间告诉她的。

谷秋莎一家为了避开申明,特意去云南旅行了一趟,回家后发现路中岳等在门口,双眼红肿地说:"申明死了!"

路中岳详细地说了一遍,包括警方在南明路边的荒野中,还发现教导主任严厉的尸体,确认是申明杀死了严厉,因为凶器就插在死者身上,刀柄沾满申明带血的指纹。他逃窜到钢铁厂废弃的地下仓库,结果被人从背后刺死。

终于,谷秋莎泪流满面,虚弱地趴在路中岳的肩膀上,直到把他的衬衫全部打湿。

她非常内疚。

假如,当时可以救他的话?假如,父亲没有执意要把他开除公职与党籍?假如,她能稍微关心一下绝望的未婚夫,哪怕是去看守所里见他一面?

可她什么都没做,留给申明的只是失望与绝望。

谷秋莎原本设想过申明的未来,必然因此一蹶不振,丧失十余年奋斗得来的一切,却没想到他会选择这条惨烈的杀人之路,更没想到竟有人从背后杀害了他。究竟是什么样的人?什么样的仇恨?

申明杀教导主任是为复仇,那么他对于谷秋莎与她的父亲,恐怕也有强烈的怨恨吧。

说不定,教导主任只是第一个仇杀的目标,接下来就是……

她又从内疚变成了恐惧。

谷秋莎大病了一场,病愈后主动找路中岳来忏悔。而他颇为善解人意,虽然怀念死党,却说人死不能复生,每个人都要跟往事干杯。路中岳也坦言自己的不如意,相比读书刻苦成绩优异的申明,他永远只能敬陪末席,高考成绩也很一般,大学毕业后找工作,还得依靠区政府的父亲帮忙。他是有雄心壮志的人,决不甘心于在钢铁厂做个工程师。

盛夏的一天,她约路中岳在酒吧谈心,两人从啤酒喝到红酒直到威士忌,醉得一塌糊涂。等到谷秋莎醒来,已在酒店客房里了,路中岳羞愧地坐在她面前,后悔一时冲动,怎可以碰死去兄弟的女人?她却没有责怪路中岳,反而抱住他说:"请再也不要提那个人了!"

第二年,谷秋莎与路中岳结婚了。

谷长龙爽快地答应了女儿的婚事,毕竟跟路中岳一家也算世交,何况女儿经过上次的打击,急需从阴影中走出来。迅速找到合适的男人结婚,恐怕是最好的方法。

然而,谷秋莎没有把自己的秘密告诉路中岳。

她不再是那个天真的女孩,路中岳与申明终究是两种人,要是让他知道妻子不能怀孕生子,未必会如嘴上说的那样坚贞不渝。

还是先结婚再说吧。

婚后第四年,当路中岳因妻子始终不见喜而疑惑,并坚持要去医院做检查时,谷秋莎才如实说出这个秘密。

路中岳在家里大闹了一场,但也没能有什么出息。就在两年前,他的父亲因腐败案发,被区政府撤职查办。南明钢铁厂也倒闭关门,路中岳成了下岗待业人员。

这一年,恰逢尔雅教育集团成立,谷长龙任命女婿为行政总监。

谷秋莎与路中岳已形同陌路,在外面却假扮恩爱。路中岳对丈人依然恭敬,平时工作也算勤勉,只是上上下下不待见他,私下里都叫他"吃软饭"的。

夜深人静,孤枕难眠之时,她也会想念起申明。

第六章

2004年12月,周末。

天气渐渐冷了,巷道边的大槐树掉光了叶子,孤零零矗立在几栋灰色的三层楼房之间。

谷秋莎走下宝马760，嘱咐司机在此等她。独自走进黑漆漆的门洞，经过幽暗狭窄的楼梯，墙上密密麻麻贴着老军医广告。她忍着浓重的油烟味，来到三楼走廊，注意到厨房与厕所都是公用的。

敲响一扇房门，开门的是个三十多岁的女人。谷秋莎微微有些吃惊，眼前的女子显得比她还年轻，让人想起王祖贤或周慧敏的脸，她试探着问道："请问这是司望同学的家吗？"

"我是他的妈妈，请问你是谁？"

"你好，你就是何清影女士吧，我是尔雅教育集团的谷秋莎。"

她故意摆出自信与高傲的神情，加上一身爱马仕的行头，让穿着居家服的对方相形见绌。

"哦，原来是您啊，快请进。"何清影紧张地放下手中正在织的孩子毛衣，回头看着屋里，羞涩地说，"真不好意思，家里又破又烂的，有什么事吗？"

"很感谢司望给我们公司做的代言，以前是我的秘书在与你联系，这次我想要登门拜访，顺便给你们送些圣诞礼物。"

她从手袋里掏出一套香奈儿的化妆品，司望的妈妈立刻摇头："不，我不能要这个。"

"谷小姐，你怎么来了？"

司望从里间出来了。每次看到这男孩的脸，就像黄梅天现了阳光，转眼能驱散阴霾，谷秋莎微笑着说："小伙子，我是来看你的哦。"

"可我没有叫你来啊。"

他害羞地低下头，忙着跟妈妈一起收拾沙发与桌子，好给谷秋莎腾出个干净的位子。

"不用麻烦了，我来看一下就走。"她注意到窗边摆着张小床，窗外是那棵大槐树，"这是司望的床吗？"

"是，里面是我的卧室。"

何清影尴尬地回答，她的身材依旧迷人，很难相信孩子都那么大了。虽然她在客人面前颇为自卑,谷秋莎却生出几丝嫉妒,出门前看过这个女人的资料,明明与自己是同龄人嘛。不错,司望的容貌完全继承自妈妈,怪不得那么漂亮。

忽然,门外走进两个男人,一看就是流里流气的那种,毫不客气地坐下说:"哟,有客人啊?"

司望母子的脸色都变了,男孩转身躲入里间,妈妈紧张地说:"对不起,请你们过半个钟头再来好吗?"

有个家伙眼尖,看到了谷秋莎带来的礼物,怪叫一声:"哇,你都买得起香奈儿了,怎么不早点还钱啊?"

"别说了!这不是我的。"何清影把化妆品又推回给谷秋莎,使了个眼色,"是吧,我的老同学。"

谷秋莎心领神会地把香奈儿收回去,冷冷地看着那两个混蛋说:"你们未经允许就走进来,属于私闯民宅,信不信我找警察来收拾你们?"

她摆出一副后台很硬的样子,让他们不敢造次,对方乖乖地走出去说:"好,我们还会再来的,再见!"

看来是高利贷的套路,何清影关紧房门,满脸愁容:"谢谢你,真是惭愧啊。"

"如果,有什么需要帮助的,请尽管告诉我!"谷秋莎留下一张名片,还是把香奈儿给了何清影,"我觉得这一款挺适合你的。"

谷秋莎刚要出门,司望又冲了出来,低声说:"我送送你吧。"

男孩回头对妈妈说:"别害怕,望儿很快就回来了,要是那两个家伙再来,千万不要开门哦!"

真是个懂事的孩子,谷秋莎回到楼下,摸了摸司望的脸说:"好吧,我知道了你的小名——望儿。"

"只有妈妈才能这么叫我。"

"司望同学,你要送我下来,是有什么话要说吧?"

"以后——"他看了看四周,沉下声来,"请不要再来我家了。"

"我明白你的意思,那你可以经常来我家吗?我会派司机随时接送你的。"

"好吧,我答应你。"

谷秋莎看着他的眼睛,醋意却更重了:"你很爱你的妈妈吧?"

"爷爷奶奶死后,妈妈就是我唯一的亲人。"

"你妈妈是个好女人。"

她抬头看着三楼的窗户,从何清影的气质与谈吐来看,绝非底层的小市民,真可惜遇人不淑嫁错了男人,即便生了个天才儿子,依然沦落到了这番境地。

"谷小姐,你还不回去吗?"

司望指了指她的车子,司机正在驾驶座上打瞌睡呢。

"舍不得你啊。"

情不自禁摸着他的脸颊,谷秋莎心想上帝真是公平,有的人已拥有一切,却没有最珍贵的孩子;而有的人简直一无所有,却拥有这样的无价之宝。

脑中生出一个可怕的念头,她很想把这个想法憋着,慢慢扼杀在摇篮中,或者封闭在内心的监狱里。

但看着眼前的男孩,这双清澈的眼睛,谷秋莎难以抑制地蹲下来,在司望的耳边说:"假如我有一个像你这样的孩子,那一切就都不一样了。"

司望莫名地看着她,中了子弹似的跳开,一溜烟奔回楼上。

第七章

2005 年,春天迟迟没有来到。

这些天谷长龙总感到气虚体弱,每晚要上三次厕所。没想到人是那么脆弱的动物,几乎一夜之间就老了,说不定哪天一不留神就死了。

以前却从没想过"死"这个字。

"爸爸,我想跟你谈一件事。"

谷秋莎走进书房,冬天还没有完全过去,她的下巴已有了赘肉。

"很重要吗?"

"是的,我想要收养司望做我的儿子。"

"你没开玩笑吧?"

"没有,我是非常认真的,这件事考虑了两个月,前前后后都已想清楚了,我必须收养司望,我爱这个孩子!"

看着女儿执着的表情,谷长龙叹息一声:"秋莎,你还是那么任性,就像当年你下定决心要嫁给申明一样。"

"请不要再提那个人了。"

"好吧,再举一个例子——就像你一定要嫁给路中岳那样,现在不后悔吗?"

"我,不后悔。"

谷长龙心里很明白,女儿的婚姻早已名存实亡,如今只是强颜欢笑。

"他都九岁了吧,不可能真正把你当作妈妈,干吗不收养个两三岁还没记事的?"

"今年就要满十岁了。"谷秋莎一提起司望,眼里就充满光泽,"收养个幼儿不难,但谁都无法预料未来会成哪块料?要是变成路中岳那样,还不如不要!可司望不一样,他是块现成的璞玉,聪明绝顶,又善解人意,智商与情商超过了成年人。"

"成年人——好吧,你是成年人,我不干涉你的决定,但你跟你的丈夫商量过了吗?"

"几年前,当我把不能怀孕的秘密告诉他,就说过要领养一个孩子,他也没表达过反对意见。"谷秋莎靠近父亲,捏着他的肩膀,"爸爸,你不知道我多想有个孩子。"

"毕竟是别人家的血脉。"

"难道要让你的女婿来接班?爸爸,我知道你在外面有女人,如果你能给我生个弟弟,我并不会反对的。"

这句话令谷长龙恼羞成怒:"住嘴!"

"司望这孩子是我最后的机会,看到他的第一眼开始,心底里有种熟悉的亲切感,仿佛上辈子就是最爱的人——我离不开他了,不见到就难以入眠,真想每夜都抱着他。"

"失心疯!"谷长龙起来徘徊了几步,"收养也不是一厢情愿的事,人家没有父母吗?"

"我早就调查过司望的家庭背景了,他的爸爸叫司明远,是个长期失业的下岗工人,三年前失踪,最近刚被注销了户口,法律上已是个死人。一年之内,司望的爷爷奶奶相继去世,外公外婆更是在他出生前就离世了,母亲何清影成了他唯一的监护人。"

"她愿意把亲生儿子让给你?"

"当然不愿意,但我想她最终还是会答应的,这个女人原本在邮政储蓄做营业员,月收入不过两三千,家里欠了一屁股债,每天都有高利贷催上门来。上个月她刚被单位辞退,正处于失业状态,撑不了多久。"

"这么说来就是个穷小子,做梦都想过上有钱人的生活,说不定就是因此而接近你的!秋莎啊,你太单纯了,有过申明的前车之鉴,还想再重蹈覆辙吗?"

"不许你提这个名字!"

女儿突然狂叫起来,摔门而去。

十年来,"申明"这两个字,始终是这个家庭的禁区。

他又胸闷气短了,慌忙打开抽屉,戴上老花眼镜,从一大堆药瓶中,好不容易找出几粒药片和水吞下。倒在椅子上深呼吸几下,脑中却还是那张脸,在1995年的夏天,无数次在噩梦中出现的脸。

申明。

若不是因为那件事，谷长龙怎么可能答应女儿嫁给他？这个出身卑贱的穷小子，爸爸杀了妈妈又被枪毙，简直就是克死全家的天煞孤星。

1994年，暑期，谷长龙的秘书回去生孩子，因此把北大毕业的高才生申明，从南明高中借调到大学校长办公室。申明工作很努力，替校长撰写的发言稿尤其漂亮，毕业典礼后反响热烈，大学生们都把他奉为一代师表。他也帮谷长龙接待过外宾，一口流利的英文令人吃惊，从预订酒店餐厅到观光旅游，各方面安排得井井有条，大家交口称赞。

于是，谷长龙选定申明去解决那件事——他交给申明一个小包裹，说是从普陀山请来的法器，专门镇宅避邪。当时副校长姓钱，搞学术的教授出身，平日不太跟官场来往，这两年不顺利，经常生病住院，因为房子风水不好，只要把这件宝物，悄悄放到他家客厅的大花瓶里，就能压住所有邪气，让身体事业家庭各方面旺起来。但钱校长是著名科学家，坚定的唯物主义者，历来排斥风水之说，要是当面送给他，肯定会被拒之门外。所以，只能让申明以上门办事之名，趁其不备把小包裹塞进大花瓶，这样钱校长自己都不知道，运势却能不知不觉扭转回来。申明信以为真，便去钱校长家里拜访了一次，顺利完成了谷长龙交代的任务。

几天后，钱校长被纪委双规，又被检察院以受贿罪名起诉。原来有人举报他腐败，把受贿的赃款藏在客厅的大花瓶里，结果搜出来一个包裹，竟然藏着两万美金。钱校长是个真正的书呆子，忍受不了这样的侮辱，就在看守所的监房里，用裤子绞起来上吊自杀了。

事后申明才得知真相——钱校长与谷长龙素来不和，在大学食堂承包的问题上，钱校长认为谷长龙有中饱私囊嫌疑，因此一直在实名举报，引起上级领导的注意。谷长龙几乎已陷入绝境，才祭出这记狠招，却不便自己出面，唯一可以欺骗与利用的人就是申明。

终于，申明与谷秋莎的婚事，得到了岳父大人的首肯。

第二年，女儿的婚期将近，接二连三传来各种负面消息，直到申明成了杀人嫌疑犯。恰巧此时，新调入教育局团委的贺年，向他呈上了那封申明的亲笔信。谷长龙惊起一身冷汗，他明白信里所说的"那桩卑鄙的秘密"是指什么，更害怕将来申明飞黄腾达后，利用这个秘密来控制自己，到时候他反而成了女婿的提线木偶。

于是，他亲手毁灭了申明的前途。

陪伴女儿从云南旅游回来，谷长龙听说申明的死讯，并未感到寒心，反而如释重负地长出一口气。终于排除这颗定时炸弹了，而秘密永远烂在了坟墓深处。

最近，谷长龙时常心慌的是——他又梦见了申明。

开学以后，谷秋莎常把司望带回家里。她租下一块网球场，每周教这孩子打网球。司望看起来也很享受，每次玩得不亦乐乎，最后吃完丰盛的大餐，司机才把他送回家。

男孩看到谷长龙寂寞地坐在书房，便会特意来陪伴老人，下盘象棋或聊聊国家大事，十年前申明就是这样跟丈人套近乎的。谷长龙收藏了不少古籍善本，九岁的男孩很感兴趣，其中就有金圣叹批注的元稹的《会真记》。谷长龙毕竟做过大学校长，倒是个爱才之人，便大方地送给他一套绣像本《天下六才子》。

有天周末，司望在书房陪老爷子做报纸上的填字游戏，谷秋莎与路中岳都有事各自出门，连菲佣都临时请了病假，偌大的别墅里只有这一老一少。谷长龙正在惊叹这孩子的聪明，连他都难以填出来的字谜，司望一眨眼全部搞定了。

忽然，他的心口绞痛，天旋地转——心脏病突发。

谷长龙痛苦地倒在地上，额头冒着冷汗，却一句话都说不出来，手颤抖着指向抽屉。

司望慌张拉开抽屉，全是各种药瓶，清一色国外进口药，密密麻麻写满外文，根本不知道哪一种才是救心脏病的。他低身去问老爷子，谷长龙却快要翻白眼了。生死攸关的十秒钟，司望将所有药瓶扫视一遍，迅速找到正确的药，并看懂了说明文字，掏出两粒塞进谷长龙嘴里，又解开他的衣服，压住胸口做心脏恢复的抢救，从鬼门关救回这条老命。

当晚，谷长龙同意了收养这孩子的计划。

第八章

2005年，清明节后。

何清影第一次来到豪华别墅，儿子牢牢牵着她的手，坐进客厅的犀牛皮沙发。他看起来对这里熟门熟路，知道卫生间在哪里，电灯怎么开，各种电器的遥控器用法……

谷秋莎热情地招待了他们，又送给何清影一套迪奥的限量款香水。虽然何清影穿了套相对体面的衣服，头发也去店里弄过，脸上化着淡妆，在街上足够吸引男人回头。但她的气色不太好，几个月不见，眉眼有几分发青。

迎接这对母子的，还有谷秋莎的丈夫与父亲。看到谷家全家出动，何清影惴惴不安，连声感谢数月来的关照。

寒暄一番之后，谷秋莎开门见山地提出了请求：

"何小姐，请让我们家来收养司望吧。"

"你在开玩笑吧？"

何清影的面色变了，她转头看着儿子，司望正在吃进口水果。

"不，我是认真的。我知道这非常唐突与失礼，毕竟司望是你的亲生骨肉，是你含辛茹苦地将他养到十岁，但以你们家现有的条件，一定会埋没这个天才，不觉得太可惜吗？而我会给他幸福的生活，让他得到最精英的教育,这不是所有母亲的心愿吗?"

"望儿!"何清影一巴掌打掉儿子嘴里的水果,"你答应了吗?"

儿子摇摇头说:"妈妈,我不会离开你的。"

她欣慰地抱紧司望,对谷秋莎断然回绝道:"你的好意我心领了,但我们必须回家了,以后请你不要再跟我儿子见面。"

"何小姐,其实司望也很喜欢我们家,为了给这孩子一个美好的明天,我会补偿给你一百万元。将来完成收养手续后,你并不会失去这个儿子,司望仍然可以叫你妈妈,你也随时随地可以再见到他,你我甚至可以成为很好的朋友,如果你想要有自己的事业,我会尽一切可能来帮——"

"再见!"

她没让谷秋莎把话说完,便拉起儿子冲出门外。

谷秋莎踉跄着跟出去,路中岳却在身后说:"算了吧,哪有妈妈愿意卖儿子的?不要再胡思乱想了。"

"你要么从我家滚出去,要么答应收养司望。"

谷秋莎停下脚步,冷冷地扔给丈夫这句话。

此后的半个月,她没再见到过司望,这个家里仿佛失去了什么,重新变得像墓地般死寂,就连谷长龙也总是来问她:"司望什么时候来陪我下棋啊?"

然而,在月底的某一天,谷秋莎接到了何清影的电话:"谷……谷小姐……请原谅我上次的失礼,我想再问一下,你真的会全心全意对望儿好吗?"

"当然!"谷秋莎欣喜若狂地握着电话,"请你放心!我会把他当作自己的亲生儿子,绝对不会比你对他的爱少一分!"

"以后,我还能经常见到他吗?"

"我们会签署收养协议,律师帮你做证,你任何时间都可以来看他。"

"那么,望儿就拜托给你们了!"

何清影在电话里痛哭起来，谷秋莎安慰了她一阵，又给律师打电话，吩咐立即开始法律手续。

其实，谷秋莎早就预料会接到这个电话。

这个秘密是不可告人的——谷秋莎通过朋友关系，七拐八弯找到何清影的债主，让他们以更卑鄙的手段去逼债，甚至公开扬言威胁司望，高利贷债主要派人到学校门口"保护"司望放学。半个月来的每夜骚扰，早已让她精神衰弱，濒临崩溃。

何清影当然舍不得儿子，但在这种状况下，与其让他面临黑社会的威胁，不如送到有钱人家里，至少安全无虞。就算自己出什么意外，也绝不会连累到孩子，大不了跟这些混蛋同归于尽。这样看来，何清影并没有出卖儿子，而是以暂时的离别，以自己的牺牲来保护他。她相信谷秋莎对司望的爱是真诚的，确实会如她所说的那样，给予这孩子美好的明天。而且，司望不管住到谁家里，他永远都是司明远与何清影的儿子，十岁的孩子怎会忘记妈妈？

他还会回来的。

虽然，谷秋莎并不这么想。

三周后，司望完成了收养手续，户口迁移到谷家，成为路中岳与谷秋莎的养子。

他改名为谷望。

第九章

"望儿，快来认识一下这几位教授爷爷。"

谷秋莎牵着他的手，来到这些著名学者面前。老头们都很喜爱这小孩,刚听他背诵了一遍白居易的《长恨歌》,又让他辨认出了几百个金文与甲骨文,更听他说了一番对于摩尼教与诺斯替主义的见解。

有位国学大师抱起这个十岁男孩,激动地说:"此子必成大器!复兴国学有望矣!"

"我看他更适合研究西方宗教学!我预定他做我的博士生了!"

"你们都错了,尽管这孩子学贯中西,却未必要进入我们的象牙塔,而是在为将来的宏伟人生积累知识储备,依我看他是志在庙堂啊!谷校长有这样的孙子,功德无量!"

最后这位教授一语中的,将谷长龙说得心花怒放,而他们并不知道这孩子是收养来的。

望儿是在5月份搬进谷家的,第一次有了自己的卧室,独立卫生间,价值十万元的按摩浴缸,真人体感游戏机。

开头几周有些不适,尽管表面上非常乖巧,接受了谷望这个新名字,驯顺地对谷秋莎叫妈妈,对谷长龙叫爷爷而不是外公。但他就是不肯叫路中岳爸爸——反正也不跟他的姓,路中岳乐得跟这孩子没关系。

他有时闷闷不乐暗自伤心,谷秋莎知道他是在想妈妈,担心妈妈一个人会不会寂寞。她大度地把何清影接来过几次,又为弥补母子分离的痛苦,三个人一起去海南岛旅游过。谷秋莎不介意他继续管何清影叫妈妈,因为她早已仁至义尽——何清影拿到了一百万的补偿,顺利还清所有高利贷债务,并且多了一笔储蓄。

不过,谷秋莎毕竟是个女人,有特别的第六感,发现每次何清影来到家里,见到路中岳的时候,眼神都有些奇怪,似乎在刻意避开他。谷秋莎没有往深处多想,想必何清影是出于对儿子的关爱,担心这个"继父"并不喜欢望儿,说不定还会处处刁难孩子。

路中岳还是老样子,几乎不跟妻子说一句话,偶尔去向岳父汇报工作。他对新来的"儿子"非常冷漠,看起来处处提防。到底还是望儿有礼貌,会主动向路中岳打招呼,甚至请教些理工科的问题,却从未得到过他的回答。

这一切都看在谷秋莎的眼底,但她不想去改变丈夫的态度,这个男人已经彻底废了,而他自己还不知道。

她有一个秘密。

几年前,当她告诉路中岳自己不能怀孕后,很快就感觉丈夫在外面有了女人,但她觉得没必要跟这个男人离婚。作为一个离婚女人,自己倒是没什么担心,但会惹来别人的怜悯与同情。何况作为尔雅教育集团的继承人,她在台面上还是需要有一个丈夫的。虽然离婚是对于出轨的报复,但毕竟没证据,未必能让这个男人净身出户,说不定还被他分去一半财产。

谷秋莎想到了一个更绝的报复手段。

这是她出国看病时得知的,并私自携带了一批违禁药品回国。其中就有促黄体生成素释放激素(LHRH),可以刺激脑垂体释放黄体生成素。人工合成的超活性LHRH类似物(LHRH A),可以使脑垂体的LHRH受体下降,抑制黄体生成素的释放,导致睾酮的产生减少,最终使睾酮下降至去势水平,从而起到与手术去势相似的效果,称为药物去势。

对于正常的男人来说,这是一种无形的阉割。

从此以后,她悄悄在丈夫的食物里添加这些药物成分。比如路中岳在冬季每天都要喝的虫草汤,还有夏天必吃的绿豆汤。若在春秋两季,她就下在全家人都要喝的汤里,反正自己是女人吃这个也无所谓,爸爸都六十多岁了,清心寡欲还有助于长寿。最后,她对自家的饮用水系统做了手脚……

谷秋莎对丈夫的"化学阉割"持续了三年,按照正常的科学规律,这样的阉割是不可逆的,结果将使男人永久性地丧失功能。

最近一年,路中岳频繁地去各种医院,而她掌握了丈夫的银行卡信息,可以查到去看的都是男性科。路中岳知道自己不行了,却永远无法查出病因,而且是不治之症。医生只能将之归于环境污染乃至基因缺陷，反正现在有这毛病的男人也不少。

每次看到丈夫萎靡不振的脸，冒不出半根胡须的下巴，上厕所要花很长时间，她就希望这个男人到死都在自己身边，就好像判处了他无期徒刑。

但她的心里很清楚，如果路中岳知道了这个秘密，毫无疑问会杀了她。

第十章

2005年6月6日。

飞驰拥挤的地铁车厢，移动视频在播出新闻，来自美国广播公司ABC，最近发现一个叫詹姆士的男孩，竟是"二战"中牺牲的海军飞行员转世。这孩子打小拥有飞行员的记忆，包括"二战"战机的零件专业名称和服役的航空母舰，而这位飞行员从来默默无闻。飞行员的姐姐说，男孩到她家后就认出了她母亲的一幅画，此事只有她和死去多年的弟弟知道。

他沉默而平静地看着这段视频，又从地铁玻璃反光中看到了自己的脸。

三号线到虹口足球场，从地铁下来，走到到处响着周杰伦歌声的街头，穿过几条狭窄的马路，进入绿树成荫的巷子，有栋灰墙红瓦的老屋，他轻轻按下了门铃。

铁门打开，是个六十岁左右的男人，又高又瘦，头发全白了，疑惑地问："你找谁？"

"请问——这是柳曼的家吗？"

对方的神色变得很怪异:"柳曼?你找柳曼?"

"我是代表我哥哥来的,他是柳曼的同学,因为生病住院不能走动,所以特别委托我上门来的。"

老头子不免又多看了他几眼,这是个漂亮的男孩,十岁左右,目光令人难忘,只要平静地盯着你的眼睛,你就会产生某种程度的畏惧。

"你哥哥是她的同学?当年柳曼走的时候,你应该还没出生吧。"

"哦,我和哥哥是同一个爸爸,不同的妈妈,所以……"

"明白了,我是柳曼的爸爸,快请进。"

客厅里没什么生气,底楼采光也不太好,老式红木家具令人压抑,柳曼就是在这样的环境中长大的。

1995年的今天,清晨时分,柳曼被发现死在南明高级中学图书馆的屋顶上。

十周年忌日。

在客厅正中最显眼的位置,是一张黑白相框,十八岁的柳曼摆出一个姿势,在风中露出迷人微笑——那是高中的春游,因为高考临近,只去了半天动物园,柳曼坐在草坪上拍了这张照片。

老头给男孩拿了一杯饮料,他也不客气地喝了一大口,点头道:"是啊,我哥哥特别叮嘱我,让我今天必须过来,给柳曼上三炷香,祈祷她在天堂安息。"

"唉,太感谢你了,没想到我女儿死了十年,居然还有人记得她!"

他说着说着就掉下了眼泪,从抽屉里拿出三支香,点燃后交到他手中,灵位前已供上了香炉与水果。

男孩缓步走到柳曼的遗像前,看着照片里她的双眼,恭敬地将三炷香插进香炉。

忽然,遗像里的柳曼似乎狠狠瞪了他一眼!

香烟缭绕在遗像与灵位间,男孩低声问道:"十年来,柳曼的案件没有任何进展吗？"

"没有。"他叹息一声坐下，眯起眼睛翻出一本相册，打开就是张黑白照片，一对年轻夫妇抱着个小女孩，只有三四岁的样子，"你不知道我有多喜欢她——照片里是她妈，女儿七岁那年，我们就离婚了，柳曼一直跟着我长大，因此性格有些古怪。柳曼的死，让她妈得了抑郁症，这些年多次想要自杀，现在在康复中心，等于关监狱。"

他往后翻了几页，柳曼从幼儿园到小学直到初中的照片全都保留着，平常人看一个死去十二年的女孩的照片，恐怕也会后背汗毛直竖。

最后是高三那年，全体同学在学校操场上合影，背景是那片鲜艳的夹竹桃花——春末夏初，粉红色与白色的花朵相间，柳曼想不到自己竟死于身后的花朵之毒。

照片里还有班主任申明老师。

这个二十多岁、风华正茂的男人，站在合影第一排的中间。他的身形与脸颊都很瘦削，留着男老师所能有的最长的发型。照片里看不清他的脸，只能依稀辨别他的目光，看起来意气风发、踌躇满志，其实隐藏着某些焦虑与忧伤。

这张照片拍完几天后，柳曼就死于图书馆的屋顶，又过了两个星期，申明老师被杀于魔女区的地底。

"小朋友，你哥哥在哪里？"

"哦，在这儿！"

男孩随便指了一个男生的脸。

"很帅的小伙子，谢谢他还想着我女儿。柳曼刚死的时候，有人说是服毒自杀，可我无论如何都不信。警察又告诉我，不是自杀而是他杀，是被人强行灌下毒药的。小阁楼的门被反锁，怎么也逃不出去，她痛苦地打开窗户，爬到屋顶上。但毒性发作，她无力爬得更远，声音也发不出，只能孤独地躺在瓦片上，看着天上的月亮等死……法医说她至少挣扎了一个小时，这孩子太可怜了！一个小时啊，六十分钟，叫天天不灵，叫地地不应，不知流了多少眼泪，身体里、血管里、心脏里有多疼？对不起，你还是个孩子，不该跟你说这些！"

"没关系。"

男孩懂事地拿起几张纸巾，递给对方擦眼泪，而柳曼爸爸还没走出悲伤："十年来，我的愿望始终没有改变过，就是亲自抓到杀死我女儿的凶手，然后，杀了他。"

一分钟后，男孩离开充满死亡味道的柳曼家。

他的手机响了，接起来听到一个女人的声音："望儿，你去哪里了？"

"妈妈，老师找我谈话，很快就回家。"

第十一章

2005 年 6 月 19 日，深夜 10 点。

对于谷秋莎与路中岳而言，这都是个极其重要的时间。

谷长龙去了太湖边的疗养院，路中岳也还游荡在外面，但她相信丈夫并未在外应酬，或许是去了南明路？谷秋莎翻来覆去难以入眠，这才发现窗外有一团黑色烟雾，在红色光焰衬托下，带着几片燃烧的灰烬，飘到了她的玻璃上，像几双眼睛看着她。

心头狂跳着爬起来，打开窗户往下一看，发现在别墅后院角落里，有个小小的身影正烧着火盆，将一刀刀锡箔添入火中。

"望儿！"

她在二楼窗户上尖叫一声，连滚带爬地冲下楼梯，来到夏夜的后院，紧紧抱住这个十岁男孩，夺下他手中的锡箔。

凉爽的夜风被火焰烤得有些炽热,黑色灰烬随风飘散,几乎直冲到她眼里,熏得忍不住流下眼泪。

谷秋莎接了盆水,一把浇灭燃烧中的火盆,激起更多的烟雾与蒸汽。她剧烈地咳嗽着,将望儿抱回屋里,抓着他的肩膀问:"你在干吗啊?"

"我不知道。"

男孩闪烁着无辜的目光,那副表情惹人怜爱,谷秋莎本要狠狠责骂他一番,瞬间软下心肠,亲了亲他的脸颊:"望儿,没事不要在家里玩火好不好?小心引发火灾!"

"妈妈,在这个世界上,你有没有最爱的人?"

"为什么要问这个问题?"她总算擦去眼泪,又到卫生间洗了把脸,"我最爱的人,当然就是望儿你了。"

"除我以外呢?"

谷秋莎停顿片刻回答:"那么就是我的爸爸与死去的妈妈。"

"除了爷爷奶奶?"

照道理,此刻应该回答丈夫了,她却摇摇头说:"没有了。"

"真的没有了吗?"

今夜,她不想再提起那个人,便板下脸说:"我带你去洗澡睡觉吧。"

几星期后,望儿又出了件怪事。他让司机带他去市区买东西,结果趁着司机一不留神,钻到商场里无影无踪了。那晚下着大雨,谷秋莎特别担心,专门跑到何清影家里,依然没有孩子踪影。她怕会不会撞上绑架了?这种有钱人家的孩子,很容易成为绑匪敲诈的目标,她立即报警要求协助。结果在晚上 10 点多,望儿自己回到了家里。她心惊胆战地抱着男孩,问他到底去了哪里?他说在外面迷了路,身上又没带钱,不好意思找人打电话,就倒换了各种交通工具,包括坐地铁逃票之类的,才辗转回到家里。谷秋莎嘱咐用人给他做饭,他却说一点都不饿,就回房间睡觉了。

暑期，谷家请了一位经济学家做家庭教师。每周上六小时课，每小时报酬一万元，向望儿传授各种财经知识，包括当今世界各种最新形势，课时基本参考EMBA。经济学家说从没见过这么聪明的学生，不但一点就透还能举一反三，他布置了好几份证券市场的作业，都是真实连线到美国与香港股市，望儿交出了极其高分的答案。

谷秋莎本就不爱管理偌大的公司，骨子里更喜欢做出版社编辑，每天面对各种项目会议与财务报表早就头大了，她想把更多的时间用来健身、旅游、购物与做SPA。望儿却能准确看出每个高管的问题，分析项目风险，她为此征求过谷长龙的意见，老爷子听了也频频点头。鉴于集团飞速扩张导致资金链紧张的问题，望儿建议她招聘一名总经理助理，必须是素养极高的职业经理人，又能处理好与银行的关系。

很快，这个人选有了眉目。

第十二章

2005年7月15日，晚上8点。

马力在路边停完车，掏出手机看了一眼短信："各位老同学，7月15日，毕业十周年纪念，晚餐地点在长寿路的吴记火锅，AA制，不见不散！"

南明高中的老同学发来的，已在校内网的班级主页发布消息，他犹豫一番才回信确认。

走进充满各种调料味的火锅店，马力皱起眉头照了照镜子，特意梳了几下头发，两撇小胡子略显沧桑。

同学们都已在胡吃海喝，他看到一个壮实男子，至少有90公斤，圆圆的肚子突出在皮带上。想了好久才记起名字，原来是当年室友，没想到从前标准身材的小伙子，竟成了这副浑身赘肉的尊容，也是自己最厌恶的那种人。

马力的出现令人兴奋，特别是女同学们，有的干脆把他拉到自己身边，而他未加抗拒地坐下："不好意思，迟到了，我自罚三杯！"

这话说得很有男人腔调，嗓音带着磁性，他连灌自己三杯，看得出精于应付各种场面，生活中从不缺乏女人。

"自从你考上了清华，就再没机会看到你了。"

班长的语气颇有些酸味，马力敷衍地发着名片，不时引来同学们惊叹："哇，高级合伙人，做大老板了！"

"三年前，改行做了风险投资，为他人做嫁衣而已。"

他的微笑是公式化的，让人感觉舒服但一点都不亲切。

同学们彼此寒暄，许多人左手无名指上有了戒指，甚至头发都渐渐稀疏了。几个漂亮女生还剩着，穿着打扮也更时髦昂贵。有几人谈论起自家孩子，最离谱的是有人的儿子都能打酱油了，真是恍如隔世。

"对了，欧阳小枝怎么没来？"

哪个男的嘟囔了一句，有个女生回答："哦，她啊？那个转学生，我跟她一个寝室的。"

班长搔搔脑袋说："听说她考进了师范大学，后来就没有再联系过了。"

"真奇怪，这小孩居然一个人吃火锅。"

胖子同学说了一声，马力注意到隔壁小桌只坐了一个男孩。

氤氲的火锅蒸汽背后，十岁孩子的面容更显苍白，眉毛与眼睛生得颇为端正。虽然，衣服上还印着米老鼠，但他只需静静端坐在那里，就能散发出特别气场，让其他孩子黯然失色。

"对哦，好像没有大人来过。"

"现在的小孩子啊，不比我们那时候，不要少见多怪。"

马力拧起眉毛摇头，男孩根本没理他们，自顾自吃着撒尿牛丸。

忽然，有个长舌妇说了句："哎，谁还记得柳曼？"

桌上霎时间鸦雀无声，只剩火锅的翻滚声，如地狱中煎炸罪人的油锅。

"你们说——是不是申明老师杀了她？"

"事情不是明摆着吗？柳曼勾引了申老师，而申老师就要结婚了，因此而动了杀机，精心准备了夹竹桃的毒液，半夜将柳曼骗到图书馆的小阁楼，把她给毒死了。"

"那天清晨，刚发现柳曼死在屋顶上，还是申老师率先爬上去看尸体的呢。"

"我也想起来了，真的吓死我了！连续一个星期做噩梦！"

"有人看到在柳曼被杀的前一晚，他们两个单独在自习教室说话，后来从申老师的房间里，搜出残留毒药的瓶子。他被警察逮捕以后，不知什么原因又放出来了。"

"那几天，教导主任向全校师生通报：申老师被学校开除——没想到申老师竟杀了教导主任！自己也不知被谁杀了，就这样成了无头冤案，尸体还是在魔女区里找到的呢！"

始终沉默的马力，终于打断了八卦："住嘴！我不相信申老师是杀人犯！请你们尊重死者，毕竟他是我们的班主任，当年大家都很喜欢申老师，不是吗？你们女生不都说申老师长得帅吗？男生们都说他很有活力，没有丝毫架子，经常跟我们在操场上打篮球。他还是学校文学社的指导老师，无论古诗新诗都没得话说！"

这番话让同学们愣住了，从没见他发过那么大脾气，半个餐厅的人都回过头来。包括坐在邻桌的男孩，正用奇异的目光看着马力。

"算了算了！"班长又做和事佬捣糨糊了，"都是过去的事了，没必要搞得不开心。"

"不过，前几天申老师又在网上出现了。"

有个男生故弄玄虚地说了句，引来女生们的一片尖叫："是他的鬼魂吗？"

倒是马力拉着他问："怎么回事？"

"我也看到了，在校内网我们的班级主页里，你可以上网看看。"

"一定是有人恶作剧！"

大家再也不敢提起"申明"这两个字，几个同学陆续告辞，把AA制的钱留给班长。

9点半，火锅店临近打烊，女人们也走完了，马力叼起一根香烟，摸着两撇小胡子，目光呆滞而颓丧。

服务生跑过来了，对着邻桌的男孩问："小朋友，你的家长来买单了吗？"

这孩子在口袋里摸了半天，胆怯地掏出几十块钱："对不起，我身上只有这些了，能不能让我回家去拿钱？"

"经理！"

一个大汉过来凶狠地说："喂，臭小子，想吃霸王餐？"

男孩眼眶一红哭了出来，服务生和经理束手无策之际，马力起身说："我替他买单吧。"

他把两百块钱扔到桌上。

事后，马力才明白这个男孩是影帝。

经理接过钱，找零的同时问道："你家孩子？"

"不认识，只觉得有眼缘。"

男孩抽泣着擦去泪水，看着马力凝重的眼神，哆嗦着说了声"谢谢"。

"小朋友，早点回家吧。"他转头对班长等人说，"别喝了，该散了！"

外面已下起大雨，马力钻进他的POLO车，男孩却扑到车窗前，用手指敲了敲。

他放下车窗："小朋友，又怎么了？"

"你能送我回家吗？"

"为什么？"

"我想把钱还给你。"

"不用了。"

"可是，天黑了，我怕一个人回家危险。而且，我还没带伞。"

看着男孩惶恐的表情，他皱起眉头犹豫片刻，还是打开了副驾驶的车门。马力的手像死人般冰冷，捏着孩子细细的手腕。车载音响放着《倩女幽魂》的歌，高中时代张国荣是他的偶像，那时他的宿舍床头还贴着《东邪西毒》里欧阳锋的海报。

夏夜的雨点砸在挡风玻璃上，男孩报出自家地址，居然在郊外的别墅区——可连一顿火锅钱都付不起，怎么会是有钱人家的孩子？

这倒让马力产生了兴趣，他一言不发地转动方向盘。给自己点了根烟。男孩从后视镜里观察他的眼神，而他也偷偷瞥着男孩，但一触到目光就缩回去。

"富贵不还乡，如锦衣夜行。"

忽然，男孩嘴里蹦出那么一句，不知是对马力的期许还是嘲讽？马力心头微微一颤，眼角余光扫了扫男孩，表情依然平静，好像什么都没说过。

黑夜里马力在高架上开得飞快，半小时就到了别墅区门口，男孩下车抓着窗户说："你等我，我回家拿钱下来。"

马力随手扔掉烟头，目光一阵恍惚，没等男孩回来，便转动方向盘开入雨夜。

一小时后，POLO 车停在一个公寓门口，这是他租的房子，乱七八糟地堆满了杂物，只有衣橱是宽敞而干净的，那是对他来说最重要的面子。

马力打开电脑上网，在校内网找到南明高级中学，1992 年入学、1995 年毕业的 2 班。他看到许多熟悉的名字，但不是所有人都在校内网，也不是所有人都还活着。

果然，他看到了那个名叫"申明"的ID——

"I WILL BE BACK。"

20世纪90年代看过阿诺德·施瓦辛格《终结者》的人都懂的。

下面有几条回复——

"晕，申老师？不是早就死了吗？"

"哪个混蛋在恶作剧？开这种玩笑有意思吗？滚！"

……

马力用真名注册了ID，在底下回复了一条——

"申老师，如果你还活着？"

如果，你还活着？

三天后，马力发现有人加了他的QQ，居然也叫"申明"，并附了一句："马力同学，还记得老师吗？"

他立刻通过了这个好友申请，主动在QQ上说话："你到底是谁？"

没想到，对方就隐身在网络另一头："申明。"

"大半夜的，不要吓我！"

屏幕右下角的时间，已走到深夜1点40分了。

"那么晚了，怎么还不睡？"

"加班！在准备一份融资报告，明天一早还要去银行开会，可能又要熬个通宵了。"

"干吗那么拼命？"

"奋斗！"

自己也感觉奇怪，为何还会跟这个ID说这么多话？说不定就是个恶作剧或精神病。

"马力，同学会见你很累的样子，你要注意休息啊。"

"同学会？火锅店？你是谁？"

接着，他列举了几个名字，全被对方否定掉了。

"如果，你不相信我是申明，何必通过我的好友申请？"

"不知道，只是有些想他，都死了十年！"

"我没死。"

"我看到过你的尸体。"马力的手指在键盘上颤抖，"在你的追悼会上。"

"我是什么样子？"

"你躺在水晶棺材里，容貌有些怪异，脸色白得吓人，他们说要化很浓的妆，才能掩盖你已腐烂的脸。学校说你杀死了教导主任，禁止老师与学生来参加葬礼，只有我偷偷跑了出来。追悼会是个中年男人出钱办的，他趴在你的棺材前哭得很厉害，还是我把他扶起来的。"

"非常感谢你，马力同学！"

窗外树影婆娑，似有雨点打在玻璃上："我看着你被送进火化炉，那个中年男人亲手将你的骨灰拣出来，我当时哭了一场。不对！我跟你说这些干吗？你又不是申老师！"

"若我不是申老师，就不会知道你在高二那年，帮助同桌考试作弊，每道题要收十块钱，结果被我抓住以后，半夜里跑到我的寝室来下跪求饶。"

看到这一段，马力背后的汗毛都竖起来了，这个秘密只有他们两人知道。

"申老师肯定泄密了！"

"你觉得我是那种人吗？那天晚上，你流着眼泪对天发誓，永远不干那样的事了，我也答应你不会把这件事说出去。后来，我暗中去你家家访，才知道你爸爸是个酒鬼，而你妈妈在街边摆小摊为生，你每年暑期都在外面打工，只想要多赚些钱来补贴家用——我相信这些秘密，你没有对学校里任何一个人说过。"

"不要再说了！"

马力到死也不会忘记——自此以后，申老师从自己每月的工资里，补贴五十块钱给马力作为零花钱。起先马力坚决不肯收下，老师就说是借给他的，等他将来工作以后再还，帮助他熬过了最艰难的几

091

个月。

今生今世,他都在感激这位年轻的班主任申明。

QQ对话框里不停地显示正在输入:"高三上半学期,你突然找到我的寝室,说你有个笔记本丢在图书馆里,写了许多对同学和老师的牢骚话,你怕明早被别人发现,要我半夜陪你去拿回来,因为我有图书馆的钥匙。于是,我带着你来到图书馆,找到了笔记本。那晚的风很大,阁楼的门被吹开,我们两个都很好奇,就爬上小阁楼,发现里面落满灰尘,堆着不少破烂的老书。你挑了一本《悲惨世界》带走了。阁楼的天窗外闪着月光,一只黑猫从屋顶经过,瞪圆了眼睛看着我们。记得你说了一句话:这只猫像是被鬼魂附体了,绝对不是好兆头,说不定这里会死人的。"

马力当然不会忘记,最后那句话是一字不差,申明就算活到今天,也未必有那么好的记性吧?

"那本破烂的《悲惨世界》,一直藏在我的床头柜里,但在你死后,就被我烧掉了。"

"你经常半夜打着手电筒翻那本书,你说书里有过去的学生留下的情书,还说必须保守这个秘密。马力,其实你并不知道,我偷偷打开过你的抽屉,把你的《悲惨世界》仔细检查了一遍,在滑铁卢战役那段的插图里,写着一行歪歪扭扭的钢笔字——'凡是看过这本书的人,都会遭遇厄运,不是死于刀子,就是死于针管!'"

"申老师,我不是说了不准动我的书吗!当我第一次看到那行字,就非常害怕,后悔把这本书从小阁楼里偷出来。但我又想这大概是过去借书的学生恶作剧吧,便把书藏起来没当回事。然而,一年后诅咒居然成真,你在魔女区被人用刀捅死!"

"是,我死于刀子。"

"所以,我把那本书烧了!从此以后,我就对针管感到莫名恐惧,听到这两个字都会恶心。生病发烧我都不去医院,有时实在撑不住去看医生,就算开了注射单也是转身撕掉。"

"你没结婚吧？"

"女朋友倒是谈了不少，也常有些富婆主动来勾引我，但没一个能走到最后的。"马力觉得自己真是疯了，干吗要把这些都说出来呢，"申老师，你真的死了吗？"

"你不是看着我被火化的吗？"

"晕！你都烧成了一把骨灰，怎么可能在这里跟我聊QQ？"

"马力，我就在你的身边。"

"不，这是幻觉！你只是我大脑里想象出来的人！我想我该继续吃药了！你快点滚出我的大脑！"

这些年来，马力被失眠与多梦困扰着，也去医院检查过，一直在服用抗抑郁症的药物。

"你以为这是国产恐怖片吗？"

"这是真实的幻觉！我要去吃药了！吃药了！吃药了！吃药了！吃药了！"

屏幕上已经布满"吃药了"这三个字。

"你吃的什么药？"

"我们见面聊吧。"

打出这行字的时候，马力的手指在流汗。

"好的。"

"能保证是你本人吗？"

马力的脑子已完全混乱，刚才还以为是幻觉，现在又确认是在跟死人对话。

"只要我能说出你的所有秘密。"

"明天下午，4点，未来梦大厦门口，如果你真的认识我，就可以见到我。"

"不见不散！"

申明的幽灵从QQ上消失了。

窗外，雨越下越大，令人想起1995年6月19日，他被杀的那个雷雨之夜。

马力又看见了那道黑色帷幔,四周响起肃穆的哀乐,瞻仰死者遗容——申老师躺在水晶棺材中,像以前那样瘦瘦的,只是皮肤变得苍白了许多,化妆师给他多化了些唇膏与粉底,看上去有恶心的感觉。只有他大胆地伸出手,抚摸冰凉的棺材,就像一具坚硬的尸体。玻璃忽然打开,马力碰到了死人的脸,申明睁开眼睛,张嘴咬住他的手指……

好可怕的梦啊,他浑身是汗地醒来,窗外已泛起鱼肚白,他开始撰写辞职报告。

下午4点,马力来到未来梦大厦门口,衣角被人拉了一下,回头什么都没看到,再把视线放低点,才见到一张男孩的脸。

还没忘记这个孩子,同学聚会的火锅店里,马力为他买了单,又开车把他送回别墅。

"你好,马力!"

看着这张印象深刻的平静的脸,他有些张口结舌:"你……你?"

"下午4点,未来梦大厦门口,不是你说的吗?"

"不,不可能是你,他藏在哪里?是不是花钱雇你来的?"

马力将男孩一把推开,焦虑地向周围张望,仿佛有个幽灵潜伏在热闹的人群中。

"不要白费工夫了,就是我!"男孩的表情依然镇定,冷冷地问道,"你吃的什么药?"

这句话让马力怔住了,眯起眼睛看着他的脸,惊恐地后退两步。男孩沿用了申明的口气,就连声线也有些相似。

"等一等——你刚才说什么?"

"凡是看过这本书的人,都会遭遇厄运,不是死于刀子,就是死于针管!"

"住口!"马力的嘴唇发紫了,看了看四周,低声说,"跟我来吧。"

两人来到星巴克,他给男孩点了杯热柠檬,给自己点了杯咖啡。

"告诉我,是谁在背后指使你这么干的?"

"申明。"

他托着下巴,审问般地说:"小朋友,你叫什么名字?"

"死亡。"

他听着打了个冷战,男孩解释道:"司令的司,眺望的望。"

"哦,好怪的名字啊。你今年几岁?"

"十岁,过完暑假就是四年级了。"

"申老师死的时候,你还没出生吧。"

司望镇定自若地回答:"是,我在他死后半年出生。"

"那你到底跟他什么关系?"

"你不敢想象的——真的要听吗?"

"快说!我没那么好耐心。"

嘈杂的星巴克角落中,他在马力耳边,用幽幽的气声说:"我被申明的鬼魂附体了!"

他猛然把头抬起,恐惧地看着男孩,又拼命摇头:"胡说八道!"

"马力同学,请把《记念刘和珍君》的创作背景再说一遍?马力同学,跟我去操场上打篮球吧?马力同学,今天你负责收考卷吗?马力同学,我们是为什么而读书?为中华之崛起而读书!马力同学,你忘记死亡诗社了吗?"

"求求你不要再说了,申老师!"

马力几乎从椅子上蹦起来,却用双手捂着耳朵,痛苦到极点的样子。

司望继续用申明的语气说:"马力同学,对不起,我不是故意的,只是想要让你相信,我从没离开过你们,我最亲爱的学生。"

"申明,你怎么回事?当年究竟是谁杀了你?"

"要是我知道答案的话,恐怕就不会变成孤魂野鬼了。"

马力拧起眉头看着他,先点头又摇头,心底颇为后悔。他轻啜一口咖啡,这才恢复了正常:"这些年来,你的冤魂一直飘荡不散吗?"

"是啊,我从南明路上飘啊飘啊,几年前看到一个小学生,索性就骑在了他的后背上,你看这孩子总是低头驼背的,就是被我这些年压的。"

男孩痛苦地把头低下,显出脖子后面有重压的样子——原来那部泰国恐怖片是真的!

"申老师,大白天的不要出来吓人!"

"若在夜里见面的话,你不知道又要被吓成什么样了。"这孩子彻底变成申明了,眼神与目光都像成年男人,连微笑都那么诡异,"当我要休息的时候,那个叫司望的孩子就出来了,但当我要说话,他的大脑就会完全被我占据!"

"那你要待到什么时候?难道不抓到凶手,你就永远飘荡在外面?"

"大概——是的吧。"

"我倒是觉得这个叫司望的孩子挺可怜的。"

"也算是我跟他的缘分吧,就像我们之间的缘分。"

马力脸色为之一变,他知道自己在跟一个鬼魂对话,十年前被杀死的冤鬼:"哦,是啊,这些年来,我也想要为你报仇,努力地寻找凶手,却一无所获。"

"谢谢啊,你现在过得怎么样?"

"今天刚交了辞职报告,实在受不了做金融的压力。"

他拿起桌上赠送的纸巾,擦拭额头沁出的汗珠。

司望敲了敲桌子:"喂,有需要我帮忙的吗?要知道亡灵可是无所不能的哦!"

"你能帮我什么?治疗我的抑郁症吗?小朋友?"

"给你一个新工作好吗?"

马力看着男孩一脸认真的表情,苦笑着回答:"别跟我说什么家教!"

"中国最大的家教公司——尔雅教育集团,总经理助理,年薪六十万。"

司望的语气略带励志,而马力茫然地摇头:"别开玩笑了。"

"我要让猎头公司正式来找你,你才相信吗?"

半小时后,二十八岁的马力,与十岁的司望,分别走出未来梦大厦。一辆宝马760开到路边,带着司望疾驰而去。

马力看着暮色笼罩的汹涌人潮,每个活人都在忙着赶路,并不知道自己正急着走向死亡,身边飘荡着无数前人的幽灵。

第十三章

暑期过后,谷秋莎安排望儿转学到私立小学,那是尔雅教育集团投资的贵族学校,号称专门培养家族企业接班人。但这孩子坚决不同意,死活要在公立学校读书,尽管在长寿路第一小学也没什么朋友。几番争执之后,谷秋莎担心他逃回生母那里去,只能答应他的请求,但每天派司机接送上下学。望儿在学校得到特别待遇,许多人想来看看这个神童,保安一律拒之门外,就连同班同学也不得随意与他讲话。

望儿很喜欢画画,谷秋莎在家里辟了间画室,摆满各种石膏像与颜料,他每周都能画几幅不错的素描与水彩画。

秋天的深夜,谷秋莎洗完澡走过画室,发现门缝里还亮着灯,发现望儿并没有睡觉,而是站在画架前,握着铅笔使劲涂抹,身体像打摆子般剧烈颤抖。

十岁男孩正在素描的画面——依稀可辨阴暗的空间,更像19世纪的铜版画,到处滴着肮脏的水,背景是布满蛛网的斑驳墙壁。有个男人脸朝下趴在地上,背后插着一把匕首,几只老鼠从他脖子上爬过。从他的发型与脸的轮廓来看,应该只有二十来岁。

更让谷秋莎抓狂的是,她认得这幅画中男人所穿的衬衫,袖子管上的条纹标志,那是十年前她在商场里亲手挑选,作为生日礼物送给未婚夫的。

他是穿着这件衬衫死的。

她冲进画室,抱住孩子拉到一边,盯着他的眼睛:"望儿,你生病了吗?"

男孩的面色苍白,额头冒着豆大的汗,战栗着摇头:"我做了个梦。"

谷秋莎看着那幅黑白素描:"你画出了噩梦里的景象?"

"是。"

这也是她的噩梦,十年来每个凌晨都会浮现——申明的尸体被警方发现时的场景。

至于发现尸体的警官,那个叫黄海的男人,最近一年来,频繁出现在公司附近。贺年被杀的案件没有进展,公司里许多人都被警察问过话。谷秋莎总有一种感觉,黄海警官的注意力是在十年以前。

就像水银针里的温度,空气越来越冰冷,路中岳的态度却突然好转。对于不跟自己姓的养子,路中岳有了更多的笑容,经常主动跟望儿说话,甚至坐在一起看 NBA 或意甲。

虽然家庭和睦本是一桩好事,却让她隐隐不安起来。

她在画室里发现的那幅噩梦素描,第二天就被悄悄地烧了。当她再次看到望儿的目光,就会想起那个早已死去的男人——他总是两眼低垂,看起来有些羸弱,面部的轮廓颇为清秀,皮肤也是苍白的。他有双大而黑的眼睛,安静时就会陷入沉思,有时又会闪烁最凶恶的憎恨。他的头发不是全黑的,夹杂着一些奇怪的深褐色,几乎盖住了大半个额头。

谷秋莎已经不敢再直视望儿的眼睛了。

有几次晚上陪他睡觉,醒来却发现枕边躺着申明的脸,谷秋莎吓得跳起来尖叫。望儿睁开眼睛,睡眼惺忪地问她怎么了,她也不知该如何回答,只能推说做了噩梦。

寒冬的黑夜深处,他的眼里射着奇异的光,完全不像是个孩子。他缓缓靠近谷秋莎,双手环抱她的后颈,就像久违了的情人,温柔地亲吻脸颊与耳根,把小猫般的热气吹进她的耳膜。这片早已干涸见底的池塘,却被这个男孩唤醒与浇灌,回到二十五岁那年。

谷秋莎这才意识到,自己依然爱他。

某个凌晨,她听见嘤嘤的哭泣声,看到望儿抱着枕头痛哭,从没见过他那么伤心,几乎把床单哭湿了。她忍着没把他推醒,反而把耳朵贴在他嘴边,听到一声声悲戚的梦话——"我……不……想……死……我……不……想……死……我……不……想……死……小……枝……"

小枝是谁?

第十四章

"你到底是什么人?"

路中岳已抽了满满一缸的香烟,眼中布满血丝,还在喝着黑咖啡,手表上的时针,走到了凌晨1点。他更愿意侧身在阴影中,让对方看不清他额头上的青色胎记。

"跟你一样的人。"

马力坐在靠窗的位置,正对面可以看到静安寺的尖顶。女服务生又送上果盘，不免抬头多看了他几眼。

三个月前，马力成为尔雅教育集团的总经理助理。上任不满一个月，就为集团拿到了数千万的银行贷款，很快掌握了高管的生杀大权，也常有人私下说——谷秋莎不过是看中了他的长相，说不定他晚上还要兼职做老板的面首。

这样的人，自然是路中岳深恶痛绝的对象，在公司里他俩从不说话，每次看到马力都让他自惭形秽。

不过，路中岳并不知道，马力跟他一样都是南明高中毕业的，只不过比自己晚了七年——1995年，申明作为老师被杀的那一年。

十年来，路中岳每天都想忘记那张脸，但每逢阴冷时节的清晨，就仿佛会看到申明的眼睛，晃在高中时代的寝室上铺，喊他起床别误了食堂吃早饭。

那时他们住在同一间寝室，最多的娱乐就是下四国大战，路中岳主攻，申明主守，胜率达到90%以上，是远近闻名的黄金搭档。路中岳的另一项爱好是斗蟋蟀。初秋，床底下摆满了蟋蟀盆，吵得室友们睡不好觉。学校附近的野地里，申明帮他抓到过一只威武的梅花翅，打遍天下无敌手，蟋蟀入冬死了，他还哭得很伤心。路中岳的爱好很多，但就是读书不行，每次考试都是申明帮他作弊，才让他顺利读到高三毕业。

路中岳与申明是最要好的同学，这是谁都未曾想到过的事。自从他们第一次相遇到现在，差不多已二十年了。

2005年，深秋，申明早就成了一把骨灰，路中岳却比被烧成骨灰还要难受，忐忑不安地打量眼前的年轻男人。

"半夜把我约出来，就为了说这句话？"

"路先生，有件事恐怕谷小姐与谷校长都不知道吧？你在香港开的那家公司，表面上与集团的业务无关，其实是在转移公司的财产。"

"你是怎么知道的？"

路中岳的面色一变，下意识地摸了摸下巴，却连半根胡子茬都没有。

"谷小姐不懂财务与管理，谷校长也已经老了，我倒是为你感到侥幸，居然到现在都没被发现。"

"你要敲诈我吗？"路中岳掐灭了烟头，"多少钱？"

对于他的直截了当，马力并不意外："我说过我们是一样的人，我们想要得到的东西也是一样的——谁在乎这些蝇头小利？"

"我听不懂。"

"路先生，你恨你的妻子与岳父，不是吗？"

看他的目光凝滞，握着杯子沉默半晌，马力继续说下去："我也是。"

"告诉我理由？"

"这是我的秘密，与你无关。"

"好吧，我们就把话敞开来说——尔雅教育集团有许多秘密，你作为我妻子的助理，想必也很清楚。"

"这些秘密一旦被公布出来，足以致命，许多人都盼望着拿到证据。"

他又点上了一根烟："马力，你是想要跟我做个交易？"

十分钟后，这两个男人成交。

路中岳舒畅地吐出烟圈，其实双脚都在打颤，后背满是鸡皮疙瘩。

"老实说，你真是个可怕的人。"

"这是在夸奖我吗？"马力故作深沉地补充一句，"其实，你最该感谢的人，就是谷望公子。"

"那小子？"

"路先生，你可是他的养父啊！"

"既然，我们已是朋友，不妨跟你直说。"路中岳解开衬衫纽扣，特意看了看四周，担心别给人偷听了，"每次看到这个男孩，看到他的那双眼睛，都让我不寒而栗，虽然看不出半丝恶意，我却有一种感觉——他想要杀了我。"

"你误会了,谷望公子不是这个意思。"

突然,路中岳的眼中掠过一丝恐惧:"难不成——你是他的人?"

"不,我为自己服务。我只是建议你,路先生,请不要再为难他了,你绝不是这个孩子的对手。如果你能再善待他一些的话,对你是有好处的。"

马力的每句话都掷地有声,路中岳若有所思地点头:"好,我答应你。"

"谢谢!"

说罢,他从包里掏出个药瓶,丢到了路中岳的手里。

"这是什么东西?上面的字我看不懂!"

"用药说明是德语,你可以去请人翻译一下,上面的 LHRH,意思是抑制促黄体生成素释放激素。"马力微笑着站起来,对偷看他的女服务生说:"买单!"

"等一等!"路中岳抓住了他的胳膊,"你刚才说什么?"

"路先生,建议你检查一下家里的饮用水管道,但别让你太太知道。"

第十五章

2005 年的平安夜。

别墅花园里是巨大的圣诞树,五彩灯光彻夜不休。何清影孤零零站在铁栏杆外,大衣与围巾勉强抵挡寒风。她把头发绾在脑后,额前垂下的几绺发丝,在双眼间来回飘荡。

两小时前,她看到宝马车载着谷秋莎与望儿回来,想必是去教堂参加过集体弥撒了。树丛隐藏了她的脸,才出来面对谷家的窗户——就像几天前望儿的生日,她没接到谷秋莎的邀请,只能独自守在外面,期望看到儿子,哪怕一眼。

第一次见到望儿,是1995年12月19日,闸北区中心医院的产房。撕裂般的疼痛中,何清影几乎昏厥,耳边响起婴儿的哭声。

"是弟弟哦。"

助产士温柔地喊了一声。

何清影哭了。

她努力睁大眼睛,看着白色的无影灯,虚弱地发出声音:"让……让我看看……"

一个放声痛哭的男婴,刚洗去血污,面目有些模糊,唯独眼睛微微睁开,以奇怪的目光盯着妈妈。

何清影冒出个荒唐的念头——他在想什么?他为何哭得如此悲伤?就像带着某种无法言说的怨念。

虽然早产几周,却并未在暖箱里住太久,护士们都说这孩子很幸运,要比其他早产儿健康得多。司明远第一次做爸爸,不停地亲吻儿子,破天荒地把脸上的胡子茬刮干净了,公公婆婆也忙得不亦乐乎。他去派出所给儿子报了户口,名字是何清影起的,怀孕时每天在窗口眺望远方,似乎有个声音在喊她,于是选定一个单名——望。

司望。

没过几天搬回家,何清影父母留下的老宅子,一家三口还可以挤挤。她休息了四个月,就回到邮局的储蓄窗口上班了。她的收入比丈夫多,穿的衣服品质也不错,偶尔还能用些正宗的化妆品。她的书架上有整整一排张爱玲,并非简单的装饰品。

老公在南明路钢铁厂上班,每天7点半出门上班,天黑前准时回家。除了与同事喝酒,很少有什么社会交往,平时只抽牡丹牌香烟,不看报纸以外的任何文字。他长得高大魁梧,看起来有些粗鲁,不晓得会不会遗传给儿子？家里有台国产的彩色电视机，还有日本牌子的录像机，他没事就在家看录像带，基本都是美国的暴力片，偶尔有香港三级片，根本没注意到婴儿会不会偷看。

何清影不怎么管他，把全部注意力放在儿子身上。她很少与娘家亲戚来往，看起来完全融入了夫家，与公婆关系相处得很融洽，全无传说中的婆媳矛盾。

三年后，望儿成为健康漂亮的男孩，被妈妈送去幼儿园。新入托的孩子们哭声一片，她舍不得地把儿子交到老师怀里。幼儿园老师是个小姑娘，常夸望儿是最乖最聪明的好孩子。他也喜欢被老师抱着，趴在她柔软的肩头，闻着洗发水香味。老师偶尔也会向何清影抱怨，说这个男孩经常亲吻她的脸，有时让她不好意思。

家门口的大槐树，枯了又荣好几遍，藏在树冠里的鸟窝，每天清晨把人吵醒。司明远养在窗台的昙花，每年开放两三个钟头，花瓣就放在儿子枕头底下，整晚香气陪伴入眠。小床在客厅角落，墙边摆满玩具，还有妈妈买的童书，他从不感兴趣，也不太看动画片，除了《灌篮高手》。倒是何清影觉得蹊跷，这么小的孩子不该喜欢这个。还有一部名叫《天书奇谭》老动画片，每次看到神仙袁公被抓回天庭时，这孩子都会哭得泪流满面。

2000年，望儿五岁了，长到一米多高，脸部轮廓越发清晰，逐渐摆脱了小毛孩的奶气，所有人都夸他漂亮。他从不挑食，再粗糙的食物都能吃下去，这年头也算稀有，虽然何清影尽量满足孩子的要求。

这一年，司明远的单位破产解散，只领到几万块钱买断工龄，成为下岗失业人员。他待在家里还挺开心，炒炒股票看看碟，没过多久就被套牢，股票从18块跌到8块。他的皮夹子越来越薄，本可以带儿子去买汽车模型，现在只能隔着橱窗看了。有人介绍他去做保安，只干几天就低头回来，说是碰到熟人很丢面子。他每晚出去打麻将，经常凌晨两三点回家，把熟睡的儿子吵醒，又引来与何清影的一顿大吵。

丈夫没了收入，公公婆婆的身体越发糟糕，全家吃用开销都在何清影身上，而她不过是邮政储蓄营业员，凭这点工资只能勉强度日。

原本不管遇到什么烦恼，司明远对儿子都超有耐心，把他放在自行车书包架上到处去玩，锦江乐园就去过无数次。下棋是望儿为数不多的爱好，象棋、军棋、五子棋……但无论什么棋，他很快就会成为高手，再也没有人能下得赢他。

如今，司明远越来越疏远儿子，每次回家也不再抱他，独自在窗口抽烟，一根接着一根抽，直到烟灰缸满出来都未察觉。以前他从不在家喝酒，现在也会用半杯白酒下饭。当他满嘴烟酒气地叫嚷，用冰冷如铁的目光盯着儿子，何清影感到强烈的厌恶。

他把儿子当作了敌人？或者怀有某种恐惧？

会不会是看多了美国恐怖片？有个格里高利·派克主演的电影，原本一个正常的家庭，突然发觉孩子与众不同，气质非凡聪明过人，成年人都无法比拟，只能乖乖地拜倒成为奴仆——这个孩子是异种，他有种天生的邪恶力量，会带来无尽的权力，也让父母遭遇悲惨的灾祸，乃至危害到全人类。

一个下着大雨的夜晚，何清影还在单位上晚班，司明远照例出去喝酒打麻将，回到家发现儿子找出一张《刺激1995》的VCD在放。

他打了儿子一记耳光。

何清影下班回家，看到望儿脸上五根血红的手指印，司明远颓丧地站在一边发抖。她疯狂地扇了丈夫一个耳光，把儿子抱在怀中，揉着他的脸颊泪如泉涌。司明远什么都没说，低着头冲出家，把房门摔得山响。儿子半边脸都肿了，她咒骂丈夫是畜生，看到窗外的雨夜路灯下，丈夫独自狂奔，嘴里喊出某些含糊的话，隔着大雨听不清楚。

儿子七岁那年，家里出了桩大事。

司明远失踪了，那是在春节前夕小年夜的凌晨。整个春节都没有过好，何清影上公安局报了失踪案。望儿爷爷的头发全白了，因此住进医院，她倒是经常去照顾公婆，别人都误以为她不是媳妇而是女儿。

不停地有人上门来讨债，原来丈夫在外面欠了一屁股赌债，其中有好几家高利贷，这些债务恐怕一辈子都还不清。

司明远一直没有回来。

2002年9月2日，星期一，是望儿第一次上小学读书的日子。

这是个雨天，何清影撑着大雨伞，紧紧拉着儿子的手，来到长寿路第一小学。她的手又热又柔软，替望儿背着书包，书包里装着新买的铅笔盒，不知正版还是山寨的迪士尼塑料铅笔盒。开学典礼上有许多小朋友与家长，她客气地与老师打招呼，看着望儿在教室坐下，确认他的座位，才依依不舍地离去。

一年级才上了半个月，有次望儿放学回到家里，何清影发现书包里多了张纸条，写着李后主的《相见欢》："无言独上西楼，月如钩。寂寞梧桐深院锁清秋。剪不断，理还乱，是离愁。别是一般滋味在心头。"虽然只是用铅笔写的，却是极漂亮的笔迹，成年人也未必写得出。她抓着儿子质问，望儿说是从路边捡来的，觉得好看准备模仿学习。

次年暑期，肆虐的"非典"终于过去，何清影给儿子报了个画画班，一家叫菲菲艺术学校的培训机构。老师是个长发老头，很有艺术家气质，教他素描与水彩画，认定司望有学画的经验。为奖励他学画有所成就，又将升入小学二年级，并戴上了红领巾，何清影送给他一件礼物——电脑。

司望的第一台个人电脑，赛扬处理器的组装机。他兴奋地触摸键盘与鼠标，开机后看着Windows XP旗帜飘过，依次安装各驱动程序。宽带还没普及，有些家里在用ADSL，他家只能用MODEM加电话线。

很快，何清影发现儿子上网成瘾，一整天泡在电脑跟前。从前她舍不得骂望儿，这回破天荒痛骂了半个钟头，直到自己也一把鼻涕一把眼泪，男孩倒是懂事地抱着妈妈安慰了半天。

有天司望跟着爷爷奶奶出门，何清影独自在家打开电脑，她偷偷安装了一个软件，可以监控小孩使用电脑的情况，发现儿子一直在浏览网页，先是 Google，后来用百度，不断搜索一些关键词——

1995 年，南明路凶杀案。
1995 年，南明高中杀人案。
1995 年，南明路钢铁厂惊现尸体。
1995 年，被害人申明。
1995 年……

几天后，何清影再打开电脑，却发现软件已被儿子格式化了，所有内容烟消云散。

这年秋天，司望的爷爷死了。

他走得很突然，送到医院已停止了心跳。奶奶是个保守的人，坚持要把爷爷的遗体从医院接回来，在家中灵堂安放几天。爷爷躺在自家床上，司望的叔叔帮他换上一身寿衣。全家人挤在狭窄的屋子里，忙碌地设置遗像、鲜花与香炉。

何清影请假守在灵堂，儿子也陪她守了一夜。奶奶与亲戚们轮换着休息，有段时间只有他们母子二人，凌晨 2 点看着死去的老人。她不让儿子靠近尸体，担心放在家里会变质发臭。但司望总是盯着死人看，也不害怕叮在尸体上的苍蝇，这男孩的眼神令人害怕。

大家都以为失踪的司明远还会回来，作为家族长子来看最后一眼。直到老爷子被送进殡仪馆，塞进火化炉，他仍未出现过。

第二年，何清影的婆婆也撒手人寰。老人临终前躺在床上，小叔与小姑们很少管她，倒是作为儿媳妇的何清影，经常前去照顾，给她洗澡擦身体换衣服。操办后事的过程中，也是何清影出力最多，可家里亲戚都很讨厌她，不时在旁边冷言冷语。司望胳膊上的黑纱缀着红布。面对无数异样与怀疑的目光，男孩忍不住大喊一声："你们有没有良心?"

整个追悼会安静了下来……

角落里传出不知谁的声音:"唉,明远还活着吗?"

从此,何清影不再欠司家情分,儿子也不跟他们来往了。

这年秋天,司望开始变了。

家里没有热水洗澡,何清影都是带儿子去单位洗的。当她走出单位浴室,头发还没干透,自然披到两肩,透着让男人无法抗拒的诱惑。有个中年男人向她投来邪恶目光,司望恶狠狠盯着那家伙,他尴尬地说:"小何,这是你儿子?"

"是啊,局长。"何清影勉强挤出笑容,拉着司望的袖管,"望儿,干吗这样盯着人家,这是我们邮政支局的局长,快点叫伯伯!"

司望固执地摇头:"先让他管好自己的眼睛吧。"

何清影明白儿子的意思,也不想跟他争论,低头叹气,收拾脸盆里的毛巾与洗发水。

他不准任何人靠近妈妈。

十一长假,何清影每天要去邮局值班。有天晚上,新来的支局长让她留下来,带她去餐厅吃饭,强迫给她灌酒。他说知道了何清影的困难,丈夫失踪生死不明,一个人带着小孩很不容易,每天有高利贷债主找上门来。局长准备升她为柜台组长,这样收入能提高一倍,说不定就有还债的希望。他称赞何清影的美貌,这个三十四岁的女人,只要稍微打扮一下,走在街上就很迷人。她忍着不敢拒绝,直到喝得晕头转向,而他说要去宾馆休息。何清影站起来要走,却被强行拉住……

子夜时分,她才回到家里,头发凌乱不堪,衣领上沾着浓郁的酒气,嘴唇青紫,脸色苍白得吓人。儿子还没睡觉,一直焦虑地等待妈妈回家,立即扶着她躺下,倒来一杯热水:"妈妈,你怎么了?"

"望儿,我没事,早点睡觉吧。"

司望给妈妈盖上厚厚的被子,刚要关掉卧室的台灯,却发现她的下巴有道深深的血痕。

"是那个混蛋吗？"

"大人的事情……小孩子……不要管……"

话还没说完，司望已看到她眼中噙着的泪水。

"妈妈，你的事，就是我的事！"

他紧紧抱着妈妈，几乎要把两个人的骨头压碎，直到她喘不过气地说："望儿，不是你想象中的那个样子！我没有……望儿……我没有……"

司望亲吻她的前额："妈妈，你放心吧，不管发生什么事，望儿一定会挣钱养你的！"

第二天，何清影发高烧躺在床上，后来才知道这天出了大事。

还是同事们告诉她的——司望冲到妈妈上班的邮政支局，正好看到猥琐的支局长，九岁男孩不知哪来的血气，直接从柜台边抄起一个算盘，对准那家伙头上扔过去……

他的脑袋开花了。

出事以后，何清影先是愤怒地责骂儿子，又拿起扫帚重重揍了他一顿，最后却把他抱在怀中亲吻："望儿，妈妈知道你最爱我了！谢谢你！但不要再做这种事了！"

她再也不能去邮局上班了，被迫递交辞职报告，砸掉了十几年的铁饭碗。

不久，谷秋莎突如其来地敲响房门，从此夺走了她的望儿。

平安夜。

何清影在这栋大房子前，痴痴地站了三小时，双腿麻木了好几次，脸颊快被冻僵了。

二楼有道窗帘突然拉开，儿子尚未发育的脸，像幽灵反射着灯光，谁看到都会不寒而栗。

她仓皇躲进树丛，像女鬼隐入坟墓般逃跑了。

第十六章

1995年,申明与谷秋莎的结婚新房刚装修好,试用新买的热水器,两个人挤在大号浴缸里,给彼此的脸上涂上泡沫,看着蒸汽缭绕氤氲地升起,真想永远这么浸泡下去……

"秋莎,你说什么是绝望?"

"绝望?"她摸着未婚夫下巴的胡子茬,已被热水浸得软软的,"干吗问这个?亲爱的,你的未来充满希望。"

"昨晚做了个噩梦,好像不是什么好兆头。"

"申明,最绝望的莫过于失去最珍爱的人。"谷秋莎深深吻了他一下,"就是你。"

一个月后,申明被杀。

什么是绝望?

其实,谷秋莎从来都没有答案。

几个月前,望儿刚来她家的时候,她好几次亲手给这男孩洗过澡。在家里最大的按摩浴缸里,在足以让一个小孩子游泳的泡沫与热水中,谷秋莎发现他的背后有块浅红色的伤疤。她用浴球仔细地清洗着,才确认这并不是伤疤,而是生下来就有的胎记,正好是在偏左的后背心位置。这块胎记形状也很奇怪,是一道长约两厘米的直线,细细的真像是刀伤口子。

仿佛有人用尖刀直刺入后背,正好刺碎了心脏。

忽然,谷秋莎想起小时候的一个传说——人身上的胎记是前世被杀害时留下的伤口。

自己的心脏也绞痛起来,疼得她咬紧牙关几乎要尖叫,抱住浴缸里的望儿,抚摸着他裸露的胸口,并把耳朵贴在他的心口上,倾听男孩胸腔里头快速的心跳。

"妈妈,你怎么了?"

泡在热水里放松的望儿,疑惑地看着满脸泡沫的她,谷秋莎却死死地搂着他说:"亲爱的,我要你好好地活着!"

她的衣服全都湿透了,半边身体浸在浴缸里,眼前一阵恍惚,泛起十年前缭绕的蒸汽——在谷秋莎与申明的婚房大浴缸里,两个人被热水泡得发红的身体。

2006年,1月。

那是个寒风刺骨的清晨,望儿清晨6点就起床了,打开客厅里的家庭影院系统,播放一张正版CD。随着幽暗深沉的前奏开始,整栋别墅响彻一组交响乐,如黑暗水流汹涌迂回,大提琴声部模仿孤舟划船的动作,循环往复如同迷宫,艰难靠近一座萧瑟突兀的小岛,濒死体验般浮现……

谷秋莎被这声音吵醒,披着睡袍惊慌下楼,才发现望儿独自坐在客厅,目光阴郁地看着电视机,屏幕闪烁一片雪花,很快变成五张油画滚动播放。

每个画面中都有座被海水包围的孤岛,怪石嶙峋地突出于水面上。让人绝望的铁灰色天空下,一叶小舟正接近岛屿,船头独立一个神秘的白衣男子。

"望儿!"她几乎尖叫起来,扑到男孩面前,晃着他瘦弱的肩膀,"你在听什么?"

"死之岛。"

"一大清早的,你疯了吗?"谷秋莎又摸了摸他的衣服,"你不冷吗?"

男孩茫然地摇头,而她扑到音响跟前想要关掉,却不知遥控器在哪里。情急之下,连总电源都找不到了,交响乐依旧响彻这间大屋,如尖刀不断刺入耳膜。

"船上这个男人——代表死神。"

"快把它关了!"

"秋莎,你知道冥河吗?"他不待谷秋莎回答,自顾自说下去,"人死以后,欲入冥界者,必先渡此河,但需要付出摆渡钱,否则会被摆渡人夏隆抛入河中。冥河的水质轻于人间,除非借由冥界之舟,否则人之肉身不可能渡过,即便鬼魂在冥河中也会融化——这是古希腊传说。"

"你在跟我说什么啊?"

谷秋莎浑身起了冷战,忍不住打了个喷嚏,冲到墙边扭开空调。

"在《死之岛》的油画里,船头矗立的夏隆象征男人,幽暗的小湾代表女人,海水就是孕育万物的子宫,柏树则是制造十字架的材料……这是勃克林在1880年至1886年间的五幅画,他是一位深深眷恋着死亡的大师。"

"望儿,这不是你应该说的话!"

此时此刻,她对于这男孩只感到陌生与恐惧。

"而你正在听的这首音乐,是俄国作曲家拉赫玛尼诺夫的作品,灵感来自这组《死之岛》。"

终于,她找到家里的总电源,果断拉下了电闸。

几小时后,谷秋莎忐忑不安地来到公司,刚想要打电话给私人医生,预约治疗自己的神经衰弱,却发现银行账户里的资金只剩下几百块钱了。

同一时刻,检察院来人闯入集团总部,查封了所有账目与资料。第二天,全国各地的培训点在一夜之间关门,各大报纸刊登消息——尔雅教育集团涉嫌黑幕交易与贿赂丑闻。

七天后,尔雅教育集团宣布破产。

谷家各处的房产,作为银行贷款的抵押物将被法院查封。路中岳向谷秋莎提出离婚,她眼皮不眨地签字同意。办理完离婚手续,她才发现路中岳在香港持有一家公司，集团出事前的两个月内，陆续有五千万元辗转数家离岸公司，最终作为投资款打入那家公司账号。

在路中岳收拾行李离开谷家那天，谷长龙在别墅门口抓住他的衣领："我怎么亲手养了你这只白眼狼？"

"谷校长，你不再是我的岳父大人了。"

老爷子两周没有染发，转眼变成了满头银丝，脸上皱纹多了无数，就像七八十岁行将就木的老人，他用尽全力扇了路中岳一个耳光："忘恩负义的东西！"

路中岳摸了摸自己的脸，光滑无须的下巴泛出红印："谷校长，一切皆有因果，我会来参加你的追悼会的，再见。"

说罢，他一脚蹬开前任岳父，坐上崭新的奔驰扬长而去。

天空飘起了细细的白雪，落到谷长龙的白发上，就像一片片撕碎了的锡箔与纸钱。

这天是除夕。

谷秋莎这才从门里追出来，扶起倒地的父亲。风吹乱了她的头发，就像个一无所有的中年女子，她不知该怎样安慰父亲，只能给他披上一件大衣。她早已辞退了菲佣与司机，明天就必须从这里搬走，家里所有值钱东西都去抵债了。

望儿穿着羽绒服走出来，这个十岁男孩越发漂亮，寒冬里脸颊冻得红扑扑的，背着个不大的旅行包，沉默地向别墅大门口走去。

"望儿！"谷秋莎抓住了他的裤脚管，"你要去哪里？"

他低头看着养母，微微露出悲伤之色："回家。"

"我们明天才搬家呢。"

"回我妈妈的家。"

"望儿，我就是你妈妈。"

谷秋莎抛下风雪中的老父，紧紧抱着十岁的小学生，他用力挣脱出来："对不起，秋莎。"

113

"你叫我什么？"

"天要黑了，快赶不上回市区的末班车了。"他仰头看着飘雪的阴沉天空，终于再无半点表情，"这两天我会再跟你联系的，再见！"

"别走啊！望儿！"

她全身几乎趴在地上，却眼睁睁看着男孩远去的背影。

泪水自眼眶滑落，融化了打在脸上的雪花，心里却在想一个问题——他为什么叫我"秋莎"？

第十七章

2006年，春寒料峭的清晨，破旧的楼道内外却挤满了人，警戒线围住整个五楼，穿着白衣的鉴证人员早已赶到。

谷秋莎有三个月没化过妆了，乌黑的头发倒是长了不少，出门前都不敢照镜子，想象别人眼中的自己就是贞子。她气喘吁吁地爬上楼梯，推开围观的群众，来到杀人现场门口。

黄海警官伸手拦住她："谷小姐，现场勘查还没结束，你不能进去。"

"人呢？"她再也不顾形象了，狂怒地喊起来，"人在哪里？"

他的面孔如黑色石头般沉默，谷秋莎无论如何拗不过他的手。

几分钟后，一具尸体被从房门里抬出来。

终于摆脱警察的手臂，她扑到尸体担架上，那块白布应声滑落，露出一张扭曲而衰老的脸。

1995年，申明死后，她并未去看过尸体，也不知道人被杀后会是什么模样。今天见到了。尸体的皮肤虽然冰凉，肌肉却未僵硬，关节差不多能活动，只是那张脸是如此可怕，充满羞耻、后悔、愤怒、惊恐、绝望……

谷长龙的脸。

他的胸口全被鲜血染红，可用肉眼看到深深的伤口，从肋骨左侧切入，想必直接刺破了心脏。

黄海警官再次抓紧了她，以免她跟着尸体滚下楼去，她爬起来打了他一个耳光。而他不为所动，像没事人那样说："节哀顺变。"

"是谁干的？凶手抓到了吗？"

她擦着眼泪，低头不让警察看出自己的脆弱。

"你不知道这个地址吗？"

"什么意思？"

"你的丈夫路中岳——"

"是前夫。"

很少有人敢打断他的话，黄海警官依然没有表情："这里就是他的住处。"

"报应！"

谷秋莎咬牙切齿地吐出这两个字。

尔雅教育集团破产之后，路中岳的好日子还不到一个月，账户就被银行冻结了。他在香港的那家公司，也因为违规交易而被注销。无缘无故出来好几个债主，法院查封了他最新购置的房产与汽车。他在几天之内变成穷光蛋，只能搬到贫民区居住。

房门忽然打开，穿着白大褂的警察正在撤退，证据袋里收集了不少东西。有个警察拿着个黑色袋子，看起来装着沉甸甸的物件，经过黄海时低声说："凶器找到了。"

"情况比较清楚了。"黄海靠在墙边，掏出根香烟点起火来，"小区监控记录显示，深夜1点左右，你的父亲来到这里，敲门后进入路中岳的房间。隔了一个小时，路中岳背着个旅行包，神色仓皇地离开。"

115

"他杀了自己的岳父?"

这句话一说出口,谷秋莎就觉得可笑,路中岳何时把谷长龙当作过岳父,何况都已离婚了。

"监控记录一直到今天早上,没人再进出过这个房间。邻居老太太起来早锻炼时,向保安抱怨昨天半夜隔壁很吵,似乎是两个男人吵架与打斗的声音。保安好奇地看了监控录像,很有警惕心地报警了,结果就这样发现了尸体。"

"可是,爸爸为啥深夜跑到这里来呢?"谷秋莎越发恐惧,她拉着黄海的胳膊说,"能否让我再看一看凶器?"

一分钟后,警察把黑色袋子打开,取出一把大号的瑞士军刀,刃口打开足以致命的那种——锋刃与刀柄上沾满了血迹。

"没错,我认得这把刀,去年我从瑞士旅游带回来的,限量款的,国内没有销售过。"

"这把刀被路中岳带走了吗?"

"不,我把这把刀送给了爸爸。两天前我看到他拿着这把刀,痴痴地看着窗外,当时我就担心他会不会想不开。"

"这么说的话,那就是你父亲深夜带刀来找路中岳,可能是商谈一件很重要的事,也可能就是来杀人的。结果他死了,路中岳逃跑了。凶器留在现场的角落,至于是不是这把刀致命的,还需要法医检验。"

她不解地跪倒在地上:"我爸爸六十五岁了,身体一直不好,每天要吃许多药,他怎么会是杀人犯?"

"道理很简单,尔雅教育集团的破产,都说是因为出了内鬼,而这个人就是董事长的女婿,对不对?"

父亲是来上门寻仇的?但因年老体弱,非但没能杀了路中岳,反而在搏斗中被自己带来的凶器所杀?

"不错,我也恨不得杀了他!路中岳!"

"警方正在全城布控,机场、火车站、汽车站,都已经发出了通缉令，我们在想一切办法捉拿他。谷小姐，你知道他会潜逃去哪里吗？"

"不知道，我和他还没离婚时，在家也不太讲话，真的不清楚他还能窝藏在哪里。"谷秋莎六神无主地抓着头发，拉着警察的胳膊说，"黄警官，这个人非常非常危险，他还可能来向我报复！"

"我会抓住路中岳的。"

这短短的一句话，从黄海嘴里说出来，平静而有力。

谷秋莎脑中闪过的却是那十一岁的男孩——她刚在法律文件上签了字，解除了与望儿的母子关系。

他重新改名为司望。

第十八章

谷长龙的追悼会冷冷清清，几乎没来几个人。当初却是高朋满座，数不清的人要凑上门来，至于那些奉承拍马的家伙，都已消失得无影无踪。就连自家亲戚也故意避开，免得惹上什么麻烦——听说他是要去杀人，反而被前女婿所杀，凶手至今逍遥法外。

父亲被杀前一晚，曾经与谷秋莎长谈一宿，他说不想再这样活下去了，与其在风烛残年一无所有，不如跟那个人同归于尽。女儿百般劝说他要放下，其实最放不下的是她自己，直到她主动提起另外一个名字。

"申明？"谷长龙暴躁地吼起来，"你还在想着他吗？"

"如果你当初可以救他；如果你没有一意孤行把他开除，还能给他一个机会，他会走上那条杀人的绝路吗？他会死在冰冷的地下吗？如果，你没做过那些自私可耻的事，申明仍然会是我的丈夫，他会接受我宽容我，我们会过得很幸福，也不会有你的今天了。"

"住嘴！"

"1995年，在我们订婚仪式前，申明跟我说过——钱校长遭到陷害而自杀，竟是你让他去栽赃的，还欺骗他说是什么镇宅的法物！你不知道申明心里有多痛苦，他觉得自己就是个杀人犯，间接杀死了一个正直的老人。但他不敢告发你，因为你是我的爸爸，是他的岳父大人。他说自己迟早会遭到天谴，以牙还牙，以眼还眼，以死谢罪。我最亲爱的爸爸，是你利用了申明，最终又像抛弃一条生病的狗那样抛弃了他！你是个卑鄙的人。"

"但我已经给了他最大的回报，让我的宝贝女儿嫁给他这样的小子！"

"爸爸，你去死吧。"

谷长龙羞愧地跑出家门，而谷秋莎并不知道，父亲的怀里揣着那把瑞士军刀。

是我让爸爸去死的吗？

直到打开火化炉，谷长龙已化为灰烬，谷秋莎始终在思考这个问题，却连一滴眼泪都流不出了。

安奉完骨灰，有个男人正在等她，还是那张轮廓分明的脸，让人想起从前日本电影里的高仓健。

"谷小姐，警方已确认那把瑞士军刀，就是杀死你父亲的凶器。在带血的刀柄上，采集到了路中岳的指纹，基本可以确认他就是凶手。"

"等你抓到他再说吧。"

她冷淡地说了一句，侧身向殡仪馆门外走去。

黄海警官跟在她身后："路中岳很可能潜逃到了外地，网上通缉令已向全国发布，但请你配合我的工作。"

"你以为这只是一桩简单的谋杀案吗？"

这句话让他微微停顿："其实，你的心里很清楚，自从贺年的尸体被发现后，我就一直在盯着你们家。"

"贺年、我、我的父亲，还有路中岳——都跟1995年被杀的申明有关。"

这四个人都曾是申明最信任的人，却在他最困难的生死关头，背叛与伤害了他，可以说对于他的死，都负有不可推卸的责任。

"2002年至今，其中已有两人死于非命，一人作为凶手正在潜逃，我相信这一切都不是偶然的，应与当年杀害申明的凶手有关。"

"还剩下一个我，大概也离死不远了吧？"

"对不起。"黄海第一次有了些表情，却是淡淡的愧疚，"作为警察，我很惭愧。"

"若你真想破案，可以去留意一个人，是个四年级的小学生——司望。"

"被你收养的那个孩子？"

"是。"犹豫片刻，她轻声说，"我想，他应该认识申明。虽然，他在申明死后才出生。"

"我不明白。"

"连我自己也不明白啊！为什么会认识这个孩子？为什么他会来到我的生活里，让我深深地爱上他，然后又把我彻底毁灭？"

黄海冷酷地点头道："我会去调查他的。"

"这个男孩的后背上有个记号。"

"是什么？"

谷秋莎不想再跟警察纠缠了，她快步走出殡仪馆，拦下一辆出租车而去。

来参加葬礼的亲友实在太少，她把原本订好的晚餐取消了，她窝在后排座位里，看着车窗外冰冷的城市。

短短的三个月，她接连失去了自己的公司、财富、权力、家园、丈夫、父亲，以及最珍视的孩子。

十年来,她从未想象过也不敢去想象,当申明被莫须有的罪名关在监狱里,又被剥夺了最宝贵的教师身份,葬送了十多年来寒窗苦读得来的一切,最后还失去了自己的新娘,该是怎样的痛苦与绝望?

就像此刻的自己……

申明?

如果有来生,你会是谁?

去年6月19日深夜10点,那个在后院里烧锡箔的男孩吗?

望儿?

最后的几个月,他作为养子住在谷家,所有秘密就在身边触手可及。更因为谷秋莎的疏忽,让公司大权旁落在路中岳以及新来的总经理助理手中——她私下调查过马力这个人,发现他在应聘过程中,涂改了自己的简历,清华大学的高才生没错,但高中是在南明中学,毕业于1995年,很可能是申明带过的学生。

司望——马力——申明。

这个四年级的小学生,究竟有多么可怕?

出租车停了下来,并非谷秋莎租住的公寓,而是一条狭窄破烂的巷子,迎面是那棵刚冒出绿叶的大槐树。

葬礼的下午,春天终于来了。

她看着三楼的那扇窗户,外头晾晒着女人与小孩的衣服。她翻看了楼道里的信箱,果然有印着何清影名字的信封,都是些垃圾邮件与广告,看来他们母子还住在这里。

谷秋莎不敢贸然上去,她必须秘密潜伏起来,夜以继日,年复一年,如影随形,盯着司望和他的妈妈,直到抓住他们的把柄,挖出隐藏在这个男孩身上的秘密。

比起杀了她父亲的路中岳,她更害怕这身高不足一米四,体重不到30公斤,曾经叫过她妈妈的男孩。

正当她要转身离去,背后响起一个声音:"谷小姐,很高兴又见到你。"

是个温柔的女声,谷秋莎慌张地回头,果然是司望的妈妈。何清影保持着姣好的面容与不曾走样的身材,手里拎着菜篮子,有几条新鲜的带鱼,这是司望最爱吃的。

"哦,你好,我只是路过。"

谷秋莎不敢去看对方眼睛,一年前她居高临下地过来,面对这穷困潦倒的母亲,施舍般提出收养她儿子的愿望。如今两个人却交换了位置,虽然年龄相同,她却似乎比何清影还老了好几岁。

"谷小姐,你家里出什么事了吗?"

何清影看到了她胳膊上的黑纱。谷秋莎苦笑一声:"家破人亡!"

"怎么会呢?"

"你是在装小白兔吧?"谷秋莎毫不客气地回了一句,"我刚从追悼会上回来,把我的父亲烧成了骨灰。"

何清影后退了一步,盯着谷秋莎看了几眼。

"我身上带着死人的晦气呢,不要靠近我哦!"

"这个……真是非常遗憾,以前承蒙您的关照,我心里还很感激,要不要上去坐坐?"

"不必了,我怕打扰了望——"谷秋莎刚想说出"望儿"二字,马上改口道,"司望。"

"刚过放学时间,我还不知道他有没有回家呢。"

"何小姐,有句话我想跟你说一声——虽然,你儿子是个难得的天才,但你不觉得他很奇怪吗?"

"我听不懂你在说什么。望儿确实超乎常人地聪明,但在我的眼里,他仍然是个普通的孩子,天凉了要加衣,生病了要送医院,喜欢吃妈妈做的饭菜,仅此而已。"

不过,从何清影说这番话的眼神来看,谷秋莎断定她在说谎。

"你相信吗?人死后是会有来生的。"

"谷小姐,你在说什么?"

"大概每个孩子刚出生时,都会残留上辈子的记忆,无论是平安幸福寿终正寝,还是命运颠簸死于非命,抑或像某些人那样英年早逝。所有美好的、悲伤的、矛盾的、无奈的、痛苦的记忆,都会纠缠在婴儿脑中——这就是他们彻夜啼哭的原因。然后渐渐遗忘,直到再也记不起一星半点,大脑完全空白成一个稚童。"谷秋莎看着楼上那个窗户,脑中全是另一个人的面容,第一次与他相遇的傍晚,"或许,在许多年后的街头巷尾,偶然遇见前世的那个他,蓦然回首似曾相识,却已相隔整整一个轮回。"

她不知道自己哪来的情怀,居然文绉绉地说了那么多。

何清影似被触动,低头自语:"但人总是要忘记的,还是忘记了更好吧?"

"你认识一个叫小枝的人吗?"

这是司望做梦时念叨过的名字,何清影茫然摇头:"不知道。"

"如果,你也没有发现他的秘密,那么你必须小心了!这个孩子身上带着诅咒,会让所有身边的人遭遇不幸,比如我的一家,比如你的丈夫,还有你——"

"够了!"何清影终于露出怒容,"你不觉得这是很过分的话吗?"

"你是做母亲的,但我也是个女人,我真的是为你好,希望你能听进我的话,否则的话……再见!"

谷秋莎头也不回地走了,在路边打上一辆出租车,天黑后才回到自己的家。

不错的一间公寓,月租金五千元。她还是藏了些钱在身边,出事后变卖了珠宝首饰,可以供自己衣食无忧。

刚进玄关,脱下鞋子,听到一阵急促的声音,刚要回头的刹那间,后背心一阵冰凉。

紧接着是刺骨的疼痛,似乎有某种坚硬的物体,来不及挣扎与尖叫,心脏已被刺破。

谷秋莎三十六年的生命里,最后一眼所见到的,是挂在墙上她与司望的合影。

"你杀了人以后,一切都会变了。你的生活就从此改变了,你的余生都要提心吊胆地过活。"

1995年,她与申明躺在床上看过一卷录像带,一个月后,他死了。

第三部

奈何桥

我要到对岸去

河水涂改着天空的颜色
也涂改着我
我在流动
我的影子站在岸边
像一棵被雷电烧焦的树

我要到对岸去

对岸的树丛中
惊起一只孤独的野鸽
向我飞来

———— 北岛《界限》

第一章

你相信转世吗?

"人类是有灵魂的,灵魂与呼吸之间,有种若即若离的关系。"

比如,当我们睡觉时,灵魂与肉体短暂分开,死亡则是永久的别离。

动物或者植物,同样也存在灵魂。

灵魂,可以从一个生命转移到另一个生命。

古埃及人相信复活,但要保存尸体。柏拉图在《理想国》中认同转世,毕达哥拉斯是第一位深入此概念的哲学家。犹太教信仰肉身复活。《新约全书》记载耶稣基督在被钉死后三天复活,乃是基督教重要的信仰根基。

《太平广记》载刘三复"能记三生事,云,曾为马,马常患渴,望驿嘶,伤其蹄则连心痛。后三复乘马,硗确之地,必为缓辔,有石必去之"。

佛教认为人死以后,"第七识"将带领"第八识"离开肉身,经历中阴身后,投胎为人,也可能成为动物、鬼、神……就是六道轮回,而某些转世修行者,可以获得前世记忆。

中阴,是从此生的灭亡,到来世之间的过渡期。中阴身具有神通,能见到肉眼所不能见之世界。人死之后七七日间为中阴,这也是中国人"做七"的缘由。地狱中阴,丑陋如烧焦的枯木;傍生中阴,其色如烟;饿鬼中阴,其色如水;欲界中阴,带有金色;色界中阴,形色鲜白。

人的中阴，看起来像是儿童，在一群小孩子中，会潜伏某个中阴身。

"什么玩意？"

黄海警官驾驶着警车，把电台调换到其他频率，再也受不了这位哲学家的讲座。

2006年，清明过后。

警车停在长寿路第一小学门口，他穿着深色警服，板寸一点没少，两鬓却添了白点。来到操场角落的沙坑边，他站在一个男孩的背后，看到有只麻雀尸体，正被掩埋在沙子中。

"喂，你就是司望？"

他的声音依然沉闷沙哑，让许多人印象深刻。

男孩起身踩平了沙坑，露出苍白的脸，若非鼻尖上沾了些沙粒，目光就显得过分成熟。

"警察叔叔，我就是司望，有什么事吗？"

"两年前的秋天，是你发现的苏州河边吉普车里的尸体吧？"

司望拍拍身上的沙子："那么久的事了，怎么还来问？而且也不是我一个人发现的。"

"另一个人是谷秋莎，去年成为你的养母，但在几个月前跟你解除了收养关系。"

"是的，你可以再去问她——那辆车在河边停了两年，倒是她刚一见到就要去撬开。"

"她已经死了。"

男孩尴尬了几秒钟，皱起眉头："哦，是这样啊？她是怎么死的？"

"被人杀死的，在她自己家里，上周她父亲追悼会的那晚。凶手至今还未抓到。"

"好吧，希望你能早点破案。"

"你好冷静啊。"

男孩从沙坑边背起书包，径直走向学校大门："警察叔叔，我要回家了。"

说不清是故意还是习惯，司掌仍然选择苏州河边那条小路。黄海就像膏药贴住了他，跟在后面提醒："小朋友，以后不要再走这条路，当中有一段太偏僻了，小心有坏人出没。"

"警察叔叔不就是抓坏人的吗？"

"是，没有我抓不到的坏人。"

"真的吗？"

这句反问让黄海沉默了，一度没有他抓不到的坏人，但从1995年起就不一样了。掐指算来这十一年间，已有五起谋杀案没有侦破，恐怕不止一个凶手。

他夺过男孩的书包说："嘿！现在小学生的书包可真重啊！"

"警察叔叔，你为什么要跟着我？"

"因为，谷秋莎临死前，拜托我一定要做的——她说你是个举世无双的天才，但心里藏了许多秘密。"

"我只是个普通的四年级小学生。对了，我还不知道你叫什么名字呢？"

"黄海——上过地理课吗？中国有哪四大海？我都忘了，你是天才，哪有你不知道的？"

苏州河边的荒野，一身深色警服的男人，目光冰冷，面容严肃，他在怀疑这个四年级小学生，跟数起凶杀案有关。

"黄海警官，我是中国少年先锋队队员，一定会帮助警察叔叔破案的！"

这样的回答让人哭笑不得，他停下脚步，指着前面一片空地说："就是这个地方。"

贺年的尸体在这里腐烂了两年，埋藏在破吉普的后备厢里，如今重新被垃圾与灰尘覆盖，再也看不出原来的痕迹。

男孩不敢踏上那块空地，在旁边绕了一圈："黄海警官，你相信世界上有鬼魂吗？"

"不，从不相信，你们老师没有教过你们吗？"他掏出一根香烟在风中点燃，急促地补了一句，"世界没有鬼。"

"我想，是车里死去人的鬼魂在叫我吧。"

"胡说八道！"

"警察叔叔，你信不信？我见过鬼的。"

黄海手指尖的一片烟灰撒落在地，拉着司望的胳膊，离开发现尸体的地方。

十分钟后，他将男孩送到了家门口。

"你就送到这里吧，上楼去会吓到我妈妈的。"

司望从警官肩上夺回书包，黄海把名片给了他："小朋友，如果想起任何线索，立刻打我电话！"

看着男孩上楼去了，黄海靠在大槐树下，急促地点起一根香烟。袅袅的蓝色烟雾中，他想起了谷秋莎的尸体。

她死后三天才被发现，房间里发生了漏水，邻居报告物业才强行开门。尸体倒在门后玄关内，脸朝下，四肢伸展，地板上全是漏出来的水，把谷秋莎浸泡得有些水肿。致命的伤口在背后，几乎直接刺破了心脏。现场并未发现凶器，显然已被凶手带走。谷秋莎屋里有些现金，却一分钱都没少，包括某些贵重物品。她身上的衣服也算完好，更无被性侵犯的迹象，既非劫财也非劫色，最大可能是仇杀。

凶手对现场处理得很干净，没留下什么指纹与毛发。电梯监控没有拍下来，凶手是男是女也无法判断，只能判断死亡时间在三天前，也就是谷长龙追悼会的那天。黄海分析凶手是爬楼梯上来的，等到谷秋莎回家开门的刹那间，跟在她背后冲进去一刀毙命。

最无法接受的是，就在凶案发生前几小时，他还跟死者在殡仪馆见过一面。那是她父亲的葬礼，一个女人最悲伤的时刻，黄海本想来安慰她的，没想到送了她最后一程。他清晰地记得，谷秋莎当时所说的话："还剩下一个我，大概也离死不远了吧？"

果然，她提前判处了自己死刑。

对于一个资深的刑警来说，简直是莫大的耻辱。

紧接着这句话，谷秋莎又提醒他要留意司望这个孩子。

第二天，黄海再次来到长寿路第一小学门口。

等到司望孤独地走出来，他就拦在身前说："今天，我送你回家吧。"

"我可以自己走回去的。"

"小子，你应该知道，谷秋莎与谷长龙都死了，我担心你也会有危险，懂了吗？"

他粗暴地夺过男孩的书包，沿着大马路往前走去，司望像犯人被警察押送，无力反抗。

"他被警察抓起来了吗？"

几个小学生纷纷窃窃私语，司望解下红领巾，抱怨了一声："请不要当着同学的面来送我，他们会以为我是坏小孩的。"

"走自己的路，让鬼去说吧。"

"案子破了没有？"

"你说的是哪桩案子？"黄海回头盯着他的眼睛，"我会亲手抓住那个混蛋的！"

路过常德路上的清真寺，有人在卖烤羊肉串，司望停下来都要流口水了。黄海警官买了十串，分给他四串说："你还是小孩，不要吃太多，当心拉肚子！"

他大方地吃起羊肉串，神情也轻松了不少。

"小朋友，你吃了那么多，不怕吃不下晚饭吗？"

"没关系，今晚我妈妈要在外面上班，我会用微波炉转一转冰箱里的饭菜吃。"

"那你爸爸呢？"

其实，黄海是明知故问，他早就调查过司望一家的底细了。

"我爸爸——他在四年前就失踪了。"

黄海郑重其事地说："司望同学，今晚你来我家吃饭吧。"

"不要，我还是自己回家吧。"

"跟我走！"

这是命令式的口气，黄海就住在清真寺附近，一栋老式的高层建筑，几乎紧挨着派出所。

他背着书包打开房门，迎面一股酸霉的气味，立刻红着脸说："嘿嘿，不好意思！"

这个男人笨拙地开窗通风，收拾乱糟糟的客厅，餐桌上全是方便面杯，烟灰缸里密密麻麻塞满了烟屁股，显然家里没有女人与孩子，典型的中年单身汉。司望在陌生人家里分外小心，好不容易找到空位坐下。警官打开冰箱，给他倒了杯牛奶，男孩客气地只喝了一小口。他又打开电视机，正好是小朋友节目，《名侦探柯南》中的一集。

他在厨房折腾半天，束手无策，最后还是打开冰箱拿出一包面条，还有速冻牛肉，傻笑着说："小子，我给你煮牛肉面好不好？"

十分钟后，当电视机里柯南用针打昏了毛利小五郎，热气腾腾的牛肉面端到了餐桌上。

说实话，黄海下的面条还不错，也可能是他在厨房里唯一会做的东西。

当司望把面条吃得一根不剩，把面汤都喝光时，黄海带着奇怪的微笑看着他。男孩惊慌地站起，却被黄海按下去："吃饱了吗？小子！"

"饱了，都打嗝了，你不吃吗？"

"我不饿。"

他的声音如从缸底发出般沉闷，房间里的空气也变得僵硬。司望局促地抓着衣角问："警察叔叔，世界上真的没有你抓不到的坏人吗？"

"当然。"

"你敢发誓？"

"我——"黄海警官刚要点起一根香烟,又塞回到烟盒中,"但有几个例外。"

"杀人案?"

他的目光变得冰冷而可怕:"问这些做什么?"

"我在想,你接管苏州河边的尸体案,以及谷秋莎与谷长龙的案子,会不会跟你过去没破的案子有关?"

"你一个小学生,干吗要知道那么多?"

司望不跟他客气了,背起书包要往外走,黄海拦住说:"等一等。"

"天黑了,妈妈说不能随便去陌生人家里的。"

"你是哪一年生的?"

"1995 年 12 月 19 日。"

"嗯,从前没有破的两桩案子,发生在你出生以前。"

"也是 1995 年吗?"

"是。"

说这话让他有些意气消沉,司望故作镇定地说出那几个字:"南明路谋杀案?"

黄海的面色变得煞白,紧紧抓着男孩衣领,把他提到半空。他的双脚无助地乱蹬:"放我下来!"

"你是怎么知道的?"

"互联网……"

黄海粗大的手指关节,轻轻一点就能要了他的小命,却把他放下来:"对不起,小子。"

"网上说那年夏天,南明高中死了三个人?"

"我送你回家。"

十几分钟后,黄海警官把男孩送到家门口,司望抓着他的警服衣袖问:"能帮我一个忙吗?"

"说。"

133

"能不能帮我找到爸爸？他是在2002年的春节失踪的,他叫司明远,在你们公安局报过案。"

"好,我尽力。"

从此以后,他每隔几天就会到学校门口找司望,一起去清真寺门口吃烤羊肉串,偶尔还带回家里吃饭。

但他从没提起过自己的老婆孩子。

5月,谷秋莎被杀已经一个半月了,案情仍没有进展。公安局暂时锁定路中岳为嫌疑犯,继续在全国范围内通缉此人。

黄海再三踌躇,还是决定敲响司望的家门。

那是周末,没等几秒房门就打开了,司望惊讶地看着他:"你怎么来了?"

"你在做什么坏事吗?"他径直走进这狭窄的房间,电视机里正放着《咒怨》的DVD,"一个人在家?"

"不,我妈妈在。"

这句话让他挠头耳语:"你妈知道我吗?"

怎么可能知道？一个四年级的小学生,整天跟警察混在一起,任何当妈的都不会放心。

司望尴尬之时,何清影已从卧室出来了,她换了件新衣服,整理好头发,颇为动人地说:"请问你是?"

"哦,我——"

这个男人惯于同坏人打交道,看到漂亮女人却张口结舌。

"这位是黄海警官。"

"望儿,你又在外面惹什么祸了?"

妈妈严厉地瞪了儿子一眼。

"司望妈妈,请别误会,我冒昧上门来的原因,是司望托我办过一件事——关于他的爸爸!"黄海注意到她的眼神微微跳了一下,"听说你的丈夫司明远失踪多年,而你儿子希望我帮他找到爸爸的下落,我刚在公安系统内部调查过。"

"谢谢！"

"抱歉，我没找到他的行踪，也没有他在本市或外地的住宿记录，没有购买火车票与飞机票的记录。但我既然答应了司望，就一定会努力地找下去，请放心！"

何清影给黄海警官沏了一杯茶，得体礼貌地端到他面前。他难得笨拙地点头致谢，抿了口茶，几乎烫破嘴唇。

她把话题转移到孩子的教育上："司望非常聪明，你也知道他去年的经历，得感谢谷小姐给我们机会，让他能在外面见了世面。他现在又跟以前一样了，在学校的成绩中等，很少跟同学们说话，就连一度最关心他的校长，也不再理睬他了。"

黄海警官频频点头，一反常态地改用柔和语调，竟把经常送司望放学回家，去清真寺门口吃烤羊肉串的秘密全说出来了。

男孩一阵脸红地躲进里间，黄海趁机问道："你刚才说到谷小姐，你知道她已经死了吗？"

"啊？什么时候的事？"

"看来还不够关心她啊——就在一个半月前。"黄海恢复了一本正经的表情，"请问你最近一次见到谷秋莎，是在什么时候？"

"是在今年春节前，我们给司望办理解除收养的手续，去派出所把户口迁回来。"

"以后就再没见过吗？"

"是的。"

"好，非常感谢你的配合，那么我走了，以后会经常来打扰的。"

黄海警官缓缓走到楼下，忍不住回头看了眼三楼，脑中却满是何清影的容颜。

她在说谎吗？

第二章

春暖花开。

二虎已做了两年保安,每次巡逻都会经过这栋大宅子,冬天里的那棵大圣诞树,让整个别墅区的人都很羡慕。没想到才过春节,这户人家就破产了,全部家当都被搬走,有个风烛残年的老头,坐在小区门口骂娘,最后被一个女人拖走了。

听说——他们最近都死了。

但让二虎记忆最深刻的,却是这家的男孩,大概十岁的孩子,看起来很是漂亮,双眼炯炯有神,却没什么表情,时常在花园独自散步,或站在窗前发呆。半夜里保安巡逻经过,都会看到二楼窗户亮着灯,吊死鬼似的站着个男孩,那张脸苍白得吓人,还有人以为他在恶作剧。

然而,几乎每夜都是如此。

二虎的家乡有一种传说——这样的人出现时,往往是被死人的灵魂附体了。

随着这家主人破产,男孩也消失了,二虎终于松了口气,虽然有时还会在噩梦中见到他。

如今,这栋大屋早已人去楼空,有了新的主人,工人们开始装修,即将搬入某个钟鸣鼎食之家。

让二虎意外的是,那个奇怪的女人又出现了。

像是大学刚毕业,全身黑色衣裙,朴素而低调,头发扎着普通的马尾,镶着朵白花,像是送葬来的。是个漂亮女子,肌肤胜雪,眼帘谦卑地低垂，像古代壁画里的人儿。

谷家出事前夕的那段时间，二虎好多次看到过这个女子，这张脸庞令他印象深刻，以至于有了要跟踪她的欲望。她总是在这栋大房子前徘徊，远远看着窗户里的人，但只要有人从屋里出来，她就会躲藏到树丛中。出于保安的义务，二虎上去盘问过几次，她却一个字都不回答，不慌不忙地走了。

她的头发里藏着一股淡淡的香气。

此刻，她站在装修中的别墅前，身后来了个三十多岁的女人，有着烫卷了却很土的发型，手里牵着个男孩子，看来上小学三四年级。他们提着行李，风尘仆仆的样子，像是一对母子，来自外地的小城市。

"请问这是路中岳的家吗？"

带孩子的女人低声问道，黑裙马尾的年轻女子回过头来，蹙起眉头回答："现在已经不是了，他在不久前失踪，找他有什么事吗？"

"啊，那怎么办呢？"女人几乎都要晕倒了，还是男孩搀扶住了她，"您是？"

"我是路中岳的表妹，今天来帮他处理房子的事。"

"您好！"她显得很激动，祈求般看着对方的眼睛，"妹妹，你能不能帮我？"

"你是他什么人？"

她把男孩拉到身前说："这是我的儿子，也是路中岳的亲生儿子。"

"你说什么？我表哥不是没有孩子的吗？"

"十多年前，我是路中岳的女朋友，怀孕后他说要分手，给了我一笔分手费，让我马上回老家去，把肚子里的孩子打掉。我知道他有了别的女人，铁了心要跟别人结婚。我每天哭得昏天黑地，大着肚子回了老家。医生说孩子已经大了，强行打的话，会有很大危险。而我也舍不得这孩子，便狠狠心将他生了下来。还好我父母通情达理，他们帮我一起带孩子,这样才把孩子拉扯大。"

"我表哥都不知道?"

"当年,路中岳无情无义抛弃了我,我恨他还来不及呢。反正拿到了分手费,又相隔几千里的路程,我再没有找过他。"她越说越羞愧,指着男孩的额头说,"你看——他有块青色的印子,跟你表哥脸上一样,绝不会有错的,这就是他的亲生骨肉,现在不是有亲子鉴定吗?我可以带他去滴血认亲。"

"别说了!我没有怀疑你。"

"去年,这孩子的外公外婆相继去世了,以前积攒下来的存款也快用完了,我要出去打工,就想把这孩子还给路中岳。我好不容易才找到这里,听说他很有钱,就算不能给孩子一个名分,至少也能讨口饭吃。"

说着说着,做妈妈的眼泪掉了下来,对着孩子说:"快叫阿姨,说出你的名字。"

男孩看起来很乖,自始至终没有半句话,这才怯生生地说:"阿姨,我叫路继宗。"

"对不起,你们还是先回去吧,我也很想找到我表哥。但你们不知道,他现在是个杀人犯,警察在全国通缉他!"

"这个杀千刀的家伙,是老天的报应吗?可是,我们母子该怎么办?"

年轻女子打开钱包,掏出三千元递给这对母子:"这个你先拿着吧,就当作是回家的路费。"

"这怎么行?"

"我是路中岳的表妹,他的事就是我的事,他当年犯下的错误,我会替他好好弥补的。但我也实在找不到他,如果有他的消息,无论是关进去还是怎么样了,我都会立刻告诉你的。我们交换一下手机号码,我可能随时都会联系你。"

"好的,太感谢你了!"

她顺手把三千元塞好。互相记下电话号码后，年轻女子补充了一句："你在外面听到路中岳的消息，也请第一时间告诉我，这是为了救他的命。"

"妹妹，我记着呢！"

这可怜的女人拉着儿子，一步一回头地离去。二虎正在被保安队长训斥：怎么把这种人放进了小区大门？

夕阳斜斜地照来，黑裙马尾的女子孤独地站在别墅门口，整个人似一团冰冷的火焰。

路边郁郁葱葱的夹竹桃花很快就要开了。

她叫欧阳小枝。

第三章

2006年，圣诞节。

黄海警官把司望带到家里，买了许多熟食与冷菜，还给自己准备了两瓶黄酒，给男孩买了大瓶雪碧。

窗外，下着冰凉的雨。

司望的脸越发成熟，眉毛也渐渐浓密，再过两年就要发育成少年。

有一次，警官特意带这男孩去了澡堂子，果然在他左侧后背心的位置，发现了那条刀伤似的胎记——黄海皱了皱眉头，却没有说出来。

司望三天两头来这儿玩，每个角落都向他开放——除了有个神秘的小房间，房门永远紧锁，不知藏着些什么？

黄海自顾自地喝酒，吞云吐雾，直到男孩大声咳嗽，才把烟头掐灭。

"今天，是阿亮的两周年祭日。"他摸着司望的鼻子，手指不住颤抖，"真像一场梦啊。"

"阿亮是谁？"

黄海从抽屉里拿出一张相框，是黄海与一个男孩合影，背景是人民公园，花坛里有许多气球，依稀可辨"六一"——男孩长得有几分像司望。

"他是我儿子，只比你大一岁。四年前，他被查出白血病，我找遍全国的医院，想给他做骨髓移植，却始终没找到合适对象。阿亮在医院住了一年，化疗让他的头发都掉光了，最后死在我怀里，十岁。"

"你很想他吧。"

"那一年，我几乎每天都会偷偷掉眼泪，直到遇见你，小子。"

这个中年男人把司望抱在怀中，又粗又热的手掌抚摸他，就像儿子还活着。

"阿亮的妈妈呢？"

"老早离婚了，那婆娘跟个有钱人跑了，移民到澳大利亚，儿子死后再没回来过。"

"好吧，我不怪你。"男孩摸了摸警官脸上的皱纹，"以后，你可以叫我阿亮。"

"阿亮死了，他不会再回来的，小子。"

黄海平静地说完这句话，似乎已完全接受了儿子死去的现实。

"死是一场梦，活着也是。"

"臭小子，你又来了，敢学大人一样说话！"

他喝下整杯酒，司望拉着他的胳膊："够了，你快喝醉了！"

"别管我！"

黄海警官将男孩推开，又给自己灌下一杯。司望将他搀扶到沙发上，他喃喃自语："阿亮！别走！阿亮！"

酒醉过后……胃里涌起一阵恶心，黄海趴在地板上呕吐，今晚酒量怎么如此之差?

他尴尬地收拾呕吐物,才发现小房间的门半开着,传出轻微的脚步声。

摸了摸身上的钥匙,果然已被司望这小子拿走了。他飞快地冲进小房间,充满霉变腐烂的味道。男孩雕塑般站着,注视整面墙壁,贴满泛黄的纸张与照片,密密麻麻如追悼会上的挽联。

照片里有黄海最熟悉的画面——杂草丛生的荒野,坍塌的围墙,高耸的烟囱,破旧的厂房,锈迹斑斑的机器,通往地下的阶梯,圆形把手的金属舱门……

南明高中的学生们传说的魔女区。

司望还没有意识到,他的嘴唇已被自己咬破,鲜血顺着嘴角往下淌。

照片里不时出现警察的身影,还是20世纪的绿色警服,拍摄于1995年6月。杀人现场打着灯光,背景是黑暗无边的地底,积满肮脏的水,发出令人厌恶的反光。

他看到了申明。

二十五岁,茂盛的头发,未婚妻买给他的衬衫,已被污水染成漆黑。臂上缀着红布的黑纱已难以分辨,大摊血迹尚未褪色……

照片里的脸还埋在水中。

下一张照片,尸体被翻了过来,惨白灯光下有张惨白的脸——男孩闭着眼睛不敢去看,泪水却从眼皮的缝隙间涌出。

黄海警官从背后抱住他,伸手挡住他的双眼。

面目全非,惨不忍睹……可以想象一个人被杀后,又在地底的雨水中被浸泡了三天……

死后三天的申明,倒在死亡的水中渐渐腐烂。

接下来的几十张照片,每一张都足以让人毕生留下噩梦。司望用力推开警察的手,瞪大眼睛看着照片——死者背后的刀伤,不到两厘米的一道红线,却足以让心脏碎成两半。

他没有看到凶器。

尸体运走以后，警察继续勘查现场，将地下室的积水抽走，搜索可能的证据。并没有传说中的坟墓与白骨，只是墙上刻着些奇怪的文字与符号。

终于，黄海从男孩手里夺回钥匙串，看着小房间角落里的铁皮柜子说："十年了，这个小房间从没改变过，你知道为什么吗？"

"这是你至今没有侦破的案子！"

"1995年6月6日清晨，在南明中学图书馆屋顶上发现被毒死的女生，她就读于高三（2）班，再过一个月就要高考了。死者的班主任叫申明，他被当作杀人嫌疑犯，被我亲手抓进公安局又亲手放出来。6月19日子夜，南明路边的荒地里，有群野狗撕咬一具尸体，引起下夜班的工人注意，那是南明高中的教导主任严厉，身上有数处刀伤，致命的凶器就插在身上。警方发现申明失踪，门房老头也证明在当晚看到严厉与申明走出学校，大家都怀疑他就是凶手，杀死教导主任后潜逃。警方全城通缉三天都没抓到他，直到有个女生向学校报告，说在申明失踪的那天，他提到过学校附近的废弃厂房，也是学生传说中的魔女区。6月21日上午10点，警方才发现了他的尸体——当时连续几天大雨，地下仓库积水严重，尸体浸泡在水中，凶器却消失了。那么多年过去，这些数字仍然牢牢记在我脑中。"

黄海一口气说完这些，酒差不多也醒了，小房间里没有空调，只感到浑身冰凉。

他还记得杀死严厉的那把军刀——生产厂家原是大三线的兵工厂，刃长15厘米，使用特种钢，带血槽的矛形刀尖，沿袭军品痕迹，很像特种兵的匕首，锋利度、保持度、硬度、韧性与防腐蚀度都属一流。这种刀在市场上极其罕见，当时只在一些特殊部门内流通。

15厘米，305厂，特种钢，带血槽，矛形刀尖……

而在房间的另一面，白花花的墙上，用红色记号笔画着无数道线，组成一幅巨大的人物关系图。触目惊心的红字，乍看竟像是黄海蘸着自己的血写上去的。

墙壁的核心是两个字——申明。

围绕这个名字，伸出去八根粗大的线条，每条线都指向一个名字，分别是：柳曼、严厉、贺年、路中岳、谷秋莎、谷长龙、张鸣松、欧阳小枝。

每个名字下面都贴着大头照，其中柳曼、严厉、贺年、谷秋莎、谷长龙，这五个人的名字上，分别打着红色大叉，代表他（她）已经死亡。

"申明"这两个字就像邪恶的咒语，凡是与他连上线的人，大多已遭遇了厄运。就在今年，谷秋莎与谷长龙——申明曾经的未婚妻与岳父，也遭遇了家破人亡的惨剧。人们都会顺理成章地联想：这是不是幽灵的报复呢？

还活着的只剩下三个人。

路中岳也不知潜逃在哪里，唯一可以肯定的是，通缉犯的日子绝对不会好过。

司望指了指墙上的名字说："张鸣松与欧阳小枝又是谁？"

"张鸣松是案发时南明高中的数学老师。"黄海也被他提醒了一下，很久没再注意过这两个人了，"欧阳小枝就是在案发三天后，说申明可能在魔女区的女生。"

"这八个人都与死者有着直接与间接的关系吧？"

"申明死后一个月，我就画下了这幅关系图。最有嫌疑的是路中岳，他竟与死去好友的未婚妻结婚了。他是南明路钢铁厂的工程师，当晚他正在厂里值班，案发地距离值班室直线距离不超过二百米。当时，路中岳的父亲在区政府工作，他坚称自己整晚都在睡觉，没有证据证明他与申明的死有关。这些年来我一直盯着他，两年前发现贺年的尸体，我还找过路中岳几次。没想到他真的成了杀人犯，现在全国每个公安局都有他的通缉令。"

"你把所有资料都贴在这个屋里，不准任何人进入，因为这是你的禁区,也是你作为警察的耻辱?"

"找死!"他把司望赶出小房间,又倒了杯冷水浇在自己头顶,"今晚泄露了太多的秘密,要是你妈妈知道的话,她肯定不会再让你来我家了。"

"你好些了吗?"

"我没事,只是觉得你很可怕——有时候,你又不像是小孩子。"

"每个人都这么说。"

"为什么你要关心1995年的案子?那时你还没生出来呢!"

"为了你。"

这个回答让黄海警官颇感意外,他看着窗外闪烁的圣诞树说:"你真是个可怕的孩子。"

忽然,门铃响起。

什么人在平安夜来访?黄海重新锁紧了小房间,司望却像主人似的开了门。

门外站着个五十多岁的男人,头发半白,身体不再像从前挺拔,皱纹增加了很多,整张脸消瘦而憔悴。他紧拧着眉头,看了看门牌号:"小朋友,这是黄海警官的家吗?"

"是。"

"抱歉打扰了,你爸爸在家吗?"

居然把他当作了黄海的儿子,司望也没有否认,点头道:"他在家。"

黄海立即把他拉到身后,拿块毛巾擦着自己淋湿的头发,语气粗暴地说:"老申?我不是让你不要来我家吗?"

"对不起,黄警官,打你电话一直在通话中,就直接找上门来了。因为太重要了——我又有新的线索了!"

"说吧!"

"昨晚,他在书店里买了一本书,你猜是什么?《达·芬奇密码》!我看过这本书无数遍了,一部关于宗教、历史、艺术与杀人的小说，居然也有圣殿骑士团与郇山隐修会。"

黄海彻底晕了，搔着后脑勺说："什么山？"

"Priory of Sion！"

这个五十多岁的男人，居然说出了一句流利的英文术语。

"老申，你都一把年纪了，少在我面前放洋屁。"

司望看这男人的眼神却有些奇怪，在门口拉了拉黄海的衣角说："让他进来说话吧。"

"闭嘴！"他摸了摸男孩的脑袋，"到厨房间去待着，小孩子别管大人的事！"

"切！"

但他毕竟是个警察，司望乖乖地躲进厨房，但不知有没有偷听。

"坐吧。"

黄海给这位圣诞夜来访的不速之客泡了杯茶。

"警官，我悄悄跟踪了那个人，他坐在地铁上阅读《达·芬奇密码》，同时还详细地做着笔记，手指居然还在画着十字，以及许多奇怪的形状，嘴里不知在念些什么东西，也许是他们组织的神秘指示。"

"你没被人家发现吧？"

"放心，我隐藏得很小心，戴着口罩与帽子，他看不到我的脸。"

黄海搔了搔脑袋，点上一根烟："该死的，我是怕他再打110报警，或直接找我们局长投诉！局长女儿明年要高考了，最近在跟着他补习呢！"

"太危险了！赶快告诉你们局长，绝对不能让他接触孩子！我怀疑他是郇山隐修会或玫瑰十字会的成员，至少也是共济会成员！"

"你是个优秀的警官，而我是个资深的检察官，我们都有过相同的办案经验，心里有鬼的家伙，无论表面上伪装得多好，都逃不过我们俩的眼睛。我敢保证——他绝对不是个普通的数学老师！"

"是，他是全市有名的特级教师，当然不普通了。"

这位资深检察官越说越激动："他的眼里藏着一种恶鬼般的邪气！

你要相信我的直觉,尽管所有人都觉得他很友善。申明被杀以后,你们警方迟迟未能破案,我常去市图书馆,查找法医学与刑侦学的资料。有一回,我在阅览室偶遇那家伙,直接袒露了自己的身份,包括我与申明的关系。我问他是不是在借教学专业书,他却尴尬地否认了,还用手遮挡住他借的图书封面。我又问到申明死后学校有什么变化?他只说校长因此而被撤职,老师与学生承受了很大压力,就匆匆告辞逃跑了。显然在刻意回避,若非心中有鬼何必如此?于是,我利用检察院的关系,调查了张鸣松在图书馆的借书记录,发现他看的竟大多是宗教学符号学方面的,还有不少关于杀人的侦探小说,比如《无人生还》《美索不达米亚谋杀案》,甚至有法医学的专业书。"

"老申,你听我说一句……"

"别打断我!在我儿子被他杀死那年,他已经三十来岁了,到现在四十多岁,却始终没有结婚,他的条件那么优越,找个老婆还不容易吗?因此,极有可能心理变态!"

"捕风捉影。"

"还有,我调查了那个变态的祖宗三代,查下来什么结果?他的祖父曾跟随外国传教士工作,就属于《达·芬奇密码》里的'事工会'。据传,1949年,这个假洋鬼子作为帝国主义间谍被公开枪决,临死前念了一长串外国话,据说是拉丁文的咒语,对肃反公判大会上的干部群众实施诅咒。黄警官,你懂了吗?他的祖父就是国外邪恶组织的成员,自然而然传递到了他身上。而他的父亲在二十年前死于自杀,死亡方式极其诡异,是把自己锁在一间石头房子里点火烧死的,我认为那是某种自我献祭的仪式。"

"申援朝,你是一个老检察官,应该知道凡事要讲究证据。很感激你向警方提供的线索,但这十年来,我已经听你说过无数遍了!我几乎能把你的全套所谓证据一字不差地背出来,我也为此调查核实过好几次,每次都证明你在胡说八道!你每个礼拜都要给我打电话,跑到公安局我的办公室里,今天你发展到上门来堵我了。"

"因为昨晚的发现很重要啊!证明了他与《达·芬奇密码》里的神秘组织有关联。"

"我建议你回家好好休息,不要再做这些危险举动了,人家早就发现你在跟踪他了,不知道打110报警过多少次,我可不想亲手把你抓进看守所里去!"

申援朝急着补充了一句:"还有一条理由哦!最后一条!听我说,他虽然是特级教师,却不是共产党员,也没有加入民主党派,其政治身份很可疑!"

"太会罗织罪名了!简直是莫名其妙!幸好我老黄只知道破案,从不受贿腐败包二奶,要不然落到你手里也惨了!十年前,当你第一次跑到我面前,说那个人有重大嫌疑时,我即刻进行了调查,发现他有充分的不在现场证据——1995年6月19日,他参加教育系统的学术会议,在一座孤岛上的宾馆,至少有四十个人可以做证。当晚下着大雷雨,岛上唯一的渡船无法出海,大家都被困在海上,他与教育局长睡同一个房间,怎能回到学校来杀人?"

"这些年我看了无数的推理小说,即便再完美的不在现场证明,都有可能是伪造或虚假的,没想到你这么资深的警官都被他骗了!"

"柳曼遇害的那晚,他正在给两个高三男生补课,一直持续到凌晨2点,同样不具备作案条件。虽然他一直没有结婚,但从不缺乏追求他的异性。他的家庭出身良好,又是清华毕业的高才生,眼光太高没看中合适对象,这样的人很普遍。"

申援朝的声音越发颤抖:"我跟踪这个杀人犯整整十年,世界上没有比我更了解他的人了。黄警官,我不怪你,十年来,你也一直在寻找凶手,我非常感激你。但我是申明的爸爸,我能感觉到他的灵魂,一直没有去投胎转世,而是飘荡在我身边——你知道吗?今天早上,申明给我托梦了。我看到他站在一条河边,还是二十五岁时的样子,手里捧着一碗浓稠的汤。他要我给他报仇,他说凶手就是那个人!"

托梦？

黄海彻底无语了。

"走吧，老申，你回去好好休息。我保证，一定会抓到凶手的，除非——我死了！"

警官打开房门，把申援朝请了出去，老检察官在电梯口哆嗦着说："记得去他家搜查，你知道他家地址的，他住在底楼，有个小院子，把地面挖开来，肯定会发现大量尸骨！"

目送对方进了电梯，黄海才回到家里，发现司望已经在门口了。

"你小子在偷听！"

他暴怒地把男孩推到墙角，司望一脸无辜地看着他，像是被吓坏了："他是谁啊？"

"司望同学，我跟他在玩游戏呢。"他把后面的脏话吞回肚子，轻描淡写道，"他只是一个……老朋友。"

第四章

平安夜。

申敏已睡在床上，她的卧室墙壁挂着许多星星，晚上关灯就像在星空下。床头亮着一盏台灯，她盖着一床厚厚的被子，翻阅同学们的圣诞贺卡。

有个男生只写了几个字：小敏，我喜欢你，能跟你做朋友吗？

小学五年级的她吃吃一笑，随手把这张贺卡扔床底下了。

冰冷的雨点打在窗上，她焦虑地看了看时间，心想爸爸怎么还没回来？今晚还要在外办案审讯犯人吗？

她听到钥匙开门的声音，有个男人走进来，看起来不像是爸爸，更像爷爷或伯伯，头发已经半白了，带着一股阴冷湿气。一看到申敏，他就从严肃变得喜悦，摸了摸她的头发："小敏，早点睡觉吧，明天上学别迟到了。"

"爸爸，你去哪里了？"

"去见一个老朋友。"做爸爸的关了电灯，"晚安。"

第二天，申敏背起书包上学，坐了两站公交车，走进长寿路第一小学。她的教室在一个隐蔽的院子里，那栋蓝白色的小楼，五年级（3）班。

她有双杏仁般的眼睛，一头乌黑长发，厚厚的白棉长裙，衬着有光泽的健康肤色。

放学后，夕阳下，她回到自家小区，跟几个邻家姑娘打三毛球。她把一个球打进树丛，茂密的冬青深处，小孩也很难钻进去，正当她们着急时，有个男孩从树丛中钻了出来。

他的年纪与申敏相仿，似乎在学校经常见到。

对，他也是长寿路第一小学的，但是不同的班级。这张脸令人印象深刻，双目总是闪烁忧郁的光。曾经有段时间，学校里流传着他的故事，大家都说他是个神童。但很快他就恢复了老样子，没有老师再提起他了，依然一个人孤零零的，再也没有任何朋友。

他叫什么来着？申敏却一时想不起来，现在她最关心的是三毛球。

男孩擦去身上的枝叶与泥土，手中攥着她的三毛球，交到女孩冰凉柔软的手心里。

"谢谢！"这是申敏对他说的第一句话，"你是2班的吧？叫什么名字？"

"我叫司望，司令的司，眺望的望，你呢？"

"申敏，申请的申，敏捷的敏。"

"申敏？"

男孩似被这名字吓了一跳。

"有什么不对吗?"

"没有啊,我们的姓都很少见,不是吗?我敢打赌在班级里,不可能有第二个姓申的。"

申敏天真地点头:"嗯,司望,你也住在这里吗?"

"不是的,今天正好路过。"

"我们一起打球吧。"

这个叫司望的男孩,战战兢兢拿起球拍,才发现手背破了条深深的口子,想必是在冬青丛中捡球时,不当心被锋利枝条割破的。

司望用手盖住伤口,她刚想说"到我家去擦擦药水",转念又想万一被爸爸看到,说不定会挨骂的吧。

"等一等,别跑哦!"

女孩飞快地跑上楼去。不到两分钟,不但拿来红药水,还有创可贴与酒精棉花。她抓住司望的手背,小心地清理伤口,最后用邦迪创可贴粘住。

旁边几个女孩都在偷笑,而男孩扭头逃出了小区。

第二年,在长寿路第一小学的操场上,司望有了自己的玩伴。他会跟女孩们打三毛球,玩捉迷藏,跳皮筋,也不管是否会被其他男生耻笑。

五年级,下半学期,同学们都在准备考试,申敏最爱上的却是音乐课。5月,天气渐渐热起来了,她只穿件薄薄的汗衫,露出细长的脖子与胳膊,随老师的钢琴唱起:"让我们荡起双桨……"

2班有个女生家里很有钱,每天放学都有辆奥迪等在校门口,时常引诱司望坐她家的车顺路回家。有天傍晚,申敏躲在学校门口的大树背后,发现那女生扯着他的衣角说:"司望,我有两张《哈利·波特》的电影票,你陪我去看吗?"

司望尴尬地扭头就跑,正好撞到申敏面前,两人都笑了起来,就在学校花园里散步。

"你知道吗？为什么有人说我是神童？"男孩故作神秘地轻声说，"因为我拥有超能力。"

"啊？"她瞪大了眼睛，"超能力？我不信！"

"比如，我能猜到你爸爸的名字，是不是叫申援朝？"

"对，但这个很容易查到嘛。"

"你还有一个哥哥，不是表哥哦，我说的是亲哥哥。"

"嗯？这个我怎么不知道？"

"你回去问你爸爸就明白了。"

"难道……"

申敏想起家里的客厅，除了妈妈的遗像，还挂着一个年轻男人的黑白照片，但爸爸从未说起过那个人是谁。

"不说这个了，你妈妈还好吗？"

"她死了。"

"哦，对不起。"

"妈妈肚子里有我的时候，她已经四十多岁了，医生说生孩子会有危险，但她还是坚持要把我生下来。结果在我出生的那天晚上，她流了很多血死去了。"她说着就流下了眼泪，坐在花坛的石凳上哆嗦，"是我杀死了妈妈！"

"你的生日是哪一天？"

"1995年12月20日。"

司望若有所思地掐了掐手指头："原来，那天已经有了。"

"你说什么？哪天？"

"那么你得叫我哥哥，因为我是12月19日出生的，比你早一天。"

"我才不这么叫你呢！"

"好吧，你知道你哥哥是什么时候死的吗？"

"说说看？"

申敏已擦去了眼泪，疑惑地看着他的脸。

"1995年6月19日。"

说出这个日期,司望也低下头来,脸颊上有什么缓缓滑落。

"你怎么也哭了?"

"哦,刚才一阵风吹过来,有沙子进眼睛里了。"

"别动!瞪大眼睛!"

女孩用舌尖舔了舔他的眼白。

"爸爸告诉我,女孩可以哭鼻子,但男孩不可以。"

她说话的表情很自豪,司望点着头说:"你爸爸说得很对!"

"那你还哭吗?"

"不会了,我保证。"

司望擦干眼泪,狠心转过身:"我要回家了,再见!"

半个月后,他们从长寿路第一小学毕业。这里都是小学读到五年级,直接升入初中预备班。申敏与司望升入了不同的初中,两人再也没有见过面。

有时候,她也会幻想跟司望两个人出游,在长风公园的银锄湖上划船。忧郁的男孩就坐在对面,一同划桨掠过水面,藏在铁臂山投下的阴影中,头倚着头看太阳西沉……

第五章

2007年,秋夜。

"小子,你知道在去年的圣诞节,我为什么告诉你这个小房间里的秘密吗?"

黄海在家跟司望下象棋,要是对面窗户有人看到,必定以为这是父子情深。

"你喝醉了呗。"

"呸！老子可是出了名的千杯不醉！其实，我是故意让你知道的，因为你肯定有自己的秘密，关于1995年申明的死……"

"至少我们的目的是一样的。"

"所以，这是一个交易，我告诉了你警方掌握的真相，而你也必须告诉我，你在谷家的半年多时间里，所发现的全部秘密——关于谷秋莎、谷长龙，还有至今逍遥法外的路中岳。"

司望已经在将军了，却收回了棋子："我可以不说吗？"

"不可以——因为，我还有许多秘密，藏在心里没说出口呢，你不交换的话，那么我也永远不说。"

"你输了。"他吃掉了黄海的老将，深呼吸，"先从谷秋莎说起吧。"

"好。"

"谷秋莎有个可怕的秘密，她的房间里有个小药箱，不过抽屉是上锁的。我偷了她的钥匙，打开后发现有许多进口药，大部分标签上的说明都不是英文。我用笔抄下那些文字，重新把抽屉锁好，丝毫看不出动过的痕迹。我再到网上搜索，才发现那是德语，大意是用来抑制黄体生成素的释放，导致睾酮的产生减少——"

黄海搔着脑袋打断道："我听不懂。"

"长话短说，就是药物阉割——通过给男人吃药，让他不知不觉中变成太监。"

"太狠了！"

"显然，这些药是针对路中岳的，我才明白谷秋莎不准我喝管道水，只让我喝瓶装水的原因。"

"怪不得这混蛋一副阴阳怪气的样子，原来做了公公都不知道。"黄海点起一根香烟，徘徊在窗边，"如果，路中岳知道了这个秘密，自然对谷秋莎恨之入骨，杀她也是顺理成章。"

"一年来，我非常害怕，他会不会再来找到我？我每晚都提醒妈妈，要把家里的门窗锁好，假如有陌生人敲门，无论是谁都不要随便开门。"

黄海刮了刮男孩的鼻子："小子，我要是有你这样的儿子就好了——你放心吧，只要有我在一天，你们母子就是安全的。"

"真的吗？"

"我保证，只要这家伙一出现，我就能逮住他！"黄海看了看时间说，"早点回家吧，再晚你妈妈就要打电话来了。"

男孩离开后，黄海打开秘密的小房间，看着墙上画满的红色图案，又点了根烟。他触摸这面墙的中心，大大的"申明"两个字。

1995年6月，申明被杀前一个星期，他被关在铁窗中，强烈要求与黄海警官见面，说有重大线索提供。黄海连夜从床上爬起，离开刚满一岁的儿子，骑自行车来到看守所。

审讯室中，申明已人不像人鬼不像鬼，失魂落魄地抓着头发，高中老师的尊严荡然无存，跪在地上祈求黄海的帮助："我没有杀人……我没有杀人……"

"你要提供什么线索？"

"黄警官，学校里流传着关于我的两个谣言，其中有一个是真的。"

"你跟柳曼有师生恋？"

他擦去眼泪，嘴唇哆嗦，似乎羞于启齿："不，我是一个私生子。"

"你的生父，并不是毒死了妻子又被枪毙的那个男人？"

"是，那个家伙又不姓申，因此大家才说我不是他生的。"申明剧烈咳嗽几下，"我真正的父亲，是个像你一样的体面人，有着正经的工作与地位，我曾经向他发过誓，永不泄露他的身份。"

"我明白了，如果他与你的案情无关，我尊重你的秘密。"

"我刚出生时就叫申明，三岁那年妈妈嫁人，我才跟了后爹的姓。那个男人是畜生，在外面有了别的女人，又要依靠老婆工作养活他。

因为我不是他亲生的，他总是拿我来出气，只要妈妈不在家就打我，却不留下什么伤痕。我告诉妈妈真相，他就说是小孩子胡说八道。在我这辈子最早的记忆中，充满了哭泣与尖叫，还有他向我走近的脚步，每一步都让我浑身颤抖，以至于要爬到床底下躲起来，那时我才只有五六岁。"

虽然，黄海早已听够了这类悲惨的故事，仍在心底默念：造孽！

"在我七岁那年，后爹毒死了妈妈，随后在我的报警之下，他也被抓起来枪毙了。外婆成了我唯一的亲人，我不能再跟那个男人的姓，外婆带我去派出所改回了申明这个名字。"

"这也是我看你的档案感到奇怪的地方。"

"外婆没什么文化，一直给人家做保姆，常年住在东家。你知道安息路吗？从小学一年级到初三，我跟外婆住在地下室，狭窄、阴暗、潮湿、老鼠乱窜。我像个孤魂野鬼般长大，别看现在文弱的样子，那时候每天都跟人打架，孩子们联合起来欺负我，向我丢石头扒我的裤子，甚至往我脸上撒尿。每次我都会反抗得更激烈，最终被打得鼻青脸肿回家，让外婆心疼地擦些没用的红药水——最后谁都打不过我了，他们看到我就吓得四散逃窜，那些人都说我会变成大流氓，甚至像我后爹那样的杀人犯。但我的学习成绩好得出奇，就靠着几本破烂的课本，东家用剩下来的圆珠笔，我考进了市重点的南明高级中学。大学毕业后，外婆住在一户有钱人家做用人，而我就搬进了单位的宿舍。"

"申明，我可以同情你，但不会改变我对于案情的看法。"

"我想告诉你，那个男人，虽然早被枪毙烧成了骨灰，但他一直活在我心里，时不时在噩梦中浮现，那个喝醉了的黑色身影，带着铁皮鞋子的脚步声，一点点向我靠近……"

初为人父的黄海，听到这些都有些伤感："别说了。"

"让我说完！关在看守所里的这几天，每夜都会重新梦到他——那张肮脏的脸，渐渐凑到我的鼻子前，然后掐紧我的脖子，他要来为自己报仇,若不是我向警方告发,妈妈只会被当作是普通的病死,他怎么可能会被判处死刑?每次我都是在梦中被活活掐死后再醒来!"

"这样的噩梦,作为警察,我偶尔也曾做过,梦见被我击毙的歹徒。"

黄海真想抽自己一耳光,怎能在嫌疑犯面前露怯?

忽然,申明的手伸过铁栏杆,抓住了黄海的衣袖,战栗着说出一句话:"昨晚,我梦见我死了,是被一把刀子从背后捅死的,然后变成了一个小孩。"

十二年后,黄海的额头多了数道皱纹,他看着墙上红色墨水画出的人物关系图,中间触目惊心的"申明"二字,便在这下面又画出一条红线,直接指向另一个名字——司望。

第六章

2007年,司望升入了五一中学初中部。

这一年,何清影有些不祥预感,也许是儿子本命年的缘故,她决心用更多时间陪伴他。最好的方法就是自己开个小店,让望儿也经常来店里。她的银行存款还有十万元,当年谷家收养望儿的补偿费还清高利贷后剩下的。

暑期,在黄海警官的帮助下,何清影租下门面开了间小书店,选址就在五一中学的马路对面。

司望给书店起了个名字——荒村书店。

何清影和儿子顶着盛夏的烈日,在38摄氏度的高温下,去图书批发市场进货,两个人都被晒蜕了一层皮。除了司望最爱的文学与历史书，还挑选了大量教辅教材，这是小书店生存下来的唯一途径。她特意把郭敬明的《悲伤逆流成河》与韩寒的《一座城池》堆在一起，再加上各种悬疑惊悚类的小说。如今的初中生不就喜欢这些吗？

开学当天也是荒村书店开张的日子，黄海警官带着一群警察来献花捧场，不知道的人还以为书店里出了杀人案。

早上8点，完成放鞭炮仪式，何清影带儿子去对面中学报到。司望戴着红领巾，早早催促妈妈回书店去照看。离别时她有些伤心，但孩子已到了不喜欢在学校叫妈妈的年龄。

五一中学在长寿路上，大门旁边是高级夜总会，每晚门口都会排满豪车，有浓妆艳抹的小姐出入。学校有块不大的操场，两侧种满茂盛的夹竹桃。教学楼呈马蹄形连在一起，中间有个小天井。操场对面有排两层楼的矮房子，像条长长的孤岛，医务室与音乐教室就在那里。司望比别人更快适应了新环境，若非故意松懈怠慢，肯定会成为班里成绩最好的学生。

司望依然很少与人接触，在老师眼里是个极其孤僻的孩子，也没人知道他在小学三四年级的经历。他为尔雅教育集团拍的代言照，早被扔进了垃圾堆。他只在荒村书店才会话多，因为要把同学们拖过来，推荐各种畅销书与《最小说》杂志，以及比学校卖得更便宜的教辅教材，何清影给儿子的同学一律打八折。

第二年，春天。

司望的最后一粒乳牙也掉了，长出满口健康的恒牙。他没有像其他小孩那样，把上牙往地下扔，把下牙往天上扔，而是全都交给了妈妈。

"望儿，你的每一根毛发每一粒牙齿都是珍贵的，是妈妈九死一生带给你的，我需要好好保留与珍藏。"

何清影把儿子换下来的牙齿，都锁在梳妆台的最后一格抽屉里。

秋天，司望正式升为初中生，五一中学初一（2）班。

从小学一年级算起，爸爸失踪已经六年，母子俩都已习惯了没有他的日子，似乎只是上辈子记忆中的男人，尽管床边还放着全家福照片。

荒村书店的经营还算顺利，何清影与儿子更像书店的合作伙伴，一年多来收支已经持平，渐渐有了微薄利润，只够每月的生活费。因为有黄海警官罩着，书店没有碰到工商、税务、城管方面的麻烦。她每天坐在书店里，几乎没有休息日，遇到急事时才会雇人帮忙看店。

有时，彻夜难眠翻来覆去，何清影就会抚摸儿子的后背，望儿却说自己宁愿不再长大，喉结不要突起，声带不要嘶哑，就能一直抱着妈妈睡觉。窗外灯光透过帘子，洒在她尚未变老的脸上，林志玲也不过小她四岁，肯定还有其他男人在喜欢她。

2008年12月19日，司望的十三岁生日。

他从没在外面的饭店庆祝过生日，都是妈妈每年买个蛋糕回家，母子俩挤在一起听生日歌。这一回，黄海警官也拎着大包小包上门来了。说实话他完全不会送礼，居然全是咸鱼、腌肉之类的，还送了一套最丑的文具。他帮何清影在厨房做菜，不时笨拙地打翻酱油或醋瓶。这个沉默粗暴的男人，一反常态地婆婆妈妈、啰里吧嗦，何清影不禁笑了起来，难得跟他开了几句玩笑，转头却见到了司望的眼睛。

儿子在冷冷地看着她。

吹灭生日蛋糕的十三支蜡烛前，黄海警官急着说："等一等，先让我许个愿。"

何清影几乎能猜出他的心愿，司望却抢在他的前头，把蜡烛全吹灭了，何清影隐藏在房间黑暗的角落，托着下巴观察少年的脸——他的心里在许什么愿？

庆祝完儿子的生日，何清影为了表达感谢，又出门送了黄海警官很久。等她回到家里，却发现司望一个人在看恐怖片，眼里泛着发霉般的失落。这个生日过得并不开心，尽管他有张深藏不露的脸，却无论如何也瞒不过妈妈。

三天后，冬至。

何清影独自带着儿子，坐车去郊外扫墓。车子经过南明路，雨点模糊了车窗外的视线,司望却闭上眼睛,远离之后才睁开。

这是爷爷奶奶的坟墓,小河围绕,松柏森森。碑上用黑漆描着墓主的名字,另用红漆描着一长串人名,代表这些亲人尚在人间,其中就有司望。而司明远作为家族的长子,名字排在最前头。何清影带来新鲜饭菜,供在公婆的墓碑前,拉着儿子跪在地上。三炷香烧完的工夫,是祖先灵魂享用午餐的过程。

一小时后,何清影来到另一座公墓门口。她买了几叠锡箔,又让司望捧起一束鲜花。在拥挤的墓碑丛中,找到一个略显老旧的坟墓,墓碑上镶嵌着一对老年夫妇的照片。

"望儿,给外公外婆磕头。"

面对从未见过的外祖父母,司望很懂事地跪下,毕恭毕敬磕了三个头。他和妈妈一起烧着锡箔,烟雾熏到眼睛,泪水忍不住流下,何清影半蹲着抱紧他。

回家路上,天上飘起雪花,儿子不合时宜地问:"妈妈,你说爸爸到哪里去了?"

"不知道。"

她的回答如此冰冷,就像在说一个不相干的死人。

第七章

第一次见到司望,是在 2007 年的深秋,尹玉就读于五一中学初三(2)班。

她独自走在煤渣跑道上,路过沙坑时看到那个男孩,认真地堆着沙子,看起来像是在堆城堡,又像个精神病人自言自语。尹玉在男孩身边徘徊,直到他回头看她,声音沉郁得可怕:"你要干吗?"

"这是我的地盘。"

十五岁少女的音色很好听,但故意说得很粗鲁。

"为什么?不是大家公用的吗?"

话没说完,她一巴掌打上去了。十二岁的男孩尚未发育,瘦得像个猴子,毫无防备地倒在沙坑中,吃了满嘴沙子。鉴于她人高马大,他根本不是对手,只能灰溜溜逃跑了。

尹玉总是穿着蓝色运动裤,白夹克校服,黑跑鞋。没人见过她穿裙子,稍微鲜艳点的颜色都没有。她体形修长将近一米七,头发剪得几乎与男生一样,眼睛大而有神,却没有丝毫女人味。她从不跟女生们一起玩,但也没有男性朋友,大家都当她是个怪物。不会有男生喜欢她,倒是她经常暴打低年级男生。她的学习成绩相当好,每年期末考试都是全校第一名,历史几乎次次满分。她的毛笔字很棒,一看就是有几十年功力那种,能与书法大师媲美,甚至校长向她求字挂在家里。她常在老师面前背诵英语诗,有次背了首叶芝的《当你老了》,据说一字不差,发音极其正宗,而她从没出过国。

她发现那个预备班的男生在跟踪自己。

有天放学,尹玉故意钻进一条小巷,不时用眼角余光往后扫去,观察跟踪她的男生。突然,跳出两个小流氓,目标却是那瘦弱的男孩,把他逼到墙角,要他把身上的钱交出来,男孩立时大叫:"救命!"

路过的几个大人装作没看见,反而加快脚步跑远了。

尹玉立即回头,一拳打在小流氓眼睛上,那俩小子也是色厉内荏,居然没有还手之力,每人挨了几下拳脚,丢下男孩抱头鼠窜。

"你太厉害了!"

"小意思。"她粗声粗气地拍拍手,好似只是活动筋骨,"喂,你小子,干吗跟踪我?信不信我揍你!"

"因为,你是个奇怪的人!"男孩看起来并不怕挨打,挺起胸膛像个男人那样说话,"尹玉,我从历史老师那里偷看了你的考卷,你的考卷上都是繁体字。"

"我从小就喜欢写繁体字,只要老师不扣分,关你屁事?"

"你的笔迹非常漂亮,又不像是一个女孩子所能写的。"不依不饶地纠缠半天,他终于说出了重点,"我能跟你做朋友吗?"

尹玉先是惊讶,尔后严肃地看着他,就像老师的口气:"同学,你不是开玩笑吧?"

"因为,我跟你一样。"

"什么?"

"我跟你一样孤独。"

男孩露出成年人才有的冷静目光。

"小子,我不明白你什么意思,但我可以和你做朋友。"

"我叫司望,司令的司,眺望的望。"

"好吧,我叫你弟弟。"

第二年,街头到处响起"北京,欢迎你……"

她已到初三下半学期,再过两个月就要中考,却一点没有复习的样子,仍然每天像个男孩子奔跑运动,书包里扔着本陀思妥耶夫斯基的《罪与罚》或奥尔罕·帕慕克的《我的名字叫红》。老师没有对她提出更多要求,认定她能考上重点中学。若非她的行为举止过分怪异,连共青团都没有加入的话,早就被免试保送上去了。

十三岁的司望,个头虽已蹿到一米六,却仍黄豆芽似的瘦弱不堪,容易引来社会流氓欺凌。尹玉成了他的保护伞,无论在学校或放学路上。她从小无师自通练习武术,普通人都不是对手。精武体育会的老师傅说她深得霍家拳真传——好像她真跟霍元甲练过一样。

她常跟司望讨论世界名著——《悲惨世界》《红与黑》《牛虻》《安娜·卡列尼娜》,中国古典诗词、四大名著加上《聊斋》,还有卡夫卡、博尔赫斯、村上春树……她夸下海口说莫言会在四年内获得诺贝尔文学奖。

有次在放学路上,经过街心花园里的普希金雕像,尹玉停下来念了一长串俄语，司望却是一个字都没听懂。她神秘地说："这首诗叫《假如生活欺骗了你》。"

"尹玉，你的俄语是在哪里学的？"

"这是秘密！"

"好吧，我也有秘密，我们分享一下好吗？"

"不。"

突然，风吹乱她额前的短发，在她男人般的眼神里，隐藏着某种冷艳。

经过一栋老建筑，司望看到门口"常德公寓"四个字，轻声说："喂，你知道吗？这是张爱玲住过的房子，她跟胡兰成就是在这里认识并结婚的。"

"切！"尹玉又给他一个冷笑，书包挂在背后，轻蔑地看着楼上某个阳台，"胡兰成那家伙？我呸！"

她居然一口唾沫吐在地上，司望退了半步："你怎么会这样？"

沉默片刻，她摸着门口的牌子说："其实，这栋楼啊，我来过很多次，那时候叫爱丁顿公寓。"

说完她拉着司望的手，径直冲进黑暗楼道，熟门熟路地踏上楼梯，来到一个房门前。

她的手好凉，就像一具尸体。

"就是这个房间，张爱玲在这里住了好几年——门里摆满了各种书，中文的、外文的、还有欧洲带来的画册。有个廉价的沙发，还有个藤制的躺椅，她那张有名的照片就是坐在上面拍的。她的房子收拾得还算干净，偶尔会有用人上门，自从她出书成名拿了丰厚稿酬以后。还要我继续说下去吗？"

这时，门里响起一个老头的声音："外面什么人？小朋友不要乱吵哦！"

"快走！"

一口气从楼梯跑下去，回到街上，天色已暗。

"我想，我已经明白了！"司望一边喘着粗气，一边盯着她的眼睛，"你真的很特别！"

尹玉在路边买了两杯奶茶，大口啜着吸管说："不是尊前爱惜身，佯狂难免假成真。曾因酒醉鞭名马，生怕情多累美人。劫数东南天作孽，鸡鸣风雨海扬尘。悲歌痛哭终何补，义士纷纷说帝秦——那个时代的文人啊，我倒更喜欢郁达夫，他是真性情的汉子。只不过，他与王映霞的那段孽缘，绝非后世想象的那么罗曼蒂克与美好罢了。"

"你也见过他？"

尹玉如男人般大笑起来："我跟他一起喝过酒、打过架、泡过妞——你信吗？"

这年夏天，尹玉的中考成绩出炉，果然是全校第一名。

她考入了重点高中——南明高级中学。

临别时，司望说："我们还会再见面的。"

第八章

2009年。

七月半，中元节。

这座城市没有任何鬼节的气氛，街上大部分人都不知道中元节——也许只有她是例外？看起来依旧年轻，大多数人都会猜错她的年龄。从亚新生活广场进入地铁站，她穿着一条白色长裙，露出洁白纤瘦的脚踝，踩在黑色平底鞋上，乌黑长发披在肩上，脸上有淡淡的妆容，嘴唇抹着可有可无的颜色，挎着个简单的女包。

她叫欧阳小枝。

从步行台阶走向站台,旁边的自动扶梯上,有双眼睛正看着她。

或许是地铁进站的缘故,突如其来一阵冷风,长长的黑发宛如丝绸扬起,正好掠过对方抓着自动扶梯的手背。

乍看是个十四五岁的少年,长相挺英俊,高高的个子,眉清目秀。

少年随着自动扶梯上行出站,小枝却是往下走台阶进站。

是他吗?她在心底搜索这张脸,霎时间已擦肩而过。

她走到地铁站台,忍不住回头看了一眼,少年却已转到步行阶梯,几乎连滚带爬地冲下来。

欧阳小枝加快脚步要避开他,穿过熙熙攘攘的人群,正好一组列车到站,迅即躲入打开的车门。

站台上的他还在向前冲,虽然体形消瘦灵活,但遇到实在绕不过去,只能强行把人推开,杀出一条血路,引来身后阵阵谩骂。下车的乘客变成了拦路虎,一个男人因为被他推开,愤怒地往他后背打了一拳,让他失去重心摔倒在地。

少年痛苦地趴在地上,抬头看到了她的脸。

"等一等!"

当他大叫着爬起来,车门关闭前响起警告声,小枝挤在车门的角落里,看着站台上的他。

扑到车厢前的刹那,内外两道门同时关上,将他和她隔绝在站台与隧道。

隔着厚厚的玻璃,仍能看到他的脸,她向少年指了指车门,意思是要注意安全。

列车启动,他在外面发狂地敲打玻璃门,追着她跑了十多米,直到远远地被甩下。他被地铁工作人员制伏了,压在几只大手底下,脸颊贴紧冰凉的地面,看着整个站台倾斜直到崩塌……

"欧阳小枝。"

终于,他的嘴唇挨着地面,平静地叫出了她的名字。

她已随列车驶入深深的隧道,虽没听到那句话,心里却很清楚——就是他。

盛夏最拥挤的时段，四处弥漫着汗臭。车厢里所有人的背后，都仿佛藏着一只鬼，今天是它们的节日，既是中元节，也是盂兰盆节，梵文中"盂兰"意为"救倒悬"。

半小时后，她从地铁站出来，换了辆公交车，抵达郊外的南明路。

灰暗的工厂与荒野早被各色楼盘取代，街边竖着巨大的广告牌，还有家乐福与巴黎春天。路上跑的不再是五吨的东风与自行车，而是高尔夫、马自达、奥迪、奔驰与宝马。公交车站还在老地方，只是站牌早就更换，后面有《暮光之城》的电影预告。对面是南明高级中学，十四年来几乎没有变化，气派的校门旁竖着铜字招牌，多了几块教育局颁发的奖牌。杂货店早就没了，代之以高级住宅小区。隔着滚滚的车流，她安静地站在路边，不时有高中生走出学校大门，大概是暑期返校。男女生们结伴打闹，或许很快会流着眼泪分离。

忽然，她看到一张认识的脸，已从年轻变得沧桑，令人肃然起敬——张鸣松。

欧阳小枝远远地观察着，他的眼神里有变态杀人狂的潜质。

他夹着一个公文包，看起来四十多岁，头发梳得整整齐齐，胡子刮得很干净，腰板笔直，双目炯炯有神。当他走出学校大门，学生们纷纷低头致意，看来他仍是学生心目中的神，全区最有名的数学老师。当年就有许多人出高价请他做家教，如今行情不知翻了多少倍。校门口的路边辟作了停车带，张老师坐进一辆黑色的日产蓝鸟，迅速调头开走了。

往前走了数百米，她才发现在两块工地之间，隐藏着一条野草丛生的小道，依稀就是当年魔女区的小径。

她看到了那根高高的烟囱，被正在建设的楼房遮挡着。虽然旁边有一圈简易墙，大门却是敞开着。整个工厂早已关闭，原址大半被开发商占据，唯独有一部分挤在两个楼盘之间，因此得以幸存下来。

废墟又破败了不少，细细触摸厂房外墙，粗糙的水泥与裸露的砖头颗粒，就像正在腐烂的死人皮肤。踮着脚尖走进厂房，地下满是废弃的垃圾，角落里散发着粪便的酸臭味，想是附近的流浪汉与民工留下的。她挪动到地道前，通往地狱的深深阶梯，隐没于阴影之中。

刚踏下台阶一步，就有某种冰冷的感觉，从鞋底板渗透到头顶心。触电般地缩回来，背靠墙壁大口喘息。只要进入那个空间，传说中叫魔女区的地方，就会有尖刀捅破后背心。

心脏莫名其妙地疼起来，迫使她跪倒在地直流冷汗。

1988年，她还只是个十一岁的小女孩，就来过这地方，面对那道圆圆的舱门……

时光相隔二十多年，却似乎从未褪色过，在太阳旺盛的中午。她还记得那几个南明高中的男生，其中一个脸上有青色胎记。他们走过学校门口的马路，坐在树荫底下吃午餐。有个小女孩饥肠辘辘，幽灵般潜伏在身后。她有好多天没吃过肉了，口水几乎要干涸，悄悄从一个男生的饭盒里，偷走了一块鸡腿。

她飞快地向路边的荒野跑去，一边跑一边啃着鸡腿，而那几个男生已经发现，向她追了过来。终于，她在废旧工厂里被抓住了，这个十一岁的小女孩，身上一分钱都没有，只能交出一根吃剩下的鸡腿骨。

于是，他们决定惩罚这个"小偷"。

她被关进了魔女区。

传说半夜经常闹鬼，尤其是这个地下室。他们把小女孩扔进去，紧紧关上舱门——只要把那个圆形把手转紧，里面就算有神仙都无法开门。

无边无际的黑，她绝望地拍打着舱门，期望有人能听到她的呼喊，或者那个有青色胎记的男生，会不会动恻隐之心放她出来？

可是，门外再也没有动静。

她被关在了坟墓里。

那时，她还不知道"冷血"两个字怎么写。

直到嗓子喊哑，昏昏沉沉地倒在门后，时间变得如此漫长，死一般的寂静，不知外面过了多久？天黑还是天亮？有没有人发现她消失了？会不会有人来找她？恍惚中肚子又饿了，喉咙干渴得要烧起来。

突然，听到某种细碎的声音，先是急促的脚步，接着是舱门的转动声。

一道刺眼的电光，射入幽暗地底，她本能地抬起手，挡住眼睛。

那人走到她的跟前，轻轻触摸她的头发，肮脏打结散出异味的头发。他掰开她抗拒的双手，用手电晃了晃她的脸。

第一眼只有个模糊的影子，电光对着她的眼睛，几乎睁不开来。当他放下手电，她才依稀看到他的双眼，就像两支幽幽的蜡烛，无法捉摸他在想什么。他的脸是那么苍白，分明的轮廓令人难忘。

"竟然真有个小女孩！"

这是她听到他的第一句话，而好久没喝过水的她，却是什么声音都发不出。

"你没事吧？是哑巴？"

她赶紧摇了摇头，他这才明白："你一定又累又饿吧？在地下被关了两天，真可怜啊，跟我走！"

他拉着她的手要往外走去，而她一点力气都没有，连魔女区的台阶都走不上去。

于是，他蹲下来背起小女孩，带着她走出黑暗的厂区。

外面已是子夜，头上繁星点点，四面吹来凉爽的风，背后的钢铁厂还冒着烟，像在焚烧无数人的尸骨。

"不要害怕，我是南明中学高三（2）班的学生。"

她趴在十八岁男生的肩头，用剩下的最后一点力气，双手环抱着他。少年的后背冰凉，心跳却很快。他的脖子很干净，闻不到任何异味，耳朵下面有茂盛的绒毛。她无力地垂着头，紧贴他的脸颊，那是唯一温热的地方，真想这么永远走下去，哪怕很快就要饿死。

他边走边自言自语，反正黑夜的荒野里无人偷听："路中岳说把一个小女孩关进了魔女区，因为偷了他饭盒里的鸡腿，我说你们把她放出来了吗？结果所有人都说忘记了，没想过这样会死人的吗？都干了些什么啊？要不是我半夜翻墙出来，他们就成了杀人犯！"

走出南明路边的荒野，到对面违章建筑棚户区，他敲开流浪汉的房门。终于要来水与食物，救活了这个小女孩。而他匆忙隐入夜色，怕是翻墙回了学校。

直到世界末日，她也不会忘记这张脸。

2009年，她回到疮痍满目的魔女区，时光早已在此凝固，似乎听到了某个哭声。

是1988年自己被关在地下的哭泣声，还是1995年申明被杀后不散的幽灵？

还有，一股奇怪的气味。

他就藏在魔女区的角落？

欧阳小枝疯狂地冲下去，踩着潮湿阴暗的阶梯，直到带着旋转把手的坚固舱门。

门没关死。

当她用力推开这道门，重返申明的葬身之地——瞬间，有个影子弹了出来。

"啊！"

下意识地尖叫一声，那个黑影已撞到了她，那是骨头与骨头的碰撞，她被重重地打倒在地，后脑勺砸在冰凉坚硬的墙上。

但她仍想抓住对方，一把撩到他的胳膊上，但立即被他挣脱了。

四分之一秒，昏暗的地道阶梯上，有个男人的背影一晃而过，转眼无影无踪。

肩膀与后脑勺疼痛难忍，不知道有没有脑震荡。她挣扎许久才站起来，跟跄地往外走了一步，却几乎摔倒在铁门边上，不可能追上对方了。

正当她为刚才惊心动魄的几秒钟而后怕时,却闻到一股浓重的香烟味。

想起口袋里还有手电筒,马上照亮这个地狱般的空间,也不过二十多平方米大小,地下有些肮脏的积水,是不是十四年前埋葬申明的那摊水?墙上有些奇怪的文字,是用坚硬物刻上去的,似有"田小麦"几个字。

最后看了一眼魔女区,背后冒出钻心的疼痛。走出舱门前,她发誓自己还会回来的。

回到夕阳下,大口深呼吸,有种死而复生的感觉。看着怪物般的破厂房,高高的烟囱摇摇欲坠,再往后是正在建造的层层高楼,如同回看前世与今生。

躲在魔女区里的人是谁?

第九章

2009年,圣诞节。

申援朝穿着一件黑色大衣,寒风中白发乱起,胡子茬大半也白了,身材十分清瘦,固执而艰难地仰头,遥望楼上某个窗户。三年前的同一天,他也来过这里。

一个少年走到面前,高瘦的个子皮肤苍白,表情沉默却不呆板,想必有许多女生喜欢他,不知为何没有出去参加圣诞party。

"伯伯,请问您找谁?"

老检察官警觉地后退两步,仔细打量他一番,依稀记起这张脸:

"哦,你是——黄海警官的儿子?"

"是啊,您有事找他?"

其实,他是十四岁的司望。

他已摘下红领巾,升上初中二年级,完全进入了发育期,嘴上胡须日渐浓密,变声期的音色有些刺耳。他的饭量翻了两番,个头蹿得很快,差不多已跟妈妈一样高了,再过几年就会像黄海那样。

"他没接我的电话,不知道在不在家。"

"伯伯,我带你上去吧。"

他领着申援朝来到楼上,熟门熟路地按响门铃。黄海一脸没睡醒地打开房门,看来是难得轮到休息,闷在家里睡大觉。他先看到少年的脸,便牢牢抱在怀里,好像真是他的儿子,接着又看到申援朝。

"你怎么和他一起来了?"

警官的脸色立时变了,疑惑地看着老检察官。

"我刚提前退休,想来找你聊聊天。"

他不再像几年前那样执迷不悟,理智而客气地面对警察,更像老朋友登门拜访。

黄海警官把司望拉进屋子,低声问道:"小子,他没对你怎么样吧?"

"没有,你就让他进来坐坐吧。"

申援朝从怀里掏出一个小礼盒:"圣诞快乐!"

作为一个老共产党员,这是他送出的第一份圣诞礼物。

司望大方地接过礼盒:"谢谢!"

"臭小子,你干吗?"

黄海刚要痛骂他一顿,少年已飞快地拆开包装,是一本硬壳精装书——海明威的《老人与海》。

"对不起,想不出送什么礼物,正好最近在读这本书,很适合现在的心情,我想自己也是那个老渔夫,那么固执不相信命运。"

"海明威?"黄海警官皱起了眉头,"好像听说过。"

司望轻轻捅了捅他:"喂,这本书很好的,我看过,收下吧。"
"好吧。"

黄海接过礼物,顺手放到柜子上:"老申,请你相信我,警方会把凶手绳之以法,千万不要自己贸然行动!"

"你是说南明高中的特级数学教师张鸣松?半年前,这家伙买了一辆私家车,已经很难跟踪他了,但我不会放弃的。"

他注意到黄海的书架上,多了一本丹·布朗的《达·芬奇密码》。他断定申明是被一个沉溺于杀人献祭的变态所害,只有了解凶手的知识与心理背景,才能准确地将其捉拿归案。申援朝年轻时很爱看书,通过自学考试获得汉语言文学的本科文凭,但读的都是《安娜·卡列尼娜》之类的世界名著,以及鲁迅、茅盾、巴金的作品,对于宗教与符号学一无所知,因此才会钻研《达·芬奇密码》。这本书在全球畅销6000万册,按照他的逻辑,百分之一的地球人都是杀人狂。

虽然,这个比例并不为高。

所有人都认为他已走火入魔,而他依旧停留在深深的执念中。

"黄警官,请不要误会,我只是来向你道谢的——为了你十几年如一日,追查杀害我儿子的凶手,我替坟墓里的申明感谢你!"

突然,十四岁的司望插话道:"凶手一定会被抓到的。"

"住嘴!大人们说话,小孩子插什么嘴!"

"我相信这些案子并不是孤立的,张鸣松是个连环杀人狂!"

黄海无奈地摇头:"老申,你又来了!"

申援朝指着那本《老人与海》说:"这本书也很适合你儿子看哦。我走了,再见!"

离开黄海家的路上,申援朝脑中盘旋着少年的脸,还有那双闪烁的眼睛。它们似乎在传递某种信息?

深夜,申援朝回到家,女儿依然等着他。十四岁的少女出落得亭亭玉立,却拒绝了各种圣诞party的邀请,在家打着哈欠看恐怖片。

几天前,女儿刚过完生日,也是她的妈妈离世的忌日。

申援朝第一次得知妻子怀孕,是在 1995 年 6 月 17 日,那天也是他最后一次见到申明。

他还清晰地记得那次午餐,妻子张罗了一大桌菜,款待他在二十五年前的私生子。他知道儿子正处于困境,但申援朝关心的不是如何帮助他,而是这个秘密有没有让别人知道。

而今想来,他是有多么后悔啊!

唯一能安慰的是,那天午后临别,他不知哪来的念想,居然主动拥抱了申明。

没想到,那是永别。

当他送完儿子回到家里,妻子表情复杂地告诉他:"援朝,我怀孕了。"

这突如其来的消息,让申援朝不知所措,结婚十多年了,却始终没有过孩子,去医院检查过许多次,都说是女方有严重妇科病,很难怀孕。但他从未嫌弃过妻子,把全部精力投入工作上,每天都在抓贪污腐败分子,平常很少有机会回家休息。他很感激妻子能宽容自己,尤其是对于他的私生子。他没想到妻子怀孕了,是老天恩赐给他的孩子吗?

无论如何,即便有高龄产妇的危险,妻子还是决定要把孩子生下来。

五天后,有个叫黄海的警官找到检察院,单独把申援朝叫到外面,面色冷峻地说了句:"申明死了。"

但他没有露出表情,只是默默地点头,提供了一些自己知道的情况,像个冷血的男人面对一笔孽债。他回到检察院办公室继续工作,直到深夜只剩独自一人,才蹲在地上失声痛哭……

他决心要为死去的申明复仇。

半年后,女儿终于来到这个世上,她的妈妈却因产后大出血而死。

申援朝悲伤地抱着妻子的尸体,一年来的每次打击都几乎致命,哪个男人有过这样的命运？

他给女儿起名为申敏。

一个中年丧偶丧子的男人，不但要将婴儿带大，还要肩负追查杀害儿子凶手的责任。

夜深人静，女儿在婴儿床上睡着后，虽然累得筋疲力尽，申援朝还是难以入眠，经常会想起那个叫小倩的女子。

她是申明的妈妈。

申援朝是在二十岁那年认识她的，这个女孩是用人的女儿，没读几年书就辍学了，年纪轻轻在街上卖早点。他经常从她手里买糍饭糕，看着油锅里翻滚的糍饭变得金黄，再看她那张标致的脸庞，镶嵌一双大大的眼睛，每次眨眼泛动睫毛，都会让他的心跳加快。

那年暑假，他带着她一起去苏州河边钓鱼，上大光明电影院看样板戏，在人民公园的长椅上卿卿我我……

申明就这样来到了这个世界上。

在他出生前的几个月，申援朝离开这座城市，坐上火车前往北大荒，成为知识青年上山下乡的一分子。在中苏边境的荒野中，他收不到任何信件，更不可能通电话，终日蹲在雪地深处，面对江对面的苏联兵。等到第二年回城探亲，才知道小倩已为他生下一个儿子。

他抱起孩子就承认了，但他不能让别人知道这秘密，否则他就会被人唾弃。他狠心地抛弃这对母子，重新踏上回北大荒的火车。

七年后，申援朝获得了回城名额，就像被流放了七年的囚犯，终于回到父母的身边，并被安排进了检察院工作。

小倩却已死了，这个可怜的女子，为了能与孩子生存下去，被迫嫁给一个混蛋，结果被那个男人下毒害死。幸好儿子拼命叫来警察，才得以让凶手偿命。

申援朝发现这孩子越长越像自己，已被外婆送去派出所改名为申明。但他必须隐藏这个关系，否则无法留在检察院里。他每个月去看一次儿子，给孩子的外婆二十块钱，当时的月工资才四十块钱。以后生活费每年都会增加，直到申明考上大学。

后来，他如愿以偿地成为人民检察官，并与出身正派的妻子结婚，成为铁面无私的检察官老申。

婚后不到一年，妻子发现了他的秘密。申援朝坦承了当年的错误，已做好离婚的心理准备，没想到她只是流了些眼泪，就再也不提这件事了。后来，当她知道自己很难怀孕，便主动要求看一眼申明，想知道丈夫的亲生儿子长什么样。她甚至提出将这个孩子接到家里来住，却被申援朝一口回绝——他担心私生子的丑事让外人知道。

而今，女儿已经读到初二了。

而申明那个孩子，早已化作骨灰在地下埋葬了十四年。申援朝经常幻想再见到他，却一句话都说不出口，仿佛已被拔光了牙齿，忍着鲜血从嘴角淌落。

十年生死两茫茫，不思量，自难忘。

若他还有来生，不管是否喝过孟婆汤，要是再见到申援朝，会不会记得这个所谓的父亲？

第十章

2010年，深秋夜色。

周末，尹玉来到司望家门口，依然穿着蓝色运动服，骑在运动自行车上，短短的头发像个男人。十五岁少年跑下楼来，个头已超过她了。

"哇，你小子，都开始长胡子了，越来越像大人了！"

一拳捶在司望胸口，他早有准备挺起胸膛，居然硬生生接了下来。

两年前，尹玉考入南明高中。每次考试她都是全校第一名，而她连校长的面子也不给，老师们对她也不友好。她最喜欢学校的图书馆，有一次摸上神秘小阁楼，发现许多古老的藏书。她听说这里曾是谋杀现场，有个女生被人用夹竹桃的汁液毒死，至今凶手还没抓到。她的数学老师就是张鸣松，尹玉发现了他的种种怪癖，比如爱看稀奇古怪的书，关于符号学与历史学，各种欧美与日本的推理小说，还是个疯狂的丧尸片爱好者。

司望托她帮忙寻找一个人——路中岳。

他出示了公安局通缉令上的照片，尹玉看着底下的文字说："喂，这个家伙至少背着两条人命，肯定早就跑远了吧，怎么可能还在我们学校附近？"

"直觉。"

他的表情极其认真，那双眼睛就像要烧起来，尹玉答应了这个请求。

此刻，她露出诡异的微笑："陪我去一个地方好吗？"

两人骑着自行车，转入一条幽静的小马路。迎面是扎满篱笆的砖墙，透过黑色铁门，依稀可见老式洋房。他们把车锁在墙下，按响门铃就自动开门了。

门里是个狭窄的院子，种满各种植物，满地金黄落叶。房子只有两层楼，秋风中颇显颓废，只有进门处的台阶与雕塑，才能看出当年的尊贵与精致。

司望拉了拉尹玉的衣角说："这是什么地方啊？"

假小子却不说话，走进一个阴冷的门厅，脚下铺着马赛克，墙上斑驳脱落，总体还算干净，没看到灰尘与蛛网。走进底楼阴暗的走廊，闻到一股腐烂气味，不是尸体的恶臭，而像放了许多年的橘子皮。一道光线从半开的门里透出，两人轻手轻脚进去，是间三面书架的屋子，地板到天花板全是书，厚厚的书脊很古老，气味就是从这里发出的。

还有一个女人。

难以将她同女子这两字联系在一起，就像每次看到尹玉都当她是男人。

她蜷缩在厚厚的围巾里，头发不稀但是如雪，皮肤也比普通人白些，只是纵横交错着皱纹，无论样子气味都像橘子皮。虽然眼角耷拉，但能看出曾是一双美目。大概是牙齿掉光的缘故，嘴角明显往里瘪进去，干瘦下巴吊着几层皮，完全无法判断年龄。

只能用老太太来形容她。

尹玉早已熟门熟路，老太太也没把她当外人，只是看到司望有些意外，浑浊目光里闪烁了一下。

"别害怕！"尹玉走到老人身后按摩肩膀，"他是我的好兄弟，以前同一所初中的。"

"哦，你好！我叫司望，司令的司，眺望的望，现在读初三。"

"司望，好名字，你叫我曹小姐就行了。"

她用字正腔圆的普通话回答，因为没牙齿而很含糊，音色干枯粗哑，语速比常人慢了许多，像是从很深的井底挤出来的。

"曹……曹小姐……"

对一个老太婆叫"小姐"，无论如何都不太自然。

"那么多年，你终于有朋友了。"老太太微微转动脖子，不知能否看到身后的尹玉，"真好啊，我为你而高兴。"

尹玉还在为老人按摩活动血脉："好吧，希望你也能喜欢他！别看这小子傻乎乎的，其实他也不简单哦！"

老太太从大围巾里伸出树根般的手，让人联想到吸血僵尸或木乃伊，颤颤巍巍地放到自己肩上，按在为她按摩的尹玉的手上。一只手早已行将就木，另一只手青春年少，握在一起的刹那间，却如水与泥般柔和，仿佛同一人的两只手。

"小朋友，你是有故事的人吧？"

老太太转头看着司望的眼睛,浑浊目光里有妖孽般的气息,说她两百岁都有人信。

"我——没有啊。"

"能跟尹小姐做朋友的人,不可能没有故事,不是吗?我快九十岁了,什么样的人没见过?"

"算了,咱不为难这小子。"

尹玉从窗边拿起一把木梳,像某种古董,为白发苍苍的曹小姐梳头,同时说出一长串法语。老太太也以流利的法语回答——仅看两人外表,更像四代以上祖孙,但听到她俩说话,才明白原是多年挚友。

老太太闭起眼睛很是享受,古老的梳齿滑过头皮,倾泻三千长发如雪:"那么多年来,每个礼拜的此刻,你都会来给我梳头,等到我死以后,你就会给别人去梳头了吧。"

"放心吧,你至少还能活二十年,等到那个时候,我也已经快老了。"

尹玉的回答让她安详地微笑,老太太又看着司望说:"小朋友,尹玉是个好人,你不要被她吓着了。若你真把她当作朋友,遇到什么问题,她一定会帮助你的。"

"好啊,曹小姐,这是我们之间的秘密。"

"于我而言,这个世界没有秘密。"

她说得异常沉着,整个人像一座苍茫大山,司望只是个砍柴的孩童,连登山小径都未曾寻到。

尹玉给她烧了热水,在抽屉里放了几十板药片,又从沉甸甸的书包里取出新鲜蔬菜放入冰箱。她打开煤气灶开始烧菜,居然做出一桌丰盛菜肴,但以蔬菜为主,几乎没什么荤菜,很适合老年人。

"喂,请你吃饭啊。"

她还是对司望呼来唤去。

尹玉、司望、曹小姐,一家人似的坐在餐厅,背景还是许多年前的画面，好像回到了旧时电影中。

老太太拿起筷子说："哎呀，可惜牙齿不行了，好怀念荣顺馆的八宝辣酱。"

吃完这顿独特的晚餐，尹玉起身道："我们要回去了，你一个人好好的哦！"

"别担心，我不会一个人死在这里的！"

"说什么呢！"

尹玉拉住了老太太的手，紧紧晃了晃，却舍不得放下。

"回去吧。"曹小姐也看了司望一眼，"小朋友，自来水管子里放出来的水，就算最终汇入滔滔的河流，再被自来水厂过滤干净，但再也不是从你手中流过的水了。"

"哦？"

"你早晚会明白的。"

看着老太太诡异的笑容，尹玉将司望拖出房门，眼前只剩满院落叶。

黑夜，走出这栋深宅大院，两个人刚骑上自行车，头顶却飘起了雨点。

"再回去避避雨吧？"

"既然都出来了，就不要再回去打扰她了。"

虽然，尹玉嘴上这么干脆地说，其实心里很想再回去。

十五岁的少年，十八岁的少女，安静地坐在自行车上，在篱笆墙的阴影下躲雨，偶尔有小雨点飘到脸上，凉得像针刺一般。

"其实，你是一个男人。"

司望打破了沉默，黑暗中她不置可否。

"你怎么不说话了？是因为曹小姐吗？"

"她是我最后一个喜欢的女子。"

尹玉如同老男人说出这句话。

"你还是没有回答我的问题。"

"好吧,我们既是最好的朋友,那也没必要瞒着你——我在死后还保持前世的记忆。只不过,我的前世太过漫长,漫长到当我死亡的那一天,我有多么高兴与解脱。"

少年回头看着篱笆墙里的树梢说:"至少,你很幸运,她还活着,你还能见到她。"

"其实,我有过许多女人,在上辈子——直到所有人都离我而去,我像最后的堂·吉诃德。只有,她还在。"

"她是你的妻子吗?"

"我曾经希望她不是,但后来又希望她是。"

"听不懂。"

尹玉仰天苦笑,变得格外悲怆:"再过二十年,你就懂了。男人与女人,分别与分隔,等待与等到,终究太晚了。你不知道,认识她后不久,我就被送到柴达木盆地的荒漠深处,整整三十年啊,天各一方。等我回到这座城市,老得几乎走不动路了。"

"原来是悲剧。"

"每个人生都是悲剧。"

她伸手摸了摸外面的雨点,戴起夹克衫的风帽,踩着自行车脚踏板骑出小巷。

雨夜的小马路极为静谧,车轮碾过一地金黄的银杏叶,溅起几滴雨水,路边门牌上是"安息路"。

他跟在后面大声追问:"你对这条街很熟吗?"

"嗯,上辈子最后的二十年,是在安息路上度过的。"

"与曹小姐在一起?"

"不,她住在路的东头,而我住在西头,相隔有四百米。我带你去看看吧。"

一分钟后,在淅沥秋雨中骑到一栋大宅前,三层楼的窗里亮着灯光,里头还有不少居民。靠近地面有半截窗户,估计是地下室的气窗。

"我就住在一楼。"

尹玉往前指了指,窗帘里传来湖南卫视电视剧的对白。

他却看着路边地下室的气窗:"你应该没有上辈子的家人了吧?"

"你怎么知道?"她骑在自行车上叹息,"或许,这辈子也不会有。"

"山一程,水一程,身向榆关那畔行,夜深千帐灯。风一更,雪一更,聒碎乡心梦不成,故园无此声。"

"纳兰性德的《长相思》,缘何念起这个?"

他却不回答了,踩起自行车掉头时,却看到马路对面的一栋房子,阴森森地矗立在雨夜中,屋顶上的瓦片掉落,墙壁也斑驳不堪,窗台间长出了枯黄杂草。

她几乎贴着司望的脑后说:"这是一栋凶宅,已经许多年了,因为产权搞不清楚,所以也没有人再住过。"

"凶宅?"

"让我想一想——年少的事都很清楚,反而老了就有些模糊……对,那是1983年,像现在这样的秋夜,下着连绵细雨,发生了一起凶案。主人原是一位著名的翻译家,20世纪70年代上吊自杀在屋里,整栋房子被一个造反派头子占据。后来,这个混蛋非但没被清除,反而提拔到某机关当了处长。1983年,他神秘地死在家中,据说喉咙被碎玻璃割断了。当时有许多猜测,有人说他是被房子原来主人的鬼魂杀死的,也有人说他作恶多端,引来受害者的家属上门报复杀人。警察调查了很久,最后也没结果。"

司望推着自行车走上台阶,伸手抚摸这栋房子,从紧锁着的锈迹斑斑的铁门,到几乎烂透了的木头信箱,还有几近掉落的门牌。

安息路19号。

他的手指滑过这块黑色铁皮,尹玉生出一种感觉,飞速传递到神经元——这栋凶宅,与这个少年,存在某种关系。

司望的手如触电般弹开,骑着自行车逃离安息路。

秋雨密密麻麻地打下来，尹玉骑车跟在后面，直到他家的大槐树下。

"你快回家去吧！"

"等一等，有些事要跟你说。"

躲进楼下的门洞，他紧张地看着四周，大概是担心被妈妈或邻居发现，怕误以为他和这假小子在谈恋爱。

"司望，你不是拜托我寻找一个叫路中岳的逃犯吗？上个月，我有了新发现！你的直觉很准——还是在南明路，新造的商铺区，有个门面极小的音像店。我去过几次都是店门紧闭，好不容易有次开门，卖的全是各种老片子，有香港武侠片，20世纪80年代的琼瑶片，还有苏联与东欧的老译制片。店主人是个四十多岁的男人，说不清脸部特征是什么，总之是平淡无奇的一张脸，很容易在人群中淹没，不过额头上有块浅浅的印记。我从他手里买了一套《莫斯科保卫战》，而他也没怎么点钱，随意给我找零。他从头到尾都在吸烟，短短几分钟内，至少抽了两根。他有个巨大的烟灰缸，密密麻麻的烟头。"

寒冷雨夜中，司望忍不住打了个喷嚏，她全然不顾地继续说："大家都习惯在网上听音乐看电影了，很少有人来光顾他的音像店，不知为何还能经营至今。有一晚，下着倾盆大雨，我独自披着雨衣在荒野乱逛，你知道男生都没我胆大。南明路上空无一人，我却看到音像店里走出来一个人，撑着硕大的黑雨伞，穿过马路向旧工厂走去。我好奇地跟踪，大雨掩盖了我的声音与踪迹。这人就是神秘的店主，他对地形非常熟悉，雨夜中也没迷路，很快到了所谓魔女区，身手敏捷地钻入地道。我躲在外面观察，足足守了一个钟头，他都没再出现过，宛如通过地底穿越去了清朝。等到我又累又饿，只能回学校宿舍睡觉去了。"

"你被他发现了吗？"

"应该没有吧。"尹玉欠身没入阴影，"我会隐身术，你信吗？

再见。"

雨一直下。

第十一章

2010年，黄海总觉得自己是命犯太岁。

年初，他排了半个钟头的队，买到两张 IMAX-3D 版《阿凡达》电影票。

第一次请何清影看电影，平常面对罪犯游刃有余的他，这下说话都有些结巴了。幸好最担心的事并未发生，她没有提及司望，想必是瞒着儿子出来，跟黄海坐进拥挤的电影院。

他买了几大包零食与饮料，结果在影院里一点都没吃，又怕让何清影带回家被司望发现，只能在路上拼命地吃光了。

一阵风吹到她脸上，头发散乱着让人浮想联翩，何清影已经四十岁了，却丝毫都不显老。黄海磨蹭着拉住她的手。她的手心好凉啊，摸着仿佛一具尸体，就像在验尸房里的感觉。原本还聊得好好的，两个人霎时安静下来，彼此不看对方的眼睛，肩膀却渐渐靠在一起。

三年来，黄海帮助她打理小书店，每天时不时会路过看几眼。要是她家里遇到什么事情，他都会第一时间赶到，甚至电视机坏了都能修好。

倒是司望跟他的关系越来越僵了。

春节过后，他带着司望来到清真寺门口。正好有人在卖切糕，黄海买了一小块塞进他手中，坐入车里说："我想跟你说件事情。"

"又遇到新的棘手案子？"

"不,最近的案子全破了,我想跟你说的是——"这个中年男人不知所措,抓着后脑勺,一字一顿地说,"司望同学,你爸爸不知道什么时候才能回来。如果,我做你的爸爸,你会答应吗?"

少年推开他跳出警车,将吃到一半的核桃玛仁糖扔到地上,飞快地向苏州河边跑去。

天,好冷啊。

从此以后,黄海再没单独与何清影见过面。

春去秋来……

星期日,细碎雨点打着车窗玻璃,南明路上此起彼伏的楼盘,让人难以回忆起十五年前的凶案,尽管再往前几百米就是南明高中。

"臭小子,是谁告诉你这里有线索的?"

黄海警官抓着方向盘,雨刷擦过挡风玻璃上的流水,眼前是条朦胧萧瑟的长路,似乎通往异次元空间。

"秘密线人,我必须保护她哦!"司望坐在副驾驶上,"相信我吧,我是特别的人,你明白的。"

这是辆伪装成私家车的警车,前盖上溅满了灰尘与泥土,昨晚他刚驾着这辆车从外地抓回一个杀人犯。只睡了不到三个钟头,司望就敲开他的房门,说发现了路中岳的线索,又不告诉他具体情况,只说到那里就明白了,还特别关照别让妈妈知道。

"司望同学,你的特别只对我有意义。"

车子停在商铺跟前,所谓的音像店只有一扇门,连店名都没有,隐藏在足浴店与洗发店中间。若非挂了张国荣的《春光乍泄》的海报,没有人会注意到。

雨,越下越大。

黄海穿着一身便装,嘱咐司望无论发生任何事,都必须老实坐在车里。他下车敲了敲店门,便直接推门而入。

烟。

浓重的香烟味,就像令人窒息的毒蛇,几乎让老烟枪的他咳嗽起来。屏着呼吸观察店内情形——右边架上大多是邵氏的老电影，左边架上则是 20 世纪 80 年代引进中国的日本译制片，封套上全是高仓健、栗原小卷、三浦友和……

黄海看到了一个男人的背影，还有缓缓转过来的侧脸。

他认得这张脸。

"路中岳？"

一秒钟的工夫，对方已从音像店的后门蹿了出去。

潮湿冰冷的空气中，满屋子盗版碟与《英雄本色》海报，黄海警官压低身躯，从腋下掏出 92 式手枪。他一脚踹开音像店后门，外面仍是茫茫的雨幕，毫不犹豫地冲出去，耳边是激烈的泥水飞溅声。

阴沉的天色与密集的雨点，完全看不清那个男人的脸，就连背影也是一片模糊。

他在疯狂地逃跑。

"站住！警察！"

黄海用沉闷嘶哑的嗓音咆哮着，在后面拼命追赶，右手紧握着那支枪却不敢举起。

转眼之间，那个背影冲进一栋正在建造的楼房。

黑暗的楼道里回响起急促的脚步声，他顺着楼梯冲到六层，还要提防被裸露的钢筋绊倒，总算又看到了那家伙，竟从没装玻璃的落地窗跳了出去！

原来窗对面还有另一栋楼房，隔的距离非常之近，竟如飞人跃到了彼岸。

黄海毫不犹豫，跟着他径直往窗外跳去……

"不要啊！"

不知从哪儿传来的声音？十五岁少年的声嘶力竭，被刀子般的大雨声吞没。

他没有跳过去。

黄海，这个四十八岁的男人，直接消失在两栋楼之间的空气与雨水中。

这是六楼。

自由落体十五米,在堆满建筑废料的泥泞工地中,横躺着一个手脚扭曲的男人。

"不……"

后面的司望发出一声尖叫,转身又跑下六层楼梯。

92式手枪坠落在数米之外。

司望扑到这个男人身上,明显四肢都已骨折,双手扭到了背后,像只断了线的木偶。好不容易抬起他的头,雨水与血水已模糊了这张脸,但不妨碍叫出名字:"黄……海……"

他,还没死。

雨点早就打湿了全身,司望摇晃着他的脑袋,拼命抽着他的耳光,大嚷道:"喂!你不要死啊!你给我坚持住!很快会有救护车过来的!"

妈的,这小子连110都还没打呢。

从六楼坠下的黄海,奄奄一息,眼皮半睁半闭,还有血从他眼里汩汩流出。

"阿亮……"

他,说话了。

"我在这里!"司望泪流满面着大声呼喊,几乎要盖过这茫茫雨声,"爸爸,我在!"

司望还是阿亮,对他来说又有什么区别?

少年紧紧抓着黄海的手,温暖他渐冷的体温,又把耳朵贴在他嘴边,听到一串轻微的声音,从地底幽幽地响起:"申明……"

黄海气若游丝地吐出一个名字,双眼半睁着面对铅灰色的天空,任由雨水冲刷眼眶里的血。

死亡前的瞬间,他依稀看到十五岁少年的脸。有双手正在重压他的胸口,乃至嘴对嘴人工呼吸,吞下自己口中吐出的血块。几滴滚烫的泪水，打在他冷去的脸上，融入浑浊的雨水。

工地上的水越积越深，眼看就要把黄海淹没，宛如魔女区地底的三天三夜。

黄海的魂魄飘浮起来，从高处看着自己扭曲断裂的尸体，还有抱着他痛哭的奇幻少年。

司望擦去眼泪，看着黑色的雨幕，显得越发冷静与残酷……

第十二章

七天后。

黄海烈士追悼大会在殡仪馆最大的厅里举行，市局领导照例参加，这已是本月内第二起警官殉职事件。何清影身穿深色套装，手捧白菊花，眼眶中泪水打转。她抓着儿子的手，混在黑色人群的最后。黄海的同事们有的见过她，纷纷回头来安慰这个女人，仿佛她已是死者的未亡人。

领导念完冗长的悼词，肃穆的哀乐声响起，司望搀扶着妈妈一同鞠躬。她的手心依然冰凉，听到儿子在耳边轻声说："妈妈，我不该……"

"别说了！望儿。"她的嘴唇微微颤抖，摇着头用气声作答，"不是你想象的那个样子。"

这对母子挺直了腰板，跟着瞻仰遗容的人群，最后一次向黄海告别。

他的身上披挂党旗，穿着一身笔挺的深色警服，手脚都被接得很好，完全看不出有数根骨头断裂。

何清影伸出食指触摸冰凉的玻璃,就像在触摸他的额头与鼻尖,七天前他死在司望的怀中。

她与这个男人的接触,也仅限于额头与鼻尖了——跟黄海相处的日子里,竟没有哪怕一丝情欲,只觉得死后还阳般的温暖。

司望从头到尾都没掉过一滴眼泪。

她拉着儿子的手走出追悼会大厅,回头看着黑压压的警察们。她能感觉到那个人,那双眼睛,正在暗处盯着她,而何清影看不到他,或她。

参加这场葬礼的每个警察,都发誓要抓到逃跑的嫌疑犯,以慰黄海警官在天之灵——要不是那个亡命之徒,面对警察疯狂地逃跑,又吃了兴奋剂似的跳到对面楼房,他怎可能摔死在六层楼下?

黄海毕竟不是年轻人了,偏偏又是个急性子,认定自己也能轻松跳过去,不曾有半点犹豫就往外跳⋯⋯

嫌疑犯至今没有任何线索。

警方反复搜查了音像店,从店里残留的大量烟头中,检测出了DNA样本。房东也提供了嫌疑人的身份证复印件,经调查确系伪造,根本不存在这个人,手机号也没留下来。这家音像店没什么顾客光临,店主平常不跟其他人接触,很少有人能记住此人长相。尽管如此,警方还是根据房东的描述,画出了嫌疑犯的肖像。

他们给司望与何清影看了那张脸。

司望认定这个人就是路中岳,尤其是额头一道淡淡的胎记。他作为路中岳名义上的养子,曾经共同生活过大半年,让他来辨认也算合理。不过,何清影强烈反对望儿再参与调查,不准警察来与他接触,为此还给局长信箱写了封信。她说这回是黄海警官死了,下次就可能要轮到司望了,她绝不容许儿子也身处险境。

这些天来她掉落的眼泪,一半是为死去的黄海,一半是为不安分的望儿。她责怪儿子的冒失与冲动,将黄海的死也归咎于他的头上,要不是他硬跟着黄海去抓路中岳,这位身经百战的老警官,也不至于阴沟里翻船。

望儿没有半句顶撞，而是不停地自言自语："是我害死了黄海？"

最近半年，这孩子开始注意外表了，不再随便穿着妈妈买来的衣服，而是从衣橱里反复挑选。他就算穿校服上学，也会在出门前照镜子，沾点水抹到头上，以免头发翘起来。加入中国共产主义青年团后，司望正式算作青少年了。

他帮妈妈开了家卖书的淘宝店，名叫"魔女区"——如今卖书越来越困难了，但如果既有网店又有实体店，大致可以维持平衡。淘宝店还能经营教材，这是利润的主要来源。何清影努力成为一个优秀的淘宝店主，学会了在网上说："亲，给个好评吧！"周末与晚上，只要一有空闲时间，司望就会代替妈妈做淘宝客服，包装、快递、发货……

再过半年，司望就要面临中考，他想报考市重点的南明高级中学。

何清影坚决反对，理由是母子俩相依为命那么多年，怎忍心让儿子离家住校？何况重点高中竞争太过激烈，近两年常有人因学习压力过大而自杀的新闻，她非常担心望儿沉默内向的性格，即便是天生的神童，也未必适应这样的环境。她更希望儿子太太平平过日子，不如报考中专或高职，学门手艺还能方便就业不愁饭碗。

"望儿，你听不听妈妈的话？"

台灯昏暗的光线下，何清影的头发垂在肩上，竟像年轻女子那般光泽，怪不得书店里常有男生光临，故意用百元大钞让她找零，以便在她面前多待一会儿。每逢这时，司望就会瞪着他们，妈妈则用眼神示意他要冷静。

他在床上翻了个身，对着墙壁说："妈妈，为什么要给我取这个名字？"

"妈妈不是跟你说过了吗？当你还在我肚子里的时候，我每天都眺望着窗外，似乎能听到有人在喊我……所以啊，就给你取名叫司望。"

"同学们给我起了绰号,他们叫我死神。"

何清影把儿子扳了过来,盯着他的眼睛:"为什么?"

"司望=死亡。"

她立时堵住儿子的嘴巴:"望儿,明天我就去你们学校,告诉班主任老师,谁都不许这样叫你!"

他挣脱出来喘着气说:"妈妈,我并不害怕这个绰号,反而觉得很好听。"

"你……你怎么会这样?"

"有时候,我想自己就是一个死神。从生下来的那天起,就没有外公外婆。才读到小学一年级,爸爸又神秘失踪,至今活不见人,死不见尸。等到小学三年级,爷爷奶奶先后突发急病走了。我在苏州河边的破吉普车里发现了一具尸体,然后就去了谷家,接着谷小姐与谷爷爷就死了,紧接着我认识了黄海警官,他的家里就是各种死亡的档案馆。直到最近,我眼睁睁看着他死在我怀里……这些难道都是巧合?"

他说得那么冷静,像在朗诵一篇课文。

"你不要这么想,望儿,无论你遇到什么可怕的事,妈妈都会保护你的。"

"妈妈,我已经长大了,现在应该由望儿来保护你了。"

"在妈妈眼里,你永远是孩子。"

十五岁的少年冷冷地反驳:"但所有的妈妈,都希望孩子能考上重点高中,不是吗?司望有能力考上南明高中,为什么还要反对?你给我取名司望,难道没有望子成龙的意思吗?"

"你错了,望儿。"何清影抚摸儿子的后背,声音如丝绸般柔软,"相信妈妈的话!你是个绝顶聪明的孩子,妈妈很早就看出来了,你身上有许多不同于普通孩子的秘密。可惜,你的爸爸叫司明远,你的妈妈叫何清影,我们天生就是穷人家,这是老天爷的决定。"

"可我从来没有嫌弃过你和爸爸。"

"假如妈妈死了,你就去找个有钱人家……"

"我不要你死!"

司望紧紧抱着她的肩膀,紧得让她感觉窒息。

第十三章

三周后,最寒冷的冬至,北半球白昼最短黑夜最长的一天。

乍看不超过三十岁,这男人有着瘦长身形,五官都很端正,头发在警察中算是长的了。他的眉毛很少有舒展的时刻,下面是一双冷峻的眼睛,虽然看不出什么神情,但很多人都会下意识躲避他的目光。他与黄海并不是很熟,三个月前刚调到这个分局,跟他仅仅开过两次会,在食堂与靶场打过几次照面。

局长却把黄海遗留的案子交给了他。

有六桩命案未能告破,其中三桩远在十五年前——1995年6月死于南明高中图书馆屋顶的高三女生柳曼,数天后死在南明路边的学校教导主任严厉,以及一度被怀疑为杀死女学生的嫌疑犯、后来被学校开除的班主任申明。2002年失踪的尔雅教育集团的贺年,两年后他的尸体被发现在苏州河边的吉普车里,他曾是申明的大学同学。2006年,与申明有过婚约的谷秋莎,还有她的父亲谷长龙,在破产后被路中岳所杀——此人却是申明在南明中学的高中同学,又在申明死后娶了谷秋莎为妻。

黄海就是为了追捕路中岳而死。

同时接手的还有一串钥匙——他打开黄海死后的家门,最近肯定有人来过，穿堂风呼呼地刮着，冷得像个冰箱。

原本紧锁的小房间敞开着。

味道，闻到一股活人的味道。他掏出手枪，无声无息走到门边，黑洞洞的枪口，伸向狭窄的屋里——偶尔也会有特别胆大与变态的罪犯，竟然直接冲到警察家里。

他看到一张少年的脸。

"是你？"

男人的嗓音干脆而明亮，迅速将手枪收起来，双眉标志性地扬起。

他认得这个十五岁的少年——姓名：司望；曾用名：谷望。

"你是谁？"

虽然，他穿着警服也带着手枪，司望仍然充满警惕，蜷缩在铁皮柜子边，把什么东西藏到屁股底下。

他掏出警官证放到少年面前，警衔级别竟与黄海相同，带钢印的照片就是这张脸，旁边印着名字——叶萧。

"司望同学，你果然来了。"

"你一直在监视我？"

叶萧强行把他从墙角拉起来，底下果然是1995年南明路杀人案的卷宗复印件，他重新放回保险箱里说："黄海警官的追悼会上，我就注意到了你——六年前，是你第一个发现苏州河边藏匿尸体的吉普车，这次黄海为了抓逃犯而殉职，也是因你而发生的，对吗？"

"你是说我害死了黄海警官？"

"这可不是我的意思！但我很好奇，你怎么会有他的房门钥匙？"

"我经常到黄海家里来，他为了方便就给我配了一串钥匙。"

虽然，司望的表情如此平静，叶萧却看出了些端倪："包括这个小房间的钥匙？司望同学，你在说谎！"

出来前同事已告诉他了，黄海家里有个小房间，门永远是锁着的，里面贴着许多案件资料的复印件。

他猜到是怎么回事了——黄海殉职以后，警方并未在他身上找到私人钥匙，多半就是被这个司望拿走了，因此他才能擅自进入黄海家，并且打开这个小房间禁区。

这少年为了知道这些案情，竟然不惜偷死人的东西，到底是何原因？

叶萧看了看墙壁，依旧贴满触目惊心的文件与照片。另一面墙上用红字写着"申明"两个字，此外画出九根粗大的线条，其中最新的一条线，竟然指向"司望"这两个字。

他疑惑地看着眼前的少年，虽然司望的出生年月，已在申明死亡之后，却曾是谷秋莎与路中岳的养子，因此也算是有间接关系。

柜子里还有许多案件资料，绝大多数都可能没用，黄海留下的潦草字迹，密密麻麻抄满了大半本簿子。

其中，也包括黄海走访了大半年，调查得来的申明的身世。绝大部分内容，叶萧都已经知道了，但令人不解的是，资料里却记录了另一桩凶案，当时黄海尚未成为警察，案件发生在本市的安息路上——

1983年，一个秋天的雨夜，藏着数十栋老洋房的安息路，有个小女孩冲到路边，大声哭喊叫救命，引来邻居与警察们，才发现她的父亲被人杀了。

死者是某个机关的处长，姓路，死因是咽喉被碎玻璃割断。此案当时有许多疑点，但因他生前树敌颇多，曾经害死过许多人，大家都对他的死拍手称快，案件随之而草草了结。

恰恰在案发当天，十三岁的申明也在安息路——就住在凶案现场的马路对面。

申明的外婆是个卑微的用人，两人相依为命，照顾一个老知识分子的起居。主人住在老房子的一楼，而用人住在地下室。1995年深秋，黄海曾去安息路实地考察，确认申明少年时期住过的房子，竟然正对着1983年发生杀人案的凶宅。

叶萧敏感地把这份资料放进包里,随后把司望拖出小房间,盯着他的眼睛问:"告诉我,你为什么对黄海负责的案件那么感兴趣?这些当年的死者,跟你有什么关系?"

"我看多了《名侦探柯南》!我妈妈是开书店的,家里堆满了各种推理小说,我的梦想是成为一名刑警。"

"你的胆子好大,我差点以为凶手进来了呢!要不是你老老实实坐在地下,说不定就被我一枪爆头了——"他用食指与拇指做成手枪的形状,对准少年的脑门开了一枪,"开玩笑,我不会这么干的。"

他的双眼却是异常沉静,仿佛手上真是一把枪,司望似乎真切地害怕了,只能把钥匙串交出来:"对不起,我不会再来了。"

叶萧看着窗外过早降临的黑夜说:"我已正式接管了黄海警官留下的案件。"

"请你答应我,一定要抓住那只恶鬼,为黄海警官报仇!"

"这是我的天职!"

"还有一个请求,请允许我做你的帮手,我会提供很多有用的信息!"

"就像那家该死的音像店,让黄海警官赶去送死?"叶萧摇摇头,死海般沉稳的目光里,总算起了些许波澜,"抱歉,我不是在责怪你——事实上你做得很好,我该感谢你的帮助,让我们距离凶手更近了一步。"

"我说过很多遍了,是我的一个朋友提供的信息,你们也已经去询问过她了。"

"对,她叫尹玉,上午我刚去找过她。"

"你没有吓着她?"

叶萧微微苦笑道:"倒是她吓着我了!真是个古怪的假小子!她一点都不配合我,虽然说得无可挑剔。"

"可以理解,那我能回家了吗?"

少年背起书包走到门口，叶萧在身后喊了一声："名侦探司望！"

"你是在叫我吗？"

"是啊！"他把名片飞递到少年手中，"如果有任何事情，或者需要帮助的，请随时给我打电话，本人终年无休二十四小时恭候！"

司望飞快地坐进电梯，紧张地吐出一口气，把手伸入自己的裤子口袋——幸好没被叶萧警官搜身，兜里藏着一串珠链，这是从黄海的保险箱里找到的。

珠链贴着标签，手写着一行字——

"1995 年 6 月 22 日，申明遇害现场的物证，被发现时正抓在死者手心。"

第十四章

2011 年，正月十五，元宵。

马力很久没回过这座城市了，正在网上看美剧《行尸走肉》，有种强烈的代入感。

手机铃声骤然响起，接起来听到一个清脆的男声："喂，我是申明。"

青春期少年的声音，而不再是记忆中的小学生，更非十六年前死去的高中老师。

"你……"

"好久不见，有些想你。"

凌乱。

"喂，你还在吗？"

申明还是司望？马力左右为难，犹豫半天轻声回答："我在。"

"我想与你见面，现在。"

他愣了一下，晚上8点，刚吃完饭："好吧。"

"好，我在花鸟市场等你，你应该知道那里。"

"过去的工人文化宫？"

随着马力脱口而出，对方的语气略感欣慰："没错。"

还想再说些什么，电话却被挂断了。

半小时后，月上柳梢头，人约黄昏后——常说七夕是中国情人节，其实正月十五才是正宗，古时候"去年元夜时，花市灯如昼"，男女才有机会相遇并相恋。

花鸟市场平常卖花草与宠物，今夜正好挂起花灯。马力三十多岁了，胡子剃得干干净净，头发却长了些，孤独地站在大门口，看着黑夜里进出的少男少女，心里打着鼓点。

"马力。"

惊慌失措地转回头来，看到一张翩翩少年的脸——完全认不出来了，五年前尚未开始发育，与如今的十六岁少年判若两人。下巴爬出了胡须，喉结已非常明显，个头有一米七五，无需再仰视马力。

元宵花灯之下，马力却已不再年轻，尽管正是男人最有魅力的年龄。

该叫他申明还是司望？

"这些年来，你过得还好吗？"

马力有五年没见过他了，自从2006年初，他帮助这个男孩完成了对谷家的复仇，又让路中岳的不义之财遭到查处而倾家荡产，自己还挣了上千万元出国创业去了。

至少就他所知——司望或何清影的账户里，并未因此而多过一分钱。

其实，马力也不敢再跟这男孩有任何联系，无论他是不是申明老师的幽灵附体。他害怕自己若陷得再深，冒着玩命风险得来的一切，又会像路中岳那样灰飞烟灭,乃至葬送性命。

"如你所见,我还在寻找路中岳,真相并没有想象中那么简单。"

果然是他——少年的脸,却是成年人的语气,与当年的申明老师,简直没有分别。

两人走过石砌的小桥。旁边尽是三三两两的男女,抬头猜着花灯上的灯谜,夜空不时升起五彩烟花,每次星星般坠落的烟火,都会照亮他们的脸庞。

"十六年前,这里还是工人文化宫,就是我们脚下的地方,有个邮币卡市场。你有集邮的兴趣,三天两头用零花钱买些邮票,然后盼望着升值,结果下次再去已跌破了面值。我还记得你向我借二十块钱,买了套《三国演义》的纪念邮票。"

"是啊,高中毕业以后,那套邮票就不知被我扔到哪里去了。"

司望少年老成地点头:"现在的孩子都不知集邮为何物了。1992年,盛夏,我刚成为人民教师,而你第一次到南明高级中学报到。你穿着一件灰白色的衬衫,蓝色运动裤,书包上贴着圣斗士星矢,后来才知道你最喜欢的却是紫龙。你的个子高,眼睛大,许多女生都悄悄盯着你。"

"那么多年前的事,连我自己都要忘了。"

寒冬里吹过刺骨的风,他看着口中呵出的团团白气,随风消散在头顶的夜空,与满天硝烟混合在一起。

"高中入学的军训,是最热的几天,我还记得那个毒太阳,操场边上的夹竹桃林,是学生唯一可以乘凉的地方,每到休息时就挤满了人,结果许多人还是晒蜕了两层皮。你在太阳底下站得中暑了,是我背着你去医院,你的口袋里居然摸不出挂号费。"

这番话让马力下意识地摸着自己脸颊:"现在我却是缺乏日晒的苍白。"

"在你们这批同学当中,还是你第一个发现了魔女区。"

"高二那年,隔壁班有个女生游泳溺死了,全体同学半夜跑去废弃的工厂，把没有清理掉的遗物，全都烧给了地下的她。每人买了一叠锡箔，大家都说这个地方很灵验，能让死者收到所有祝福，也能为活着的人保佑平安。这是魔女区对我们唯一的实用功能。"

"是啊，我也被杀死在那个地方。"

马力已不自觉地陷入往事："你作为班主任，每天都来我们寝室。我的床头堆满了书，各种教辅材料，还有《爱因斯坦传》。深夜熄灯后，我常跑到申老师的房间，津津有味地说起相对论和宇宙起源，说在茫茫的银河系里，有多少黑洞、白洞、虫洞、中子星、夸克星、孤子星、暗物质、暗能量……"

"嗯，那时候我就觉得你是个奇怪的学生。高考前夕的几个月，你没日没夜地复习，经常找张鸣松老师补课——你的第一志愿是清华大学，那可不是一般人能考上的。张老师是从清华出来的，更是全市有名的数学特级教师。有一晚你在自习教室偷偷掉眼泪，我问你发生了什么事？你只说了一句话——我再也不想去死亡诗社了！"

"住嘴！"

马力几乎要把他的嘴巴捂住。

"我是申明，十六年来，我一直骑在这个少年的肩头，我在看着你！"

又一阵爆竹的硝烟飘过，少年司望像一条斗犬，瞪大双眼看着马力，让这个三十四岁的男人恐惧地低头："不要看着我！"

"我已不是十八岁的马力，而你还是申明老师——我真羡慕你。"

"羡慕我什么？羡慕我二十五岁就被人杀了，在魔女区的地底浸泡了三天三夜？羡慕我永远做孤魂野鬼，趴在一个叫司望的孩子身上？你信不信我现在就离开他，把你的身体作为宿主！"

"不——"

"原来，你还是害怕我的啊，哼……"

"说实话，以前做噩梦会见到死去的申明老师，而现在噩梦里的脸，却是十岁的司望。"

少年摸了摸自己棱角分明的脸颊:"我有这么可怕吗?"

"2005年,你作为谷秋莎的养子,把我介绍进尔雅教育集团,向我提供大量谷家的秘密,包括内幕交易并向官员行贿等违法证据。我当时怕得要命,生怕败露后会死无葬身之地。而你却是胸有成竹,似乎早就给谷家宣判了死刑。"

"是他们在十六年前背信弃义地对我宣判了死刑!我要为自己复仇,我确定了四个人的名单:谷秋莎、谷长龙、路中岳,还有——张鸣松。"

马力的心头一惊,名单里居然还有张鸣松?

"2004年,从你第一次见到谷秋莎的那天起,就制订出了疯狂而大胆的报复计划?"

"知我者,莫过于马力也。我用尽一切手段,让谷秋莎无法自拔地爱上我,就像上辈子跟她谈恋爱那样。被她收养以后,我发现了谷家的种种问题,总结出了包括路中岳在内所有人的弱点。"

"是啊,就像你让我转交给路中岳的那盒药,这家伙真是欲练神功,必先自宫。"

少年眼里掠过一丝冷酷:"毕竟我只是个小学生,总要有一个信得过的帮手,又有能力控制大局,才有可能利用路中岳,让他乖乖地为我服务,最终搞垮谷家,又让他自己也难逃法网。我思前想后,最佳人选非你莫属。"

"毕业十周年的同学聚会,后来的校内网与QQ聊天,都是你精心布置好的吧?"

"可惜,最终还是让路中岳那家伙跑了!看来我低估了那家伙,若非如此——另一个人也不至于白白牺牲。"

马力并不清楚他说的另一个人指的就是黄海警官。

"你有那么恨他?"

"在谷家破产以后,我破解了谷长龙的保险箱密码,拿到一封写自1995年的信。这封信伪造了我的笔迹,以我的名义写给贺年——就是我的大学同学,后来进入了本市的教育局,又被招入尔雅教育集团,在失踪两年之后,被我在苏州河边发现了尸体。或许是出于嫉妒吧,贺年以这封信对我落井下石。不过,这世上能伪造我笔迹的,只有一个人——路中岳。"

"路中岳与贺年串通陷害了你?"

"其实,我并不想要他们死,只希望这些人活着受罪,才能偿还亏欠我的一切。"

"申老师,你变得有些可怕了。"

"人,就是这样一种动物,当你身边所有人都异常残忍,你的杀戮本能就会爆发,最后不可收拾到血流成河。"

回到花鸟市场入口的花灯下,马力掏出车钥匙说:"我送你回家吧。"

一辆黑色的保时捷卡宴 SUV,少年坐上副驾驶座绑起安全带,马力的音响却在放张国荣的《我》。

我就是我 / 是颜色不一样的烟火 / 天空海阔 / 要做最坚强的泡沫 / 我喜欢我 / 让蔷薇开出一种结果 / 孤独的沙漠里 / 一样盛放得赤裸裸……

车窗外不断升起绚烂夺目的烟火,车里反复放着这首歌,两个人却再没说过一句话。

第十五章

2011 年,暮春时节。

南明高级中学，跟过去一样没什么变化，唯有四周耸立起许多高楼，原本开阔荒凉的天际线，变得突兀而杂乱无章。

她在门房间做了登记，穿过熟悉的大操场。快放暑假了，高中生们正在收拾回家，每从她身边经过，都会转头注目。她的面孔白净，一如既往地穿着白色连衣裙，略似古人的刘海，乌黑透亮的丹凤眼，仿佛古墓派中的小龙女，完全看不出真实年龄。

操场角落里有排篱笆墙，依然开满猩红的蔷薇。几枝红蔷薇自她的黑发后伸出，花瓣落到脸上，如红黑白三色的水彩画。她摘下几片，捏成一团鲜血，踩在脚下的泥土中。

"零落成泥碾作尘，只有香如故。"

轻声念出这句放翁的词，自然想起十六年前的今日——

1995年6月19日，梅雨季节，午后总会下场急雨，高三（2）班的她，徘徊在操场边缘，意外见到失魂落魄的申明老师。她从篱笆背后靠近他，在几朵蔷薇掩映下轻声道："申老师。"

这个刚刚失去一切的男人，表情复杂地看着她，反而后退半步。

"不要跟我说话，更不要靠近我。"申明别过头尽量不看她的眼睛，"我已经不是老师了。"

"听说，你明天就不在我们学校了，什么时候离开？"

"今晚，8点。"

他似乎想起了什么？事后想来，大概就是那晚的杀人计划。

"能不能再晚一些？晚上10点，我在魔女区等你。"

"魔女区？"他看着脚下那些花瓣，都已迅速腐烂作泥，"有什么重要的事吗？"

"我有些话想要跟你说，白天怕不太方便。"

她边说，边眺望四周，以免有人经过发现。为何要10点钟？因为要翻越学校围墙，有段墙体低矮很容易翻过去，早了怕被人看到。

"好吧，我答应你，正好我也有话想要对你说。"

十八岁的她隐入花丛深处，撩去眉上发丝说："10点整，魔女区门口见！"

这是她最后一次见到申明。

她叫欧阳小枝。

他去了。

然后，他死了。

十六年后，她依旧站在这个地方，而他是有来生还是鬼魂呢？

欧阳小枝理了理头发，走入仍未改变的教学楼，踩上楼梯直到顶层，敲响办公室的房门。

"请进。"

她端庄地走进房间，认出了办公桌后的那张脸。

这张脸属于南明高中最有名的老师，也是全市闻名的特级数学教师。常人见到这样漂亮的女子，早就露出喜悦之色，张鸣松却毫无表情。

"张老师，您好，我是欧阳小枝，今天来学校报到。"

"哦，欧阳老师，欢迎你来到南明高级中学任教，我已拿到教委发送来的资料了。"

"谢谢！"她得体地向张老师点头，回头看着窗户对面的多功能楼，"回到母校当老师的感觉真好！"

"你是1995年毕业的吧，我应该记得你，好像那么多年都没变化啊。"

张鸣松说话也是很有腔调，这些年保养得不错，未见显老的样子，背后有个巨大的书架。十六年前的高考前夕，这张脸给人留下过深刻印象，许多同学都来找他补课，在他的指导培养下，出过多位理科状元。

"老师一直是我的偶像，在南明高中读书的时候，我就有了这个梦想，果然如愿以偿地考进了师大中文专业。毕业后，我作为志愿者去西海固支教，在一个最干旱贫穷的乡村，教了六年高中语文。回来又在市区一所高中任教六年——算起来已做了十二年的老师。"

"真是令人钦佩啊!欧阳老师,我调阅过你在我们学校的档案,当时你的班主任是申明老师。"

他的声音骤然幽暗,小枝皱起眉头:"是的,很遗憾,他最终以那样的方式离开了我们,但杀人显然是极端错误的。"

"算啦,往事不堪回首,我带你去行政办走手续吧。"

半小时后,欧阳小枝完成了入职手续,即将成为南明高级中学的语文老师。

张鸣松有些冷淡,只是客套地挥手告别,转过身再也不说一句话了。

她独自走出学校大门,穿过车水马龙的南明路,久久没有离去,闭上眼睛回想二十多年前……背后的建筑立时崩塌,钢筋混凝土与砖瓦飞上天空,宛如世界末日的核大战,满天尘埃与泥土过后,变成一大片肮脏破烂的棚户区。

那是1988年6月,她第一次见到申明后不久。

火。

从一根最不起眼的火柴,就像安徒生笔下小女孩点亮的火柴,变成一团烧纸钱般的火焰,随着黑色浓烟与灰烬扬起,化作凶恶灼人的火舌,吞噬掉撞上的一切。

短短数分钟内,火势蔓延,不可控制,烈焰铺天盖地,将这片荒野中的黑夜,照得如同白昼。

咳嗽声、呼救声、逃命声、咒骂声、惨叫声、啼哭声,还有爆竹般的噼啪声……

小女孩只有十一岁,致命气体不断涌入气管,她本以为人都是被烧死的,却没想到是先呛死的。她本能地抗拒窒息的浓烟,咳嗽着四处逃窜,鼻中充满皮肉烧焦的气味,满脸泪水一半是被熏出来的,一半是出于深深的内疚与悔恨。

四周全是熊熊燃烧的垃圾,木板与废纸搭出来的棚屋一点就着,旧轮胎烧着后的异味令人作呕,正当她要失去知觉,那个人再度出现。

他来了,像一团火焰,穿过一团火焰,带着一团火焰,来到小女孩面前,将她紧紧地抱在胸前,穿越更多的火焰。

她把头靠在他的胸膛,触摸他火焰般的体温与心跳,渴望就这样一起被火焰熔化了。

终于,他抱着她冲出了火焰。

睁开被泪水与烟雾模糊的眼睛,头顶是被火光照亮的夜空,那年头星星还很明亮,连月光都那么美丽。

小女孩深呼吸了一口,驱散肺叶里的毒气与灰烬,还有他身上浓重的汗味与焦味。

她认得他,魔女区地下仓库里救过她的少年。

"我们还活着。"

十八岁的申明在她耳边说,她看着他被熏黑的脸,轻微烧伤的脸颊与头皮,艰难地发出声音:"哥哥,我不是故意的。"

还能感觉到他的心跳又一次加快,他却悲戚地摇头道:"记住——什么都不要说!"

从此以后,二十多年的时光流逝,这件事她再没提起过半个字。

他们的秘密。

2011年6月19日,已近黄昏,欧阳小枝回到这片火焰之地。背后是崭新的楼盘,对面是南明高级中学的大门,数百米外就是魔女区。

当她正要往公交车站走去,远远地望见一个十几岁的少年,不像是南明高中的学生。

这张脸有些眼熟,直到她想起两年前的中元节。

第十六章

2011年6月19日，同一时刻。

尹玉来到南明高中对面的公交车站，穿着一身白色校服，黑色书包挂在后背，短短的头发更显英姿飒爽，怎么也掩盖不住年轻女子的容颜。

十六岁的司望正在等着她。

尹玉胜似闲庭信步地走近："喂，你小子！不会是专门来看我的吧？中考怎么样了？"

"还不赖，正在等待成绩发布，但愿能达到南明高中的分数线，回到这里做你的校友，你呢？"

他斜倚在站牌边上，敞开的衣领吹着风，引来路过的女生回头。

"前几天高考刚结束，我想我要去香港了。"

"啊？你怎么没跟我说？"

"我报考了香港大学，已经通过了面试。"即将浪迹天涯的她，梳理着头上的短发，"我不适合这里的大学，恐怕就算考进了清华北大，很快也会被强制退学的，还不如去香港，可以少些束缚。"

"那么，以后就见不到你了？"

"我会经常回来看你的！"

她拍着司望的肩膀，同样靠在广告灯箱上，任由斜阳洒在脸上。不少人投来奇怪的目光，疑惑这个出了名的假小子，怎会跟陌生的少年在一起？

忽然，他低声提出个问题："你去过魔女区吗？"

"小儿科！我告诉你，以前这一带都是墓地。阮玲玉的墓就在魔女区地下。她是广东人，死后葬入广东公墓，那时叫联义山庄，造得特别豪华，简直是一座免费公园。进门后经过一座蚂蚁桥，有许多中国古典建筑，有的停放棺材，有的供奉神佛。坟墓大多石砌，造得古色古香，还有石桌石凳石马石羊，圆形坟墓后包着一圈石壁，典型的南方靠背椅式大墓。有的仿造帝王陵墓，竟有暗道直通地宫，好在是民国，不然早就满门抄斩了。相比之下，阮玲玉的坟墓最为寒酸，墓碑也就一米多高，陶瓷相片上是她最后的微笑。'文革'时整片墓地被拆光，造起了学校与工厂，那些豪门大族的风水宝地，全都白骨遍野、灰飞烟灭了！对了，南明中学的图书馆，其实是当年公墓建筑的一部分，专门供奉死人灵位的庙宇。"

尹玉说得有些得意，许多男女生早恋都在这图书馆里，却不知曾是摆满灵位的经堂……

"你不是说那里死过人吗？"

"死人？那可是太正常的事了，有哪个生下来不会死？呵呵，所以我最要不得的就是厚葬，死后烧成骨灰往海里一撒才落得干净！"

"你怎么对阮玲玉的坟墓那么熟悉？只有亲身经历的人才能如此，你不是说'文革'时拆光了吗？你又是怎么看到的？难道你参加过她的葬礼？"

"是的。"

十八岁的女生干脆利落地回答，倒是让司望无语了，停顿片刻又想起什么："再问一个问题——你说在1983年，上辈子的你住在安息路，对面房子里发生了一桩凶杀案，以至于如今依旧无人居住？"

"不错，干卿何事？"

风乍起，吹皱一池春水。

"你还记得一个孩子吗？当时十三岁，他的外婆是用人，在你住过的那栋房子的地下室。"

"云姨的外孙？"

"不错。"

"是啊,云姨是我的用人——我可不是什么有钱人,只是八十多岁满身伤病,国家为补偿我的冤屈与苦难,通过居委会找来云姨照顾我的生活起居。她的身体超乎常人地好,什么脏活累活都能干。她只有一个女儿,几年前被人害死了,留下个孩子孤苦伶仃。我可怜云姨与她的外孙,就收留他们住在地下室里。我早忘了那个男孩的名字,只记得他读书很好,后来居然考进了重点高中。"

司望默默地听着这一切,表情有些怪异,尹玉接着往下说:"我看着他从小学生变成初中生,没有父母管教居然没学坏。我常看到他在地下室,凭着一盏昏暗的灯光写作业。他很爱看书,我曾经借给过他一套白话本的《聊斋志异》。安息路上的孩子们,没人愿意跟他一起玩,偶尔几次接触也会爆发成打架,结果他都会被打得鼻青脸肿。而他只是个用人的外孙,哪敢找上门去算账?云姨很迷信,总担心这孩子面相不好,或许将来的命不长。"

这段话却让人愈加沉闷,他迅速转移了话题:"这两天我狂看科学方面的书,我想根本不存在什么转世投胎,只是有些人会从出生的时候起,就拥有一种超能力,能携带另一个早已死去的人的全部记忆。"

尹玉的脸色微微一变,露出老人特有的怀疑:"好吧,就算我拥有一个男人的记忆,一个生于1900年的男人的记忆。"

"1900年?八国联军打进北京那年?"

"是,光绪二十六年,庚子事变。"

"你还记得那一年的事?"

"拜托啊,弟弟,那一年我刚出生嘛!"她看着天边晚霞渐渐升起,南明路被金色夕阳覆盖,不禁闭上眼睛吟出一句,"种桃道士归何处,前度刘郎今又来。"

"这句诗好耳熟啊!让我想想?"

"南朝刘义庆的《幽明录》记载,东汉刘晨、阮肇二人上天台山,如桃花源深入小溪,遇见两位少女,迎他们到家中做客。刘、阮二郎如入仙境,'至暮,令各就一帐宿,女往就之,言声清婉,令人忘忧'。他们与美女朝夕相处半年,终究思念家乡归去。等到两人下山,村子早已面目全非,没有一个乡亲认识,时光流逝,已到了晋朝,距他们进山过去二百多年,当年的后人已到第七代,'传闻上世入山,迷不得归。至晋太元八年,忽复去,不知何所'。"

"听起来真像是华盛顿·欧文笔下的故事。"

尹玉拍了拍他的肩膀:"小子,还算是老夫知己!唐朝刘禹锡几度被贬边疆,在他第二次回到长安的玄都观,物是人非满目凄凉,才感慨'前度刘郎今又来'。"

"你也是前度刘郎?"看她许久没回应,司望便道歉了,"我太唐突了吧?"

"20世纪,以庚子年开头,我生在一个破败的读书人家,幸有做生意的叔叔资助才能离乡求学。1919年5月4日,我就在广场上,火烧赵家楼也有我一份。没想到第二年,我去了日本留学了。如今我已是女儿身,可在我的上辈子,却与日本女子结过孽缘,在长崎读书时,有个叫安娜的女子与我爱得死去活来,最后竟为我殉情而死。我记不得她的原名了,她是天主教徒,只记得教名。"

"你好薄情!"

尹玉脸色一红,羞愧地低头:"因此,我离开日本,乘船去法国留学。先到巴黎,住在蒙马特高地,后去普罗旺斯,充满薰衣草香味的格拉斯城。我在巴黎跟萨特做过同学,在莎士比亚书店经常见到海明威、乔伊斯、庞德,你读过《太阳照常升起》吗?我读过初稿——在海明威的面前。我在法国住了四年,真是个花花世界,却又日薄西山,我不愿蹉跎岁月,做了当年最时髦也最热血的选择——到莫斯科去!当我穿越欧洲大陆、抵达冰天雪地的世界,考入莫斯科中山大学。1930年,我牵连进某桩事件,被苏联驱逐出境,莫斯科中山大学也因此关门。"

"你回国了?"

"是,但我必须隐姓埋名,生活在租界中,一旦被国民党抓到,就会进监狱乃至枪毙。我也不能参加革命,他们认定我是叛徒。我只能混在文人圈里,终日吟诗作对喝酒寻欢。为了营生糊口,我做过老师、记者、编辑,为小报写武侠小说连载。我给萧红的《生死场》做过编辑,几年后看了她的《呼兰河传》,虽然相逢不过数次,但我真心喜欢那东北女子,很想在有生之年写一本书叫《生死河》。"

"生死河?"

"还有忘川水与孟婆汤!抗战爆发,我辗转流亡内地,武汉、重庆、成都,最后是边陲的昆明,就像远谪的刘禹锡。西南联大容不得我这异端,我独自翻山越岭去了藏区,直达苍茫雪山。我在真正的世外桃源隐居数年,抗战胜利后回到内地,已四十多岁,直到遇见她。"

"你是说——曹小姐?"

"她是个绝顶聪明的女子,我被她迷住了。但她是有夫之妇,丈夫是个官僚,她并不爱他。1949年的炮火声中,丈夫抛弃她坐上了去台湾的轮船,而她本有机会通过香港辗转去找他,却选择留在了这里。"

"因为你?"

"但我是所谓的叛徒,而她是国民党官员的妻子——她为了我而留下来,我却与她分开三十年,重逢时已年过八旬,而她也成了老妇人。我带你去过的那栋老房子,是她的父亲传下来的,国家重新把房子分配给她。我们住在同一条路上,每年难得见面几次。呵呵,这样也好,省得彼此伤神。我的一生爱过许多人,也恨过许多人,但终究命运坎坷,没找到一个可以结婚的女子,当然也从未留下过任何后代——这是我上辈子最大的遗憾吧!"

"你想要有孩子?"

"总比现在这样转世投胎好吧,有个孩子能带着你的基因,再传递给孩子的孩子,这样你的生命才是真正的永无止境。我的晚年漫长而凄凉,曹小姐是唯一可以与我交流的人,也会有国外记者来采访我,问的都是当年呼风唤雨的大人物的轶事,却让我厌烦。我好想早一些死去啊，却没想到竟活至九十二岁，才躺在床上寿终正寝。"

"活得太长让你绝望？假若英年早逝又怎么办？"

"司望同学，你不会懂的！"

"最后一个问题，你的《生死河》写出来了没有？"

"在青海闲着没事写的，用了三十年时间，后来被我一把火烧了。"

"为什么？"

"其实，我过去的每分每秒，都在书写这本《生死河》，你也是哦！"

少年沉思片刻，方才展眉，像古人那样双手抱拳："尹玉兄，虽然，我不知你上辈子叫什么，但我们可以成为忘年交，也算是冥冥之中的缘分。今夕分别，不知何时再相逢，珍重！"

她也同样抱拳作揖："好啊！司望小弟，我要回宿舍收拾行李了，后会有期！"

"来两杯水酒就好了！"

"九十多年前，我即将离家远游，李叔同先生刚在杭州虎跑寺剃发为僧。我的叔叔是他的挚友，陪伴我去北京，启程前，李叔同来为我们饯行，唱起一首由他作词的歌。"

尹玉说罢，豪迈地唱起这首歌——

长亭外，古道边，芳草碧连天。
晚风拂柳笛声残，夕阳山外山。
天之涯，地之角，知交半零落。
一斛浊酒尽余欢，今宵别梦寒。

曲终，人散。

她再没多说半句话，微微一笑，男人的飒爽英姿之中，竟还流露出几分倾城倾国。

尹玉走向马路对面的南明高中，不出几步回眸向司望看来，他却惊慌地大喊："小心！"

一辆数吨重的土方车，如同失控的公牛，从南明路的西头横冲直撞而来。

刺耳的刹车尖叫声，并未减缓车头的速度，车轮溅起滚滚泥尘，将她撞到了半空中。

她在飞。

瞬间，尹玉从高空坠落在司望的跟前，坚硬的柏油路面上。

他被这突如其来的灾难惊呆了，随着周围的女生尖叫，才颤抖着跪倒下来，抱起她柔软变形的身体。

鲜血模糊了她的额头与脸颊，从口中汨汨地涌出……

第四部

孟婆汤

在陌生的城市里醒来
唇间仍留着你的名字
爱人
我已离你千万里
我也知道
十六岁的花季只开一次

但我仍在意裙裾的洁白
在意那一切被赞美的
被宠爱与抚慰的情怀
在意那金色的梦幻的网
替我挡住异域的风霜

爱原来是一种酒
饮了就化作思念
而在陌生的城市里
我夜夜举杯
遥向着十六岁的那一年

——席慕蓉《十六岁的花季》

第一章

2011年，7月的最后一天，这年最热的一天。

清晨7点，太阳刚出来就晒在路上，大槐树上响起刺耳的蝉鸣。何清影给儿子准备了一件新衬衫，用书店的收入从淘宝的品牌店买来的。出门时把他的衣领折得笔挺，昨天还强迫他剃去了中考后留起的头发。她把学费、住宿费、代办费合计2990元，塞进给儿子新买的钱包，反复关照路上小心不要弄丢了。

然而，她并没有陪司望去，只是把他送到最近的地铁口。

从幼儿园到小学到初中，每次新生报到都是她陪儿子去的，唯独这次例外。

半个月前，司望收到了南明高级中学的录取通知书。

昨晚，还是妈妈提醒他，南明路开始天然气管道工程施工，通往市区的公交车全部改道，最近的路线只能坐地铁。

看着儿子钻入进站口，何清影大声说："望儿，家长会的那天，我会去的。"

地铁中间换乘了一次，才抵达最近的车站，还要走十几分钟，眼看时间要来不及了。

开来一辆小轿车，司机摇下车窗："喂，是南明中学的新生吧，十块钱，统一价。"

原来是非法营运的黑车，四周连一辆出租车都没有。他坐进后排，把手放在钱包外面。

车子刚要启动，有人拉开车门，是个穿着白裙子的女孩。司望向左边挪了挪,把右面的座位让了出来。

"南明中学!"她的声音轻柔悦耳,又对司望致歉,"对不起,同学,我能和你拼车吗?"

迟迟没说出"好"字,因为刚看清她的脸……

她已经不是女孩了,而是三十多岁的女人,只是岁月几乎未曾留下痕迹,乍看让人误以为刚从大学毕业,古代传说中的妖精也不过如此,确切来说是青春永驻的逆生长。

欧阳小枝。

她认出了这个十六岁的男孩。

"你是来报到的新生吗?"

他笨拙地点头。

"别磨蹭了,要迟到喽!"

司机早就不耐烦了,不等回答就踩下油门,估计是担心地铁站口是非之地,不但会有人来抢生意,碰到警察就惨了。

"真不好意思!"小枝很有礼貌地打招呼,抬腕看了看白色的陶瓷表,"还剩下七分钟,千万不能迟到啊!"

她尴尬地低头,原本苍白的脸颊,居然还有些发红,发迹下隐隐淌下汗珠,刚一路小跑着冲出地铁站。

少年避开她的目光,自始至终一个字都没说,目光扫向车内除她以外的任何地方。

五分钟后,车子绕小道开到了南明高级中学门口。

小枝抢先把十块钱递给司机,他紧跟在后面下车,说了这辈子对她的第一句话:"喂,我还要给你五块钱!"

"不用啦!谢谢你跟我拼车!"

夏日的清晨,南明路上飘着施工的灰尘,她的笑容,震碎了许多男生的小心脏。

幸好没迟到,学校门口云集高一新生,全是家长陪同来的,只有司望孤零零的一个人。不断有私家车开到路边,全家人陪着孩子来报到，很快挤满了各种牌子的汽车。

操场上摆放着大牌子，指示新生到哪个教室登记报到，还有缴费注册的流程。小枝走过操场边的夹竹桃林，红色花簇开得越发鲜艳。

她径直走进教学楼，在走廊转角的落地镜前，整理头发与仪表，化着淡淡的恰到好处的妆容，虽是盛夏穿着也不暴露，裙子稳稳压住膝盖，一双中跟鞋子颇为低调。

小枝看到了他。

新生们都挤在烈日的操场上，或者去一楼的教室。二楼走廊冷冷清清，只有那个少年在跟着她。

她微微转身，蹙起蛾眉，表情严肃，射出冷酷的目光。遇到过不少跟随或窥视她的男生，必须表现出让人可望而不可即的姿态。

司望在走廊站了片刻，直到手机短信声响起，原来是妈妈发来的，问他有没有准时到学校报到。他回了短短的"一切顺利"，便下楼去排队登记付费了。

一小时后，新生与家长们前往报告厅举行典礼，司望远离人群走在操场中央，暴露在灼热的阳光下，汗水湿透了妈妈买的新衬衫。

他远远地看着学校图书馆，也是多年前联义山庄供奉灵位的庙宇。

"魂兮归来。"

第二章

毒太阳。

撒哈拉式的闷热与严酷，操场地面温度至少有40摄氏度，热浪滚滚地包围着少男少女们。许多女生纷纷以例假为由退出队列，也有

215

个别男生佯装晕倒被送走。只有他笔挺地站在太阳下，注视着武警教官。原本苍白的皮肤早被晒黑，轻轻一撮就能揭起两层，这也是女生们最害怕的，尽管个个都往脸上搽防晒霜。

军训持续五天，在秋老虎来临前结束，教官夸奖他是意志力最顽强的学生，带着一身黝黑的肤色，从此南明中学没人敢欺负他了。

开学前新生住进宿舍，何清影终于跟来了，帮儿子搬被子枕头。他领到了新校服，挺酷的一身黑色，穿上不时引来女生注目。妈妈不停地唠叨，毕竟儿子从生下来的十六年间，还从没离开过自己。

寝室里的大人比学生多，都在整理床铺与行李。等到何清影收拾好了一切，才依依不舍地离去，关照儿子一定要打电话回家。

"妈妈，望儿已经长大了，会照顾好自己的。"

司望旁若无人地在她额前亲吻，周围同学们发出讥笑，他看起来却毫不在意。

这辈子第一次在学校过夜，他不太跟同龄人说话。南明中学都是住读生，为了方便与家里联系，允许学生带手机到学校，但不准带到课堂。司望的这台山寨机，已被下铺的室友嘲笑过了，人家用的是iPhone，对面两个都带着iPad，埋头于植物大战僵尸。

仔细观察寝室的木头窗台——布满二十多年来的各种刻痕，许多人名交织在一起，还有五角星与骷髅等各种符号。在最不起眼的角落里，依稀刻着"死亡诗社"四个字。

窗外此起彼伏地响着蟋蟀声，带着夹竹桃花香的微风袭来，稍稍驱散闷热。隔着没有灯光的大操场，他尽力向黑夜眺望，依稀分辨出学校图书馆的轮廓。

忽然，小阁楼亮起了灯光。

四楼寝室的窗台上，司望瞪大眼睛，可惜手边没有望远镜。

"喂，同学，早点睡吧。"

熄灯时，下铺的室友打着哈欠提醒。另一个室友走过来，招呼都不打就拉紧窗帘。司望已在窗台上趴了两个钟头，大家都把他当作怪物了。

此刻,远在广州的马力收到一条短信:"我回到南明高中了,睡在你从前寝室的上铺。"

次日清晨,司望接到妈妈的电话,何清影激动地问长问短,生怕儿子吃不好睡不好,而他回答一切顺利,还反问她昨晚睡得怎么样?她说望儿不在家,整宿都没睡着。

上课第一天。

高一(2)班的教室,在白色教学楼的三层,班里有32个同学,17个男生,15个女生。司望算是高的,座位被安排在第五排,距离讲台与黑板十多米,很适合开小差或做小动作。同桌是个活跃的男生,不停地跟别人说话。前排是两个女生,一个剪着短发,一个扎着马尾,长相都只能算中人之姿。她俩对司望很友好,但他都是有一句答一句,从不主动说话。

四十多岁的男老师走进教室,手提厚重的文件夹,穿着笔挺的白衬衫,胸前口袋里别着金笔。他保持着年轻人的体形,只是头发稀少了些,犀利的目光扫过教室,每个学生都能感受到他的自信与骄傲。

"同学们好,我是你们的班主任,我叫张鸣松。"

他转身在黑板上写下名字,虽是数学老师,却有一手漂亮的粉笔字。下面的同学窃窃私语,原来张老师的名声很响,上过各种教育类电视节目,是南明高中的头一块师资牌子。

"我有十年没做过班主任了,上个月新来的学校领导,恳请我挑起班主任的重担,把一个班级带到高三毕业,我经过慎重考虑才答应学校,并特别挑选了你们2班。"

没想到下面有人鼓起掌来,几个戴着厚镜片的书呆子,觉得有张鸣松做班主任,等于天上掉馅饼——免费请了全市顶级的家教,考进重点大学已指日可待。

张鸣松对任何夸奖都已麻木,没再多说一句废话,直接上第一节数学课。从前最为枯燥无聊的数学课,让许多女生如听天书,却也纷纷全神贯注,几乎没有一个人走神。下课时他得到不少掌声,严肃地扫视整个教室，直到撞见司望的眼睛。

他微皱眉头，似被这少年的目光吓到。令人愉悦的下课铃声中，张鸣松没跟学生们道别，径直走出高一（2）班的教室。

课间休息，司望坐着没动，等到上课铃声响起，张鸣松已指定了班长，是个戴着眼镜的胖女生，由她叫大家起立说"老师好"。

这一节是语文课，老师是欧阳小枝。

"同学们好！"

她也向大家深鞠躬，一身白裙，化着淡妆，乌黑长发披肩，白色凉鞋走上讲台，举手投足，一颦一笑，果然很有亲和力。台下有人注意她的双手，左右手指都没戴戒指。她在黑板上写下自己的名字。

前排的女生轻声念出来，立即与同桌咬耳朵："哇，她也叫欧阳小枝！你看过那些书吗？"

她在课堂上的微笑，让所有同学目不转睛，又不至于分散注意力。"大家可以叫我欧阳老师，或者小枝老师——知道我为什么叫小枝吗？那是一支笛子的名字。"她将肩前的头发甩到脑后，依然不失庄重，"很荣幸能成为你们的语文老师，这也是我第一次在南明高中上课。我毕业于本市的师范大学，做过十二年的语文教师，两个月前刚从市区被调到这里——哎呀，暴露年龄啦！"

这番话让课堂气氛更为融洽，前面的女生又窃窃私语："天哪，完全看不出来啊！我还以为她才二十多岁呢！"

可是，欧阳小枝并没有告诉同学们——她也是毕业于南明高级中学的。

"现在，请同学们打开第一篇课文——《沁园春·长沙》，作者毛泽东。"

老师开始朗诵这首词，声音还像过去那样柔软，不时看台下同学们的反应，当然也扫到了司望的脸上。

嘴角略微一扬，没人发现这个细节，她接着念："恰同学少年，风华正茂；书生意气，挥斥方遒……"

45分钟后，下课铃声响起，小枝预告了明天的课文，礼貌地向大家道别，看起来第一堂课非常成功，她自信满满地走出教室。

小枝回到教师办公室，屋里摆着十几张大桌子，她与其他老师相处得很融洽，还分享着话梅之类的零食。

傍晚，她提着浅色的大手袋，装满备课资料走出校门，正好撞见那个男生，他羞涩地退到旁边。

"同学，你好！"

她主动说话，风撩起长发，面目更加清晰。

男生磨蹭半天才吐出一句："老师好。"

"我记得你，新生报到那天，也是我第一天到南明中学报到，我们一起拼车过来。"

"没关系。"

他的声音低到连自己都听不到了。

"我记得新生名册里你的名字——司望？"

"是。"

"谢谢你！"

前方的道路还在施工，不停有挖掘机开过路面，她独自走向遥远的地铁站。

忽然，欧阳小枝回过头来，他已没有了踪影。

第三章

"她在香港。"

司望从厨房倒来一杯热茶，拆开月饼盒子。

"可她没跟我说过。"

"那是要给你一个惊喜。"

"这不是——"她转头看着窗外，各种植物还很茂盛，夜来香四溢扑鼻，嘴里的话却含了许久，"惊喜。"

"你别担心，今天她还跟我通过电话，委托我代表她来看你。"

不置可否地沉默片刻，她端起杯子啜了口茶："好吧，谢谢你，司望同学。"

"你不吃月饼吗？"

她张开掉光了牙齿的嘴。少年打了自己一个耳光，他将月饼一个个切开，把馅端到她面前。

年逾九旬的老太太，拿起一块塞入嘴中，闭上眼咀嚼许久："谢谢！上一次吃月饼，还是在1948年的中秋节呢。"

"尹玉这么多年没有陪你吃过月饼？"

"月饼是要和家人一起吃的，而我们都是孤家寡人，你不会懂的，孩子。"

"不，我懂的。"

他的表情如此认真。

"明天，就是中秋节了—— 快忘记月饼是什么滋味了，应该跟我们过去很不一样。"曹小姐的目光有些疲惫，无法想象六十多年前她的容颜，是否倾城倾国到让一个男人守候终生，"她真的在香港吗？"

"是啊！"

尹玉还活着。

三个月前，当司望来到南明高中门口，高考后的尹玉向他告别，刚唱完一曲李叔同的《送别》，就在南明路上遭遇了车祸——肇事的是辆土方车，因为刹车失灵而撞飞了尹玉。

她受了重伤，头部流血不止，在医院里抢救了三天三夜，终于从死神嘴边逃了回来。

尹玉再也没有醒过来，医生说她可能会成为一个植物人。

作为全市高考文科状元,她已收到香港大学的录取通知书。她爸爸是做国际贸易的,有家香港医院擅长治疗严重的脑损伤,希望她哪天醒来能直接进入港大读书。

"可是,电话从没响过。"

曹小姐指了指电话,司望自然地回答:"你不知道,香港大学非常严格,她学习很认真,经常被关起来读书。"

这是说谎。

有时候,骗老人就像骗小孩一样。

"哦,只要她一切顺利就好。"

终于,曹小姐对他笑了笑,又拿起一块月饼,看来今天胃口不错。

"放心吧,她不会把你忘了的。"

"呵呵,我倒是盼望她把我忘了的好!这样她就可以做一个正常的女孩,何必再眷恋我这个辗转红尘的老不死呢?"

她用粗糙却又温暖的手,摸了摸司望的掌心:"天黑了,你妈妈等你回家呢。"

"曹小姐,请你保重!我会经常来看你的!有事就打我电话!"

离开被爬墙虎包围的房子,他回到黑夜的安息路,骑上自行车慢慢地蹬着脚踏板。

2011年,开学一周就到了中秋假期,司望从学校出来的第一件事,是瞒着妈妈去买月饼。

安息路静谧得可怕,圆月在白莲花般的云朵间穿行。幽幽的路灯拉长了他与自行车的影子,几乎投到马路的另一端,尹玉上辈子住过的老房子——信箱塞满了今天的晚报与垃圾广告,说明还住着不少居民。墙脚下的气窗有一半露出地面,几乎紧挨人行道。司望趴在地上,把口水吐到手掌心,用力擦拭蒙着灰尘的气窗。他从怀里掏出手电筒,光线不足以穿透地下的灰尘,似乎摆满各种杂物。

转身向马路对面看去——黑暗沉睡中的旧屋,1983年废弃的凶宅，若是底楼窗户亮起灯来，一定能看清里面的情景，无论人还是鬼魂。

月光下，司望站起来，深呼吸，街上没有车，也没有人。

一片叶子，飘落到安息路19号铁门前。他触摸着门板上的斑斑铁锈，把耳朵紧贴门缝，除了灰尘掉落，隐隐听到某种声音，像是风从屋顶穿过，又像蛇在地上爬行。

屈起手指关节，叩响沉睡近三十年的凶宅，门内传来沉闷的回声……

从正门无法进入，司望后退几步，发现右边是个小院子，有道低矮的围墙，伸出茂盛的杨柳叶。司望花了很大力气翻过墙，双脚落在狭窄的天井，那里布满落叶、垃圾与野猫粪便。房子侧面有两道窗户，看起来紧闭着，其实玻璃都碎了。他轻松打开其中一扇，手电筒往里照了照，满屋灰尘与杂物，地底飘起腐烂气味，一般人想想都会恐惧——他大胆地从窗口爬进去。

手电扫过空旷的屋子，大部分家具都已消失，要么被警方封作证物，要么被小偷搬走。客厅里只剩几把空椅子，结满厚厚的蛛网。他屏着呼吸，以免霉烂或有毒灰尘钻入鼻孔。没看到地上画有代表死人的白线，那只在美国电影里才有。但墙上标着一些符号与线条，尸体就在这里被发现的。

他站到客厅窗前，拿块布擦了擦玻璃，可以看到月光下的南明路，以及对面房子地下室的气窗。在底楼转了一圈，便小心地走上楼梯。脚底吱吱呀呀，随时会散架坠落。

楼上隔成三个房间，首先是卫生间，肮脏的抽水马桶令人作呕，墙面贴着大块的白色瓷砖，经过岁月的洗礼变成了咖啡色，还有砖砌的浴缸，以前只有毛坯房才会这样。另一个大房间，有张尸体般的大床，剩下骨架般生锈的金属支柱，几只老鼠在床底下乱窜。他蒙着鼻子退出去，打开最后一扇房门。

屋里有张小床，几近腐朽的木头床架，蟑螂成群结队地跑过。墙上有面镜子，镶嵌在椭圆形的木头黑框里。司望缓缓地走到镜子前，手电筒照出一团模糊的影子。

布满灰尘的镜子里是十六岁的司望，不敢擦干净这面镜子，这里有鬼魂。

转过头来，是个破旧柜子，居然有些玩具。拿起一个，擦去脏东西，竟是个木头娃娃，过去许多小女孩玩的那种。娃娃没穿衣服，裸露在时间与尘土之中，瞪着大大的眼睛——就像是个活的。

司望把娃娃放回去，刚要逃出这间鬼屋，手电光线却扫过墙角，依稀露出个黑色破洞。原本是用木板包起来的，很好地伪装在墙壁夹层里，那么多年过去，木头早就受潮破烂了。

犹豫片刻，他伸手进去，摸出个四方形的罐状物，才看清是个铁皮饼干盒，有个圆形盖子。擦去灰尘后，铁皮盒子异常漂亮，四面竟是古典的彩色工笔画，画着四个古装女子，仔细再看文字，原来是《红楼梦》的"金陵十二钗"，分别是薛宝钗、妙玉、王熙凤、李纨。

从前，许多人家里都有这种铁皮盒子，储藏糖果与各种零食，每逢过年都会看到，平常藏在家里某个角落。

他用指甲嵌入盖子缝隙，用尽全力撬开，一股霉味扑鼻而来，宛如死去主人的骨灰。大胆地伸手进去，摸出几张纸片，却是三国的关云长，再翻则是三英战吕布，原来是香烟牌子——如今小孩肯定没听说过，最早是香烟盒里附赠的小画片，正面印着风景或人物，反面则是说明文字。其实与香烟关系不大，在路边摊都可买到。许多男孩会成套收藏，比如水浒一百单八将、隋唐演义英雄谱、杨家将群英传。通常的玩法是刮片，把两张牌放在地面，用手掌去拍去吸或激起风来，最好能刮得翻过来……

这屋子明显是女孩住的，当年案发时唯一的证人，也是死者的女儿，香烟牌子却是男孩的游戏。

他把整个铁皮饼干盒都倒了过来，里面还有一对蝴蝶结，虽然已经黑乎乎了，仍能看出当年的模样，应是十二三岁女孩用的。

最后，是一盘磁带。

1983年，大概是卡带刚刚开始流行的时候吧。

卡带上还有细小的文字，反复擦去灰尘，才用手电筒分辨出来——

  01. 独上西楼　02. 但愿人长久　03. 几多愁　04. 芳草无情
  05. 清夜悠悠　06. 有谁知我此时情　《淡淡幽情》邓丽君

原来是邓丽君的卡带，这个简体字版本显然是盗版，当时也买不到正版。

这张《淡淡幽情》的专辑，全部根据古典诗词重新谱曲，其中《几多愁》就是李后主的"恰似一江春水向东流"。专辑总共有十二首歌，后面还有六首歌，包括李后主的"胭脂泪，留人醉，几时重。自是人生长恨水长东"，以及欧阳修的"去年元夜时，花市灯如昼。月上柳梢头，人约黄昏后"。

把卡带翻到B面，就是后面那六首歌——

  07. 胭脂泪　08. 万叶千声　09. 人约黄昏后
  10. 相看泪眼　11. 欲说还休　12. 思君

墙根下的破洞里，除了老鼠屎，再也没有其他东西了。

呆立在这间三十年前的女孩卧室，司望的鼻息间充满腐烂气味，手机却刺耳地响起。

何清影打来的电话："望儿，你怎么还不回家？"

"哦，妈妈……我马上回来！"

把铁皮盒子塞回墙角，不管与凶案有无关系，当年警方肯定没发现墙洞里的秘密。飞快地离开这栋凶宅，不敢动紧锁的大门，还是从侧面翻墙出去。

司望骑着自行车回家,月光在背后投下长长的影子。

第四章

十六岁的她有张陶瓷娃娃般的面孔,乌黑的头发围着脸颊,一双瞳仁常闪得男同学们睁不开眼。她刚考入市区的一所高中,正用手机听邓丽君版的《但愿人长久》。还有两个小时,月亮就要升上天空了。

门铃响了。爸爸还在厨房里烧菜,她先跑出去开门,却见到一个陌生少年,年龄大约与自己相仿,比她高了大半个头,略带羞涩地看着她。

"你是谁?"

这本该是她提的问题,却让对方抢先问了,她脱口而出:"申敏。"

她又警惕地摇头:"我认识你吗?"

"我来找你爸爸。"

"等一下!"

申敏皱起眉头,重重地关上门,把爸爸叫了出来。她总觉得这张脸在哪里见过。

六十一岁的退休检察官,两鬓斑白,脸形清癯,双目却是炯炯有神。

"你是——"申援朝愣在门口,仔细辨认着这张脸,"黄海警官的儿子?"

"申检察官,您好,我的爸爸是黄海警官,我们见过,我叫阿亮。"

"阿亮，快请进！"

少年很有礼貌地点头进屋，手里还拎着一盒月饼："中秋节快乐！"

身为退休检察官的申援朝，照例对于送礼百般推辞，可对方只是个中学生，他也就收了下来。申敏乖巧地退入厨房，倒了杯热茶出来，申援朝又问他："孩子，要不要喝饮料？"

"不用了。"

"关于你爸爸，我去年就听说了，为了抓捕杀害我儿子的凶手而殉职。惭愧啊，我曾经到你家去无理取闹，还跟你爸爸闹得不愉快。但我没忘记他说过的话，他说他一定会抓到凶手，除非他死了！真是个好警察！是我错怪他了，本来我还想去参加他的追悼会。"

"没关系，爸爸生前唯一没有侦破的案件，就是1995年南明路上的命案，以及后来被认为是相同凶手的几桩杀人案。他关照过我，将来万一他死了，就要我继承他的遗志，无论如何都要把案子破了，要经常来与您联络，假如遇到什么困难，我有义务帮助您。"

"哎呀，没想到黄海警官是这样的好人——可是，你还在读高中吧，恐怕帮不到我吧。"

"没关系，我会考进公安大学的，将来成为一个警察。"

"难得你有这份责任心，虎父无犬子，三年不见，都长成帅哥了。要是我儿子申明还活着，今年都过四十了吧。"

房间里挂着申明以及申援朝亡妻的遗像，底下是个小小的神龛，还有两块新鲜的月饼，自然是今天才供上去的。

"我能去上炷香吗？"少年凝重地站起来，"代表我死去的爸爸。"

申援朝的眼眶中已含着眼泪，激动地找出三炷香来："小敏，快给他点上火。"

少女以怀疑的目光看着他，仿佛在看一个精神病人，但她是个听话的女孩。他向两尊遗像三鞠躬，再把香插了上去。

少年宛如鬼魂转回头来，幽怨地看着他的眼睛。

老检察官的眼底闪过一丝诧异,下意识地退了半步,凝起眉头:"孩子,你——"

"申叔叔,如果你有了新的线索,请告诉我。"他把手机号码抄给申援朝,"我一定会帮你抓到凶手的。"

"不必了。"老申毕竟还没丧失理智,"你还太小,抓凶手这种事,还是交给大人吧。"

"我等你电话!"

少年冷静地关照一句,又看了看申敏,她正缩在沙发后面,害羞得脸颊一片绯红。

"再见。"

眼角余光停留在少女脸上,他自动离开客厅,迅速换鞋打开房门。

司望回到夕阳下,骑着自行车回家。

穿过家门口肮脏陈旧的巷子,两边有浓妆艳抹女子的小发廊,还有充满油污的小餐馆与盒饭摊。司望从出生至今的十多年间,周围的高楼大厦都盖了起来,这块地方却沦落成了贫民窟。许多房子摇摇欲坠,更有不少私自搭建的违章建筑,明明两层楼盖成了四五层的碉堡。老居民们大多搬到郊区,私房出租给外来的打工者,常有五六人挤一屋子睡觉。自从黄海警官死后,每个夜晚何清影都很担心,叫儿子没事不要出去,附近不时有地痞流氓打架,对于打110都麻木了。

妈妈早已张罗了一桌子的菜,嗔怪他为何不早点回家。四十一岁的何清影,告别了风韵犹存的年纪,走在街上也没什么人回头。

中秋节,她的情绪却不太好,不安地看着窗外的老槐树,儿子靠近耳边:"妈妈,有什么事吗?告诉望儿。"

"看到巷子里的告示了吗?这里要拆迁了,不晓得能分到多少钱?邻居们都说要出大事了,我也不知道该怎么办?"

"我不想搬。"

"望儿,你生在这里,早就习惯了这个房子。可妈妈一直觉得愧

227

对你,没让你住进更好的房子——你只有跟着谷家的时候,才有过几天的好日子。"

她说着眼眶就发红了,司望一把紧紧地搂住她:"妈妈,别再提谷家!"

窗外,月光皎洁得有些刺眼。

第五章

小枝:

见字如晤。

我从没跟你说过那次见鬼的经历。

南明高中附近,破败的钢铁厂边上,你知道有片荒地。1988年,我还在这里读高三,常跟同学们去踢足球,每次把球踢飞到工厂围墙,都是我去捡回来的。有天踢到很晚,当我翻过围墙,回头再看大家都跑光了。冬天黑得很早,朔风呼啸。眼前的工厂空无一人,只有魔女区的厂房,还有大片枯萎的荒烟蔓草。

传说在这种时候是最容易撞到鬼的。

果然,我看到了她。

她从野草丛中走出来,穿着一条窄窄的旗袍,全不惧怕寒冷。她的发型就是电影里见到的那种,用奇怪的目光看着我。那年我才十七岁,她居然主动跟我说话,广东口音的细声软语,记不清具体聊了些什么,但那感觉并不是恐惧。我跟着她走在冰冷的废墟,看着寒夜缓缓降临，月牙升在残破的烟囱顶上。我看到她眼底眉角的哀伤，听她说起那个年代的趣事，还有她短暂的人生。她的二十五岁容颜，凝固在这片荒郊野外，不会再被改变与伤害。

时间化作厚厚的尘埃，她依旧鲜艳地被埋葬在满屋尘埃之中。

少年的我，站在寒冷的新月下，怀中抱着一个足球，野草在身边歌唱，风吹乱单纯的眼神。

她给了我一个微笑，但她不会把我带走。

于是，我像其他人那样慢慢长大。考进大学，踏上社会，没有改变世界，反而被世界改变，变到她再也无法认出我来。

那时候，我已经老了。

她生于1910年，死于1935年3月8日，死后葬于广东人的公墓，后来公墓被拆除建造为工厂，她的骨骸也就此与魔女区融为一体。

我会像她一样死于二十五岁吗？

你的老师　明
1995年3月8日

2011年，秋天，小枝回到南明高中，也成了语文老师。

她独自坐在图书馆的角落，摊开这封保存了十六年的信笺，泛黄的信纸上布满申明工整漂亮的字迹。

十一长假前，在学校的最后一天，欧阳小枝才踏进学校图书馆。当年不知来过多少次，虽然有神秘小阁楼的传说，仍是她最喜欢的地方。那年头没有网络，教科书完全满足不了求知欲，每一本书都如此珍贵。她常在阅览室一坐就是两个钟头，有时会忘记吃晚饭……

如今，图书馆被重新装修过了，阅览室还在老地方，桌椅已焕然一新。藏书增加了不少，但还有十多年前的老书。在书架间徘徊许久，好不容易找到那本《第三帝国的兴亡》，那个印着希特勒头像的蓝封面。翻到最后一页，插着泛黄的借书卡，那些密密麻麻的名字中，隐藏着"申明"两个字。她把借书卡放到唇边，似乎能嗅到上辈子的气味。这本书不知被人借过多少遍，但没人发现过这个秘密，就在这张厚厚的卡片背面——有人用铅笔素描画出了她的脸。

为什么要选《第三帝国的兴亡》？因为，女生怎么会看这种书呢？

1995 年，有部电影在日本公映，居然有同样的情节。

忽然，图书馆里多了一个人，欧阳小枝收起当年的书信，又把这本《第三帝国的兴亡》塞回书架。

她隐藏在书架背后，隔着书本观察那个人——又是他？

这个叫司望的高一新生，熟门熟路地在阅览室徘徊，手指划过一排排书本，几乎就从她眼前闪过。

他的手停留在一个书脊上，就是《第三帝国的兴亡》。司望果断地抽出这本书，直接翻到最后一页，拿出背后的借书卡，也把这张卡片放到唇边。

不可能，欧阳小枝刚才相同的举动，不会被他看到过。

许久，司望把这本书放回去，抬头看了一眼小阁楼，便离开了图书馆。

她这才敢大声呼吸，隐藏在二楼窗户后面，看着他在操场上的背影。

半小时后，欧阳小枝回到教师办公室，屋里没其他老师，有的还在食堂吃饭，有的已提前回家。桌子上堆着今早收上来的语文作业，电脑屏保画面是《情书》里的藤井树与藤井树。一阵阵疲惫袭来，正要坐在椅子上闭目养神，手却碰到鼠标，破坏了屏保画面。

她才发现鼠标下面铺着一张纸，上面用某个人的笔迹写着几句诗。

几回花下坐吹箫,银汉红墙入望遥。
似此星辰非昨夜,为谁风露立中宵。
缠绵思尽抽残茧,宛转心上剥后蕉。
三五年时三五月,可怜杯酒不曾消。

清朝诗人黄仲则著名的《绮怀十六首》中的第十四首。

她不但记得这首诗,还清晰地记得这些笔迹,一撇一捺都未曾改变过……欧阳小枝坐倒在椅子上,摸着自己心口,从包里掏出那封旧书信,将这段墨迹未干的诗句,与当年申明的亲笔相对照——几乎肯定是同一人所写!

下意识地把手伸向茶杯,却把杯子打翻,整个桌面都是玫瑰花茶。她手忙脚乱地收拾,用整包餐巾纸擦干台面,那张纸都被弄湿了,不知会不会化开墨迹?她心疼地把写着黄仲则诗句的纸,放到窗边,压上镇纸吹干。

小枝冲出门外,不知所措地注视四周。走廊里的人多了起来,任何人都可能闯入过办公室,任何人的脖子上都有可能骑着申明的幽灵。

最后,她把目光对准多功能楼的天台,从那里正好可以看清她的办公室。

似此星辰非昨夜,为谁风露立中宵。

第六章

深秋,安息路的庭院里满地落叶,曹小姐难得地忘了给花盆里的植物浇水。

十六岁的司望按约来到，带了些老年人能吃的东西。几个月来，老太太与少年已成了忘年交，几乎每个周末都会见面，上次她直截了当地问道："你是跟她一样的人吧？"

她从不叫尹玉的名字，他怀疑曹小姐口中的"她"，其实是"他"。

"哦？"

"上辈子，你是谁？"

"我只是个普通人，活到二十五岁就死了，不像她那样轰轰烈烈，所以我很羡慕她，更羡慕你——曹小姐。"

"二十五岁？"皱皱的嘴唇有些发抖，老人招了招手，"孩子，到我这里来。"

仿佛是老太太的重孙子，司望依偎在她怀里，听着她缓慢而沉重的心跳。

"我结过婚，但没生过孩子。抗战年代，因为颠沛流离地逃难而流产。"她轻轻地摸着他的头发，"好想有个孩子，我却不能。我的丈夫后来去了台湾，居然成了一个大人物，在那里结婚生子。20世纪80年代，他回大陆见过我一面，就再没联系过，后来我从报纸上看到了他的死讯。我亲眼看到过太多的杀人与被杀，你永远报不完你的仇恨，懂了吗？"

"可是……"

"子在川上曰，逝者如斯夫，不舍昼夜！"

老太太只说了一句，便闭上眼睛睡着了。

此刻，司望走进曹小姐的书房，发现她的气色非常糟糕，整个人无力地瘫在躺椅上，脸上的老人斑更为明显。

她伸出干枯的死人骨头般的手，从喉咙里挤出几个字："她……她……是不是……死……了……"

"谁？不，她在香港好好的啊，不要乱想啦！"

"你在骗我。"

"没有啊,我还在跟她通邮件呢。"

"昨晚,我梦到她了。"

又是托梦?难道,尹玉真的在香港死了?

曹小姐继续悲哀地说:"她告诉我——自己死了。"

脸上淌下两行热泪,司望慌忙找来手绢,却怎么也擦不完,眼睁睁地看着她老泪纵横。

"曾经沧海难为水,除却巫山不是云。"

老太太艰难地大声念出这两句,似乎吐尽生命中最后一口气。

少年默念出后面两句:"取次花丛懒回顾,半缘修道半缘君。"

隔了一周,当他再来安息路看曹小姐,却发现大门紧锁,门缝里看到院子里积满落叶。他向邻居打听才知道,老太太已在七天前死了,就在他离开后的那一晚。

司望跪倒在台阶下,磕了三个头。

他泪流满面地蹬着自行车,来到安息路的另一头,那栋三层楼的老房子——20世纪80年代,曾经有个神秘的老头住在这里,经历过波澜壮阔的20世纪。

几天前,他拜托了叶萧警官,调查当年住在这栋房子里的老人的真实身份。

"中国最后一个托派。"叶萧在注意司望表情的细微变化,"你问他干什么?"

"只有他见过少年时的申明。"

"可他在1992年就死了,享年92岁。"

"我知道,他是我唯一的朋友。"

第七章

2011年,平安夜,周六。

马力站在二十层楼的阳台上,用望远镜看着楼下的街道。到处是热闹的气氛,闪烁着五颜六色的圣诞树,"90后"小情侣们依偎而过。他注意到有个奇怪的男子,独自穿皮夹克戴风帽,宛如职业杀手向他的公寓而来。

门禁的铃声响起,他回到门后看着可视系统,果然是那个神秘人。隔着二十层楼面,对方放下严实的风帽,露出十六岁的脸。

"是你?"

"马力,我是申明。"

他是那个叫司望的少年。

"怎么找到这里的?"

"我有你的电话号码与车牌号码,很容易能找到你。"

"你知道我在家?"

"感觉。"

马力无奈地打开门禁,好多天没出门了,穿着随意的居家服,胡子茬爬满两腮,头上早早出现了几根白发。尽管如此,只要去一趟好乐迪这种KTV,他就能要来几串年轻女孩的电话号码。

半分钟后,司望走进了他的家门。

马力在鞋柜里翻了半天,扔给司望一双毛绒拖鞋。司望注意到他家里有小孩的鞋子:"你结婚了?"

"离婚了。"

他回答得轻描淡写，走进宽敞的客厅，脚下是锃亮的柚木地板，酒柜里装饰着昂贵的青花瓷，沙发都是真皮的。

"孩子几岁了？"

"四岁。"他从电视机前拿出孩子的照片，"女儿，跟着她妈，在广州。"

"你想她吗？"

"习惯了，女儿每个月回来一次，就是有些陌生。"马力给他倒了杯牛奶，"干吗想起今晚来找我？"

"两个原因：第一，我回到南明高中了；第二，我想你还有许多事瞒着我。"

"你出去吧。"马力从他手中夺回杯子，把高挑瘦弱的司望推到门口，"我真昏了头！你根本就不是申明老师，只是个患有精神病的高中生，我居然还把你放到家里来！"

少年站在门口不愿离去。

"我为你做过的事已经够多了！我要叫保安了！"

"你忘了在宿舍的窗台上，你用圆规刻过的'死亡诗社'？"司望回到客厅，坐在沙发上闭目吟诵，"有人说，有一个字／一经说出，也就／死去。／我却说，它的生命／从那一天起／才开始。"

"我不记得了。"

"美国女诗人艾米莉·狄金森，我在南明高中的图书馆里朗诵过，差不多整整十七年前的今夜，当时在场的除了你，还有柳曼与欧阳小枝。"

马力刚想要说什么，却欲言又止。他从冰箱里掏出一罐啤酒打开，自己喝了一大口。唇边满是泡沫，很有男人味的样子。

"谢谢你，没有把我赶走。"

少年摆出一副弱小可怜的样子，看来并不是装的。

"窗台上刻的字还在吗？"

"在。"

"真是个奇迹。"

"现在,我的班主任是张鸣松。"

"他?"马力摇了摇头,又灌下一大口啤酒,"真没想到啊。"

"有人说——是他杀了我!"

"不可能。"

"那你知道是谁杀了我?"

他使劲抓了抓头发,自言自语:"晕,我是不是在做梦?怎么会碰到申老师的鬼魂呢?"

"就当是个梦吧。"

马力一把推开司望,从沙发上跳起来,打开窗户,看着平安夜的绚烂江景。他摸出包香烟,一点烟火在嘴边亮起,蓝色烟雾迅速被冷风卷走:"小朋友,你有精神分裂症吧?还是妄想有一个鬼魂趴在你肩上?我告诉你,你刚才说的那一切,都是幻想出来的,根本就没有的事!没有张鸣松,没有柳曼,更没有欧阳小枝!"

他恢复了冷漠的脸,烟头转眼就要烧完,直接从二十楼窗户扔了出去。

"我不是小朋友,我是你的高中班主任兼语文老师,我是申明,如果我还活着,今年四十一岁。"

"太冷了!"

马力的嘴唇又发紫了,随手把窗户关紧。

"你说欧阳小枝是我幻想出来的?我现在每天都能见到她,若你愿意回南明高中去看看的话。"

"不,我永远都不想回去!"

"欧阳小枝,现在是我的高一语文老师。"

"她怎么会当老师?为何又要回到南明高中?"

"今年刚回来的——我也不知道原因。"

"小枝不知道你是申明?"马力随即改了口风,"不知道你自称申明?"

"我还没有说……也许很快就会告诉她。"

司望在客厅里走了几步,看到一套豪华的家庭影院系统,还有个漂亮的 CD 夹,限量版《霸王别姬》DVD 封套露在外面:"你还在看这个?"

"哦……早上刚拿出来的,本想晚上无聊时看看。"

马力记得 1994 年,学校组织大家去电影院看这部电影,出来后申老师还掉了眼泪。

"我还想看一遍。"

感觉这话像是撒娇,他顺从地拿出光碟,放进 DVD 机器播放。两个人坐在沙发前,关了灯看家庭影院。投影屏幕上出现了体育馆,霸王同虞姬着妆携手而入……

160 分钟后,马力送他下了电梯,直达 B2 层的车库,还是那辆黑色的保时捷卡宴。

送他回家的路上,经过苏州河上的武宁路桥,司望突然喊道:"停车!"

"这里不能停!"

"停!"

马力是最听老师话的,踩了刹车停在桥栏边。

"谢谢。"司望打开车门跳下来,挥挥手,"再见!"

"你没事吧?"

他放下车窗问,少年在桥灯下笑道:"放心!我不会跳河的!你快点回去吧。"

黑夜里的保时捷卡宴远去,桥上只剩飞驰而过的车流,再没有半个人影时,司望趴在冰冷的栏杆上,看着静水深流的苏州河,声嘶力竭地狂吼起来……

第八章

2011 年的最后一天。

"我是幽灵侦探。"

"好吧,现在我只有一个要求,请你不要再看柯南了!"

"叶萧警官,我没跟你开玩笑。"

"天黑了,你该早点回家,不然你妈妈又要打我电话了。"他正看着卫生间的镜子,用电动剃须刀刮胡子,"司望同学。"

镜中也能看到另一张脸,过完十六岁生日不久的脸,已到花开堪折的年龄,眉目里射出桀骜而冷静的光,几年后将比叶萧更帅那么一点点。

"我是申明。"

这短短四个字,以成年人的口气说出,音色依然少年,却藏着死去十六年的怨念。

叶萧关掉剃须刀,整个世界安静下来,半边胡子拉碴,通过镜子看着他的脸。

只停顿几秒,噪音再度响起,他加快了剃须速度,却用眼角余光瞄着。

"感谢你向警方报料,终于知道个惊天大秘密了!"

叶萧住在一栋高楼的 28 层,正对彻夜通明的未来梦大厦。窗边有把带有瞄准具的军用狙击步枪,司望好奇地拿起来摸了摸,被他一把抓回去:"小心!这可是真家伙!"

"你想要刺杀谁?"

对面未来梦大厦顶楼的窗户，有几扇正亮着灯光，真是绝佳的狙击位置。

他把步枪收进橱柜，严厉地告诫："不准告诉任何人，否则的话——"

"我会保守秘密的。"司望大胆地跟警察讨价还价，"前提是你要相信我说的一切！"

叶萧是个单身汉，住在一室一厅的高层公寓，收拾得比黄海警官整洁些，但也有不少泡面与垃圾食品。家里丝毫没有烟味，酒与咖啡都没看到，是个烟酒不沾的禁欲主义者。

"1995年，申明死后，他的幽灵还没消散，在这座城市飘荡了十六年，隐藏在一个叫司望的男孩身上。"

"突然袭击跑到我家来，就是为了告诉我这个？既然这个秘密已经保守了那么多年，为什么无缘无故要告诉我呢？"

"我怕我活不到十八岁那年。"

"有人在威胁你？"叶萧看了看门上的猫眼，"我会保护你的。"

"不，最近我总是做噩梦，梦到自己死了——不是遭人用刀割断喉咙，就是过马路时被卡车撞飞，或是从楼顶失足坠落……"

"你害怕自己一旦死了，这个秘密就会永远埋在地下，你也没机会为自己报仇了？"

"叶萧，你好聪明啊。"

"小小年纪，少拍马屁！若你真是1995年死去的申明的幽灵，为什么不直接去把杀人凶手干掉呢？"

司望苦笑道："我不知道他是谁，凶手从背后刺死了我，我没有看到对方的脸。"

"我会抓住他的。"

"有线索了吗？那个开音像店的中年男人？只有我能帮助你破案！因为，我是申明，我是1995年的第二个受害者，我能说出许多别人不知道的秘密。十六年来，从我作为司望生下来的第一天起，就发誓

239

要找到凶手,这些年我跟着黄海警官一起调查,我比你更有资格侦查此案!"

"好吧,那你同时也是杀人犯,是你杀了教导主任严厉,不是吗?"

这个反问让司望微微一颤,表情变得很可怕,似乎回到杀人现场:"是的。"

"有时候,我也会怀疑,你心里会不会藏着另一个人,因为在你的眼神里,我会看到成年人的影子,经历过难以想象的痛苦——只有我才会理解你,因为我们是同一类人。"

"我猜你承受过失去最亲爱的人的痛苦。"

"痛彻心扉。"

"叶萧,可你没有尝过自己被杀的痛苦,那与肉体上的痛苦无关,而是在死后变成另一个人,告别身边的所有人,要从婴儿开始重新长大,原来活过的二十多年全都白费了!"

"虽然我不相信这个世界上有鬼,但你可以告诉我,你所知道的一切——无论是真实的,还是你妄想出来的。说吧,幽灵侦探。"

"十六年来,你们有个最大的疑问,1995年6月19日,申明为什么好端端地要跑去魔女区送死?"

"不错,弄清楚这个原因,或许就离破案近了一大步。"

"但这是一个秘密。"

听到这样的答案,叶萧失望地摇头,把房门打开:"你可以回家了。"

"等一下,还有个问题,关于张鸣松。"

"其实,我早就跟张鸣松谈过了,他说当年黄海跟他谈过无数次,有几次还把他带到公安局,是教育局的领导把他保出来的。这个人究竟是不是杀人狂?我也无法判断。"

"去他家搜查一下不就行了?"

"没有任何实际的证据,要申请搜查令谈何容易?尤其是这种有头有脸的人物。"叶萧脑中的逻辑非常清晰,马上把思路拉回来,"跑题了！你所有的话都无法证明，还是在妄想，司望同学。"

"要是不相信我的话，你一定会后悔的。"

叶萧却想到了申援朝，还是再给他最后一个机会吧："说说申明的亲生父亲申援朝吧，如果你还有记忆的话。"

"我是申援朝的私生子，这件事是他最大的秘密。当我还活着的时候，他总是提心吊胆，生怕这秘密被人发现。但他并非冷血无情之人，每个月都会资助给我生活费。当我还住在地下室里，他经常送些书给我，从连环画到世界名著。印象最深的是《钢铁是怎样炼成的》，他年轻时珍藏的硬壳精装书，封面是彩色版画式的保尔·柯察金，骑在马上戴着红军尖帽子，眉目刚毅，眺望远方。这本书我看了至少十遍，封面几乎磨烂了，奥斯特洛夫斯基念得滚瓜烂熟，仍记得攻打彼得留拉的红军队伍里出现过的中国战士，我用红色墨水写在扉页上那段名言——人最宝贵的是生命，生命每个人只有一次。人的一生应当这样度过：回首往事，他不会因为虚度年华而悔恨，也不会因为碌碌无为而羞耻……"

"我见过这本书，在申援朝的家里，放在他的书架上——他说是在申明死后，从南明高中的寝室里拿回来的。"

"真好啊！他居然都还给我留着！"

叶萧仔细观察少年的脸，完全是中年男人的表情，若这还是假的，那么真是影帝了。

忽然，他拿出纸与笔说："你能重新写一遍吗？"

司望惶恐地点头，抓过纸笔，用申明的笔迹写下——

> 人最宝贵的是生命，生命每个人只有一次。人的一生应当这样度过：回首往事，他不会因为虚度年华而悔恨，也不会因为碌碌无为而羞耻。临终之际，他能够说："我的整个生命和全部精力，都献给了世界上最壮丽的事业——为解放全人类而斗争。"

这是他唯一能证明自己的印记。

叶萧看他写完这段文字,轻叹道:"保尔·柯察金……我也背过这段话,在十六岁那年。"

"为什么会变成警察?"

"命运。"

"就像我死后变成司望那样?"

"大概是的吧。"

"你认可我是申明的幽灵了?"

叶萧摇摇头说:"世界上没有鬼,但我可以帮助你,你也必须帮助我。"

第九章

2012 年。

最寒冷的 1 月,南明路的管道工程旷日持久,谁都知道里头的猫腻,学生与老师们怨声载道。欧阳小枝坐地铁去上课,出了车站眼看又快迟到,有人抢在前头坐进一辆黑车,她冲过去挥手说:"等等我!"

车门打开,露出一张少年的脸——南明中学高一(2)班的司望。

小枝坐了进来,尴尬地笑了笑:"司望同学,真不好意思!"

黑车开过几乎结冰的南明路,小枝冷得不停地摩擦双手,少年对前面的司机说:"能不能开下空调?"

"才几分钟的路啊?空调还没热起来就到了。"

"算了,我能忍住。"小枝的脸色更显苍白,口中热气呵到他身上，还有她头发里的香味，"谢谢你！"

下车时小枝在他耳边说："迟到不是件好事，可别告诉其他同学哦！"

安老师正在学校门口等她，这位政治老师还没结婚，长得倒是一表人才，肉麻地喊了声："小枝。"

这样称呼让她很不好意思，别人无论老师同学，都管她叫欧阳老师，似乎"小枝"这两个字，是埋葬在高中时代的专属名词。

"早上好，安老师。"

"你吃早饭了吗？"

原来，他已准备好了早点心。

"哎呀，谢谢你啊，还真是有点饿了。"

她接过安老师的早点心，两人并肩走进校门，而司望站在外面吹着0摄氏度以下的冷风。

小枝回头大声说："司望同学，快进来，别上课迟到了！"

安老师喜欢欧阳小枝，差不多整个学校都知道，男老师们自然嫉妒，女老师们却表达了祝福，毕竟她只是看上去年轻，实际上三十五岁的大龄剩女，要找归宿很难。他的家庭条件也不错，就住在南明路附近的高级小区，据说跟校长有亲戚关系。

第一节就是政治课，安老师发现司望开小差，突然叫他起来回答问题。同学们正准备看他笑话，没想到司望的回答异乎寻常地流利，准确地说出马克思与黑格尔的异同，又连带讲了斯宾诺莎的一元论与康德的"人是什么"的命题。安老师目瞪口呆，他无法回答这个问题，只能阴阳怪气地说："司望同学，你很爱看课外书嘛。"

下午，尽管期末考试将近，南明中学的文学社照常活动，欧阳小枝是指导老师。

1995年，文学社的指导老师是申明，某次他拿出一本李清照诗词鉴赏书，说知道她很喜欢易安词，便买了这本精装书送给她——这是小枝收到他的第一份礼物。

"司望同学,你在走神吗?别紧张,我们是文学社,又不是上课。听同学们说,你能背诵很多古典诗词,李清照的呢?"

"庭院深深深几许,云窗雾阁常扃。柳梢梅萼渐分明。春归秣陵树,人老建康城。感月吟风多少事,如今老去无成。谁怜憔悴更凋零。试灯无意思,踏雪没心情。"

司望没半点停顿,直接背了这首《临江仙》,同学们惊讶得交头接耳。

"好……"小枝下意识地翻了翻书本,她也背不全这首词,直觉地点头称赞,"好厉害!"

文学社活动结束后,司望刚蹿出教室,她在后面叫了一声:"司望同学,等等我。"

小枝跟着他走入操场,地上结了厚厚的霜,四下没有人影。他在女老师面前无话可说,低头一个劲地赶路。她有些跟不上了,嗔怪一声:"你要去哪里?"

停下脚步,已是操场的角落,那排曾经开满蔷薇的花墙,早已萧瑟一片。

"司望,你真是个奇怪的学生。"

无论老师还是同学都这么说。高一上半学期快过去了,他还是跟同学们格格不入,与同寝室的都没话说。据说有女生给他发过短信,邀请周末出去看电影,但他从不回复。

"请回答我几个问题——你的爸爸是什么职业?"

"他?只是个普通人,没什么文化,常年在外面出差。"

"你妈妈呢?"

"开了家小书店。"

"怪不得,你从小就看了许多书吧。"

"是那种很小的书店,就在我以前的初中对面,卖漫客、最小说、教辅材料什么的。"

他终于口齿流利起来了。

"司望同学，我的意思是，你的古典文学功底很扎实，我想是有家学渊源吧。"

"没有。"他摊开双手，"完全没有！"

"我只是对你非常好奇。"

小枝有理由好奇，刚才那首李清照的"庭院深深深几许"，当年申明也当她的面背诵过。

走到学校大门口，冬天黑得很早，五点多钟全黑了。又一阵冷风吹来，漫天遍野飘起雪花，她挥挥手说："司望，你快回去吧，老师下班回家了。"

恰巧安老师出现在门口，凑过来跟小枝说话，司望默默地退闪到后面。

"小枝，你想好了吗？"

"抱歉啊，今晚我想要早点回家，以后有机会再一起吃饭吧。"

"哦，真遗憾啊，我都已经订好那家日本料理了。"

安老师的表情颇为失望，他又向四周看了看，大概想看看是否有人来接小枝？

结果，他看到了司望。

天色太暗，看不清他的神色，可以想象跟上午的政治课一样，但他对小枝笑着说："没关系，小枝，那你回家路上小心点！再见。"

西风愈烈，飞雪更浓，小枝竖起衣领将长发收进去，站在路边不停颤抖。

一辆红色伊兰特停在她面前，车窗摇下来恰是那黑车司机，招手说："上来吧！"

小枝刚要拉开车门，司望一把抓住她的胳膊，她诧异地回头："怎么了？"

"不要上去！"

"司望同学，为什么？"

她被彻底弄蒙了，更没想到向来腼腆的他，居然会简单粗暴地抓住她的手臂。

"直觉——有问题！"

再看了看司机，他也一脸无辜的样子。正好有个老师出来，也想坐黑车，小枝尴尬地后退一步，把车门让出来说："王老师，您先上吧。"

"谢谢。"

这位老师上车时，用奇怪的目光看着小枝——她的手还被男学生抓着呢。

黑车一溜烟没影了，她与司望留在风雪中。他这才把手松开，小枝立即抱紧双肩，冷冷地说："你想要干吗？"

"你不觉得那个司机有问题吗？"

"嗯，坐黑车是不好，非法营运，扰乱市场，还有危险，我没尽到为人师表的职责，我答应你，再也不坐黑车了。"小枝揉着胳膊，"捏得我好疼啊。"

"我……"

"算了，我不怪你，以后不许这样啦。"小枝呵出一大团白气，"不过，司望同学，很感谢你关心我！"

她站在肮脏的路边，前后已无半辆车的影子："算了，我还是走到地铁站吧，再见！"

黑夜降临泥泞的路面，还有开挖路面的工程机械。刚走几步，司望就冲到她身边："我送你过去吧。"

"不用啦，你快点回学校吧，不然食堂的饭要凉了。"

"这附近治安不太好，我可不放心让你一个人走。"

这句话说得她有些尴尬，又无法拒绝学生的好意："这个……好吧！"

夜色苍茫，南明路早已不复往昔。司望一句话都没说，连天飞雪不断地扑上眼睛，渐渐地模糊了视线，幸好还有路灯亮着，把两个人的影子投在白色雪地上。

经过通往魔女区的小径，夹在两个建造中的楼盘之间，蜿蜒曲折到废弃厂房的角落。欧阳小枝停下脚步，几乎能望见残留的烟囱。忽然，再也无法向内走哪怕一步。

"你在看什么？"

"哦……没事！"

"听说——那里有个地方叫魔女区。"

这是司望第一次对她说这三个字，小枝的面色由冻萝卜似的粉色，变得死人般雪白。

"你？"她很快调整了表情，"是从高年级的学生那里听来的吧？"

"1995年，曾经有个男老师在高考前夕，死在这个魔女区里。"

不敢面对他的目光，她转头看看南明路说："1995年，我也在南明高中读书，那年我参加了高考——你所说的那个老师，就是我的班主任。"

"你也去过那里？"

"这个问题，最好别问！他是被人杀死的。"

"凶手是谁？"

"不知道，听说还没破案，所以——司望同学，请你不要再提这个地方，更不要走进这条小路，我是为了你们的安全，知道吗？"

她继续往前走，再也不回头，司望跟在旁边，被风吹得直流鼻涕。

"回去吧，别冻感冒了。"

"没事，我送你到地铁站。"

"司望同学，我问你个问题——为什么不叫我欧阳老师，每次都只是说'你'，听起来不太礼貌哦。"

"对不起，小枝。"

小……枝……

"该说对不起的人是我！你是个特别的孩子，自然表达与沟通方式也跟常人不同，我怎能强迫你根据我们的习惯来说话呢？说不定在你的眼中，所谓'尊敬师长'，才是虚伪的繁文缛节呢。"

地铁站到了,地上积了一层薄雪,少年挥手道:"路上当心!"

"谢谢你,司望!"

既然司望没叫她"老师",那么她也删除了"同学"。

第十章

高一下半学期。

张鸣松快五十岁了,除头发稀疏尚显年轻。有人说他是个花花公子,在外面有过许多女人,只是向来不负责任,不愿被婚姻套牢而已。

每天清晨张老师就来到学校,将办公室打扫得一尘不染,又在操场上慢跑保持体形。他已在这个学校二十多年了,脚底下知道每寸土地的起伏,哪里长着杂草,哪里是容易摔跤的陷阱,哪里能看到女生寝室的窗户。

操场上经常出现那个叫司望的男生,原本像根瘦弱的黄豆芽,身高一米七八,体重刚超过一百斤,却天天早起疯狂地运动。他先是围着操场快跑两圈,再做四十个俯卧撑,二十个引体向上,有时还会练习拳击、武术散打乃至泰拳,再去食堂讨两个生鸡蛋吃,吓得周围同学都不敢靠近。男生们说他是精神病,女生们笑他是要做猛男。这孩子仿佛天生有个仇家,不把自己锻炼成功夫高手,说不定哪天就会被人杀了。

2月底,下午的最后一堂课后,张鸣松叫住他说:"司望同学,到我的办公室来一趟。"

若是换成其他同学,说不定会喜上眉梢——许多人都竭尽全力地讨好他，只为获得请他补课的机会，要知道高考最能提高分数的就是数学。

他的办公室在教学楼顶层，学校给特级教师单独使用的，宽敞却很阴暗，不知为何窗户开得很小，拉着厚厚的窗帘。张鸣松严肃地说："坐啊，别紧张！知道我为什么叫你来吗？"

"不知道。"

司望坐在墙角的椅子上，背后挂满历届学生赠送的锦旗，还有全市乃至全国的各种教师荣誉奖杯。

"我作为数学老师，照例是不管这些事的，但这回既然是班主任，就必须对每一位同学负责。"

"我犯了什么错误？"

张鸣松的桌上有台单反相机，玻璃台板下全是各种照片，原来是个摄影爱好者。他将相机收入摄影包，盯着司望的脸说："我是在担心你，沉默寡言，极不合群，行为怪异，有的男生说，你让他们感到害怕。"

"别人怎么想我不知道，但我一直都是这样的，也不会因此而影响学习成绩。"

"每天早上你都在操场上独自跑步，我注意到有几个女生在悄悄看你。我私下里找她们聊过，但有人说你不喜欢女生？"

"哦，我只是面对女生会害羞而已。"

"这不是理由。"张鸣松露出令人犹疑的笑容，"你还有许多事情瞒着老师。"

"没有啊。"

他摆出一脸无辜的表情，老师却步步紧逼："你是我的班级里最特别的一个学生，可说是整个学校的异类。"

"我想这大概是我太喜欢看书，因此成了个书呆子的缘故吧。"

"一个每天练习泰拳动作的书呆子？"

"我家住的那个地方很乱，经常有地痞流氓打架斗殴，锻炼身体是为了保护自己跟妈妈。"

"司望,我查过你的资料,你家快要拆迁了,这个可以理解。"张鸣松喝了口茶,几乎紧挨着他说,"你的爸爸在你上小学时就失踪了,现在连户口都被注销了,你跟妈妈两个人相依为命长大。虽然,你妈妈在家长会上说你爸爸常年在外地工作。"

"张老师,这是我家的隐私,请您不要再告诉任何人,包括其他老师。"

"放心,我会保护好每个学生的。"他注意到司望的视线并不在他脸上,而是他背后巨大的书架,"你在看什么?"

这个书架完全不像是数学老师的,全是历史、宗教、符号学以及刑侦方面的。在《诺斯替主义》《荣格自传》《圣杯研究》《中世纪女巫》《中国古代的叫魂术》《西藏咒语集》《精神病学研究》《法医入门》的间隙,还有一本《快乐王子故事集》,这部王尔德的作品,混在那些杀人狂读物中间颇为另类,旁边还有《道林格雷的画像》《莎乐美》。

"这些是我最爱的书!你若喜欢,可以借给你看看。"

"不必了,我能走了吗?"

将司望打发走以后,张鸣松独自靠在椅子上,凝神沉思良久,直到天色彻底黑了,他才去了教学楼另一边。

打开了学校的档案室,只有他和少数两个老师才有钥匙。一排排布满灰尘的铁皮柜子,标明分类与年份,他很快找到了1988年毕业班的资料——申明是这一届的高中毕业生。

那一年,张鸣松是他的数学老师。

厚厚的档案袋没人动过,有每个人的学籍卡,包括蓝封面的学生手册,各科考试分数,还有老师的毕业评语。当年那届人少,只有三个班级,不到一百个学生。申明也是2班的,1985年入学,这个班里还有另一个名字——路中岳。

打开申明的学籍卡,黑白的学生证照片有些模糊,手电光线下的目光忧郁，嘴唇紧咬着，有什么话要呼之欲出，即便放在今天，也能秒杀韩国的美少年偶像。

学籍资料显示，申明的成绩优秀，语文在 85 分到 90 分之间，英语、政治、历史、地理更别提了，物理与化学也还不错，只有数学稍弱，但也在 80 分左右。班主任评语给了极高的表扬，说他是个品学兼优的好学生。申明还是共青团干部，代表学校参加过全区的团委会议，获得过各种荣誉与表彰。

1988 年 6 月，高考前夕不到一个月，南明高中对面的棚户区违章建筑，发生了一起特大火灾。那天张鸣松恰巧在学校值班，他在校门口被冲天烈焰惊呆了。有个男生冲进火场，好久都没出来。当大家都以为他被烧死时，一个浑身带着火焰的人影，宛如天神降临黑夜。大家赶紧给他灭火，发现他还抱着个小女孩。

救人的男生就是申明，而被他舍生忘死救出来的小女孩，是对面棚户区里流浪汉的孩子，这场大火烧死了十六个人，其中包括她的父母。

每次灾难过后，无论死了多少人，都会有先进表彰大会，申明成了见义勇为优秀青年，再加上本就品学兼优，因此得到了保送北大的机会。

那是二十多年前的事了，申明也已死去了十七年，他真的死了吗？

第十一章

1994 年初春，她第一次走进南明高中的教学楼，窗外下着淋漓的小雨，教师办公室里阴冷潮湿，穿着秋裤也瑟瑟发抖。

相隔六年，申明已是成熟男人，令人羡慕的高中语文老师，欧阳小枝还记得他的脸。

而她早已不是十一岁的小女孩,棚户区里肮脏饥饿的流浪者。她提着黑色书包,白色大毛衣几乎拖到膝盖,留着那时女生罕见的披肩长发,香港电影里才有这样的装扮。她的皮肤超白,近乎缺乏血色营养不良的程度,但乌黑的大眼睛让人难忘,鼻子与嘴唇都很标致,很像少女版的王祖贤。

无论怎么来看,这个十七岁的少女,都是个体面人家的孩子。

她的出现也算稀罕事。这是全市重点高中,中考的尖子生才能进来,除了个别高干子弟的择校生,从未有过中途转校进来的。

"老师,早上好,我叫欧阳小枝。"

她轻声细语地问好鞠躬,令人如沐春风。申明没见过这么有礼貌的同学,他略有些尴尬地说:"欢迎你,欧阳同学,我叫申明,是2班的班主任,也是你的语文老师,我带你去与同学们见面。"

教师办公室里没有别人,他似乎不愿单独与这女生待在一起。

来到冷飕飕的教室,小枝照样礼貌地鞠躬:"同学们,早上好,我叫欧阳小枝。"

申明指定她与柳曼同桌。

坐在背后的是马力,她想象自己的长发如黑色瀑布,几绺发梢掠过椅背,落在后面的桌面上。几个男生伸长脖子,视线越过她肩头的雪白毛衣,看到她纤长手指,把铅笔盒与书本掏出来,整整齐齐地放在身前。一身红衣的柳曼还挺热心,帮新同桌收拾台板底下的垃圾。

细密的雨点,打在紧挨着她的窗玻璃上,几枝早绽的山茶在春寒料峭中发抖。

申明老师上语文课了,这节是鲁迅先生的《记念刘和珍君》,粉笔在黑板上写道:

"以我的最大哀痛显示于非人间,使它们快意于我的苦痛,就将这作为后死者的菲薄的祭品,奉献于逝者的灵前。"

忽然,欧阳小枝转过身来,对后面两个男生微微点头,张开嘴巴却没声音，原来只是用嘴形告诉他们："请多多关照！"

她很快融入了新学校，跟几个女生相处友好，尤其是跟同桌的柳曼。男生们自然也都向她献殷勤，但小枝对他们都很冷淡，总是让人吃到软钉子。

班主任申明老师，仿佛刻意回避她，小枝一度怀疑自己被他认了出来，但想想女大十八变，早已与六年前判若两人，难道只是眼神泄露了秘密？整整几周，除了在课堂上说话，老师没有单独跟她相处过。而他与别的同学关系都很好，柳曼常去找他提些问题，更别说他跟马力等人打篮球了。

2012年，春寒料峭。

她不再是穿着白色大毛衣的女高中生，而是白色大衣配套筒靴的高中语文老师。

今夜，星空难得清澈，夹竹桃还没开花。

小枝独自穿过操场，快步走进多功能楼。打开四楼一扇小门，便是楼顶的天台——这是高中时代常来的地方，现在没几个学生知道这秘密所在。

低头向下面看去，安老师正在操场上徘徊，这个男人死活要请她吃晚饭，虽已当面拒绝过两次，他还是不依不饶地纠缠。也只有这个地方，是他永远找不到的。

月光皎洁。

四层楼上冷风呼啸，头发瞬间被吹乱。她感到背后有人，转头看到一张十七岁男生的脸。

"司望？你怎么在这里？"

"嘘！"他把食指竖到唇上，"别让他听到了！"

小枝心领神会地点头，他走到天台栏杆边，把头往下探去。

"他为什么追你？"

他压着嗓子，害怕风把声音带到楼下。

"老师的事情，跟学生没关系。"

她摆出教室里上课的庄重样子,就差拿根教鞭来揍人了。

"我是在担心你。"

"司望同学,请叫我欧阳老师!"

虽然表情严厉,她还是遵照司望的意思,把声音放到最低,几乎用气声说出,听起来有些好笑。

"好吧,小枝。"

司望的回答让她更尴尬:"老师不强迫你了!但我想要知道,大半夜的,你为什么不回寝室睡觉?"

"睡不着。"

"你是在跟踪我吗?"

"不是啊,是你正好出现在操场上,安老师又在后面追着你,我怕他欺负你。"

"可你怎么会知道我藏在这里?"她收紧裙子下摆,惊惧地看了看身后,"不可能!没人知道顶楼天台有扇小门!除非——"

"我知道。"

他做了个嘘声手势,楼下一盏昏暗的灯光下,安老师垂头丧气地走出校门口。

"司望,你到底是什么人?"

"我来过这里。"他抚摸着天台的栏杆,"在很多年前。"

"你才几岁啊?竟敢对老师说很多年前?"

"十七年前,你也站在这个地方,摇摇晃晃几乎坠下去,有人从背后拉住你,不然早就摔死在楼下了。"

"住嘴!"

终于,欧阳小枝的面色完全变了,刚要离开走出去几步,便转回头来欲言又止。

"其实,你是想要自杀。"

"我没有!"她低头不敢看对方眼睛,"我……我只是……晚上头晕想出来吹吹风,一不留神脚下滑倒而已……"

"当时，你可不是这么说的！你说自打走进这所学校，就有人在传播流言蜚语，都是以讹传讹，被无数人添油加醋过了。其实，你是一个好女孩，不敢跟男生多说一句话，更没有跟不良少年交往过，你只是被人骚扰的对象而已！不是吗？"

"是，这是我说过的话，你怎么会知道？"

"1995 年，在这楼顶上的春夜，你说了许多肺腑之言——如果仅仅针对自己，那么还可以忍受下去，反正早已习惯了。但到高三下半学期，又有了更不堪入耳的谣言，甚至牵涉到了你的父母，这是让你最无法容忍的。只要留在这里，就无法洗脱清白，作为即将高考的转校生，不能再去其他学校，你已无处藏身。"

1995 年，这个天台上的春夜，她挣扎起来像受惊的小猫。两个人倒在水泥地上，他的手环绕着她的腰，像团温热的海绵。小枝停止了反抗，脸颊冰冷，残留几点泪水，看着满天星斗。深呼吸，胸口起伏，转过头来，看到老师的脸。

申明是他的班主任兼语文老师，长住在学校宿舍，正好值夜班巡逻，看到多功能楼的天台上，依稀有个人影在晃动，疑心是有人要寻短见，便冲上来救人了。

多年以后，她还清晰地记得那场对话——

"小枝，请你不要死。"

"为什么？"

"假如，你死了，我就太吃亏了啊——七年前的那场大火，我冲进去差点被烧死，就是为了让你好好地活着！"

"你居然认出我来了？"

"第一眼只觉得似曾相识，后来又发现你有些奇怪，便开始悄悄注意你。没想到，这些年你变化那么大，但你经常看着学校对面的野地发呆，有时还会独自去魔女区，就让我想起了当年的小女孩。"

"申老师，我还以为你永远不会再认出我了。"

"你送给我的东西，我现在还保留着。"

"这是你第三次救了我的命,这回不知道再送什么来感谢了。"

"老师希望得到的礼物,就是看到你每天都开心地活着。"

欧阳小枝会心地笑了,然后放肆地笑了,笑得几乎整个学校都要听见了。

第二天,许多同学都说半夜梦见女鬼乱叫。

2012年,同样寒冷的春夜,小枝站在多功能楼顶的天台,月光照亮泪水。

"司望同学,这些事情,你是从哪里听来的?"

面对她慌乱的眼神,少年指了指自己的脑袋。

"你有精神病吧?上个学期,那张抄有黄仲则诗句的纸条,是不是你偷偷塞到我的办公桌上的?"

"是的。"

天台上的寒风袭来,小枝战栗许久,突然抬起胳膊,重重地打了他一个耳光。

"卑鄙!无耻!你知道你在做什么吗?"她忍不住大叫起来,顾不上眼泪鼻涕,"司望,我求求你了,不要再来缠着我!你也不要再想入非非,这样真的不好玩!懂吗?"

"是你不懂。"

他的脸上有五道印子了,仍然一动不动,双目没有任何变化。

"对不起,老师必须把你打醒!"她走近摸了摸司望的脸,细细的手指却是冰冷,"我是你的欧阳老师,三十五岁,不再年轻了,过些年就会跟你妈妈一样。你才十七岁,长得又这么帅,会有大把的女孩喜欢你。"

"这不重要。"

"听着!孩子,你刚才所说的那一切,都是在你出生之前发生的!而且,你知不知道,在此救过我的那个男老师,他早就死了!"

"小枝,我知道,他死在1995年6月19日,深夜10点。"

司望冷静地说出申明的死亡时间,就像在回答一道平淡无奇的语文考题。

"停!"

"你害怕了?"

"司望,你是个处心积虑的孩子,进入南明高中的这半年来,你一直在偷偷搜集关于我的一切吧?你是不是看了他的日记本?模仿了他的笔迹?"

"他从来不写日记的。"

"那你去找过马力?"

"你真的跟老同学们都没来往吗?"

"不要装出大人的样子!请你不要靠近我,更不要喜欢我,因为——我有毒!"

"毒?"

司望不禁下意识地点头。

"请你记住——任何男人,一旦过分地接近我,他就会死的!"

"我相信。"

泪水早被风吹干了,月光下她的面色更像女鬼,从喉咙根里发出声音:"熄灯后就该在寝室里睡觉,请不要违反学校的宿舍管理规定。"

说罢,小枝回头冲出小门,把他一个人丢在四楼的天台上。

大操场的对面,图书馆神秘阁楼的窗户又亮了。

第十二章

清明。

申明死后的十七年来,申援朝一直在研究各种变态杀人狂,乃至于对一切尸体、棺材与坟墓都百无禁忌了。

又是个淋漓的阴雨天,金黄的油菜花田包围着坟场。墓碑上镶嵌着一张严肃的照片,下面有"黄海烈士之墓"的字样——照道理他应该进烈士陵园,但据生前表达过的遗愿,希望永远陪伴早逝的儿子,便被安葬在郊外的普通公墓。

申援朝撑着黑伞,怀抱大簇的菊花,同时也看到了站在坟墓前的司望。

少年疑惑地转过头来,三炷香正在手边袅袅升起。

"我会抓住那只恶鬼,然后,亲手杀了他。"

这句话是从申援朝嘴里说出来的,他的白发比上次多了些,目光却更深沉或者说骇人。

"世侄,你又长高了,我是来给令尊扫墓的。"

他还以为对方是黄海的儿子,司望索性就扮演到底:"申检察官,谢谢您!"

申援朝紧紧抓着少年的手,竟是死人般冰冷,他对着黄海警官的墓碑说:"老黄,我没能赶上你的葬礼,但清明还是想来看你。虽然那么多年来,我费尽心血提供的所有线索,都被你认为是错误的,我仍然非常感激你。"

"我爸已经听到了,他的在天之灵,一定会保佑我抓住凶手。"

"可你还太年轻了。"

"爸爸常跟我说起一部美国电影,20世纪五六十年代种族主义横行的美国南方,一位正义的检察官的儿子的故事。主人公几度背诵一首诗,我仍记得几句:'我是我命运的主人,我是我灵魂的船长。'这部电影叫《不可征服的人》,这首诗来自维多利亚时代的英国诗人威廉·埃内斯特·亨利。"

"孩子,你想跟我说什么?"

司望的神情越发怪异:"申检察官,你比我想象中要好很多,你是个好人。"

"早就退休啦，我在检察系统工作了四十年，作为共产党员问心无愧。世侄，告辞了。"

"我送你出去吧。"

他最后看了墓碑一眼，却如触电般停下来，原来黄海的名字下面，还刻着"子黄之亮"，是用黑色墨水描的字，代表已死之人。

如果黄海还有其他子女，也会在墓碑上写出名字，只不过在世之人必须用红色墨水描出——但墓碑上只有黑色的"黄之亮"。

司望尴尬地后退了两步，身后恰是阿亮的坟墓。

申援朝虽然年纪大了，却成了远视眼，清晰地看到他背后的"黄之亮之墓"，进而发现黄之亮的墓碑上，也刻有一行文字"父黄海泣立"，生卒年月刻的是"1994年－2004年"。

阿亮墓碑上镶嵌着陶瓷照片，这个十岁因白血病死去的男孩，果然与司望有几分相似。

于是，申援朝彻底把此刻的少年，与死去八年的黄海的儿子画上了等号。

"你……你……"

他的牙齿在发抖，而司望把脸沉下来，像个死人似的说道：

"没错，我就是黄之亮，八年前死于白血病。我想要告诉你，在这个世界上，人死以后，是可以复活的。"

第十三章

快步走进贫民窟的巷口，叶萧侧身扫视四周，全是些破烂危房、临时抢搭的违章建筑。许多人家窗下挂着抗议强拆的标语，还有人在修筑工事准备战斗到底。昏暗的小发廊闪起红色灯光,几个社会青年蹲在路边抽烟。他穿着便服,没人看得出是警察,只是额头包着纱布,眼角有大块乌青,每走一步胸背都剧烈疼痛。

司望已在小面馆等着他了,十七岁的少年又变了模样,肩膀开始宽阔,胸口与手臂的肌肉越发明显,再没人敢拦住他敲诈勒索了。

"你怎么了?"司望小心地看四周,"是谁伤了你?"

"知道未来梦大厦的事件吗?"

"地球人都知道。"

"后来,我被埋到一百多米深的地底去了,差点送命!"

"你要是死了,还有哪个警察能帮我呢?"

他完全像个平辈跟警察说话,叶萧也不介意,两人各点了一碗苏州藏书羊肉面。

"干吗不让我到你家去?"

"因为黄海以前常来我家,但他后来死了,我不想看到你和他一样的结局。"

"这个理由不赖!你妈妈怎样了?"

"还在为拆迁的事情烦恼,开发商的补偿款还不够买个市区的卫生间,妈妈也终日长吁短叹,担心我们母子俩今后要住到哪里去。"

叶萧指了指他鼓起的肱二头肌:"你在哪里练的?"

"搏击俱乐部,那是自由搏击爱好者的公益组织,练习散打与泰拳,无需入会费,只要你能扛得住各种挨打。有时妈妈看到我鼻青脸肿地回家,我只能推说是路上摔跤的。传说今年是世界末日,对于我这个早已死而还魂的人而言,其实也没什么可恐惧的,就怕今生无法抓住杀害我的凶手,我可不想下次再碰上路中岳时,反而让他杀了我。"

"我不会让你碰到他的。"嘈杂而油腻的小面馆深处,带着伤疤的叶萧更显男人味,捞着面条说,"等我的伤好了,有空我们俩练练。"

"可是,谁敢保证到了下一次转世,渡过忘川水喝下孟婆汤,还能记得上辈子乃至上上辈子呢？更何况六道轮回里还有畜生道，若是投胎到牛啊、马啊或者哈士奇、拉布拉多的肚子里的话……"

警官的脸色阴沉下来，令人望而生畏："一周前，我又去了申援朝的家里，向他借了那本有申明写过字的《钢铁是怎样炼成的》，跟你在我家写的那段保尔·柯察金的名言一起，送给公安大学的笔迹鉴定专家做了比对——鉴定结果证明，这两段文字确系同一人所写。"

"叶萧，你好聪明，这是最能证明我是申明的方法。"

"再权威的笔迹鉴定，都可能有千分之一的错误，我还是那句话——世界上没有鬼。"

"我可不是鬼。"

"小子，不想跟你争这些，我是来警告你的——不要在申援朝面前冒充黄海的儿子，这个真的不好玩，你既不尊重死去的黄海父子，更是欺骗玩弄了可怜的退休检察官，你身上如果真的有申明的鬼魂，那么就不该说这种谎言。"

"他跟你说了？"

"是的，申援朝说他清明去给黄海警官扫墓，结果发现黄海死去的儿子也在，而且那个孩子早已死去八年，如今竟已长成翩翩少年，正在千辛万苦地寻找杀害申明的凶手，同时也是在为自己的父亲报仇。"

"我也没有想到，他居然相信了我的话。"

"申检察官现在是深信不疑！他确信黄海儿子的幽灵还活着，而且正在渐渐长大——他还说正在找你。"

"我——"司望的面也吃不下了，放下筷子，"你有没有说真话？"

"差点就说出口了！可我转念一想，要是让他知道，有个叫司望的高中生，竟敢冒充黄海警官的儿子，万一闹到你家或是学校，你不就惨了？要是被你妈妈知道的话……"

"千万别！"

"那你该谢谢我啊，是我对申援朝说，那不过是他的幻觉而已。

但他让女儿来做证,也是申明死后才出生的妹妹,她也看到过你中秋节来他家!所以,不要再去找他了!你这样会害死他的!"

"他是我前世的爸爸,我不会让他有危险的。"

叶萧喝完最后一口面汤:"司望,你也会害死你自己的。"

第十四章

申援朝没再见到过黄海儿子的幽灵。

一个月后,天气已很热了,晚高峰的公交车里充满汗臭味,扎着马尾的高一女生,靠窗坐着写英语作业,再过几天就是期末考试。车窗外,各种灯红酒绿,有人从玻璃反光中看到了她的脸。

申敏猛然回头看到了他。

穿着运动服的十七岁少年,拉着扶手才不至于被挤倒。她记得他,在去年的中秋节。

四周全是人,无路可退,他弱弱地说了一句:"你好。"

她就当没听到,低头继续写作业,心跳却快得吓人。

公交车又开了一站路,少年憋不住了:"太暗了,别写了。"

窗外亮起海底捞的招牌,她的马尾稍稍一颤,才放下手中的笔,还是不抬头看他。

车厢里的空气浑浊沉闷,申敏脸上也升起燥热,促使她向车门那侧看去——掠过公交车厢内的缝隙,数张疲惫无神的面孔中,看到一双男人的眼睛。

一个中年男人,留着平常的发型,不会让人留下什么印象,唯独额头上有块青色印子。

突然,他侧身挤到车门前,正好是靠站停车了。

"站住!"

少年也看到了这个人,凄厉地尖叫一声,推开旁边两个大妈,奋不顾身地向后车门冲去。

"有毛病啊?"

"找死!"

"哎哟!疼死我了!"

四周响起各种声音,少年艰难地跑出去几步,车门却已打开,那个男人飞快地跳下车。又有许多下班的人们拥上车来,如潮水般地把他推了回去。

"不要关门!"

就当他发疯似的大喊,车门已经关上,女司机骂骂咧咧地启动车子,其他乘客们也以看精神病人的目光看着他。

申敏胆怯地看着车窗外,那个男人平静地站在路边,目送着渐行渐远的公交车,直到在下个路口转角消失。

在一车冷漠的目光中,她从座位上站起来,走到大口喘息的少年身边。

两站路后,一同下车。

"你干吗要追那个人?"

还是申敏主动说话,黑夜的公交车站上,他干咳两声:"哦,我看到那家伙在偷人钱包。"

"哇,你还会抓小偷?"

"人人为我,我为人人!"

"谢谢你。"

"谢我什么?小偷又没偷你钱包。"

"我是说去年的中秋节,你来我家,给我哥哥上香。"

"哦,那是我应该做的,我一定会抓到杀害你哥哥的凶手!"

车站后面有许多小摊,围满了饿着肚子晚归的人们,散发着各种诱人的劣质油香味。

他走到油炸臭豆腐的摊子前:"你饿了吗?"

"有那么一点点。"

少年买了几块热乎乎的臭豆腐,跟她分着吃了。

申敏边吃边盯着他看,他不好意思地低头:"我有什么好看的?"

"总觉得你有些眼熟,好像在小时候见过你。让我想想是哪一年?对,长寿路第一小学,你是2班,我是3班,许多人说你是神童,但我是你唯一的朋友。"

那个叫司望的男孩,给她的童年留下过难以磨灭的印象。

"没错,是我!你居然还能认出我来!要是再给我看那时的照片,我想连我自己都不认得了吧。"

"好啊,你终于出现了!"申敏就差打他一个耳光了,"记得那时你说,你叫司望,司令的司,眺望的望。可是现在,爸爸为什么说你姓黄?"

他在一秒钟内做出了选择:"对不起,我骗了你,所谓'司望',就是死亡嘛!"

"司望不是你的名字,只是一个代号?"

"对!其实,我叫阿亮,但我还有个名字,叫小明。"

妹妹吃着臭豆腐说:"等一等,我也叫小敏!"

"我是明天的明。"

"为什么阿亮也叫小明呢?"

"你倒是十万个为什么啊!好吧,我告诉你——你知道诸葛亮吗?"

"切,废话!"

"诸葛亮字什么?"

她瞪大了眼睛,可爱得让人发疯:"孔明——所以,阿亮就是小明?"

"算你聪明!"

"不过，爸爸说你是个死人。"

"你爸爸说得对，我死于八年前，那年我十岁。"

"你骗人！"

"好吧，我骗人。"

他这样的半真半假，让申敏越加惶恐不安，倒退两步说："我要回家了。"

"城管来啦！"

有人大喊一声，片刻之间，摊主们火速推着各自的小车，跑到黑夜深处去了。

而在这番混乱之后，神秘少年也没了踪影，申敏茫然地念着两个名字："司望？小明？"

第十五章

2012年6月19日，申明的十七周年忌日。

一轮新月挂于中天，穿过南明路上的小径，在两个新楼盘之间，见到那片废弃的工厂。高高的烟囱底下，蒿草丛生，响彻虫鸣与蛙声。钻入摇摇欲坠的厂房，手电筒光束所到之处，依然狼藉满目，直至那条布满裂缝的地道。

魔女区。

一、二、三、四、五、六、七……默念了七步，正好走到地道尽头，面对厚厚的金属舱门，还有圆形把手，上面结着厚厚的蜘蛛网。

深呼吸。

想象那具尸体，躺在污浊血水里死去的申明老师，二十五岁正在腐烂的尸体……

她不敢推开这道门。

10点整。

回到破厂房的地面,她半蹲下来,打开随身纸袋,掏出银白色的锡箔,点起一团火焰。

正在烧这些锡箔祭奠的,是一个全身白裙的女子,黑发遮盖着侧脸,纤细手指不时接近火苗。她不是《倩女幽魂》中的聂小倩,也非传说中的女鬼或狐仙,只是年轻得看起来像个妖精——怪不得学生们都管她叫"神仙姐姐本尊"。

原来,她从未爽约,可惜已是十七年后。

火光把她脸色染红,她小心地挽着白色衣裙,以免被火苗燎着。几片冥币的灰烬飘进眼里,泪水沿着脸颊坠入火中,发出滋滋的蒸发声。

忽然,身后响起某种声音——是谁的哭声?

欧阳小枝转头瞬间,有个人影从魔女区的地道中站起来,就像有人死而复生。

十七岁的司望。

她凄惨地尖叫一声,吓退荒野中所有鬼魂,抬起衣袖捂着脸:"你……你……怎会在此?"

"小枝。"

上周是高一期末考试,只有司望还未离校。他跨过锡箔火堆,缓缓地靠近她的白色衣裙,像要打开一身妖精皮囊。

"不要碰我!"

他抓住了女老师挣扎的胳膊:"别害怕!我在这里!"

"司望,你疯了吗?"她重新抬头,这才有几分老师的样子,严肃质问,"都放暑假了,为什么不回家?半夜来这里干吗?"

"这个问题,应该我问你才对吧。"

少年看着她的眼睛,泪水还没干透的谜一样的双眼,直到身后的火焰熄灭，只余黄色与黑色的灰烬。

"但这与你无关，他死的时候，你还没有出生呢。"她又拼命地晃了几下："放开我的手！"

司望强壮了许多，肩膀纹丝不动，五指如铁钳夹着她："还记得死亡诗社吗？"

听着他沉静的声音，小枝的心头狂跳，看着地下那道舱门，转而摇头："你是说那部经典的美国电影？"

当她还是高中生时，作为语文老师的申明，曾在多功能楼的视听室给他的学生们放过这部电影，为此遭到过校长与教导主任的批评。

"不仅如此，你忘了吗？"

司望扯开清亮的少年嗓音："从明天起，做一个幸福的人／喂马，劈柴，周游世界／从明天起，关心粮食和蔬菜／我有一所房子，面朝大海，春暖花开。"

她的牙齿开始打战，1995年清明节的深夜，申明老师带着马力、柳曼、欧阳小枝，翻越学校围墙，潜入这个魔女区的地下，一首接一首地朗诵海子的诗。

这就是申明老师的死亡诗社，专属于他们四人的秘密，据说连他的未婚妻都不知道，万一被学校领导发现的话，他作为班主任很可能会被开除。

魔女区，对于他们四人而言的意义，并非什么恐怖的神秘之地，而是死亡诗社。

两个月后，诗社的两名成员相继死去，一个死在图书馆的屋顶，一个死在魔女区地底。

"那时候，死亡诗社最常朗诵两位诗人的作品，一个是海子，一个是顾城——这两个人都死了，一个趴在铁轨上自杀，另一个是在南太平洋的小岛上，先用斧头砍死自己的妻子，然后自杀。"

"你在暗指当年申明老师的死？"

"1995年6月19日，你也是穿成这个样子。"

她低头看了看自己的白裙,又盯着他的眼睛:"你……究竟是什么人?"

"小枝!如果,我告诉你——我就是申明,你会相信吗?"

这声音是从喉咙里发出的,此刻他的眼神,完全属于一个三十五岁的男人。

"不!"

于是,他冷酷地念了一长串话——

> 申老师。
> 不要跟我说话,更不要靠近我。我已经不是老师了。
> 听说,你明天就不在我们学校了,什么时候离开?
> 今晚,8点。
> 能不能再晚一些?晚上10点,我在魔女区等你。
> 魔女区?有什么重要的事吗?
> 我有些话想要跟你说,白天怕不太方便。
> 好吧,我答应你,正好我也有话想要对你说。
> 10点整,魔女区门口见!

1995年6月19日午后,申明活着的最后一天,他们在学校操场的篱笆墙前的最后对话。

"住嘴……不……停下来……求……别再说了……求求你……"

她已捂上耳朵,嘴里喃喃自语不停。

"小枝,十七年前的今夜,10点整,我来了,却没有看到你。"司望放开抓住她的手,轻抚她的头发,"那个下着大雷雨的夜晚,你到底——来过没有?"

一句话也说不出了,她只是在拼命摇头。

"你没有来?"他闻着她头发里的气味,"好,我相信你。"

"让我走!"

钻出肮脏的厂房,新月渐渐消逝,转而是郊外的星空,让人想起十七年前的春天,申明老师陪伴同学们坐在荒野的草丛中,遥看天琴座流星雨的坠落。

忽然,欧阳小枝老师撩起裙摆向外面冲去,却被司望同学紧紧地抓住手腕。

十七岁的学生带着老师狂奔,一路粗喘着来到地铁站,却已错过了末班地铁。

小枝拦下一辆出租车,司望抓着车门不放,她的眼神在颤抖,口中却很严厉:"放手!让我回家!"

2012年6月19日,深夜10点45分,她坐着出租车远去,隔着模糊的车窗玻璃,看着没有星星的夜空,脑中浮起十七年前的魔女区——幽暗阴冷的地底,申明老师带着死亡诗社的成员们坐下,围绕几支白色烛光,像某种古老的献祭仪式,墙上投射出闪烁的背影,宛如原始人的壁画,穿着白色大毛衣的欧阳小枝,声情并茂地背诵一首顾城的诗:"天是灰色的/路是灰色的/楼是灰色的/雨是灰色的……"

第十六章

七夕。

学校组织了暑期旅游,仅限即将读高二的学生,目的地是附近海岛,也是个度假胜地。小枝前往的码头路上,出租车被困住动弹不得。

她在最后一分钟冲上码头。

2012年最炎热的那一天,全年级四个班一百多人,包括班主任与主要的老师，都登上了这艘旅游客轮。这次旅行学生需要自费，但花父母的钱都没感觉，聚着兴奋地聊天，分享各自旅行的经历——有人刚从台湾自由行回来，还有人每年暑期去香港迪斯尼乐园，更有人已随父母去欧洲列国周游过了。

小枝远离人群站在船尾，看着数十米外的司望，他扒着栏杆眺望江水滔滔。无数海鸥在身边飞舞，四处是充满咸味的空气，他伸开双手闭上眼睛，身后却响起同学们的窃窃私语："精神病！"

司望甩开他的同学们，来到顾影自怜的小枝身边，阳光下他的脸庞英姿勃勃，霎时令女老师备感岁月无情。

"你是第一次看到大海吗？"

她不经意间问了句，目光却直勾勾地盯着浑浊的海水。

"是啊，我就像井底之蛙，十七年来竟从没离开过这座城市，也没感到什么遗憾——或许，旅行的意义不过是在平庸的生活中，给自己增加另一种人生，而保留前世记忆的我，已度过常人两倍的生命，也相当于在时间中漫长的旅行。"

对于这样莫名其妙、故弄玄虚的话，小枝有些反感，一言不发扭头就走。

几小时后，客轮在海岛靠岸。这是座布满渔村的小岛，有巍峨的高山与银白色沙滩，师生们就住在渔民的农家乐。班主任张鸣松带着队伍，这个摄影爱好者挂着单反相机拍个不停，几乎每个同学都被他拍过，唯独没有司望。

教政治的安老师像只苍蝇，总是盯着欧阳小枝，而她出于礼貌与客气，有一搭没一搭地说着话。她难得穿条花色的裙子，海风吹动裙摆露出雪白修长的腿，男生远远地偷看，女生们则露出嫉妒目光。

海岛上的旅游项目就那几样，无论会不会游泳，学生们都带了泳衣下海。司望经过锻炼的身材与肌肉，在阳光与沙滩上最为耀眼，让小胖墩与黄豆芽们自惭形秽，连隔壁班的女生都来打招呼了。他冷漠地拒绝了她们，独自在海滩边捡着贝壳，把据说能收藏浪声的海螺放在耳边。小枝却连泳衣都没有带,只跟几个女老师坐着聊天,许多人都觉得暴殄天物。

海岛上的晚风凉爽,一扫白日暑气,许多人吃了海鲜后拉肚子,包括张鸣松与安老师,大多窝在屋里不动了,或聚在一起玩三国杀。

小枝几乎什么都没吃,大胆地在渔村里散步,专拣人迹罕至的角落,从茂盛的树丛中钻到海边。

海上生明月。

这景象令人终生难忘,她几乎倒在沙滩上,仰望青灰色的海天之间,那轮近乎金色的圆月。

突然,有人从背后抓住了她的腰,小枝尖叫地挣脱了,又有一只手摸上来。她竭尽全力反抗,原来是海滩上的小流氓,看来也不像本地的渔民。

"放开她!"

树丛中跑出一个少年,月光照亮了司望的脸,小枝扑到他的身边:"救我!"

对方有四个男人,让他不要多管闲事。司望一声不吭地靠近对方,直接一拳把他打倒在地。他的每一块肌肉都像要爆炸,几个泰拳的动作之后,那些混蛋鲜血四溅。小枝担心他一个人会吃亏,向四处大叫着求救,可入夜后的沙滩空无一人,涨潮的海浪声掩盖了呼喊。

五分钟后,有两个男人横在了地上,另外两个家伙东倒西歪地逃跑了。

司望拉住她的手:"快跑!"

她敢肯定那些坏蛋是去叫帮手来了,谁知道等会儿将要出现多少人?

黑夜中阵阵海风袭来,头发与衣裙扬起,像团海上盛开的花。没几步就跑不动了,司望几乎是把她拽上了一个山头,她的手腕第一次变得滚烫。

终于,冲到了海岛的另一边,尚未开放的野海滩,没人会追到这里来的。

月光追逐着影子，海水一点点地上涨，调皮的白色泡沫，没过两人赤着的双脚，打湿了她的裙摆。他的额头与胳膊还在流血，不断滴落到脚下的沙滩，却仍然笔挺地站在她面前。

她低头大口地喘着气，含糊不清地说了声："谢谢！"

"为什么要一个人出来？"

"在屋子里太闷了，想独自听听海的声音。"

"听海的声音？"

"是啊，我已经听到了。"

小枝闭上眼睛侧耳倾听，司望正在靠近自己，再往前那么几厘米，就可以吻到她的嘴唇。

忽然，她后退了半步，擦拭着他的伤口："司望，听老师的话，你可不要再打架了。"

纤细的手指划过少年的额头，沾满十七岁的热血，果真带有烫手般的温度。海上的月光下，她的脸也发出令人眼晕的光泽。

"花开堪折直须折，莫待无花空折枝。"

司望轻声念出这两句，她却记得那是1995年，那个萤火虫飞舞的春夜，她在南明路的荒野中，与申明老师一起散步，轻声背诵杜秋娘的《金缕衣》。那时候，欧阳小枝终日愁眉不展，学校里又传出新一轮八卦，女生们午休时咬着耳朵，男生们在食堂打饭都听到了——欧阳小枝的爸爸根本不是烈士，当年在老山前线跟越南人打仗，做了逃兵被师长枪毙了，所谓烈士荣誉是花钱买来的。而她的妈妈作为寡妇，经常在外勾引男人……

小枝本就不擅口舌。就算她把爸爸的烈士证明拿给大家看，也会有人说那是假的。除了同桌柳曼，班里没有一个女生跟她玩，男生们倒是常献殷勤，但她的回应总那么冷漠。

原本，她也在重点高中读书，不过市区的环境复杂，常有小流氓在门口等她，乃至相互间打架斗殴。学校成为是非之地，引发家长投诉，希望这女生尽快离开，其中有一位竟是市领导。学校迫于上头的压力，满足了这些过分要求，小枝被安排到荒郊野外的南明高中，才能躲开市区的小流氓……漂亮女生身边总有流言蜚语，就像"苍蝇不叮无缝的鸡蛋"，这种话已是一种羞辱。

众口铄金，积毁销骨。

2012年8月23日，农历七月初七，在被大海包围的孤岛上，海沙模糊了欧阳小枝的视线，她伸手挡着眼角的皱纹："对不起，我有些恍惚了——你不是他。"

风吹乱了她的头发，转头不让自己的学生看到泪光。

司望伸出手，打完架，流过血，温热的手，抚住她的脸颊，让她转到自己面前。

指尖上的血痕未干，有几点抹在她的腮边，竟有梅花胜雪的感觉。

"小枝，看着我。"

海浪声声哭泣，泪水滑入美人唇里，她靠近少年的耳边，吹气如兰："送我回去吧，若有人问起你头上的伤，就说是被树枝划破的。"

盘桓良久，司望的指尖从她脸上滑落，顺便帮她擦去血痕。

这一夜，小枝跟女老师们睡在一屋，听着窗外阵阵海浪声，心底默念："他已经死了……"

第十七章

秋风起兮。

高二，再过不到两年就要高考了。南明中学里都是高才生，削尖了脑袋要往名牌大学里钻，因此无须扬鞭自奋蹄，每天拼命地读书。

莫言获得诺贝尔文学奖的消息传来，让大家更重视语文课了。欧阳小枝刚说完课文里的《林黛玉进贾府》，下午就在文学社谈起《红楼梦》的第五回"游幻境指迷十二钗　饮仙醪曲演红楼梦"。

"都道是金玉良姻，俺只念木石前盟。空对着，山中高士晶莹雪，终不忘，世外仙姝寂寞林。叹人间，美中不足今方信，纵然是齐眉举案，到底意难平。"

几片枯叶飘到教室窗外，小枝吟出《金陵十二钗曲》中咏薛宝钗的《终身误》。

"司望同学。"

她突然点了名，少年仓皇地站起来说："我没开小差啊。"

"我是想问你，听说你早就读完了《红楼梦》，那你最喜欢金陵十二钗中的哪一位？"

"刚才那首《终身误》，虽是叹的薛宝钗，却也事关'世外仙姝寂寞林'的林黛玉，世人常怜黛玉，赞宝钗，而我最爱的却是淫丧天香楼的秦可卿，第五回中贾宝玉的春梦，不就是在秦可卿的床上所做？"

小枝干咳两声，毕竟在座的都是未成年人，他却毫不顾忌地说下去："其实，宝玉梦中的'神仙姐姐'，恐怕就是秦可卿的化身，宝玉的性启蒙便是来自比他大很多的少妇吧。"

"哦，文学社的活动就到此为止，大家早点散了吧。"

星期五，学生们都盼望着回家，转眼就只剩下小枝与司望两个人。

"小枝，为何不让我说完？"

"他们都是些孩子，没必要说那么多吧。"

"是啊，唯独我们都已是成年人了。"

"说什么呢？"她轻推了司望一把，"有时候，真觉得你不像十七岁。"

"我四十二岁了，比你大七岁。"

这句实话让她脸色一变："住嘴！"

司望走出教室，从寝室拿了书包，来到学校大门口。欧阳小枝追了出来，跟他肩并肩在南明路上走着，她忽然说："司望，上个礼拜，我看到你手机上的桌面是张学友的1995年演唱会。"

"嗯，那年我去看过。"

她的表情有些怪异，扭捏半天才说："今晚，市区有场张学友的演唱会，你想去吗？"

"啊，你有票子了吗？"

"没有，但可以去现场问黄牛买嘛。"

"我都不知道啊……可是——"

小枝装作若无其事地说："你没空？还是跟别人约好了？"

"不，我有空！"

司望迅速给妈妈打了个电话，说今晚要在学校里补课，10点多钟才能回家。

"你经常这样欺骗妈妈吧？"

"哪儿的话？我妈是天底下最好的女人！也最最漂亮！"

两人说笑着到了地铁站。

周末的黄昏，往市区方向越发拥挤，没有等到座位，只得拉着扶手。好在司望已长得健壮高大，而她看上去比实际年龄小很多，没人看得出两人是师生关系，更像一对姐弟恋的小情侣。

"1995年，我发现你在课堂上抄写一首词——一片痴心，二地相望，下笔三四字，泪已五六行，但求七夕鹊桥会，八方神明负鸳鸯，九泉底下十徘徊，奈何桥上恨正长，肠百折，愁千缕，万般无奈把心伤。"

司望竟然背出了琼瑶阿姨在电视剧里写的词。

那几年流行一套琼瑶剧《梅花三弄》，其中有部《鬼丈夫》，是个疑似灵异的故事——女主人公以为深爱的男子已死，没想到若干年后，他的鬼魂竟通过诗词唱和与自己沟通，让她确信世上真的有鬼。

"'奈何桥上恨正长'——我只记得这一句。"

小枝也没什么顾忌了，周围的乘客都能听到，忽而被噪音淹没。

地铁到了体育场站，恰是演唱会开场前，他们先去便利店买些吃的，无非关东煮、茶叶蛋以及切片面包。场子门口早已人头攒动，小枝从黄牛手里买了两张票，居然是内场不错的位置。被人群推着往前走去，顺路买了荧光棒，她大声地在司望耳边说："我有十年没看过演唱会了！"

"我是十七年！"

几乎要贴着耳朵她才能听到。

走进汹涌喧嚣的内场，看着灯火辉煌的舞台，司望才像个高中生尖叫起来——同时尖叫的还有三十五岁的小枝，她讶异于自己第一次笑得那么花痴。

歌神身着炫目的演出服出场，先唱一首《李香兰》，接着是《我真的受伤了》。

欧阳小枝也舞起荧光棒，前后左右疯狂的观众间，竟有大半都是三十来岁，嫩成司望这样的尚不多见，而他看似更像AKB48的粉丝。少年扯开小公鸡的嗓子，随台上的张学友齐声歌唱，小枝吐出舌头做了个鬼脸。

感到有只手绕到自己背后，再用些力就要摸到骨头了，她没有抗拒，反而顺势靠在他身上。小枝头发间的香味，想必已充盈他的鼻息，几缕发丝沾在脸上，宛如丝巾缠绕脖子。

舞台上的歌声还在继续，《心如刀割》《一路上有你》《我等到花儿也谢了》……

将近两个小时，她的脸颊温热得像个暖水袋，紧贴着司望的下巴与耳根。

演唱会临近结束，张学友唱起一首申明死后才有的歌——《她来听我的演唱会》。

"她来听我的演唱会，在十七岁的初恋，第一次约会。男孩为了她彻夜排队，半年的积蓄买了门票一对。我唱得她心醉，我唱得她心碎……"

一阵秋风吹乱小枝的头发，她搂住司望的脖子，将头埋入他坚硬的胸膛。她是不想让人看到自己流泪？还是不敢再听台上催泪的歌？她将少年抱得如此之紧，以至于他透不过气来，只能在她的发丝丛中呼吸。

最后，歌声用一曲《吻别》给演唱会画上了句号。

她放开了司望，擦干眼泪看着他的脸，耳边全是四周大合唱的"我和你吻别在狂乱的夜"。少年的嘴唇靠近她，却停留在不到两厘米外，僵硬得如同两尊雕塑。

一曲终了，他始终没有触到她的唇。

她这才说出整场演唱会的第一句话："你，不是申明。"

半小时后，体育场内的人群散尽，只剩下小枝与司望两个人，坐在空空荡荡的座位中间，脚下是满地狼藉的荧光棒、饮料瓶与零食袋。

看着舞台上拆卸灯光设备的工人们，她把头靠在他的肩膀上，柔声道："嗨！"

"要说什么？"

"我——不知道啊。"

他把外套脱下来，盖到小枝穿着裙子的膝盖上："你冷吗？"

"一点点。"

她闭上眼睛，深呼吸几口："你知道吗？再过五年，我就四十岁了。"

"那时候，我也四十七岁了。"

她苦笑着摇头，重新睁开眼，看着秋天的夜空。

深夜，10点。

晚风肆虐呼啸，一片枯叶落在她脸上。

欧阳小枝将叶子咬到嘴里，竟生生地嚼碎了："当你急着低头赶路时，别忘了抬头仰望星空。"

他半晌都没反应过来，而她站起来说："回家吧，司望同学。"

第十八章

两天后。

周一上午，小枝正常地上语文课，并没有多看过司望一眼，而他也未曾主动找她说话。

下午却有了变化，班里女生们开始交头接耳，男生们也聚在一起哄然大笑。所有人都异样地看着司望，带着嘲笑、羡慕与嫉妒。他愤怒地抓住一个家伙，在钵大的拳头威胁下，才知道——上周五的张学友演唱会，现场居然也有隔壁班同学，意外目击到他与欧阳老师。

这消息在校园里不胫而走，让三个年级数百号学生都很兴奋。

欧阳小枝是在老师们的窃窃私语中听到的，有个中年妇女看到她走过，故意说得特别大声："现在的学生胆子真是大啊，居然敢跟女老师谈恋爱？哎呀，想想就恶心啊。"

整整一周，欧阳小枝的面色苍白，上课时心不在焉草草结束，再也没有同学去找她了，仿佛身染瘟疫，被全世界自动隔离。司望也没说过一句话，在走廊擦肩而过，还特意低头避开。每天放学她都早早回家，尽管知道司望躲在夹竹桃树丛中，看着她的背影走出校门。只有安老师还在跟着她，但被小枝冷漠地甩开，让他暴怒地脚踹大树。

好几堂政治课上，安老师突然把司望叫起来，全是些让人摸不着头脑的问题。

周五，他指着司望的鼻子问："世界究竟有没有鬼？若你心中有鬼，那么唯物主义又算什么？"

简直是精神错乱的问题！但在座同学们都明白，所谓"心中有鬼"指的是什么。

司望无所畏惧地凝视他的眼睛："世界上是有鬼的！别说我的心中有鬼，你的心中也有鬼，在座每一个人的心中都有鬼！只是你们看不到那个鬼，而我可以真实地看到感受到，那只鬼就趴在我的肩膀上，每天每夜每时每刻都在看着你们每一个人！"

话音未落，教室里已一片哗然。安老师的脸色也青一块紫一块，怒不可遏地拿起教鞭，重重地砸在司望的课桌上，狂暴地喊道："你这个小流氓，快给我滚出去！"

而他挺直后背站着，纹丝不动地回答："老师，你没有这个权力。"

"你不走？那我走！"

安老师竟然抛下书本，把教室门摔得山响而去。

同学们都炸开了锅，司望表面上安静地坐下，其实全身都在发抖。

几分钟后，班主任张鸣松把他叫到办公室，当场骂得狗血喷头，强迫他去给安老师道歉，司望摇头说："老师在课堂上向我提问，而我说出真实的内心想法，何错之有？"

"司望，你真的认为这个世界上有鬼？"

"有只鬼一直藏在我的身上。"司望露出中年男人的表情，"张老师，你相信吗？"

年近五旬的班主任似乎被吓到了："其实，我不是你们想象中呆板的样子，多年来我一直在关心哲学与宗教，以及各种奇异的自然现象，包括鬼魂。"

"我明白。"

司望指了指他身后的那排书架，张鸣松的表情却变得奇怪："如果，你身上真的有某些特别的地方，我很愿意分享你的体验——作为班主任老师，我保证不会说出去的。"

"我只是随口说说，这就是我的世界观。"

"好吧，但我相信，你是个有秘密的人。我一定会挖出你的秘密，立此存照。"

"张老师,我能回去了吗?"

"你去给安老师赔礼道歉吧,我可以既往不咎。"

但是,张鸣松自始至终没提到过欧阳小枝,想是要给女老师留些面子。

这天深夜,她刚躺到床上,就收到司望发来的短信:"对不起!我去向安老师赔礼道歉吧,就说是我在演唱会现场与你偶遇的,然后你摔倒后被我扶了起来,才会让同学误以为我们靠在一起。"

欧阳小枝紧紧捏着手机,几乎要把屏幕捏碎,熬了半小时才回复:"司望同学,记住无论遇到什么事,都不要强迫自己撒谎!"

"小枝,整个学校都在看着我们,已到了风口浪尖,真不知该怎么办了。"

"别管他们!更不要因此分心,你要好好地读书,听老师们的话哦!"

"你喜欢过我吗?"

收到这条短信,小枝再无回音,想必那个孩子也一夜无眠。

第十九章

12月,空气都快要结冰了。

申敏读高二了,近来看了本书叫《可爱的骨头》,美国女作家写得催人泪下,关于一个女孩死后成为鬼魂,却始终飘荡在人间,看着杀人凶手以及自己的家人,却无能为力的故事。

爸爸早就不是检察官了,在家里仍然异常严厉,申敏有件事不敢让他知道,那就是她谈恋爱了。

那个男生是其他高中的,从未见过他穿过校服,头发剪得很酷,像电视上又蹦又跳的韩国明星。他的手机换了好几部iPhone,说话腔调也很得涉世未深的小女生欢心,总之就是几句话能要到电话号码,几顿饭就可能骗上床的那种——幸好申敏还没到这一步。

他们常在街边的麻辣烫见面,隔壁就是五一中学,对面有家荒村书店。申敏出落得更漂亮了,穿上校服是巧笑倩兮,美目盼兮。

周末,两人去电影院看了场贺岁片,晚上手拉着手出来,男生咬着她的耳朵说:"小敏,累了吧?我们找家旅馆休息一下吧?"

她已不是小女孩了,立即变了颜色:"不!"

"好吧,那你早点回家,别让爸爸担心了哦!"

"再见!"

申敏还有些依依不舍,挥手作别上了公交车。

男生留在原地,打了个电话,又去便利店买了包香烟,叼在嘴里吞云吐雾,烧掉接连四五根,而在申敏面前一根都没抽过。很快有个女孩跑过来,也是与申敏相似的女高中生,打扮得更花哨些,姿色却差了许多。他大胆地将女孩搂在怀里,放肆地抽烟调情,在街上亲了几下嘴,便走进隔壁的钟点房旅馆。

临近子夜才从旅馆出来,他叼着烟东倒西歪的,手里还提着罐啤酒。街头几乎没有行人,突然有个健硕的少年冲出来。

司望的双目射出骇人的光:"喂!站住!"

"你谁啊?"男生向他喷出一团烟雾,"滚!"

女生也满口酒气地说:"神经病!"

"姑娘,不想惹麻烦的话,就早点回家吧。"

昏暗的路灯下,他把男生嘴里的烟头拔下来,这女生不是蠢货,苗头不对就先溜号了。

"找死啊!"

男生猛然推了他一把,司望纹丝不动地站在原地,就像推到一堵石墙上。

"我不想对你动手,只想要警告你,请不要再与申敏见面。"

"哦——你是小敏的同学吧?暗恋着她又不敢说,就天天玩跟踪,真是可怜!"

"我是她哥哥,还有——不准叫小敏!"

男生不知死活地打出一拳,司望轻松地用左手挡住,右手给他来了个直拳,正好砸中鼻子。随着鼻血喷溅而出,他躺倒在地,却又吃硬地站起来。紧接着给他一记勾拳,再附送一枚摆拳……他只剩下喊饶命的力气了,好在司望还没用腿,否则就得在医院里躺几天了。

"记住了吗?如果再让我见到你和她在一起——你懂的!"

有人路过也绕道而行,没人敢来管这种事。司望飞快地离去,以免被警察撞上。

自此以后,这个混蛋从申敏的世界中消失了。

第二十章

"如果还有明天?你想怎样装扮你的脸?如果没有明天?要怎么说再见?"

她时常有种感觉——这首歌是1995年6月19日深夜10点,申明老师被杀后变成鬼魂的瞬间,脑中闪过的最后一段音乐。

2012年12月21日。

玛雅历法中的世界末日。

深夜,三十层的顶楼,可以俯瞰小半个城市,窗外是接近冰点的空气。男生的山寨手机响彻着"如果还有明天",却早已不是1990年的原曲，而是信与薛岳的混音版本。小枝双腿盘坐在窗台上，口中的热气不断地呵在玻璃上，化作一团团模糊的白影。他把手指戳到白影上，先画出一个猫咪的形状，又给猫戴上一副眼镜。

"司望同学，不准淘气！"

她又给玻璃呵上一团白气，转眼吞噬了小猫。

"我是申明。"

"今夜，我让你到这里来，与申明没有关系。"

这是欧阳小枝独自租住的公寓，一室一厅的小房子，收拾得干净而简洁。

他们有好多天都没说话，即便在课堂上看到，也无法四目对视。清晨，她收到一条司望的短信："小枝，我想见你，如果还有明天？"

恰逢周五，小枝拖到傍晚，天色已如午夜般漆黑，才把地址发给了他。今夜除了是世界末日，还是中国人的冬至日，亦是北半球黑夜最长白昼最短的一天。往年都是要去上坟祭奠亲人与祖先的。传说这是阴气最重的日子，入夜后常有鬼魂出没，每个人都要尽早回家。

司望接到短信就不回家了，半道出了地铁，关掉手机的电话功能，来到这间三十层楼顶上的公寓。

"上午，你的班主任张老师找我谈过话了，让我不要再跟你有任何私下接触，哪怕在教师办公室也不行。"

"张鸣松？"司望用指尖在窗玻璃的白气上画出一条狗，"他凭什么？"

"下午，校长也找我谈过了，说的是相同的话，这是学校党委会讨论的决定。"

"每个人都这么说吗？"

"包括所有的老师与学生，很快你妈妈也会知道的。"

"可这有什么意义呢？如果，没有明天？"

她又俯身给窗户吹上一团白雾："如果，今晚就是世界末日，那该多好啊——虽然，这不是一个高中教师该说的话。"

"小枝,那么多年了,你怎么还没有结婚?肯定有许多男人追过你吧?"

"你想让我回答什么?想说我一直没忘记申明老师?对他的死怀有内疚?你错了,对于十八九岁的少男少女,根本就不算什么!"

"你说谎。"

欧阳小枝捏了捏他的鼻子,仿佛他还是个小学生:"等你长到我这个年龄就会明白了。"

"别忘了我比你大七岁。"

"我警告过你——任何男人,一旦过分地接近我,他就会死的!"

"能告诉我原因吗?"

"其实,小枝这个名字,是我自己起的。"

"叫什么名字不重要,比如我既是司望,又是申明。"

"我——原本是个弃婴,被人在苏州河边的垃圾桶里捡到的。我不知道亲生父母是谁,也不知道自己是哪天生的,更不知道从几岁开始,我就跟着一群流浪汉四处漂泊,每天饥一顿饱一顿,直到差不多十一岁,来到南明高中对面的那片棚户区。我帮着大家捡垃圾为生,活在被所有人看不起的世界里。我因为饥饿偷了块鸡腿,就被你的同学们关进魔女区,要不是被你救出来,恐怕就在地底成为一具瘦骨嶙峋的尸体。"

"至今我仍记得你那时的脸。"

小枝把头靠在窗玻璃上,就像飘浮在空中:"那时我连名字都没有!虽然被关在地下那几天里,我有强烈的求生欲望,也非常感激你救了我的命。可是,当我回到流浪汉中间,继续每天要捡肮脏的垃圾,咽着又冷又硬的馒头,时不时还要挨打,我就怨恨你为什么要救了我?让我无声无息地死在地下岂不更好?这样所有痛苦就一笔勾销了。"

"你想死——所以?"

"对不起!那场火灾是我造成的!是我用一根火柴,点燃了屋子里的一堆垃圾,我只想把自己一个人关起来烧死,根本没想到还会有其他人遭殃。我只有十一岁，太天真也太愚蠢了，没想到火势蔓延，眨眼就不可收拾，把整片棚户区都点着了……"

她闭上眼睛，眼泪从两颊滑落，似乎又被烧得滚烫起来。

"那是1988年6月，晚上我们所有同学都出来了，消防车还没赶到，我听到烈焰中不断传来呼救声，便奋不顾身地冲进去——其实，我不是来救你的，而只是想冲进去，装作要救人的样子，哪怕烈火焚身也在所不惜。"

"你不怕被烧死吗？"

"我不怕！因为再过几周就要高考了，要知道那年头考大学有多难，何况我报考的是北大中文系，全国有几万个高才生在抢一个名额！面对大火的瞬间，我想若能见义勇为，哪怕只救出一个人，也许就能获得被保送的机会。其实，我才是最自私的人！高三的那段日子，我每天都在幻想这场大火，或者突如其来的一场洪水，让全校师生处于危险中，这样我就能奋不顾身地去救人，得到全市表彰……该说对不起的人，是我。"

"不，是你救了我。"

他看着窗下世界末日的芸芸众生苦笑道："我早就知道你的秘密了——当我把你从火场里救出来，你身上有盒用了一半的火柴，我悄悄地把它藏进自己口袋。而你当时对我说的话，目光里泄露出的恐惧，都告诉了我这个真相。"

"为什么不说出来？"

"我可不想看到你的人生被毁掉！还有一个自私的原因，如果你不是受害者，而是纵火犯的话，那么我救你就毫无意义了——谁会把见义勇为的荣誉，颁发给一个救了杀人犯的家伙呢？"

小枝同病相怜地摸着他的下巴："申老师，我记得在十七年前，你在南明路上的荒野对我说过——我们都是同一种人。"

"就像两颗流星，同时从遥远的外太空飞来，向着同一颗蓝色星球飞奔而来，却不约而同地撞上大气层，烧成灰烬与碎片。"

"申明，我还是得感谢你救了我。这件事引起了公众关注，有人报道火中救人的高中生，也有人关心孤苦伶仃的小女孩。有个军官来把我领养去了，因为他妻子无法生育。我成为军人的女儿，至少衣食无忧，第一次穿上新衣服，每晚都能吃到白米饭，不再遇到嫌弃与讨厌的目光。就在我刚到新家的第二天，养父就被紧急召去战场，等到我再次见到他时，已经是烈士遗像了。"

"小枝，我不需要知道这些。"

她就像对着空气自言自语："从此以后，我的养母开始疏远我，觉得我这个从火灾中死里逃生的野孩子，给她的丈夫带来了死亡厄运。但她毕竟是军人的妻子，领到许多抚恤金，而我也成为烈士子女，能享受各种优待。我重新获得受教育机会，八一小学破格招收了我。而我读书非常用功刻苦，短短几年间连跳几级，很快跟上同龄人的学历，直到考进市区的重点学校。后来，因为有小混混盯上了我，没事跑到学校门口来骚扰，我被迫转学到南明高中。"

"然后，我们重逢了。"

"我没想到你竟然会认出我来。"

"怎会忘得了？1988年，第一次在魔女区深夜的地底，第二次在南明路火焰中的小女孩。虽然，六年后你长成了漂亮的少女，完全变成了另一个人——除了眼神。"他轻轻地摸着小枝的眼角，隐藏两道皱纹，"我知道你是纵火犯，曾经放火烧死过那么多人，虽然并不是故意的。"

"如果这个秘密让别人知道，也许我会被关进监狱，至少不会是今天的命运。"

"柳曼知道了。"

欧阳小枝摇头叹息："我早该猜到。"

"1995年6月5日，就在她被杀前的那晚，在自习教室单独叫住我，说她已发现我和你的秘密——她说她是你最好的朋友，不过是个假象，其实她一直深深地嫉妒你，因为你的到来，她不再被大家瞩目，每个男生都悄悄地注意你，或许也包括她喜欢的人。"

"柳曼接近我的目的，装扮成我最好的朋友，原来是想要发现我的秘密？"

"我想学校里关于你的那些谣言，恐怕都是她故意散播的吧。柳曼说就在几天前，她查到了你的真实身份——原来是在1988年领养来的孩子，就是当年那场火灾唯一的幸存者，而将你从火场中救出来的人，就是我。"

"剩下的一切都是她的想象吧。"

"是，柳曼说出了她的推测——老师肯定喜欢小枝，我和你之间，作为班主任与学生，发生过男女之间的关系，我当然矢口否认！"

"事实上，我和你也从来没有过啊，我连你的寝室都没踏入过一步，申明老师。"

她说这句话时的神情，不知是欣慰还是遗憾。

"第二天清早，我发现柳曼死了，我——"

司望还要再说些什么，嘴巴却被小枝的手封住："什么都别说了。"

隔了许久，他才挣脱出来："十三天后，我也死了。"

"1995年，于我是怎样的时光啊？申明老师死后，我考入师范大学，毕业后就去西部贫困山区支教了，因为我跟那些孩子一样，都有过饥饿与失学的童年。"

"我不用知道你的过去，现在只剩下一个疑问——无论如何，都让我难以启齿，我害怕一旦把这个秘密说出口，你就会永远从我的眼前消失。"

欧阳小枝捂住自己的脸："我知道你在想什么！1995年6月19日，我为什么要约你在晚上十点的魔女区见面？为什么你会被人杀死，而我却爽约没有出现，难道仅仅是大雷雨？在你死后，我为何没有告诉学校与警方，反而要向所有人撒谎？"

"你还有事瞒着我吧？"

她不再回答司望的问题了，转头看着三十楼的窗外，这样一个寒风彻骨的夜晚，无边无际的城市灯火满天，不过是个销金窟罢了。

山寨手机依然响着"如果真的还能够有明天，是否能把事情都做完，是否一切也将云消烟散，如果没有明天……"

子夜，12点。

当他从接连不断地杀人的梦中醒来，已是12月22日清晨。窗外的钢铁森林并未变化，只是漫天遍野地飘着雪花。

果然，还有明天。

欧阳小枝站在窗前，已经穿上棉布睡袍，头发散乱在脸上，看着雪中的城市发愣。

忽然，她回头看少年的眼睛，双唇相距咫尺，却摇摇头："司望，请你走吧，你妈妈在等你回家。"

她在赶他走。

而他没再说出那句"我是申明"，一言不发地穿上衣服，走到门后抓着把手，最后看了她的背影一眼，就像团朦胧的烟雾，随时会烟消云散。

要怎么说再见？

司望已走在冰冷的雪地上，迎面飞来纸片般的雪花，末日余生后的城市，第一次让人感到亲切，就连踏雪的脚步也轻盈起来。

来到苏州河边，还是在武宁路桥上，他扒着积满雪水的栏杆，看着桥下滔滔的生死河，无数雪花坠入，转眼融化……

太阳升起，他才回到家里，惊醒了坐在门口的妈妈——何清影一宿未眠，眼眶熬得通红，仿佛老了好几岁。

"你去哪里了？"

面对妈妈近乎凶狠的目光，司望脱去外套倒了杯水，打开冰箱拿了面包充饥。

"望儿，我等了你一夜，还不敢给你的班主任打电话，害怕让他知道你夜不归宿会处罚你。我上公安局找了叶萧警官，他也是全城到处找你，后半夜还去了南明中学。"

何清影疯狂地抓住他的衣领,几乎要扯碎这件亲手给儿子织的毛衣:"你要是不说,我就死给你看!"

"我和一个女人在一起。"

终于,他轻描淡写地回答了一句,坐下来继续啃面包。

妈妈目瞪口呆,战栗许久,打了个电话:"喂,是张老师吗?休息天一大早打扰您了。我是司望的妈妈,我想告诉您一件事,昨晚我儿子彻夜未归,他说和一个女人在一起。"

电话那头传出张鸣松尖厉的声音,何清影把听筒紧贴耳朵,几分钟后沉默着挂断电话,缓缓地走到儿子面前,打了他一记耳光。

第五部

未亡人

你已化为幽灵

被人忘记

却在我的眼前

若即若离

当那陌生的土地上

苹果花飘香时节

你在那遥远的夜空下

上面星光熠熠

也许那里的春夏

不会匆匆交替

——你不曾为我

嫣然一笑

——也不曾和我

窃窃低语

你悄悄地生病，静静地死去

宛如在睡梦中吟着小曲

你为今宵的悲哀

拨亮了灯芯

我为你献上几枝

欲谢的玫瑰

这就是我为你守夜

和那残月的月光一起

也许你的脑海里

没有我的影子

也不接受我的

这番悲戚

但愿你在结满绿苹果的树下

永远得到安息

　　　　　——立原道造《献给死去的美人》

第一章

2013年的第一天。

叶萧独自坐在黄海警官家里,看着小房间里墙壁上,那幅用红色墨水画出的人物关系图。这套房子空关了两年多,至今没能卖出去,所有案件资料早被运走了,唯独墙上的涂鸦还完整保留着。

中间那个大大的"申明",历经十八年的岁月,即便屋子主人早已死去,依旧鲜艳而不褪色,宛如一腔从墙缝里渗出的血。

申明遇害的这天晚上,除了被他杀死的教导主任严厉,还有几个相关的人在附近:

第一,路中岳,他也是申明在南明中学的高中同学,案发时是南明钢铁厂的工程师,当晚他正在厂里值夜班,有值班表为证。路中岳后来娶了申明的未婚妻,成为谷长龙的女婿。2006年谷家破产案中,他扮演了极不光彩的角色,却又竹篮打水一无所有。他的前岳父上门寻仇,结果反被他所杀。不久遇害的谷秋莎,杀人凶手恐怕也是路中岳,动机则是谷秋莎对他实施了药物阉割,令他永久失去了生育能力。此人至今在逃,黄海警官在追捕他的过程中牺牲了。

第二,也是墙上有名字的——欧阳小枝,案发时她就读于南明中学高三(2)班,据说是柳曼最好的同学。是她第一个向学校报告,申明有可能在魔女区,从而使警方在三天后找到了申明的尸体。高考后她进入师范大学,十余年间销声匿迹,两年前回到南明高中,成为司望班级的语文老师。

第三,却是墙上没有名字的马力,从未进入过黄海的视线。叶萧排查过申明所带的高中生，发现这个人后来的履历中，居然有尔雅教育集团，职务是总经理助理，从 2005 年 8 月到 2006 年 1 月，恰好是谷家破产前最关键的半年。马力此后去了美国创业，不久回国结婚生女，离婚后回到本市定居。

还有谁？

申援朝喋喋不休的张鸣松吗？如今司望的班主任，也是南明高中的特级数学教师，警方已经证实，此人有充分的不在现场证明。

叶萧在笔记本上添加了一个名字——司明远。

他是司望的爸爸，2002 年神秘失踪，音信全无，被注销了户口。但他在下岗前是南明钢铁厂的工人，案发当晚是否回到工厂？目前没有任何证据，叶萧觉得没必要为此而去询问何清影——毕竟她是司望的妈妈。

司望。

无论如何，这个人肯定不是杀死申明的凶手，因为他在申明死后整整六个月才出生。

他正就读于南明中学高三（2）班，居然成了叶萧警官的朋友。他说自己就是申明，拥有死者全部记忆、性格与情感，甚至笔迹都完全相同——大概是吐出了那口孟婆汤的缘故。

但叶萧从不相信转世投胎这种事。司望的背后一定有更为可怕的秘密。

忽然，叶萧的手机铃声打破了空屋子的寂静，局里的同事打来的，告诉他在司望家附近，发现了一具尸体。

拆迁队在铲除钉子户们的房子，四周尽是轰鸣的推土机与砸墙声。许多人扑到拆迁队面前阻拦，结果被十几条大汉拖走，响着呼天喊地的哭声。而在其中一片废墟前，已站满了围观的居民。

这栋房子刚被拆除，大约是墙边天井的地下，挖掘出一具几乎破碎的骷髅——完整的头骨，到处散落的肋骨与大腿骨，都说明这是一个真实的死人。

叶萧爬过废墟，走到它身边蹲下来，几乎伸手就能触摸。两个幽深的黑洞看着他，似乎有无尽的话语要倾诉。

你是谁？

突然，感到有双眼睛在看着他，叶萧猛然回头，人群中有张少年的脸。

十八岁的司望。

第二天，关于这具尸体有了更多的消息——目前尚无法确认其真实身份，法医检验报告显示，这是个身高一米七六左右的男人，年龄在三十五岁到四十岁间，死亡时间大约在十年前。在死者的脖颈脊椎骨处，发现一处致命伤口，是被某种尖利的锥子刺入，可断定为一起谋杀案。而该栋被拆掉的房子，早已几易其主，警方正在寻找十年前居住于此的嫌疑人。

这天深夜，叶萧来到司望家的楼下，四周差不多被拆光了，只剩下一棵大槐树光秃秃地矗立着。

有个黑影蹿到一片废墟前，叶萧警惕地弯腰观察，这里平常就有许多流氓出没，何况是拆迁的危险时期。

寒冷的月光下，依稀照出司望的脸，跪倒在瓦砾堆间痛哭流涕。

"你在为谁哭？"

叶萧冷冷地站在他身后，少年一个激灵跳起来，向他飞出一脚泰拳的扫踢。

警官灵巧地避闪，一手抓住他的喉咙："是我！"

他慌张地挣脱了叶萧的手："我以为是拆迁队。"

"你最近怎么样？"

"糟透了！"

第一次看到司望如此沮丧的样子，蹲坐在残破的砖墙上。

"你还有很多事瞒着我，是不是？"

"叶萧，我会慢慢都告诉你的，但请你先帮我调查一个人好吗？"没等对方点头，司望自顾自地说下去，"1983年，安息路命案的幸存者,也就是那个报案的女孩,死者唯一的女儿。"

"为什么要查这个人?"

"求你了。"

一周之后,调查结果令人意外,这个女孩的档案消失了。叶萧走访了受害者的亲戚,这才打听到:当年幸存下来的女孩,原本是死者的养女,没人愿意接收她,结果被一对陌生的夫妇领养走了,从此再无音讯。至于女孩的照片,总共只留下来一张,十三岁那年学校拍的黑白照。

他把这张照片交给了司望。

第二章

2013年的春节来得格外晚。

路继宗十八岁了,两年前初中毕业,考上一所民办职校,本来说好了就业方向,要去广东的日资汽车厂做装配工,至少三千元的工资,却在寒假时接到通知,校长携款潜逃,学校关门大吉。

每逢冬天,这座山水环绕的南方小城,就阴冷得让人从骨头里颤抖。狭窄的街头充满垃圾,雨天溅满泥土,满大街都是《爱情买卖》或《最炫民族风》。家门口是钟点房小旅馆、网吧以及麻辣烫,他能叫出每个店主的名字与外号。他没怎么去过外地,哪怕连出省旅游的机会都不曾有过——除了十一岁那年,跟着妈妈去了趟大城市。

那次经历毕生难忘,第一次亲眼看到了摩天巨楼、车水马龙的高架立交桥,还有进出着奔驰与宝马的别墅,妈妈在他的耳边说:"继宗,你爸爸就住在这里,他会带着我们过上好日子的。"

他从未见过自己的爸爸。

打从生下来的那天起,他的世界里就只有妈妈与外公外婆,看见别的小孩都有爸爸,他才产生这个疑问,答案却是——你的爸爸在一个遥远的地方,他是个十恶不赦的混蛋,抛弃了你和你的妈妈,这辈子都不要再想见到他了。

七年前,路继宗才知道父亲的名字,那是一张身份证复印件,地址就在眼前,这栋有钱人的大房子,却早已人去楼空,只有个年轻女子留在门口。

她是爸爸的表妹,有张漂亮却冷艳的脸。原来爸爸已经失踪了,这栋房子也换了主人,没人能帮到他们,尽管她也给了妈妈几千块钱。

妈妈失望地带着他回了老家。

如今,妈妈在街头摆大排档维持生计,把儿子养到一米八的个头,眉骨上方的前额,有块浅浅的青色胎记。网吧对面的桂林米粉店里,有双眼睛正一刻不停地注视着他。

那是个中年男人,留着普通的发型,脸庞也很难让人记忆深刻,苍白的脸上没有半根胡须,很容易就在人群中被淹没,唯独额头有块淡淡的青色印记。

他刚吃完辛辣的牛腩粉,点起根烟看着马路对过,网吧的玻璃门后边,瘦高少年正目不转睛地看着屏幕,鼠标已紧握了两个钟头。

两天前,他坐着长途汽车,混在春运回家的人群里,第一次来到这座肮脏的小城。七年来,他没坐过一次飞机,自从火车票实名制后,他也没再上过铁路了。但他每隔一段时间,就花钱买别人遗失的身份证,年龄与相貌都与自己相仿,至少能住在小旅馆或出租屋里。他在许多地方看到过自己的通缉令,每次有警察走过身边,一开始惶恐不安,后来也就镇定自若了,顶多把额头胎记藏起来,反正颜色很淡不容易被察觉。

他在许多地方漂泊流浪,原来身上还有笔现金,耗尽后只能打工为生,饥一顿饱一顿的。他曾几度冒险回到那座大城市,甚至开了家小小的音像店，不过是以此为障眼法，做些违法的生意。三年前的深秋，有个男人突然闯入——他认出了这个叫黄海的警官，立即疯狂地往后逃去，当他冲到一栋还未完工的楼房，感觉后面的警察已掏出手枪，便不顾一切地飞了出去，哪怕当场摔死也比被逮住强。他居然跳到对面那栋楼里，黄海却坠落到了楼下。

他的名字重新出现在通缉令上，许多车站与银行门口又有了他的照片，数年来的逃亡生涯，已让他变成了狡猾的兔子，很难再让他犯下上一次的错误。

唯独有一次，他难得地坐了回公交车，却看到了一个奇怪的少年。

少年似乎认得自己，他也认出了少年。那次真的好险，要不是公交车正好到站，再加上车里实在拥挤，就要被那个叫司望的小子抓住了。

亡命天涯的路上，他不断回想人生，回想十几岁时那个女孩，高中时代同寝室的兄弟们，以及1995年的屈辱、嫉妒与仇恨。他不是没想过自杀，无数次站在楼顶或河边，想纵身一跃就此了结，大不了化作一摊肉泥，被当作流浪汉扔进火化炉，或被警方确认真实身份，上报为通缉犯畏罪自杀，案件告破。

他决定自己不能死。他不是没有这个勇气，而是事情还不能就这样结束。他心底最遗憾的是——这辈子就注定孤苦伶仃，不会再有一个孩子来延续我的基因了吗？

想起十八年前分手的女友，她可是大着肚子被自己打发走的，也是他强烈要求女人把孩子打掉，还给了一大笔钱作为分手费。

现在回想起来，他真想一刀捅死自己得了。

2013年的冬天，空气几乎都要冻成冰了。若不是在他的通信录里还留着她的一个地址，恐怕这辈子都不会来到这座小城。那栋破烂的居民楼前，他见到曾经卿卿我我的女子，早已变作臃肿的中年妇女。他几乎要忘了她的名字，现在清晰地涌上来——陈香甜。

昨天，四十岁的她带着个瘦长少年出门，看起来已有十七八岁，脸形与五官都有几分熟悉，只是眼神忧郁而死气沉沉。

少年的额头也有块青色胎记。

男人的心头猛然颤动,偷偷地打开这家的信箱,发现了孩子的名字——路继宗。

第三章

2013年,除夕。

没有空调与暖气的家里就像冰窟,幸好桌上有电磁炉的自制火锅,水蒸气让狭窄的房间有了温度。路继宗与妈妈坐在一起,吃着这顿简单却温暖的年夜饭,同时观看无聊的春晚直播。前几天开信箱时,发现被人翻动过,有封学校的通知被人私拆了,不知哪个王八蛋干的。

外面响起了敲门声。谁会在大年三十来访?妈妈的面色一变,喃喃自语:"难道——是他?"

她慌张地站起来,摸了摸儿子的脸,又赶紧照了照镜子,羞愧得无地自容,刺耳的敲门声还在继续。

路继宗已打开房门,黑暗的楼道外边,站着个穿大衣的女人,三十岁左右,长发披散在肩,浑身散发着寒气。

少年禁不住打了个喷嚏,后退几步:"我认得你。"

"是啊,没想到你都长这么高了。"

"继宗!"身后响起妈妈忐忑不安的声音,"是谁啊?"

随后,陈香甜也看清了她的脸,立即从兴奋期待变成疑惑失望。

"请问你是?"

"我的表侄子还记得我呢。"

她走进正在吃火锅年夜饭的家里,仔细观察四处摆设,破烂的二手家具与电器显示，这是个朝不保夕的穷人家。

"你是——路中岳的表妹？"

女子露出温暖的笑容："你好，上次见面，还是在七年前吧。"

"大年三十的，你怎么来了？路中岳呢？他在哪里？"

陈香甜说了一长串问题，却得到最简单的回答："表哥依然没有任何消息，而我最近来这里工作，顺便来看望一下继宗。元旦那天，我给你发过短信，是你告诉我这个地址的。"

"哦，快请坐！就当自己家里，不嫌弃的话，一起吃年夜饭吧，你管我叫嫂子好了。"

"好啊，我叫小枝。"她也大方地坐下了，手里还拎着各种礼物，包括给路继宗的压岁钱，"这些年来，继宗过得怎么样了？"

"哎！这小子不成气候，读了个职校又关门了，现在在家里闲着，天天上网吧打游戏。"

路继宗始终一声不吭，低头捞着火锅里的燕饺，这才看着表姑的眼睛说："我想要出去打工赚钱。"

"出去长长见识也好，姑姑会帮助你的。"

"真的吗？"

路继宗的眼中露出兴奋的光。

一小时后，小枝留下新手机号就告辞了。陈香甜与儿子送她到楼下，她说还会时不时来看他们的。

周围是响彻天空的爆竹声，她在附近的小旅馆里守岁。

一个月前，南明高中宣布一项内部决定：欧阳小枝自动离职，根据其本人意愿，转去南方贫困山区支教。

她走的那天极其匆忙，司望还没追到学校门口，她已坐上了一辆出租车。灰暗阴冷的天空下，南明路上呼啸着刺骨的寒风，少年跪倒在泥泞的地上，她却不敢再回头看了。

第二天，她就踏上了南下的火车，今年春节又要在外面度过了。

她发出了一条短信——

"申明？如果你真的是申明，你就是世界上最幸运的人，请好好珍惜你现在的一切，忘了我吧，永远不要再见！最后，我真的非常感谢你。欧阳小枝，发自一个遥远的地方。"

随后，这个号码就停机了。

欧阳小枝选定这座小城，一山之隔就是贫困的苗族山寨，她找到一所中学支教，并要在此度过整个寒假。

当年，她留下这对母子的联系方式，是为了有朝一日能找到路中岳。七年过去，只有一个人能诱使他浮出水面，就是这个额头上有青色胎记的孩子——路继宗，他是路中岳唯一的亲生儿子，他与司望一样都是十八岁。

初春时节，她在苗寨里上课，在一大堆穷孩子的围绕下，终于可以暂时放下过去。可每每夜深人静，大山中如此清澈的月光，透过纱帐照到眼中，她就会想起1995年的春天。

十八年前，申明老师在南明中学的操场上，看着翠绿抽芽的夹竹桃念道："艾略特在《荒原》里说'四月，是残忍的'。"

小枝隐藏在篱笆花墙后说："老师，你说活着是残忍的，还是死了是残忍的？"

他被吓了一跳，摇摇头说："当然是死。"

"是啊，活着多好啊！多好啊……"

而她这才发现，申明的耳朵里插着耳机，那时流行的随身听"Walkman"。

"你在听什么？"

老师把一个耳机塞到她的耳中，随即听到清亮的粤语歌声，原来是陈百强的《一生何求》，她追看过一部TVB剧《义不容情》，就是这个主题曲。

"老师，从前我送给你的礼物，还在吗？"

"在。"

他只说了一个字，而且语气尴尬虚弱。

"你要好好留着哦。"

"对不起,小枝……我是你的班主任,你是我的女学生,私底下还是尽量少见面吧!以免其他同学误会。"申明退后两步,故意保持距离,以免闻到她头发里的香气,"为了考上师范大学,你必须全力以赴准备高考。"

"因为你快要结婚了是吗?"

"这是两回事。"

"老师的未婚妻,肯定很漂亮吧?对啊,许多同学都见过她的照片了。"

"你想说什么?"

"祝你幸福啊!等到你们举行婚礼的时候,我和同学们肯定会来参加的,到时候会送给新娘一串真正的水晶珠链。"

"是啊,秋莎是个好女人。"申明的目光有些怪异,盯着她的眼睛,"至于小枝嘛,你也会有结婚的那一天。"

"不,我永远都不想结婚。"

老师却已转身离开操场,小枝又在背后喊了一句:"早生贵子!"

"等到我死以后,不知道还有没有人会记得我?"

走进教学楼前,申明自言自语了一声。

两个多月后,他被杀了。

第四章

大年三十。

窗外隆隆的爆炸声中,何清影翻来覆去无法睡着,又听到一阵噼嘤的哭声,就像从地底传来的颤音。她起床披上衣服,走到儿子的木板床前,发现他正蒙着被子在哭。

她掀起司望的被子,抱着他冰凉的后背说:"望儿,现在谁也找不到欧阳老师了,你要怪就怪妈妈好了。在我像你这么大的时候,也曾经半夜在被窝里流过眼泪,哭得比你现在还要伤心。"

十八岁的儿子转过来,整个枕头都湿了:"妈妈,你还想着爸爸吗?"

"偶尔。"

司望没继续问下去,十一年前,大概也是此时,司明远从这个家里蒸发了。这些年来,有不少男人向她示好,也不乏有房有车、品貌端正、离异或丧偶的,但她一律拒之门外,包括黄海警官。

自从黄海殉职,荒村书店的经营越发困难,现在的孩子都不爱看书了,要不是淘宝店能卖些教辅教材,勉强维持都很难。司望不忍看妈妈辛苦,抽空就帮她看店,还提出要去外面打工,帮家里分担经济压力。但妈妈坚决反对,说还有些存款,足够他读到高三毕业。

几乎每个周末,清晨或子夜,家里都会响起神秘来电。何清影抢在儿子之前接起来,那边声音却中断了。司望请叶萧警官查过电话来源,是个未登记实名的手机号码,归属地在外省。他说不要太担心,只是普通的骚扰电话,也是拆迁队常用的手段,催促尽快签订拆迁补偿协议而已。

将近一年,周围许多房子已被拆了,每天回家仿佛经过轰炸过的废墟。有的住户是被赶走的,有的干脆就是强拆,不知闹过多少次。也有邻居找到她,希望一同为维护权利而抗争到底。何清影却放弃了抵抗,只与开发商谈判两次,就同意了拆迁补偿方案——区区几十万,就此葬送了老宅。

"妈妈,你怎么就答应那帮畜生了呢?"

司望有多么想念黄海警官,要是他还活着的话,哪能让拆迁队找上门来?

"望儿,别人家是人多势众,而我们孤儿寡母的,我不想再折腾下去了。"

"孤儿寡母?"他皱起眉头看着窗外,"爸爸真的死了吗?"

家里也找不到爸爸的照片了,记忆中的司明远越发模糊不清。

"你可不知道,他们会用多么可怕的手段!我不想让你受到任何的伤害。"

"怕什么?"司望后退几步,打了两个直拳与勾拳,再来一脚泰拳的蹬踢,"要是那些王八蛋再敢上门来,我就踢断他们的狗腿!"

"住嘴!"妈妈紧紧地抓住了他的手,感到儿子的肌肉紧绷,"望儿,你不要再练了!我可不想你变成打架斗殴的小流氓,那不是你走的路,妈妈只要你太太平平地过日子。"

"人不犯我,我不犯人!"

"你比所有孩子都更成熟,怎么不懂妈妈的心呢?我也早就受够这套老屋了——冬天漏风,夏天热得要命,空调没开多久就会跳闸,你也从不带同学来家里玩。打你生下来的那天起,妈妈没让你有过好日子,都没带你去外地旅游过。"

还是去年暑期,南明高中组织师生海岛旅游,她硬是挤出一千块钱,作为儿子自费的部分,也为了让他多跟同学来往,不要天天打拳变得性格怪僻。

"没关系,我早去过许多地方了!"

"是妈妈对不起你!而以我现在的收入,是一辈子都买不起房子的。我会在小书店附近租套公寓,让你住在漂亮干净、舒舒服服的家里,这也是妈妈很多年的心愿。而那笔拆迁补偿款,是将来供你读大学的费用。"

代价则是余生必将在辗转流离的房客生涯中度过。司望低下头来,静静地依着妈妈,听着她血管里的声音。

开春不久,何清影拿到了拆迁补偿款。这栋房子就要拆掉了,变成跟周围同样的废墟,两年后将成为一个高档楼盘。司望舍不得老宅,还有他在墙上画的樱木花道,窗台上刻的古典诗词。窗外那棵大槐树会不会被砍了?在这个狭窄的屋子里,有着他七岁前记忆中的爸爸。

搬家那天,东西并不多,许多垃圾早被何清影扔了——其中有不少丈夫的遗物。司望帮着搬运工一起抬家具,壮劳力似的忙前忙后,邻居们都说他越来越像当年的司明远。

晚上,母子住进了新家,在荒村书店附近租下的二居室公寓,装修与家具都很齐全,卫生间与厨房也都不错。司望第一次有了自己的卧室,妈妈给他买了张新的单人床。

几天后,何清影走进儿子的房间,替他收拾换季的衣服,司望突然掀开被子说:"妈妈,我为你梳头吧?"

"晚上梳什么头啊?"

"让我为你梳嘛,我还从没给女孩子梳过头。"

儿子什么时候变得这么会说话了?何清影欣然坐在镜子前,司望裸着上身爬起来,拿起一把牛角梳。他笨手笨脚地才梳几下,她就疼得直叫起来,又回头摸了儿子的胸口说:"望儿,你不冷吗?"

"不冷啊。"

想必是他平时打拳习惯赤膊,何况这些天也已转暖。

"妈妈是不是老了?"

"没有啊,你还年轻着呢,头发也像年轻女孩又密又黑,让我给你梳两根小辫子吧。"

"那对你难度太高了,让我想想看啊……我有三十年没梳过小辫子了。"

"十三岁吗?"

"哦……"

何清影欲言又止,却摇摇头沉默了下去,对她来说那一年是个禁区。

"你为什么从不跟我说起你的过去?"

"别梳了,妈妈要回去睡觉了。"

但她刚要站起来,就被司望一把按了下去,继续为她梳长发,俯身到她耳边:"不敢说吗?"

"望儿,你不是知道的吗?你的外公外婆,在你出生前就去世了,而我一直在邮政局工作,这就是我的过去。"

"再往前呢?你读的哪所中学?小时候住在哪里?有过什么有趣的事情?现在还有什么当年的朋友?"

"搬家的那天,你偷看了我的东西?"

儿子从床底下掏出本相册,套在一个防尘的密实袋里。相册的红封面发着霉烂味,翻开第一页是张已近褪色的彩色照片,有个少女穿着连衣裙,站在邮政学校的牌子前。

何清影当然认得——这是十七或十八岁的自己。纤瘦的胳膊压着裙摆,以免被风吹起。双眼望向远方,不知焦点在何处。真像当年的山口百惠。

后面几页大多是家庭照,从房屋格局与窗外景象,可以判断就是刚搬走的老宅。常有一对中年男女与她合影,自然是司望的外公外婆,却与何清影长得不太像。不过,她的照片并不多,总共不到二十张,并未发现亲戚以外的其他人。更没有司明远的照片,应是结婚前的相册。

司望又从床下翻出个铁皮饼干盒,何清影禁不住颤了一下:"这个也被你发现了?"

眼前这铁皮饼干盒的四面,同样也是《红楼梦》彩色工笔画,却是林黛玉、贾元春、史湘云、秦可卿,又是"金陵十二钗"。

司望用力掰开盒盖,涌出一股陈腐味道,倒出来的却是一盘磁带。

邓丽君的《水上人》,A面与B面各有六首歌——

01. 水上人 02. 情人一笑 03. 如果能许一个愿 04. 难

忘的眼睛 05.枫叶飘飘 06.恰似你的温柔 07.不管你是谁 08.只要你心里有我

09.有个女孩等着你 10.妈妈的歌 11.脸儿微笑花儿香 12.女人的勇气

二十年前的老卡带,何清影当然不会忘记,那是在她的少女时代,每天偷偷在录音机里听的。

"望儿,这都是我要扔掉的垃圾,怎么又被你捡回来了?"

"我还看到了你十三岁的照片,叶萧警官帮我找到的,虽然他不知道照片上的人就是你。"

何清影的面色一变:"十三岁的照片?在哪里?"

"南湖中学。"

"你搞错了吧?"

"路明月——你还记得这个名字吗?"

她的后颈起了鸡皮疙瘩,僵硬地摇头:"你太会胡思乱想了。"

"别骗自己!"儿子手中的牛角梳继续为妈妈梳理发丝,"我已发现你的秘密了。我还查到了出生年月,你和路明月出生在同一天,而你的个人档案从1983年开始,在此之前的全部失踪了——我从档案馆里查出来的。"

"住嘴!"

"同样巧合的是,路明月的个人档案从1983年就中断了,因为那年她家发生了一桩惨案,她的爸爸在家里被人杀害,而她是唯一的目击者,也是第一个报案者。"

"你到底想说什么?"何清影迅速挣脱儿子,就要向门外走去,"快点睡吧,晚安。"

她的胳膊却被司望牢牢抓住,就像逮捕一名犯人:"妈妈,你几乎从不跟娘家人来往。我今天找到了表舅的电话号码,冒充警察给他打了个电话,而他告诉我——你并不是外公外婆亲生的。"

"望儿,你听我说……"

"路明月!"儿子高声喊出这个名字,"这才是你的真名吧!"

一茎白发,从牛角梳齿间滑落,她却再也没有挣扎的意思了。

"不,路明月,是我的曾用名——而我出生时的名字,自己都快要忘记了。"

"因为,你也不是路竟南亲生的,不是吗?"

司望第一次说出了1983年安息路命案死者的名字。

"望儿,你一定要把妈妈逼死吗?"

"我是要救你。"

随着他低头吻妈妈的脖子,何清影放弃了抵抗。

"你早就去过安息路19号的凶宅吧?我就出生在那栋房子里——我的爸爸,也是你真正的外公,是一位著名的翻译家,在我四岁时上吊自杀,是我这辈子所记得的第一件事。不久,我的妈妈,也是你的外婆,也死了。我们的房子被一个叫路竟南的官员占据,他的妻子不能生育,但是个善良的女人,看到我孤苦伶仃、举目无亲,就把我收为养女。我的童年还算幸运,在安息路的大屋里长到十二岁。就在那一年,养母发现丈夫有外遇,一气之下投河自杀。从此,再没人能保护我了。"

"妈妈,你是说路竟南那个混蛋——"

"用混蛋来形容他还真是有点仁慈了!"

"你杀了他?"

"望儿,不要再问下去了!"

她几乎在恳求儿子,但已无济于事,司望继续在耳边说:"今晚,我又去过安息路,结合黄海警官保留的一些资料,发现1983年路竟南的被杀,不太可能是外人闯入作案的。当时确实有人翻墙的迹象,还有窗玻璃被砖头砸破,但大部分碎玻璃都在窗外,也就是被人从屋内打破的,导致案件难以定论。可是,绝对没人想到死者的女儿、现场唯一目击者以及第一报案人,居然会是杀人犯!"

"这只是你的推断,什么证据都没有,谁会相信一个成天打架斗殴的高中生呢?"

"妈妈,我不会对任何人说的!杀人案过去了整整三十年。"

终于,她一字一顿地说:"我承认,我杀过人。"

司望放下梳子,为妈妈擦去眼泪,低声耳语:"被害人就是你的养父路竟南。"

"因为,他是个畜生!望儿,你已经长大了,妈妈说的意思,你应该明白的。"

"不要说原因了。"

"没人知道他对我做的一切,也从没人怀疑过我。那天夜里,他喝醉了酒,就在底楼的客厅里,我拼命反抗,剧烈的扭打当中,靠近院子的窗户打碎了,我顺手拿起一块玻璃,划破了他的脖子——到处都是鲜血喷溅,我的脸上也都是,我把玻璃砸到地上摔碎,这样凶器也消失了。我打开门坐在台阶上哭泣,有人走过问我出了什么事,很快警察就来了……"

"没有第三个人在现场吗?"

何清影茫然摇头:"要是有人看到,我早被抓起来了吧——望儿,求求你了,不要再问了,你对妈妈够残忍了。"

第五章

清明。

申敏十八岁了,像春天的油菜花田般惹人怜爱。天空飘着小雨,爸爸带她刚给妈妈扫完墓,捧着纸钱与鲜花,来到郊外另一座公墓,这里埋葬着她从未谋面的哥哥。

令人意外的是，墓碑前蹲着一个男人，正在烧着纸钱与锡箔，雨水与火焰化作烟雾缭绕左右。

"谁在那里？"

老检察官高喝一声，对方缓缓回头，尴尬地站起来，就要逃走。

申援朝一把逮住他的胳膊："站住！你是阿亮？"

"对不起，我只是……"

"谢谢你！"申援朝一阵激动，紧紧地抱住他，"孩子，不用说了。"

高二女生申敏有些疑惑，将鲜花放到墓碑前，碑上刻着"爱子申明之墓"，下面是"父　申援朝　泣立"，还有生卒年月——1970年5月11日—1995年6月19日。

少年僵硬地被申援朝搂在怀中，双臂原本垂下，却不由自主地抬起来，也搭在他的后背上，跟他越抱越紧。

"我会亲手抓住那个恶鬼的！"

他贴着耳边轻声说，申援朝同样耳语道："如果，你是我的儿子，该多好啊。"

"爸爸，你别这样！"

女儿提醒了一声，雨水已打湿了他们的头发，她将伞撑到两人头顶，爸爸才把少年松开，干咳两声说："我知道你是来给我儿子扫墓的，他的在天之灵，一定会保佑你的。"

申敏使劲瞪了少年一眼，是她把哥哥的墓地告诉了他，她很害怕让爸爸知道，同时也在心里骂道：不知好歹的死小子，居然真的跑到墓地来了。

上个星期，她在五一中学旁边的麻辣烫店，独自吃得大汗淋漓，忽然被人拍了后背，回头却是个年轻男生。几个月来，她已对异性多了些警惕，刚要转头逃跑，却还记得这张脸，拍着心口说："哎哟，吓死人了！"

"哦,你还认得我啊。"

"你叫阿亮?"

"没错,小敏同学。"他指了指马路对面说,"每个周末,我都在那个小书店打工。"

"好啊,我会经常去买书的。"

"不要啊,老板娘很凶的,要是你过来跟我聊天,她说不定会炒我鱿鱼的。"

"好吧。"

她吐了吐舌头,少年过分老成地问道:"你爸爸还好吧?"

"退休待在家里,没事尽看些奇怪的书。"

"奇怪的书?"

"都是些关于杀人的——看封面就把我吓死了,我看他要变成精神病了。"

"你去给哥哥扫过墓吗?"

"初一那年开始,每个清明,爸爸都会把我拖去墓地。"

"能告诉我在哪里吗?"

申敏无论如何都想不到,几天后的清明节,这小子居然真的来墓地了。

蒙蒙烟雨中,申援朝把女儿拦到身后。他老糊涂了,才想起上次见到这少年,还是在一年前的今天,黄海警官的坟墓前——他看到了阿亮的墓碑。

"你——还活着吗?"

这是一个只适合在清明节的墓地中提出的问题。

少年不置可否地看着他,又看了一眼背后的墓碑:"除非杀害申明的凶手被绳之以法,我才会从这个世界上消失。"

"阿亮,若我看到的你,不是我的幻觉——"申援朝又摸了摸他的脸与头发,"不,怎么可能是幻觉呢?"

他回头神经质般地问女儿:"小敏,你有没有看到他?我是在跟一团空气说话吗?"

"不,我也看到他了。"

申敏恐惧地躲到墓碑后头,但又不敢当着爸爸的面说谎。

"是啊,你是活生生的人啊!如果我还能看到你的话,那么我的儿子申明——说不定也还活在这个世界上。今年,他应该四十三岁了。"

申援朝对着申明的墓碑跪下,给纸钱点上火说:"小明,若你还在这个人间,请一定要告诉我。"

趁此机会,少年悄无声息地从墓地溜走了。等到爸爸与妹妹抬起头来,才发现阿亮的幽灵已然飘散。

第六章

2013年6月19日。

申明的十八周年忌日,越临近晚上10点,张鸣松越发躁动不安。他索性脱去上衣,跪倒在一个蒲团上,在胸口画着六角星,还做出几个奇怪手势——据说这样就能让人的灵魂转世。

一年来,他最关注的是自己班上的司望,这男生居然与女老师有绯闻,导致欧阳小枝离开学校,张鸣松作为班主任也做了公开检讨。在校长与家长的要求下,他悄悄地观察司望,尤其在暑假这几天,发现这孩子整天在搏击俱乐部打泰拳,面对沙袋打得特别凶狠,直到双腿流满鲜血。

忽然,门铃响了起来。

今天还有补课的学生吗?他看了看日程表,确定没有其他人,又是哪个家长来送礼了?

张鸣松穿好衣服，收起地上的蒲团，随手打开房门，见到一张陌生的脸。

对方是个六十多岁的老头，面色阴冷地看着他。

"你是？"

刹那间，他似乎想起了这张脸，十多年前图书馆的某个下午，还有无数次在地铁上，在小区门口的绿化带里……

6月19日，晚上10点。

他刚想惊声尖叫，还没来得及关上门，对方拿起一根木棍，重重地砸在他头顶……

等到张鸣松苏醒，已是一个钟头后。

屋里拉着厚厚的窗帘，到处堆满了书，地板却收拾得很干净，家具也几乎没落一层灰。他蜷缩在卧室角落，手脚被捆住不得动弹，嘴巴用抹布堵着，额头上火辣辣地疼痛。

申援朝的脸色颇为凶恶，握着一根木棍，敞着衣领来回走动，就像个老屠夫。

"你终于醒过来了，真好啊！"他掐住张鸣松的脖子，使他的面孔涨得通红，"听着！我知道一松开你的嘴，就会乱叫引来保安，你只要点头或摇头就可以了，但不准说谎！"

张鸣松恐惧地点了点头，对方接着审问："你是个杀人狂，对不对？"

他猛烈地摇头，却挨了一记耳光。

"这个房间里贴着共济会符号，你以为自己是谁啊？美国总统吗？你是一个研究巫术与异教的变态，对不对？"

再度摇头，脑袋又被揍了一下。

"1995年6月19日，是你杀了申明，对不对？"

张鸣松几乎要把嘴里的抹布吞下去了，暴着青筋拼命摇头。

"还在撒谎！十八年了，我不能再等下去了——今晚，是时候了！"这位老检察官再次举起棍子，"既然你用刀子，那么我就用棍子

313

好了,或许更仁慈一些。"

就当申援朝挥动木棍,而张鸣松闭上眼睛、几乎要大小便失禁时,却响起了门铃声。

棍子被放到地下,张鸣松喘了一口气回来,确信并没有砸到自己头上。

申援朝像雕塑般定住了,门铃连续响了三次,他才无声无息地走出卧室,回到玄关的门背后。

门缝外传出沉闷的声音:"申检察官,你在里面吗?我不是警察,我是阿亮。"

"阿亮?你怎么会来这里?"

只隔着一道门,外面的少年低声说:"我是幽灵,可以到任何一个地方,今晚,我知道你会来找他的。"

"阿亮,这是我的事,与你无关,你最好快点离开。"

"我说过的——我会亲手杀了那只恶鬼,为我的爸爸报仇,如果你不开门,我现在就报警了!或者直接去找门口的保安。"

门,开了,虽然只是一道小缝。

缝隙里几乎看不到光,只能依稀分辨出一个模糊人影,少年抢进屋里,重新把门锁好。

申援朝后退几步:"孩子,杀人的机会,我是不会让给你的。"

"谢谢你,申检察官,你是为了不让我背上一条命,大不了你独自承担罪责。可我是个幽灵,我才不怕人间的法律!"

"你是怎么找过来的?"

"半小时前,我接到了你女儿的电话——她说你早上出门,到现在都没回来,你还留了一封信给她,说在十八年前的今夜,哥哥被一个恶鬼杀害,今天必须去复仇。"

"可我并没有说过要去找谁。"

"申敏是个好女孩,因为不知道才向我求助。她很害怕爸爸去杀人,而你已六十多岁了,肯定会有危险。但她不敢报警,不管你有没有真去杀人，都可能被公安局关起来。我立刻答应了她，今晚一定把你带回家。"

"你知道？"

"除了张鸣松，你不可能去找第二个人。"

话音未落，少年已闯入里间的卧室。

张鸣松看到他就心慌了，这不是自己的学生司望吗？居然跟歹徒是一伙的？

"你确定他就是那只恶鬼？"司望回头问老检察官，同时拉出张鸣松嘴里的布，幸好他只能发出嘶哑的声音，根本没有力气与胆量尖叫，"张老师，我来晚了。"

高中生蹲在班主任面前，仔细检查他身上的伤口。

"你是来救他的？你也认识他？"

申援朝瞪大了眼睛，拿起木棍准备砸他。司望毫无畏惧地站起来，从他手里夺过棍子，重重地砸到自己头上。

他的额头流血了。

这个白痴般的举动，让申援朝与张鸣松都看傻了。

"是的，我是来救他的。"

他任由鲜血顺着脸颊滑落，再淌到自己嘴唇里。

忽然，申援朝想起十八年前的此时此刻，申明的背后正血如泉涌，真想体验一下流血与死亡的感觉。

"孩子，你不是鬼魂，是吗？"

"幽灵是不会流血的，只有活生生的人才会感到疼痛。"他抹了一把脸上的血，果然面目狰狞，更像一只恶鬼，"被你绑起来的这个人，我跟踪调查了他三年，我相信他不是杀死申明的凶手。"

"你说话的腔调真像警察！"

"抱歉，我骗了你，黄海警官的亲生儿子阿亮，早就得白血病死了，只是我与阿亮长得非常像，黄海就把我认作了干儿子。我叫司望，司令的司，眺望的望，我爸爸叫司明远，我妈妈叫何清影，我就读于南明高级中学,这个暑期后就要读高三了,这个人是我的班主任。"

"可你为什么要这么做?"

"为了死去的黄海警官——他对我来说就像父亲。我看过所有的案件资料,杀死你儿子的凶手,另有其人!"

"凭什么?"

"我知道那个人是谁!"

申援朝沉默许久,身体终于软了下来。司望趁机替张鸣松解开捆绑,同时在他耳边说:"张老师,请不要做出报复或过激行动。"

"谢谢你!司望同学。"

他非常老实,不停地活动筋骨,躲在墙角,既不逃跑也不叫喊。

司望抱着跪倒在地的老人:"今晚,我来到这里,既为了救这个人,也为了救你——如果你把他杀了,那么你就成了罪人,甚至被判死刑,我可不想看到你被枪毙的那一天!如果你死了,你的女儿怎么办?"

"十八年来,每时每刻,我都在想着他,没有一分钟会淡漠,反而越来越清晰。这辈子我亏欠他太多,在他活着的时候从未偿还过,我只想通过替他报仇来赎罪,哪怕送掉我这条老命。他的脸……你不会明白的。"

"你错了,十八年的尘土太重,你已经不认得了。就算杀了这个人,申明也不会复活,放弃吧。"

老泪纵横的申援朝垂首道:"这句话,我劝了自己好多年。现在,终于要放弃了吗?"

司望把张鸣松扶起来:"张老师,他不会再给你造成危险了,但也请你答应我一件事。"

"请说吧。"张鸣松颤抖着抓着他,当作救命稻草,"你说什么都答应!"

"今晚的事,我代这位老伯向您道歉,他只是太想念自己死去的儿子。请当作什么都没发生过,更不要报警,好吗?只要你答应,司望愿意为您做任何事!"

"好，我答应，既往不咎，一笑泯恩仇！"

张鸣松到这时候说话还文绉绉的，司望低声说："感谢！我会报答您的！"

随后，他抓起老检察官："快走吧！"

顺便带走了那根木棍，以及捆绑张鸣松的绳子，这些都将成为罪证。

两人匆匆走出七楼的房间，趁着夜色离开小区，保安并没有太注意，以为这是来找张老师补课的父子。

拦下一辆出租车，司望准确说出申援朝的地址，晚上10点半——十八年前的此刻，申明已是一具尸体。

一路上，申援朝都没说话，他的头发凌乱，目光呆滞地看着黑夜，想象人被杀时的痛苦，以及死后无边的寂寞。

"请答应我，以后不要再这样做了——报仇这件事，就交给我来干吧。"

"可你还是个孩子。"

"其实，我早就长大了。"

不知为什么，申援朝忽然想起三十多年前。也许是人的年纪越大，年轻时的记忆反而越发清晰……

"其实，申明是我的私生子，他与申敏是同父异母的兄妹，而他的妈妈在他七岁那年就死了。"

"我知道。"

"记得有年五一劳动节，我还没有结婚，带申明去过一次人民公园。那是他小时候最开心的一天，坐旋转木马，买五分钱一个的气球，喝两毛钱一瓶的橘汁水……"

"我没忘记。"

"孩子，你说什么？"

老人疑惑地看着他的眼睛，司望却把头别向窗外，刺眼的路灯照进来，他脖子后面的毛发微微竖起。

317

车子开到小区门口,他陪申援朝走到楼下花坛前,四楼的窗台还亮着灯。要是申援朝不回来的话,申敏会等上一整晚的吧。

"十八年前,申明死后的七七那天,我还请过道士来窗前为他招魂。"

"你是坚定的辩证唯物主义者,怎么也信这个?"

"有人告诉我,我儿子遇害的那个地方,阴气极重,死后的鬼魂,将永远被困在地下,只有招魂才能把他引回来,至少可以在断七来看看我,随后就要投胎做个新人。"申援朝说得异常认真,不知是老糊涂了还是转了信仰,"我宁愿那是真的,宁愿还有机会再见到我儿子。"

楼道中,少年紧紧抓着他的手,正在出汗的微热手心,千真万确是活人的手心:"世界上没有鬼,请不要再寻找申明的幽灵了!"

说话之间,已到家门前,申援朝低头后退一步,想必是没脸面对女儿,还是司望替他按下了门铃。

申敏迅速打开房门,她先是看到了少年的脸,随后欣喜若狂地抱住爸爸。

当她将爸爸拖进家里,司望却飞快地跑下楼梯,申敏怀疑他真是个幽灵吗?

第七章

高考前的最后一个暑期。

同学们纷纷出去补课,或者请家教上门,申敏的学习成绩不错,也就没太为难自己。每周她都会与司望见面,他却不断打听爸爸的消息。出人意料的是，6月19日那晚过后，整个夏天平安无事，爸爸再也不出去乱逛了，每天清早在小区里锻炼身体，回到家练习毛笔字，有时跟几个老同事喝茶聊天，并像其他退休党员那样关心国家大事，一份《参考消息》、一张《环球时报》。

申敏总是以感谢他将爸爸救回来为由请他吃麻辣烫，有时买票请他看电影——谁能想到她是疯狂的恐怖片爱好者，黑暗的电影放映厅里，申敏浑身战栗地抱紧他的胳膊。

电影散场后出来，申敏请他吃了根雪糕，柔声说："爸爸说你不是幽灵。"

"对不起，是我骗了你们，我叫司望，司令的司，眺望的望。"

"我到底该相信你哪句话呢？"

"哪句都不要信。"

"骗子！"

话是这么说，她却靠得更近了，司望闪开半步："可我如果真的是幽灵呢？"

"我不怕。"

"该早点回家了。"

"明天，爸爸要去检察院开退休干部会议，你到我家里来玩吧。"

说出这句话，脸颊都已绯红，这是她第一次邀请男生到家里来玩。

第二天，司望一分不差地准点来访。申敏穿着一条粉红色的小裙子。司望不敢去看她的眼睛。

"学校里肯定有许多女生喜欢你吧？"

"没有啊。"

自从司望与欧阳老师的事在学校传开，就没有一个女生敢主动与他说话，男生们更是用嫉妒与嘲笑的目光盯着他。

他正盯着客厅里申明的遗像。

"我还从没见过哥哥呢。"

申敏露出忧愁的面容,他干咳了两声:"哥哥一直在你的身边。"

"是吗?你是说鬼魂?我可不怕了。"

"要是真有鬼魂——就好了!小敏,让我做你的哥哥吧。"

"为什么?"她微蹙蛾眉,"你只比我大一天。"

"让我保护你啊。"

"我不要。"

女孩拽住了他的胳膊,司望却一言不发地走到大门口,深呼吸说:"我该走了!我妈妈还在等我回家吃饭。"

"下个礼拜我再请你吃麻辣烫。"

"以后不要再见面了吧。"

他决绝地说出这句话,申敏的脸色一白:"为什么?"

"我还有更重要的事没做完。"

"你到底有什么秘密?"她一把揪住他的胳膊,"司望!"

司望迅速摆脱了她,飞快地冲下楼梯,看着小区花坛里茂盛的夹竹桃林,轻声答道:"杀人。"

第八章

2013年9月,高三学年。

张鸣松信守诺言,既没报警也没去找过麻烦,只是对司望更感兴趣了。这个男生愈加沉默寡言,每次看到班主任都特意回避。有天晚上,张鸣松从背后叫住他:"司望同学,你会打乒乓球吗?"

十八岁少年满脸茫然:"会一点,怎么了,张老师?"

"陪我打两局吧。"

乒乓球房在男生宿舍楼里，十八年前曾是申明老师的寝室，在他死后不久才改造的。

他掏出钥匙打开房门，乒乓球桌上覆盖一层厚厚的灰，好久没人来打过球了。

"你没来过吗？"

张鸣松挑选着球拍，司望平静地扫视四周："不，我来过。"

"什么时候？"

"上辈子。"

"哈，你真会开玩笑啊！"

他说着就把球发了出来，司望熟练地回了一球，结果让张鸣松把球打飞了。

"打得不错啊！"

两人乒乒乓乓打了几十分钟，还是张鸣松率先支撑不住了，毕竟五十出头了，满头大汗地坐在旁边，大口喝着饮料。

高三男生也出了不少汗，脱去上衣，露出结实的肌肉。

"司望同学，感谢上次的救命之恩。"

"没关系。张老师，你为什么不问我跟申检察官是什么关系？"

"天知道呢！"

虽然张鸣松摆出无所谓的表情，其实心里很想知道原因。

"他是我爸爸从前的好朋友，我经常去他家玩的，那晚是他女儿打电话给我，说他可能去你家了。"

"既然如此，你应该知道申明老师的事吧——1995年，他在附近杀了学校的教导主任，随后自己也被人杀了。"

"是的，申检察官就是他的亲生父亲。"

"他一直认为是我杀了他的儿子，这真是天大的误会啊！警方早就调查过了，若我真是杀人犯，现在还会是你们的班主任吗？"

"确实是个误会。"

张鸣松喘着粗气，看着布满蛛网的天花板说："你知道吗？就是这间乒乓球房,当年是申明住过的房子,学生们说这个屋子里会闹鬼,所以极少有人进来打球。"

"有人看到过申明老师的鬼魂吗?"

"也许吧!"

忽然,头顶的日光灯开始闪烁,一明一暗之间,加上窗外黑漆漆的走廊,似乎真有鬼魂来袭的气氛。

"他来了。"张鸣松依然面不改色,拍了拍少年的胸脯说,"快穿上衣服回寝室吧。"

深秋时节,天气越来越冷,路边梧桐片片凋零,枯叶穿过窗户缝隙,落到教室里。学生们拼命地复习,不断有人找上门来要求补课,几乎都被张鸣松推辞了。如今,他是唯一敢于接近司望的老师。

司望的手机响起来,铃声竟是张雨生的《我是一棵秋天的树》,张鸣松感慨地说:"我年轻的时候好喜欢这首歌啊。"

"听说是我出生前就有的歌。"

"但张雨生是在你出生后才死的。"两个人正好走过图书馆,张鸣松却把面孔板下来说,"司望同学,你最近的数学模拟考成绩很差啊。"

"哦,数学一直是我的弱项。"

"你需要补课了!"

司望停下脚步,看了看图书馆的屋顶:"好啊,这是许多人梦寐以求的机会。"

"今晚,我要在这里批改作业,但要10点以后才有时间,你就到图书馆来补课吧。"

随后,张鸣松径直走进图书馆。

管理员早就下班了,他独自坐在空荡荡的阅览室里,并没有什么作业可以批改,而是从书架上拿了本《天使与魔鬼》,随便翻了起来。

晚上10点。

司望果然出现了,还带着高中数学的辅导材料,张鸣松微微一笑:"好啊,不过这里有些冷,我们去楼上吧。"

"楼上?"

图书馆总共只有两层楼,所谓楼上就是那个神秘小阁楼了。

张鸣松带着他转到楼梯前,看着他犹豫的眼睛说:"你不敢吗?"

"不。"

司望率先爬了上去,张鸣松跟在后面,来到这个布满灰尘的阁楼,月光透过模糊的天窗,洒到少年的眼皮上。

他随手把门关了,这里的插销很变态,居然是从外面插上的,如果有个人偷偷跟在后面,两个人就都会被锁在阁楼里,要逃跑就只有打开天窗,从屋顶爬出去。

阁楼到处堆满了书,只有两张小椅子可供人坐,司望凝神看着四周:"张老师,我听说在十八年前,这里死过人。"

"嗯,是个叫柳曼的女孩,在高考前夕死在屋顶上,警察说她是在这个阁楼里,被人用夹竹桃的汁液毒死的。"

"凶手抓到了吗?"

"有人说就是不久后遇害的申明老师,谁知道呢?"

司望渐渐退缩到角落中:"我们不补课了吗?"

"先聊天吧——你是个很特别的孩子,自从两年多前第一次见到你,我就强烈感受到了。"

"每个人都这么说。"

"对于你跟欧阳老师的事,我感到很意外也很遗憾。"

沉默半晌,司望才回答:"我不想提这件事,或许再也不可能见到她了吧。"

"其实,你还是太年轻了,不知人世间有许多事,并非自己想要就能得到,有时人都不能真正地了解自己。"

"张老师,您是说?"

"你并不知道你想要的是什么。"

张鸣松绕到背后,缓缓靠近他的耳朵,几乎对着脖子吹气。

"老师……"

紧张地转回头来,张鸣松却离他更近,那声音酥得能让人化了:"司望,你是个漂亮的男生,有很多女生都喜欢你吧?其实,喜欢你的不只是女生。"

张鸣松的手摸到少年的脸颊,从下巴、耳根、鼻子,最后滑到嘴唇上,塞到他的嘴里。

"你不怕我咬了你的手指吗?"

司望居然还没有反抗。

"想咬就咬吧。"

虽然少年穿着厚厚的衣服,张鸣松却能闻到他身上浓重的汗味。

就在张鸣松的手要揽住他的腰时,司望如触电般弹开,冲出小阁楼消失了。

凄冷月光下,张鸣松若有所失地坐倒在地,抓着一把灰尘撒向空中。他掏出纸巾擦了擦手指,竟又塞到自己嘴里,仿佛还有少年口腔里的滋味。

他断定司望还会回来的。

第九章

2014年。

这年的冬天充满雾霾,站在南明中学的操场上也不易看清远方,有时从顶楼的办公室向外望去,图书馆阁楼宛在云雾之中。

张鸣松总觉得自己看不清那个叫司望的少年。

虽然上次在小阁楼里,这个高三男生慌张逃跑了,但之后并未刻意回避过他。几次张鸣松单独找他谈话，还能正常自如地对答。四下无人的时候，张鸣松会故意触碰他的手指，而他开头还往回缩一下，很快倒也大方地不躲了。

1月考试前夕，他收到司望的短信："张老师，今晚我到您家里补课好吗？"

"好啊，静候。"

这天晚上，张鸣松早早回家收拾了一番，打扫得一尘不染，却把窗帘拉得严严实实。他在浴缸里泡了个澡，喷上浓郁的男士香水。他照了照镜子里的自己，完全看不出已经五十岁了，更像是个儒雅的书生。

门铃响了。

猫眼里是个气宇轩昂的小伙子，张鸣松开门微笑道："司望同学，欢迎光临。"

"老师，晚上好。"

司望很有礼貌地走进来，这是他第二次来到这里，小心地注视四周。

上个月，他刚过完十八岁生日，法律上不再是未成年人了。

张鸣松拍着他的胳膊说："都比我高半个头了。"

屋里的空调开得又闷又热，张鸣松替他脱下外套："要喝饮料吗？"

还没等司望回答，他已从冰箱里拿出两听啤酒，打开来放到少年跟前。司望始终没摘下手套，反而推开啤酒说："不用了，我不渴。"

张鸣松又绕到他的背后，脱去自己的衣服，衬衫敞开露出胸口，贴着他的耳根子说："我们开始补课吧。"

突然，他的腹部一阵剧痛，简直要把肠子震断了，原来是吃了司望一记肘子。来不及反抗，腮部又被重砸了一拳，差不多牙齿要飞出来了。他摔倒在地，眼冒金星，手脚都无法动弹。

几分钟后，张鸣松被尼龙绳五花大绑，身上所有衣服都被扒光了。

司望阴沉着面色，十九岁少年宛如中年男人般可怕。他一只脚踩在张鸣松的身上，吐出粗鲁的嗓音："张老师，你看错我了。"

"对、对不起……司望同学，这是老师的不对，请你放了我吧，这只是私人之间的事情，你情我愿而已，我没有强迫过任何人。"

"我现在明白了——1988年，在南明中学男生寝室里上吊自杀的小鹏，是为什么才走上绝路的。"

"小鹏？"

"你还记得他吗？个子矮矮的，但面孔特别白净。"

"哦，是他——"张鸣松浑身上下仿佛都被针扎了，"你——你怎么知道他的？"

"在他出事前两个月，他总是找你去补课是不是？每次都是在晚上，经常子夜才回到寝室，从此他再也不怎么说话了，我们都以为是高考压力太大，却没想到是被你……"

"你究竟是谁？"

"我是谁不重要！重要的是二十多年来，你做过些什么？"司望从他的抽屉里，拿出一把修眉毛的刮刀，放到张鸣松的脸上蹭了蹭，"你不承认的话，我就在你的脸上刻几个字，这样只要你走到讲台上，学生们都可以看到了。"

"不要！"

"自从小鹏上吊自杀，那间寝室就没人再住了，从此空了许多年，直到申明老师再住进去，就是现在学校里的乒乓球房。从你带着我打乒乓球的那天起，我就想到了他的脸，想到他的尸体晃在我的眼前。"

"我承认！"

眉刀几乎已刻进了他的额头。

"说吧，也是在图书馆的小阁楼吗？"

"是，是我把他骗到那里去的，说是给他补课，其实就是——"

"说下去。"

"我答应他，只要听从我的话，就能提高数学分数，这对于他能否高考成功至关重要。但我没想到他居然想不开，就这么自寻死路了。"

"小鹏是个内向的孩子，哪受得了这样的委屈？而他又不敢跟我们说，更不敢告诉父母，就这么活活把自己害死了！"司望把眉刀收了起来，"还有谁？"

张鸣松喘出一口气："他是第一个，后来就没有了。"

"我不信。"

司望在屋子里翻箱倒柜，足足找了半个钟头，才在衣橱深处找到个暗格。打开来一看，藏着几个信封，按照时间顺序整齐地排列。

"申检察官说得没错——你真是个变态！"

他随便打开其中一个信封，张鸣松却发出绝望的吼声。

里面有几张照片，却是个光着身子的男孩，看起来不过十七八岁，照片角上显示着拍照时间：1992年9月，看背景还是在图书馆的小阁楼。

"果然是你的罪证！"司望打开下一个信封，"张老师，你的摄影爱好就是这个？"

这组照片里的男生有些眼熟，司望定睛一看，居然是马力！

拍摄时间是1995年5月。

他不忍心再看马力的照片，简直不堪入目。

张鸣松却在地上喃喃自语："要不是拍下了这些照片，他们在考上名牌大学以后，恐怕早就去告发我了吧。"

是啊，二十多年来受害的男生们，一想到这些照片就要做噩梦，谁都不敢把这个秘密说出去。

这个信封里还夹着一张纸条，司望拿出来念了一遍——

马力：

昨晚我藏在图书馆里，发现了你与张老师的秘密，我没想到竟会有这种事，但你应该是被迫的，对吗？我不希望看到你变成这个样子，请你悬崖勒马，如果你没有勇气的话，我会替你做的。

柳曼　1995 年 6 月 1 日

十九岁的司望反复念了三遍，这才冷冷地盯着张鸣松。

"你知道柳曼是谁？对吗？"事已至此，张鸣松知道自己彻底完蛋了，索性敞开来说了，"是马力把这张纸条交给我的。"

"然后，你杀了柳曼？"

张鸣松却苦笑一声："不，她是被人毒死的，而我怎么可能骗得了她？无论是柳曼还是申明，他们被杀的那两天晚上，我都有充分的不在犯罪现场证明。"

"我明白了，你不用再说了！"

"司望，你好漂亮啊。"

虽然在地上被捆绑着，张鸣松却直勾勾地看着他，露出某种奇异的微笑。

少年用骇人的仇恨目光看着他，眼里的火焰几乎要把他烧成焦炭。

"你很关心 1995 年，对吧？让我告诉你更多的事——因为很嫉妒申明老师，他年纪比我轻，资历也比我浅，论学历我是清华毕业的，丝毫都不比他逊色，可因为他做了大学校长的女婿，获得飞黄腾达的机会，而我到现在还是个高中数学教师。"

"因此，你在学校里散布了谣言？"

"关于申明与女学生柳曼有不正当关系，是我编造出来的。"张鸣松居然得意地笑了，"至于申明是私生子的秘密，是路中岳私下告诉我的。"

"路中岳？"

"他是申明的高中同学，他俩是最好的朋友，小鹏也是他们的室友。当时，我不知道他为什么要告诉我这个。后来，听说他娶了申明的未婚妻,我就完全明白了。"

"原来是他!"司望重重地一拳砸在墙上,回头盯着张鸣松,看着他那可怜与可恨的目光,"再见,张老师!"

司望最后检查了一遍房间,离开的同时带走了全部信封,包含不同年代的几十张照片。

他把张鸣松单独留在地板上,依然赤身裸体地绑着,虽然开着热空调,还是冻得流起了鼻涕。

张鸣松还不敢大声喊叫,若引来邻居或者保安,看到他这副尊容,人家又该作何想呢?他只能慢慢挪动身体,希望可以找到什么工具,帮助自己解开绳索。

可是,就算逃出来又能如何?所有罪证都被拿走了,这些照片明天就会被交给学校,或者交给警察,甚至被贴到网上——到时候他的人生就毁了,不再是受人尊敬的特级教师。当年早已毕业的男生们,必然会回头来指证自己。他将会被关进监狱,跟那些真正的强奸犯与变态狂关在一起,然后……

张鸣松想要自杀。

忽然,他发现司望走的时候,大门并没有关紧。

第十章

马力刚洗完澡走出浴室,手机铃声响起,却是个陌生的固话号码。接起来听到司望的声音:"马力,是我,司望。"

"大半夜的,什么事?"

"我刚从张鸣松家里出来。"

"哦?"听到那个名字,马力心头狂跳,强迫自己镇定下来,"怎么了?"

"我知道秘密了。"

窗外,飘起了雪。马力的手机几乎掉到地上,依旧心存侥幸:"你说什么?"

"你跟张鸣松之间的秘密,他已全部承认了——我看到了你的照片。"

这句话让他彻底无语,仿佛被扒光了衣服,跪在冰天雪地被所有人围观。

司望冷酷地补充了一句:"还有柳曼写给你的纸条。"

对方接着说出一个地址,马力听完后把手机关闭了。

深呼吸着打开窗户,看着飞雪从高楼上划过,伸开双臂看着黑夜的世界,隐瞒了十九年的罪恶,终于要暴露在阳光下了。真想就这样结束一切啊。

但在走出这一步之前,他还必须做一件事。

马力迅速穿好衣服,出门坐上保时捷卡宴 SUV,呼啸着开入泥泞冰冷的街道。他打开遮阳板里的镜子,看着自己刚过完本命年的脸。去年偶尔几次出入夜店,都有不错的斩获,但从没一个女人能在他家留第二晚。

马力想起了柳曼——高中时候,她总以政治课代表的身份,让马力帮她一起收作业与考卷,晚自习时缠着他解数学题。最亲密的一次接触,是 1994 年的暑期,柳曼请马力看了场电影,但他偏偏把另一位室友也拉上,结果让柳曼买了三张票。柳曼参加申明老师的死亡诗社,其实是为了跟马力多接触,尤其在魔女区的那次地下朗诵会。他并不是真的排斥柳曼,只是觉得自己的身体太脏,配不上冰清玉洁的女生。

第一次被张鸣松叫去补课,还是在高二上半学期,就在图书馆的小阁楼。他才明白传说中神秘天窗里的鬼火,都是张老师带人补课点起来的。当晚他手足无措,不知该叫喊还是反抗……

事后他大哭一场,虽然不清楚这意味着什么。张鸣松变态地拿出照相机,给他拍了几张照片,又语重心长地安慰他,宛如还在课堂上为人师表,说这只是在学习压力中放松身心的手段。

"马力同学,你是我见过的最漂亮的男生,你理应前程似锦,做得人上之人。只要你听老师的话,刻苦学习,遵守学校纪律,不要惹事生非,我就可以给你推荐,获得加分的资格,更有机会考进顶尖的大学。"

小阁楼里的灯光下,张鸣松的面目异常可憎。马力却像头温顺的绵羊,自从进入南明高中,他就只有一个梦想——考入清华大学,成为一个受尊敬的上等人。

张鸣松是清华大学毕业的,据说过去给好几个学生加过分,不晓得是否也如马力一样漂亮?一年之内,马力的加分手续都办妥了,代价是每周都要跟张老师"补课"到半夜。

终于,有一晚柳曼悄悄潜入图书馆,爬到阁楼的屋顶上,通过天窗缝隙,发现了他们的秘密。

柳曼想要单独找他谈,可是马力一直躲避着她,只能给他写了一张纸条。

收到以后,他完全崩溃了,便将纸条交给了张鸣松,这个男人面无表情地说:"你知道该怎么办。"

马力明白,绝不能让这个秘密被任何人知道,否则就会失去进入清华的机会,甚至连高考资格都可能被剥夺。

他是个从小认真读书的孩子,小学一年级起妈妈就陪他做作业,每次考试只要低于80分,就会被爸爸痛打一顿。他的父母都没什么文化,却是望子成龙心切,给他报了各种补习班,希望他能考上名牌大学。记得许多个寒冷的冬天,妈妈逼着他通宵复习功课,只为第二天能考个满分。马力最好的功课永远是数学,从小到大考过无数次满分。最让父母与老师想不到的是,他到了高二那年,受到班主任申明的影响，参加了学校的文学社。张鸣松也颇为生气，还与申明老师发生了矛盾。马力在赌气之下，还暗中加入了申明的死亡诗社。

几天内，马力独自安排好了杀人计划，他从学校大操场上的夹竹桃树里，提取了有毒的汁液，暗中调配成了毒药。

1995年6月5日，这天晚上他始终观察柳曼，发现申明老师与柳曼在自习教室里单独聊天。等到柳曼出来，无人的阴暗走廊里，马力突然出现，在她耳边说："今晚10点，我在图书馆的神秘阁楼上等你。"

于是，他忐忑不安地等在小阁楼，终于看到柳曼幽灵似的爬了上来。

柳曼劝他不要再跟张鸣松见面，更说要陪他去公安局报案，要把张鸣松这个败类抓出来。马力却无声无息地绕到她背后，戴上手套，拿出早已准备好的毒药，强行给她灌了下去。柳曼毫无心理准备，喝到肚子里一大口，都没办法呕吐出来。马力慌张地逃出小阁楼，把门外面的插销反锁。

柳曼敲打着阁楼的房门，足足过了几十分钟，马力蜷缩在图书馆的地板上，直到再也听不见楼上的声音。

这天晚上，他离开寝室的时候，在床底下点了支香，其中带有迷药成分，能让人睡得特别沉——以至于他偷偷跑出去杀人，又无声无息地回到寝室，未被室友们发现过。

第二天，清晨6点，他才看到横躺在图书馆屋顶上的柳曼。

刹那间，他吓得几乎灵魂出窍，第一反应是她还活着？

然后，申明老师爬到屋顶上检验尸体——马力又冒出个念头，不是大家都在疯传申明与柳曼有不正当的关系吗？何况昨晚他们确实单独在一起过，申明老师又是整夜都住在学校，他才是最大的犯罪嫌疑人吧？

于是，就在这天傍晚，趁着申明老师在食堂吃饭的空当，马力偷偷闯入他的寝室，在大橱顶上放置了剩余毒药的瓶子——这样就不会有人怀疑到自己了。

不久，警方搜查了这个房间，并将申明老师作为杀人嫌疑犯逮捕。

十三天后，申明死于魔女区。

他不知道是谁杀了老师。

但是，这个秘密埋藏多年之后，马力依然认为是自己捅了第一刀。

保时捷卡宴已停在张鸣松家的楼下，他坐着电梯冲上七楼，发现画有共济会标志的房门，居然留了道门缝没关紧，里面露出灯光与热气。

推开虚掩的房门，马力踮着脚尖走进卧室，才看到被扔在地板上五花大绑起来，赤身裸体的张鸣松老师。

"你是——"

那么多年未见，张鸣松忘记了马力的脸，而他自己的这张脸，却从未在马力脑海中模糊过，哪怕已过去了十九年。

"张老师，你还记得我吗？1995年，是你帮助我考进了清华大学。"

"马……"

"是，我叫马力，我的班主任是申明老师。"

张鸣松眯起眼睛辨认，略微点头："你怎么来了？"

"有人给我打了电话。"

"是司望！"张鸣松咬牙切齿地喊出这个名字，"他让你来救我吗？"

马力停顿片刻，却摇摇头："不，他让我来杀你。"

"什么？"

"杀死柳曼的人，难道不是你吗？杀死申明老师的人，难道不也是你吗？"

"想起来了，是你杀的吧？也是你陷害申明的吧——那瓶毒药？"

张鸣松在地板上扭动着雪白的身体，"不过，我可从来没让你杀过人！"

"那么多年来，我觉得最对不起的人，除了被我杀死的柳曼，就是申明老师！"他忍着没有流下泪水，出门时就已告诫自己，无论如何不能在张鸣松面前露怯，"当他的灵魂出现在我面前，当他附身在那个男孩身上，我就知道这一天终将到来，只是这十九年等得也太漫长了。"

"你说什么？申明的灵魂还在？那个男孩？"

张鸣松瞪大眼睛，马力却狂笑起来："是啊，他真的做到了！太了不起了！将你们这些抛弃了他，陷害了他，让他绝望无助，将他置于死地的人们，一个个都送入地狱！"

"司望？你是在说他？"

他不置可否地一笑，蹲在这个五十多岁的男人面前："张老师，十多年来我始终在做一个梦——就是杀了你。"

马力起身去了厨房，找到一把锋利的刀子："我真的好恨自己啊，要是早些年就能杀了你，或把你的丑事公之于众，就不会有更多的男生，像我的人生一样被你给毁了。后悔也来不及了，我以为只要能上得了名牌大学，就算受到天大的委屈也不算什么，其实我已经丧失了一切！"

刀尖，冰冷的刀尖，横在张鸣松的咽喉。

他的手指却在颤抖，无论如何都切不下去，虽然在梦中重复了无数遍，包括杀人后鲜血四溅的画面。

毕竟，毒死一个人，与亲手拿刀杀死一个人，感觉完全不同。

"该死！"

刀子却掉到了地上，马力抽了自己个耳光，将近二十年过去，怎变得越发懦弱？

"小子，不要手软，杀了我吧！"张鸣松哀求起来，"我的学生司望，他已拿到了所有证据，明天整个学校都会知道了，即便校长与老师们不相信,也会有人去调查那些早就毕业的男生,到时候只要有一个人说出口,就会全部暴露在光天化日之下。"

"是啊,要不是因为我是杀人犯,早就捅破了那层窗户纸!"

"被警察抓起来不算什么,我怕的是被学校开除,就像申明老师那样,被所有人抛弃——校长、老师、学生、家长……我是南明高中的特级数学教师,培养了无数的高才生,还有十几届的全市理科状元。我是全市教育界最大的明星,每个人都对我毕恭毕敬,哪怕是最傲慢的局长与区长,都想尽办法让他们的孩子来找我补课。"

马力咬破了嘴唇,重新捡起刀子:"我明白了,司望也早就明白了,你的弱点——名誉!"

"与其丢失名誉与尊严,遭万人唾骂,不如就这样死了干净!赤条条来,赤条条去吧……来啊,杀了我啊!你还是害怕了吧?所有漂亮的男孩子,都像女孩那样胆小吧。"

随着张鸣松挑衅般的怒吼,马力手中的尖刀割开了他的喉咙。

第十一章

春天。

潜伏在这南方小城有许多好处:第一是空气清新让人身体状态好了许多,尽管还无法恢复男人的能力;第二是可以在街边小店找到修电器的工作,电子工程专业的他可是行家里手;第三是这里看不到通缉令,不用担心被人发现。

许多个深夜与凌晨,他依然会从噩梦中惊醒,见到那张二十五岁的脸。梦见自己被这个人用刀刺死。鲜血在眼皮底下奔流,迅速染红整件衣服，倒在街头被众人围观，就像一条被车撞死的中华田园犬。

路中岳第一次见到申明，两人都只有十五岁。1985年的南明高级中学，记忆中无比荒芜，除了旁边的钢铁厂，似乎是被世界遗忘的角落。唯独教学楼与宿舍都是新的，那年头无数人打破头都要挤进去——中考成绩一般的路中岳，通过老爸走教育局的后门，多交了些赞助费，这才被塞进了南明高中。

申明刚来学校报到，穿着土得掉渣的白衬衫、蓝裤子，跑鞋都洗得发灰，书包一看就是旧的，很像别人用剩下来的那种。但他的目光很特别，尽管总是故意躲避别人，但只要一跟人四目相对，就会令对方望而生畏。

与其他同学相比，他的脸有些过分的成熟。

他们被分配到同一间寝室，六个室友中就属申明最为寒酸，身上只有几毛零用钱，平常连买根冰棍都舍不得。但他的功课确实好，读书极其勤奋，每晚在蚊帐里挑灯夜战。他的领悟力特别强，老师说的话一点就透，尤其语文与英语更是出类拔萃。除了年轻的数学老师张鸣松，几乎每个老师都很喜欢他。

相比之下，路中岳就寒碜许多了，若非理科成绩还行，恐怕都有留级的可能。

他却是申明最好的朋友。平时申明是个沉默寡言的人，只有单独跟路中岳在一起时，才有说不完的话，申明有句口头禅"来不及投胎吗？"任何时候路中岳遇到困难，申明都会出手相助。同样他经济拮据之时，路中岳也会慷慨解囊。

高二那年，他拖着申明去药水弄打台球，遇到流氓抢劫，申明帮他打跑了那些混蛋，头却被打破，血流如注。路中岳陪他去了医院，忙前忙后了一整夜，结果申明被缝了七针，回到学校只能谎称不小心摔跤。

那天晚上，申明双眼清澈地看着满天星斗，说自己从小没过过一天好日子，记忆里都是被人欺负，没有小朋友愿意跟他一起玩，就连写作业的铅笔都是外婆从东家要来的。考进南明高中，他才有机会每天吃到肉。

最后，他冷冷地说了一句："不甘心一辈子就这样过去。"

高考前夕，申明总是愁眉不展，他填的第一志愿是北大，将要面对全国成千上万的竞争者，心里毫无把握。

路中岳更在担心是否会高考落榜。

6月的某一晚，学校对面流浪汉的棚户区发生火灾，路中岳跟着同学们出来看热闹，没想到申明像个疯子样冲进火场，最终变成一团火焰冲了出来，结果救出了一个小女孩。申明得到了保送北大的机会，成为万中挑一的幸运儿。

高考过后，申明即将奔赴未名湖畔，路中岳留在本市的理科大学读书。在南明路上依依惜别，申明唱了一首李叔同的《送别》。

那是二十六年前的往事。

此刻，路中岳是一个逃亡的通缉犯，隐身在人群深处，回想这辈子所有的起伏坎坷，不都是拜这个死于二十五岁的好朋友所赐吗？

而他之所以来到这里，是为了另一个人——他叫路继宗，今年十九岁，是路中岳的亲生儿子，唯一的。

这辈子注定不可能再有了。

他在这座南方小城隐藏了一年，时不时观察陈香甜与路继宗母子。当年喜欢过的女子，早已不能再看了，差点被自己扼杀的孽种，却如同春天的野草般茁壮——最要紧的是，这孩子的相貌完全遗传自路中岳。

路继宗每天闲着，要么无所事事地看片，要么去网吧通宵打游戏，却给自己赚了几十把砍刀，直到妈妈揪着他的耳朵拎回来。他很少主动跟人说话，也没有朋友——除了游戏里的战友们。他总是低下头，露出额头上浅浅的青斑，冷酷地压着眼神看别人，令对方产生某种畏惧。有一晚，他在网吧里打 *DOTA*，旁边有个家伙骂了他两句，说他是没有爸爸的野种，妈妈是个烂货。他立刻变了个人样，宛如凶

337

神恶煞附体，冲上去痛打了对方一顿。那家伙是黑社会流氓，在小城横行霸道惯了，没人敢动一根毫毛，这回却被打得满地找牙，以后再也不敢出现在他面前。

多少次路中岳都忍住了冲动，不敢出现在儿子面前，担心只要暴露自己身份，就会招来杀身之祸。

有个女子偶尔会去路继宗家里，每次提着各种水果与礼盒。她看起来不到三十岁，穿着打扮看似朴素，气质却格外出众。她似乎很得路继宗的信任，两人有时会一起逛街。路中岳断定她不是本地人，而是来自某个大城市。他有几次悄悄跟踪那个女子，发现她是在城外苗寨支教的老师，又从寨子附近打听到了她的名字——欧阳小枝。

最近让他疑惑的是，快一个月没见过路继宗了，同时姓欧阳的女子也消失了。

我的儿子去哪儿了？

这个疑问憋了许多天，路中岳终于按捺不住，在某个春天里的深夜，敲响了陈香甜的房门。

"你是谁？"

将近二十年过去，这个女人早已认不出他来了。

路中岳低着头，把脸藏在门外的阴影中："你儿子呢？"

"啊？"这个中年女人顿时慌了，"继宗在外面闯了什么祸？"

他又往里走了一步，整张脸暴露在灯光下，尤其是额头上那块青色印记。

陈香甜后退半步，眯起眼睛盯着他，有些恍惚地摇摇头："你是——不可能！"

"就是我。"

反手把门关上，他小心地走入房间，屋里乱七八糟的，散发着油烟味。

"路中岳？"女人抓着他的肩膀，仔仔细细端详这张脸，又惊恐地松开手，躲藏到角落中，"冤家！"

"久别重逢，你不高兴吗？"

陈香甜浑身颤抖："我……我……只是没想到……"

"你以为我早就死了吗？"路中岳伸手抚摸她略显粗糙与松弛的脸，"有时候，我还是会想起你的——1995年，在酒吧里第一次见到你，那时候的感觉真好啊。"

"放开你的手！"

"那么多年了，你不想我吗？"

女人却打了他一个耳光："我恨你！"

"我儿子在哪里？"

他掐住了陈香甜的脖子，她喘着粗气说："一个月前，这孩子出去打工了。"

"去了什么地方？"

"就是我跟你认识的那座城市！他说在那里可以找到爸爸。"

"他是去找我的？"

路中岳下意识地松开手，女人痛苦地咳嗽几下："他一直想要看到自己的爸爸长什么样。我告诉儿子，他的爸爸额头上也有块青色的印子。"

"把他的电话号码给我！"

"儿子刚走不到几天，他的手机号就停机了，也没打电话回来过，我非常担心他！"

"不会吧！"路中岳焦虑地在屋里徘徊几步，"那个女人呢？经常来这里的年轻女人，她是怎么回事？"

"你是说小枝？她不是你的表妹吗？"

"表妹？"

路中岳根本就没有过表妹，难道是那个人？不，明显对不上啊。

"你有她的电话吗？"

"有。"陈香甜掏出手机，把小枝的电话号码报给这个男人，"我也打电话问过继宗的下落，小枝说她也不清楚。"

"她在说谎。"

就当路中岳要开门离去,陈香甜在身后低声说:"中岳,请你不要去找我的儿子。"

他转身狠狠盯着这个女人,发现她的目光在逃避自己——虽然,小城里没有他的通缉令,但陈香甜似乎知道他是个逃犯,从刚才认出他的那刻起,她就沉浸在恐惧与犹豫中。或许是欧阳小枝告诉她的?如果就这样离开,这个女人会不会立刻打电话报警?

路中岳转到陈香甜身后,抚摸着她的后颈说:"香甜,不管你有没有想念过我,但我时常还会想起你的好。"

"别说了。"

"当年是我抛弃了你,真的很抱歉!"

当他说完最后一个字,双手掐紧了陈香甜的脖子。

这双曾经杀过人的手,十指关节粗大有力,就像自行车的防盗环。

女人开始挣扎与反抗,双腿竭尽全力地乱蹬,窒息的喉咙深处,发出类似蛇爬行的声音,直到浑身抽搐、大小便失禁,横倒在肮脏的地板上。

路中岳后退半步,抽了根烟看着死去的陈香甜,忽然觉得她的死样好难看。

对不起,我儿子的妈妈。

他往尸体上掸了掸烟灰,拿起家里的固定电话,拨通陈香甜给他的那个手机号。

"喂,请问是欧阳小枝吗?"

"是我,你是哪位?"

对话那头响起个轻柔悦耳的女声,简直让人怀疑是女大学生,路中岳挂断了电话,凝视地板上的尸体。

第十二章

"更能消，几番风雨，匆匆春又归去。惜春长怕花开早，何况落红无数。"

欧阳小枝在操场上走了几步，回头对跟着她的女学生说。不到两个月后就要高考了，眼前的高三女生，总让她回想起自己的十八岁，尽管没人能猜出她的年龄。

"老师，你为什么喜欢这首辛弃疾的词？"

"春末夏初，是最适合死亡的季节。"

她的脖子上系着条紫色丝巾，迎风吹起满头长发，几根发丝蒙在脸上，被迫露出迷离眼神。

开春不久，欧阳小枝完成了一年的支教任务，告别南方小城与山寨里的苗族孩子，回到这座大城市。她被分配到市区的一所中学，担任高中语文老师，临时顶替带起了高考文科班。

"申敏同学，你干吗总是跟着我？"

"老师，你是个很特别的人。"

这个小女生对她尤感兴趣，大概到了思春伤逝的年纪，对欧阳老师如女神般崇拜。

"呵，每个人都这么说啊，无论男女。"

申敏提出了一个大胆的问题："老师，你为什么一直不结婚？"

"这么多年以来，心里始终有一个喜欢的人，但他无法娶我为妻。"

"难道他是有妇之夫？"

现在的女孩真是早熟啊，小枝苦笑一声："因为——他早已经死了。"

高三女生也面色凝重下来："我也有喜欢的人，但他也不能跟我在一起，因为他说自己是个幽灵。"

欧阳小枝咬着耳朵说："别相信男生的话！快回自习教室去吧。"

目送春天里小女生窈窕的背影，她捡起花坛边凋落的花瓣，顾影自怜地放到嘴边吹起，看着花瓣被湿润的风卷走。

她没有再与司望见过面，就连一通电话都没打过——他还不知道小枝回来了。

唯一担心的是，会不会哪天在街上跟他偶遇？

小枝也没有回过南明高中，有两次要经过南明路，也是特意绕远路避开。

下午4点，她穿着一身职业装离开学校，坐地铁来到市中心的老街区，路边有各种小店与餐厅，到了晚上尤其热闹，都是附近居民来购物与吃饭。

来到一家沙县小吃门口，招牌与门面还算干净，尚未到晚间饭点，几个伙计在聊天打牌，她坐进去点了碗云吞。

为她把云吞端上桌的，是个瘦高个的小伙子，欧阳小枝把钱放到桌上说："不忙的话，坐下来聊聊吧。"

对方愣了一下，双颊害羞地绯红，坐下说："姑姑，原来是你啊。"

"在这里的生活还习惯吗？"

"不错吧。"

男孩看起来不到二十岁，额头上有道青色印子。他穿着普通的夹克，头发被厨房熏得油腻，气色与精神都还不错，只是表情古怪，似乎有许多要说的话，临到嘴边又咽了回去。

"喂！你的漂亮姑姑又来了啊！"有个厨子开他玩笑，拍着他肩膀走过去，"他很喜欢这里，每天干活都很开心，也不知哪来的劲道。"

"继宗,真为你感到高兴啊。"

他害羞地搔搔头:"除了每个月两千块工钱有些少,其余都挺开心的,这些家伙对我很好,我想要再干一两年,就自己挣钱开个小店。"

"太好了,需要帮助的话,到时候姑姑可以借给你点钱,或者算我投资入伙也行!不过,我当老师的工资不高,最多只能出一万块哦。"

"嘿嘿!"

路继宗傻笑了一下,牙齿都露了出来,像个阳光的大男孩,已跟几个月前判若两人。那时他整天打游戏,动不动在街上跟人打架,身边也找不到一个朋友,回到家跟妈妈也说不上半句话,看陌生人的眼神,就像即将被执行死刑的杀人犯。

一个多月前,她把路中岳的儿子带出了小城,也是这孩子几次恳求的结果。他知道每天混在网吧打游戏等于慢性自杀,他做梦都想再去那遥远的大都市。他的妈妈也知道留不住他,就把儿子托付给了欧阳小枝——路中岳的"表妹",孩子的"表姑"。

路继宗第一次离开小城,坐上汽车再转火车,辗转十几个钟头抵达这里。小枝替他找到这家沙县小吃的工作,老板是个忠厚的福建人,替他解决了住宿问题。虽然,只能透过狭窄的窗户,望着摩天楼的玻璃幕墙。

他更换了手机号码,再也没有与妈妈联系过。他还关照小枝,如果妈妈再打电话过来,就说不知道自己的下落。欧阳小枝答应了这孩子的请求,她担心欺骗他的话,就可能再也找不到他了,此前一年的努力就付诸东流。

"继宗,我问你个问题哦。"小枝思前想后之间,已吃完云吞,看着少年额头上的青斑,"最近,周围有没有出现过什么特别的人?"

"没有啊。"

他皱起眉头想了想,茫然摇头。

"如果有什么奇怪的人来找你,或者遇到特别的事情,请一定要立刻给我打电话!"

"好,我记得。"

忽然,路继宗显得有魅力多了,明天隔壁拉面店的女孩就会找他玩。

这少年,不过是她的诱饵。

第十三章

2014年6月6日。

十九年前这天的清晨,柳曼被发现死在南明高中图书馆的屋顶上。

周五晚上,不到9点,街头分外凉爽,叶萧穿着一身利落的便装,独自坐在街边的大排档,吃着炒米粉与海带子。

远远看到司望在过马路,这个少年的身躯越发雄壮,相比第一次见到时的瘦弱男孩,早已不可同日而语。虽然那小子离开了贫民窟,却依旧经常跟人打架,在南明中学自然无敌手,而新家的街坊邻居们,看到他也会退避三舍。也只有他敢半夜在外闲逛。凡遇到小流氓欺负人,或公交车上的扒手行窃,司望就会上去暴打一顿。可他无论怎么英勇无畏,都不能成为英雄好汉,反而被当作不良少年。

他没听说过"周处除三害"吗?

若非叶萧几度出面,这孩子早被抓进派出所,通知学校开除了吧。叶萧每次都严厉地警告他,甚至脱下衣服单挑一番,结果是,司望被打倒在地,或成为人体沙袋,偶尔警官也会挂彩。

司望向老板娘要了串牛板筋，坐在叶萧面前说："我是从家里逃出来的。"

"你妈妈要是知道的话，会打断你的腿！"

明天是高考第一天，所有考生都关在家里复习，只有司望打电话约叶萧出来吃大排档。

"没什么好担心的，我倒害怕将来三天控制不住，一不留神考个全市文科状元啥的。"

"祝你高考成功！"

"我不是跟你来聊这些的！"司望打断了他的祝福，目光阴沉下来，"这几天，好像有双眼睛在背后盯着我。"

"谁？"

叶萧习惯性地扫视四周，黑夜里的大排档，挤满了下夜班的人们，以及附近夜总会的小姐。

"不知道，我有一种感觉——他是路中岳。"

听到这个名字，叶萧的眉毛往上扬了扬，毕竟曾有位资深警官为了抓捕他而牺牲："他有这个胆量吗？"

"我想，最希望他出现的人就是你吧。"

"话倒是没错！"叶萧捏碎了手中的一次性杯子，"我没有记错的话，再过十三天，就是申明的十九周年忌日。"

"1995年6月19日，晚上10点，魔女区。"

"路中岳是我遇到过的最狡猾也最走运的通缉犯，他不会蠢到选择这一天来自投罗网的。"

"但我一直在等待这一天。"

看着少年凶狠的目光，叶萧抓住他的胳膊："小子！你要听我的话！等到6月19日，你哪里都不要去，就乖乖守在家里，保护好你的妈妈。"

"你呢？"

"虽然明知道那家伙不会出现，但我仍然会去南明高中，去废弃工厂的魔女区。"

"别说这个了，问你另一件事，马力判下来了吗？"

"今天上午，市中级人民法院刚做一审判决。"

叶萧一大早就去法庭旁听了，本案的侦查是他全程负责。今天他看到了柳曼的父亲，老头子在旁听席上异常激动，恰逢她女儿被杀整整十九年，要求立即执行死刑。

大约半年前，全市特级教师——张鸣松老师在家中遇害，杀人犯是他曾经的学生，也是被他送入清华的高才生，1995年毕业的马力。

案发当日凌晨，马力拨打110自首。他向警方交代了杀人动机，是张鸣松在1994年到1995年间，以补课的名义对其进行猥亵。同学柳曼发现了这个秘密，马力就在学校图书馆的小阁楼里，用夹竹桃的毒液杀死了她，第二天又将罪证嫁祸给申明老师。由于涉及1995年南明路的两桩凶案，叶萧警官审讯了杀人嫌疑犯。

马力异常冷静地说，他对于当年申明老师的死极其内疚，这辈子都在深深地悔恨。他早已对张鸣松恨之入骨，在深夜闯入他家，先是将其脱光衣服捆绑，最终用厨房里的尖刀割断咽喉。为何现场被翻得如此之乱？是要找到当年被张鸣松拍摄的照片，最后张鸣松说那些照片早就被他扔了，也可能已在外面传播，从而促使马力杀他复仇。

几天后，特级教师张鸣松的丑闻，飞速在南明高中及整个教育圈传开。不久，就有多位他带过的毕业生，年龄从二十五岁到四十岁，主动站出来揭开真相，承认被张鸣松猥亵过的男生共有五人，或许有更多的人将永远隐藏这个秘密。

然而，此案最关键的证据——张鸣松拍摄的那些不雅照片，却始终没有出现过。

叶萧与同事们反复勘察了现场，确认马力的供述基本属实，杀人凶器与被害人咽喉的伤口吻合，刀上沾满马力的指纹，他的满身血迹也属于死者，经鉴定无任何疑问，就是在杀人时溅到身上的。

不过，叶萧根据多年的办案经验，认为房门的痕迹存在疑点，似乎有人故意给马力留了门？虽然，马力一口咬定，凶案是自己一个人干的，却说不清捆人的尼龙绳从哪来的。开始说在网上买的，后来改口说从路边捡来的。

"你不觉得很蹊跷吗？"

叶萧把以上疑问说了一遍，反正案子都已宣判了。

"是有些怪啊。"

司望十九岁的眼神，出乎意料地成熟与冷静。

叶萧是在故意试探他，却无法拿出证据。何况在案发现场，并未发现第三个人的指纹或毛发。张鸣松家门口的楼道，没有安装过摄像头，保安也只对马力留有印象，其他人故意避开了摄像头，通过车库与楼梯来到现场。

"我查过马力手机的通话记录——最后一次接到电话，是在杀人前一个小时，来电号码是案发地附近的公用电话。马力解释说这通电话是有人打错了，我调查了道路监控录像，很遗憾这个电话亭是个死角，没能看到打电话的人。"

叶萧说这段话时，司望却保持着可怕的沉默。

"听着——马力这几年的通话记录都调出来了，其中就有你的号码，大约在两年前。"

"我是住在谷家时认识他的。"

"不错，马力曾经在尔雅教育集团任职，在谷家破产前夕，担任过谷秋莎的总经理助理。我专门询问过他，但他说当时你还是个小学生，不可能与你有私下来往。"叶萧停顿了一下，特意观察司望的表情，"我想向你证实一下，他是否说谎了？"

"我想先知道一点——今天法院的判决结果？"

"死刑。"

作为一个抓获过无数杀人犯的警官，叶萧郑重地吐出这两个字。

"马力一审上诉了吗？"

"他完全认罪,没有上诉,希望尽快执行死刑。市中院会在三日内报请市高院复核,最后报请最高人民法院核准。"

司望的嘴唇有些发紫,背过身去咳嗽几下,皱着眉头:"这个板筋的辣放太多了!"

"你还没回答我的问题。"

"既然是这个结果,我还有必要说吗?马力什么时候上路?"

"接到最高人民法院执行死刑的命令后,将在七日内行刑。"

"枪毙?"

少年狠狠咬下一口牛板筋。

"不,现在是用注射的方法。"

叶萧的这句话,让司望一不留神咬破了舌头,痛苦地捂着嘴巴:"悲惨世界!"

"什么?"

"凡是看过这本书的人,都会遭遇厄运,不是死于刀子,就是死于针管!"

第十四章

2014 年 6 月 19 日。

清晨,天还蒙蒙亮,司望悄然起身洗漱,镜子里十九岁的脸,已有几分成年人的样子,尤其这双黑洞洞的眼睛。

十天前,司望刚完成高考,几乎每门考试都是第一个交卷,在老师与学生们的瞩目中,面无表情地走出考场。

高考后的这些日子,他一直关在家里上网,看各种各样的恐怖片。何清影虽然有些担心，但总比他出去闯祸强，何况叶萧警官上门告诫过她，6月19日这天不准司望出门，无论他去哪里都要打电话通知警方。

昨晚，何清影坐在电视机前熬了一整夜，凌晨4点才撑不住睡着了。此刻，她在沙发上发出均匀的呼吸，如果再晚几分钟，天放亮些等她醒来，司望就没有出门的机会了。

他无声无息地走下楼，骑上自行车蹬出小区。梅雨季节的空气异常潮湿，让人呼吸都有些困难，许多地面还积着水，不晓得何时会再下雨。

司望买了两份蛋饼充饥，茫然看着街头早起上班的人们，自行车龙头犹豫几下，却转向了安息路的方向。

十分钟后，自行车飞驰到这条安静的小路，他用单脚点地眺望四周，路边的银杏越发茂盛，树丛掩盖着几座小洋楼的窗户，偶尔响起清脆的鸟鸣。

看着那栋沿街的老房子，窗里传出居民刷牙洗脸的声响。紧挨地面的半扇窗户，蒙着厚厚灰尘——他想起了尹玉，还有上辈子的老头。

忽然，司望转身看向街对面，那栋空关了三十年的凶宅。

安息路19号。

跨过狭窄的马路，生锈的门牌快要掉了，门前挂着铁链与大锁。四周没有半个行人，他翻过低矮的围墙，锻炼两年多的身手，翻墙什么的真是弱爆了。踩着凶宅的院子，司望心底泛起一股恶心感，下意识地抬头看着楼上。他从一个破碎的窗口爬进去，晨曦照进昏暗客厅，地上积满灰尘，相比上次来访没什么变化。

1983年，秋天的雨夜，他的妈妈何清影，在这里杀死了自己的养父。

墙上的符号与线条依然醒目，只是陈年血迹早已褪色。

他蒙着鼻子走上楼梯，发觉二楼窗户已被打开，凉爽的穿堂风呼啸而过，似乎扫去了不少尘埃与蛛网。

第一扇门还是肮脏的卫生间，第二个房间里有着尸体般的大床，直到最后一扇门——何清影童年时的闺房。

小心翼翼推开这扇门，心头跳起某种熟悉的感觉，就像1995年6月19日深夜。

二楼的魔女区？

转身要逃跑的同时，身后吹来一阵阴冷的风，某个人影已投射到对面墙上。

司望无处可逃，正要弯腰转身送出一记勾拳，铁棍已重重地砸到头顶。

似有某种金属在身体里。

天旋地转，他倒在肮脏的走廊上，鲜血汩汩地从额头涌出，直到流满自己嘴巴。

咸咸的，涩涩的，死亡的味道。

沉重的脚步声响起，在地板上震动着耳膜，司望努力要把眼睛睁大，却被血水模糊成一团红色，只见倾斜而浑浊的世界。

有人抓住司望的脚踝，将他拖进小房间，胸口与脸颊与地板摩擦，疼得像火烧起来。

眼前有个破烂的木柜，摆着几个赤裸的木头娃娃，那是妈妈小时候的玩具，一个个瞪大眼睛看着他——是娃娃把自己打晕的吗？

柜子旁边是小木床，铺着一张薄薄的竹席，还有枕头与毛毯。墙边扔着个行李箱，一大堆吃剩下来的方便面盒子、烧油的旅行炉和大桶的饮用水。

他用尽全力挪着脖子，再把眼球移动到极限，才看到墙边那面镜子，椭圆形的木头黑框，竟然已被人擦亮了。

终于，镜中照出一个人影。

二楼昏暗的房间，锈迹斑斑的镜面颇为模糊，当那人靠近镜子，依稀照出一张男人的脸。

"路中岳？"

牙齿之间微微颤抖，有些怀疑和不确定，又因嘴里含有大块血水，听起来含糊不清。

那个男人从镜子前转身，拉开厚厚的窗帘，探头往外面看了看。他从司望口袋里掏走手机，下楼去检查了一圈，确定周围没有其他人，这才回到二楼的房间。

司望额头的鲜血已止住了，只是脑袋昏昏沉沉，没有爬起来的力气。对方把他固定在一把椅子上，又找出一根结实的绳子，将他从头到脚捆绑起来。

终于，中年男人额头上的青色胎记，清晰地暴露在司望眼前。

他喘着粗气半蹲下来，凝神皱起眉头，目光里有些惋惜："终于又见面了。"

"你……你……果然还活着……"

司望说出每个字，脑袋都会剧烈疼痛，几乎就要爆炸。

"没想到，你竟会主动找上门来，要不是我做通缉犯的八年来，每一夜都风声鹤唳、草木皆兵，耳朵就像兔子般灵敏——或许被绑在这里流血的人就是我了。"

"你……在这里……等我吗？"

他托着司望的下巴回答："我可没那么大胆量！想起四年前的秋天，你带着那个警察来找我，真把我吓出了半条命。"

"为了黄海。"

司望闭上眼睛，自言自语。

"两个月前，我刚从南方回来。作为被全国通缉的老逃犯，我有三张不同的身份证，却还是不敢住旅馆。这栋小楼是我叔叔的家，差不多三十年前，他被人杀死在楼下的客厅，从此成了凶宅，再没人敢踏进一步——我想你或者警察，都不会想到这个地方的！所以，我感到非常好奇，你是怎么找过来的？"

"6月19日，你不会忘了这个日期吧？"

终于，司望能完整地说完一句话了。

"你真的以为自己是申明？亲爱的望儿，至少在那大半年里，我还是你的养父呢！你只是一个可怜的妄想狂，永远在撒谎的小孩子，被你身边的阴谋家控制着，比如你的妈妈何清影，比如那个叫马力的混蛋，为了夺取谷家的财产，同时也把我彻底毁了。"

"路中岳，你应该感激我才对——是我发现了你被谷秋莎药物阉割的秘密。"

果然触到了痛处，他凶狠地扇了司望一记耳光，又揉着少年的脸颊说："你都长到那么大了，有不少女生喜欢你吧？"

"真的，没想到你会在这里！上午，我先来安息路，对面有申明住过的地下室。而这栋沉睡的凶宅，曾经是我妈妈的家，这个小房间是属于她的，还有柜子上的这些娃娃。下午，我计划要去南明高中，等到晚上 10 点，就在魔女区度过——宛如申明的一生。"

"申明的一生？"路中岳古怪地笑起来，"小朋友，你的妄想症更严重了吧？在这个世界上，没有比我更了解申明的人了，甚至要比他自己更清楚。"

"你还知道什么？"

"1995 年的今晚，死在魔女区的地下，也许是他最好的归宿。"

司望这才恢复脸部肌肉的力量，摆出狰狞的表情："怎么说？"

"就算申明娶了谷秋莎为妻，就算他成了谷长龙的女婿，你以为他真能成为达官贵人？真能摆脱他那卑贱的出身？无论是谷家还是教育局，从来没有一个人看得起申明。他不过是谷长龙的一枚棋子，为了更放心地让他卖命而已，也可以随时一脚蹬开——1995 年，申明被当作杀人嫌疑犯以后，谷长龙不就是这样做的吗？这种事，早一年，晚一年，迟早都会发生。就算他不犯任何错误，光凭所有人的嫉妒，就足够死一千回！"

"谢谢你，告诉我这些……"

"在这个世界上，真正把申明当作朋友的，也只有我路中岳一个人！"

"你还把他当作朋友?"

"直到今天,我依然在想念,我最好的兄弟。"路中岳跪倒在地,对着墙壁忏悔,"对不起,申明,其实我一直为你而高兴,当你被保送进北大,当你说起未婚妻,当你成为一个受人尊敬的老师,我知道你快要出人头地了,不用再被人从骨子里瞧不起——但这个世界容不下你这等人,哪怕这辈子再努力,兢兢业业、如履薄冰,品学兼优、出类拔萃,到头来不过一场黄粱美梦!人的命运从出生起就注定了,如果一定要改变,就会粉身碎骨。你不知道,每个人都在私下说:'申明嘛,那个私生子、野种,在用人的地下室里长大,他也配?'"

"私生子这件事,就是你传出去的吧?"

"高中时代,我一直都对申明很好奇,不知道你是怎样的人?而你从没提到过自己的父母,更没带我们去过你家。有一次,我偷偷跟踪你,发现你寄人篱下住在别人家,你的外婆只是个用人。那天,有个中年男人来看你,悄悄塞给你一些钱,还对你说爸爸如何如何。后来,我才发现他是个检察官。"

"你就是这样挖出了我的秘密?"

"是啊,但我没告诉过你,因为我们是最好的朋友。假如,我把你是私生子这件事说出来,你最后的一点自尊心也会丧失,就会从此与我断绝关系。我可不想失去你这个朋友,因此我始终为你保密,包括对你。"

"但你终究还是说出来了。"

路中岳走到窗边抽了根烟,缓缓吐出蓝色烟雾:"1995年,你和谷秋莎的订婚仪式后,我第一次感受到嫉妒是什么。看着你接受所有人的祝贺,那些家伙虽然心里恨你,表面上却恭顺得像条狗,真恨不得趴到地上舔你的皮鞋!你很快就会拥有一切:地位、权力、财富,还有美女,只是不晓得能维持多久。而我呢?我的爸爸也是个官员,可我没多少出息,在快倒闭的工厂做工程师,天知道将来会怎么样。我们一起读高中的时候,从来都是我替你付钱,当我穿着新衣服到学校，你偶尔也会眼露羡慕——现在一切都反过来了。"

"我该早点考虑你的心情。"

"还有个原因——谷秋莎，自从在你的订婚仪式上见到她，想起我家与谷家可算世交，或许小时候跟她还见过。那天夜里，我梦到了她。然后，我强迫自己不要去想她，但越这样思念就越强烈。于是，我每夜都混在外面喝酒，就这样认识了一个女孩子——想想也算是有缘分，她为我生下了唯一的儿子。"

司望看着他光滑白净的下巴："你居然还有儿子？"

"是，他叫路继宗，跟你一样也是十九岁，是个漂亮高瘦的小伙子，会有许多女孩喜欢他的。"他情不自禁地笑起来，回头看到司望的眼睛，又板下面孔，"回到1995年吧，我对申明的态度开始逆转了，从心底里讨厌他，尤其当他还关心我的工作与恋爱时，我就希望他从这个世界消失。"

"于是，你四处散播申明是个私生子？"

"我只告诉了我们当年的数学老师张鸣松，但我相信告诉他就等于告诉了全世界，因为这个人在内心深处与我同样嫉妒着申明。"

"你对申明干的绝对不止这些——比如那封所谓的亲笔信。"

路中岳把烟头掐灭："那封信是我写的！只有我能伪造申明的笔迹，因为我俩是最好的朋友，是不是很可笑？我串通了申明在北大的同学贺年，那家伙刚犯了错误而离京，调回本市教育局团委。我们秘密商量好信的内容，由我来执笔，由贺年上交给大学校长谷长龙。"

"是你杀了贺年吧？"

"不错，我与贺年共同陷害了申明，而我成了谷长龙的女婿，贺年只得到尔雅教育集团的高管职位。他认为我们之间分赃不均，扬言要把秘密说出来，因此对我敲诈勒索。于是，我杀了贺年。在他的吉普车里，我把尸体藏在后备厢，开到苏州河边最偏僻的角落。没想到过了两年，居然被你发现了——从此感到你是个可怕的孩子。"

"谷长龙也是你杀的吧？"

"我没想过杀他——是他来找我的麻烦,凌晨非法闯入,用刀对准我的胸口。搏斗过程记不得了,总之等我清醒回来,这老头变成了一具浑身是血的尸体。尽管是正当防卫,但我身上还背着命案,一旦落到黄海警官手里,早晚要被抓出来。我选择连夜逃跑,但到处是警察,去火车站之类的地方,都是自投罗网。而且,逃亡前我还想做一件事。"

"你要杀谷秋莎?"

司望的体力已渐渐恢复,胳膊稍微用力,反而越发疼痛。

"这辈子我最恨的人就是她了!不知不觉几年间,我的妻子居然阉割了我,任何男人都不会饶恕她的。我杀了她,这个自己不能怀孕,竟也不准丈夫生育的女人。幸亏在跟她结婚以前,我给另一个女人留下了种子,她居然为我生了下来——如果没有继宗,我不知道为何还要这样活下去!"

"于你而言最珍贵的——就是你的孩子。"

他又点起一根香烟,嘴唇有些发紫,"我惨到了这一步,整天过着老鼠与野狗般的生活,哪怕枪毙都比现在这样更好!可我要是死了,谁来保护我的儿子?他将永远变成一个没有爸爸的孩子,一辈子在所有人的歧视中活着,就像当年死去的申明——我可不想让我的儿子变成申明一样的人!"

"你会害死他的。"

"不,我会和继宗一起生活。"路中岳自顾自地笑了起来,"你不会明白的。"

"还有个问题,你怎么一下子把我认出来了?跟小学时候相比,连我自己都认不出自己了。"

"回到这个地方,我就白天睡觉,黑夜出没。我记得你原来的住址,跑过去才发现已成了工地。我用尽各种方法打听,还要避免被人看到我的脸,终于发现了你住在哪里。我悄悄跟踪你,比如两周前的晚上,你跑到大排档跟人聊天吃东西。"

"怪不得感到有双眼睛在盯着我。"

司望心里却是一万个后悔，当时干吗不叫住叶萧，立即在四周搜捕通缉犯。

"小朋友，我还是要感谢你陪我聊天——八年来，我第一次说了那么多话！"

"我不是小朋友。"

"我出门去找一个人，请你乖乖地坐在这里，再见。"

十九岁的男孩脱口而出："来不及投胎吗？"

这是申明高中时代的口头禅，路中岳心头一阵狂跳，表面上却不动声色，从行李箱中掏出一卷胶带布。

司望刚要挣扎，嘴巴就被胶带封住。路中岳拍了拍他的脸，检查过房间与窗户便离开了。

安息路 19 号，凶宅，墓穴般寂静的二楼，绳索与胶带的监狱中，司望发出疯狗般的鼻息声。

第十五章

2014 年 6 月 19 日，晚上 7 点。

天色渐暗，头顶聚着几层浓云，始终没有一滴雨落下来，潮湿的空气闷得让人窒息。

欧阳小枝一整天都没出门，就像所有暑期的老师，宅在家里准备旅行计划。正在犹豫要不要去南明路，就像两年前的今天，去给那个人烧纸钱，却害怕又会撞见司望……

忽然，她有些想他了。

摸了摸自己的嘴唇与脖颈,想起那个少年修长的手指,冰凉地滑过皮肤的触感。扑到卫生间的镜子前,看着她这张三十七岁的脸,明白无误即将变老的脸,或许再过几年,司望就认不出她了。

缓缓打开水龙头,异常认真地洗了把脸,抹上爽肤水与润肤液,用粉底涂抹面孔;打上少许眼影膏,毛刷清扫眼影粉,在上下睫毛画出眼线,再用睫毛卷扫两次;细心地扫过胭脂粉,用唇笔画出自然的唇形,几乎看不出痕迹,却能虏获年轻男人的心;最后,她拿起木梳整理头发,意外发现了一根白发,用力拔下来,发丝又如黑色瀑布流淌在肩头。

小枝带着几天前买好的锡箔与纸钱出门了。

这是她新租的房子,在郊区某个老式小区,入夜就没什么人气,连学校同事都不知道这个地址。走下黑洞洞的楼道,感觉一阵心慌,停下脚步侧耳倾听,似有一阵嘤嘤的哭声,她知道这是幻听。

来到楼底的走道,突然一只手蒙上嘴巴,还来不及挣扎,某种特别气味直冲鼻子,失去知觉的瞬间,闪过两个字——乙醚。

一小时后。

欧阳小枝在安息路19号凶宅中醒来。

脑袋依然昏昏沉沉,就像睡了漫长的一觉,又仿佛已死过一回,刚从棺材里睁开眼睛。她看到了一张中年男人的脸,面色干枯,下巴光滑,没有半根胡须,额上有块浅浅的青色印记。

八年来,她一直在寻找这个男人,期望杀了他。

小枝想要站起来说话,却发现完全无法动弹,手脚已被牢牢捆住,连同一把木头椅子。

她转头看到旁边的木床,还有对面木柜上,几个没穿衣服的古老娃娃——十岁前在流浪汉的垃圾场里,常会捡到这种被人丢弃的玩具。

最后,她看到了司望。

都长到十九岁了,越发结实与健壮了。不知高考成绩怎样?会考上哪所大学?他同样被五花大绑,头顶有大摊血迹,嘴上封着一卷胶带，面目狰狞地晃着脑袋，眼里全是惊讶与担忧。

"司望！"

她大声呼喊起来，却被路中岳掐住脖子，痛苦地咳嗽几下。司望几乎要疯狂了，胶带底下渗出鲜血，大概是咬破了自己的舌头。

"欧阳小枝，我用了几个星期，刚查到你的下落。在你家楼下，我潜伏了整整一天，真担心你会不会到明天都不出门。果然你的锡箔与纸钱，证明了你还是想去南明路与魔女区。"

"两个月前，那个古怪的电话，就是你打来的吧？"

"是啊，我是从陈香甜那里问到你电话号码的。"

"你终于去找她了？"

路中岳再度点起一根烟："我杀了她，尸体藏在一个秘密的地方，所有人都以为她出远门去找儿子了。"

小枝微微颤抖，看了看司望的眼睛，昂起头说："那你也杀了我吧，但请把这个男孩放了，他是无辜的。"

"我在找另一个男孩。"

他从小枝的包里翻出一台手机，在通信录里翻了一遍，很快找到了那个名字：路继宗。

路中岳扇了她一个耳光说："我儿子果然被你藏起来了。"

他在小枝嘴上贴上胶带，看着她慌乱的眼神，路中岳掏出自己的手机，拨通了路继宗的号码。

"喂，你好，是路继宗吗？"

"你是谁？"

电话那头传来个年轻的声音，路中岳平静地回答："我是欧阳小枝女士的律师，她有些事委托我来处理，请问你现在在哪里？"

"现在吗？"路继宗有些犹豫，电波中的声音很是嘈杂，"七仙桥的沙县小吃。"

"好的，晚上 9 点半，你还在吗？"

路中岳看了看时间，现在是 8 点 45 分。

"还没下班。"

"请你等我,再见。"

欧阳小枝开始剧烈挣扎,绳索却越发嵌入肉中,疼得几乎要掉下眼泪。当她停歇下来,发现司望眼中也含着泪水。

几分钟后,路中岳拿上来几桶汽油,还有个奇怪的黑色机器。他装进两节电池,看到红灯闪烁后说:"至少够用24小时!"

司望嘴上渗的血更多了。

随后,路中岳收拾好行李,顺便把垃圾都清理出去,包括所有的烟头,屋里没留下任何痕迹——除了两个活人与几桶汽油。

安息路的凶宅,只剩下司望与欧阳小枝。隔着一层窗帘,可以看到黑夜路灯下银杏树叶摇曳的影子。屋里弥漫着刺鼻的汽油味。司望用鼻子出着粗气,嘴里的鲜血流了又干,干了又流,胶带紧紧封着嘴唇,恨不得将舌头咬断。

忽然,他想起了妈妈。

挣扎移动椅子,浑身肌肉都要爆炸了,依然无法靠近小枝。相隔不到半米,两个人都被胶布封着嘴巴,她却通过流泪的眼睛告诉他——

你是申明老师!

刹那间,他看懂了这句话,但只能用眼神来回答:我是!

欧阳小枝的视线却被泪水模糊,想起2012年12月21日,那个冷到冰点的夜晚,少年后背心偏左的位置上,有条刀疤般的红色胎记。

上辈子留下来的伤口?

她瞪大眼睛,看着被胶带封住嘴巴的司望,再也无法将他与申明老师分辨清楚了,临死前还有一句话要跟他说——

申明老师,我知道你最后一个疑问:十九年前,在你死的那天中午,我为什么约你在晚上10点魔女区见面?因为,我从你告别的眼神中,看出了你杀人的欲望。所以,我想要赶在你杀人之前,在我们第一次见面的魔女区……

司望完全看懂了，也恨不得大喊出来：想要什么？

白痴！小枝真想打他一个耳光！

她继续用眼睛说话——

可惜，申明老师，那晚你被人杀了，是我这辈子最大的遗憾。全世界都知道，你的未婚妻抛弃了你！所有人都抛弃了你！可怜的人，你失去了有过的一切——至少你还有小枝，不是吗？申明老师。

泪水化开小枝的妆容，宛如从眼里流出两道黑线，却心有灵犀地点头——

是啊，1995年6月19日，夜晚10点，魔女区，我想要告诉你，你还能有明天，因为从此以后——你必须等待我长大！

如果，这世上有后悔药就好了！这是司望的目光深处，唯一能表达的情绪。

1995年6月19日，晚上9点半，小枝想在约定好的时间溜出学校。女生们都是从底楼的一个窗户爬出去的，当她走到窗前，却发现已被木条板封死——因为柳曼之死，学校加强了女生宿舍管理，所有漏洞都堵上了，老师彻夜守在宿舍门口，她没有丝毫机会逃出去。

那一夜，欧阳小枝躲在寝室哭泣，听着窗外隆隆的雷雨声，整宿都没合过眼，担心申明老师会不会出事。

第二天，教导主任严厉的尸体被发现了，无疑凶手就是申明老师。

全城警察都在抓捕他，可是三天都没消息，小枝悄悄去了趟魔女区，在地下发现了申明的尸体。

小枝不敢破坏杀人现场，只能跪在水洼里抽泣。她回到学校把自己洗干净，在不经意间向学校透露，说申明老师可能去了魔女区。

十九年后，6月19日，21点30分。

窗外，雷声滚滚。

第十六章

2014年6月19日,21点30分。

路中岳背着旅行包,走进七仙桥夜市,越在这样人多繁杂之地,他就越觉得安全。隐藏一滴水最好的地方是大海。

他摸着裤兜里的手机,拨号键决定着另外两个人的生死。

出门前他在安息路凶宅准备了几桶汽油,以及微型引爆装置——最近两个月精心设计的,仅需两台手机与一些废弃的电路板,由A手机号拨出电话,通过B手机引爆,简直可以去申请专利了。这是路中岳唯一擅长的专业,也算当年的电子工程系没有白读。

整片街区只有一处沙县小吃,门上亮着红色与黄色的灯,传出沸腾的锅炉声,几个下夜班的洗头小弟,正在吃着蒸饺与拌面。

他坐下来点了份云吞面,压低目光观察四周——有人从厨房间走出来,疲惫的少年额头上有块青色印记。

"路继宗。"

这声音不轻不响,少年疑惑地回头,路中岳刻意把头抬高,以便自己额头上的青斑,在日光灯下更加显眼。

"是你打我的电话?"

"是的,你下班了吗?"

"刚下班。"路继宗坐在他面前,个子比他高了一大截,脸部轮廓还稍显稚嫩,很多人都以为他是高中生,"小枝姑姑有什么事?"

"其实,我不是什么律师。"

路继宗沉默片刻,紧盯着眼前的中年男人。对方的眼神实在是古怪,直勾勾盯着自己,就像要把他的脸看出个洞来。

当然,他也不会忽视对方额头上的青斑。

记得从小妈妈就跟他说过:"继宗,你的爸爸,脸上有块与你相同的胎记。"

虽然,路继宗从没见过爸爸,但这张脸始终在脑海里时隐时现,带着额头上的这块青色印子,就像床头贴着的韩国明星海报,又像外公外婆追悼会上的黑框遗像。

"你是——"

十九岁的嘴唇在颤抖,莫名地想起 DOTA 里的怪物与砍刀。

路中岳点了点头,不动声色地微微一笑,重新压低自己的脸:"孩子,我是你的爸爸。"

"我们是第一次见面吗?"

少年藏在桌面下的手,已紧紧捏起了拳头,耳边响起一个粗哑的声音——你的爸爸是个自私的畜生,他根本不希望你活下来,一定要记住外公的话!

这是小学四年级时,外公躺在病床上临终前,对准他耳朵说的遗言。

此刻,沙县小吃店里飘过各种调味品的味道,路中岳抚摸着儿子的头发:"继宗,我是看着你长大的。"

"可我没有看到过你。"

路中岳在说谎,路继宗同样也没说实话。他的妈妈一直保留着路中岳的照片,偶尔深更半夜也会拿出来看看,但在儿子读初中后就不见了。她焦虑地寻找过很久,其实是被路继宗偷出来烧了。他看着这张"爸爸"的照片,在火焰中卷曲成黑色灰烬,就像亲手把他推进焚尸炉,浑身上下难以言说的快感。

"从前我有过妻子,后来才浪迹天涯。"

"因为,你是一个杀过许多人的通缉犯。"

幸好这孩子故意压低了声音,路中岳的神色一变:"是谁告诉你的?"

"小枝姑姑。"

听到这四个字,路中岳下意识地把手塞回裤子口袋,随时都想按下拨号键。

但他控制住了情绪,微笑着说:"是啊,他是我的表妹,就是有些妄想症,爱说些不着边际的话。"

随后,路中岳点了两罐饮料,打开一罐递给儿子。少年几大口就喝完了,嘴角淌着水说:"你要对我说什么?"

"我只想跟你见一面,与你聊聊天,然后再消失。"

"这些年来,你有没有见过我妈?"

"我见过,她很想你。"

路继宗并不知道自己的妈妈,已被眼前的这个男人杀了。

"你知道吗?我从小就没有爸爸,所有人都管我叫野种,每个孩子都喜欢欺负我,把我按在水洼里痛打。每次被打得头破血流,回到家妈妈都不敢去要个说法,只是抱着我的脑袋一起哭,我就在想——我的爸爸,究竟是怎样的一个人?"

少年的眼神就像等待宰杀的土狗。

"对不起,你要知道在这个世界上,有许多事是我们无法改变的。"

看着这个中年男人脸上的青斑,路继宗想起小枝关照过他的话,靠在椅背上问:"小枝姑姑现在在哪里?她怎么没有一起来?"

"她有些事来不了。"

"哦,我还有些想她了。"

说话之间,路继宗藏在桌子下的手,已打开手机,装作整理衣服下摆,却拨通了最熟悉的那个号码。

两秒钟后,他听到了宇多田光 *First Love* 的歌声。

这是欧阳小枝现在用的手机铃声。

铃声是从路中岳的旅行包里传出的,他不慌不忙地打开包,来电

363

显示竟是路继宗。但他当作什么都没看到，迅速将小枝的手机关了，并取出电池。他的包里还装着司望的手机，同样也拿掉电池，不会被任何人查到踪迹了。

路继宗缓缓站起来，面无表情地说："我想带你去看一样东西。"

"等一等，继宗。"他咬着少年的耳朵说，"你能不能喊我一声爸爸？"

"我会的！先跟我过来吧。"

路继宗带着他走进厨房，在烟熏火燎的蒸汽和油烟间，少年俯身摸出了什么东西。

"爸爸。"

这是路继宗第一次叫出这两个字，当自己五六岁的时候，是多么渴望能有这一天，抱在爸爸的肩膀上，闻他头发与脖子里的汗臭味。

"儿子！"

幸福来得太突然了，何况这父子相拥的地点也太奇怪，竟是沙县小吃的厨房。他拥抱得如此之紧，几乎与儿子紧贴着脸颊，这么多年冷酷的逃亡生涯中，第一次忍不住眼眶发热，就算现在死了也不后悔。

路中岳的胸口一阵剧烈绞痛。

想要发出什么声音，喉咙仿佛堵住了，梗着脖子直至满脸通红，一股热热的液体涌出。

终于，儿子放开父亲，站在厨房灶台边喘息，衣襟已沾满血迹，手中握着把切菜尖刀。

路继宗的嘴上也沾着鲜血，不知是爸爸还是自己的？少年缓步走出厨房，眼前的男人捂住胸口，跌跌撞撞向后退去。店里的客人们尖叫着，伙计们也吓得逃跑了……路继宗心里觉得最对不起的人，是这家沙县小吃的老板，大概要因他的鲁莽而关门了吧？

三年前，初中刚毕业的暑期，他反复犹豫才鼓足勇气，向邻家的劲舞团网友小梅送出一捧玫瑰，积攒半年的零花钱买来的。小梅大方地收下玫瑰,人却跟着读警校的小帅哥跑了,临别前扔下一句话:"我男朋友说有个通缉犯长得很像你,八成就是你的爸爸吧?"

路继宗暗暗发誓——如果这辈子遇到爸爸,就杀了他。

蹒跚着走出沙县小吃,来到熙熙攘攘的街头,黑夜里雷声骇人地翻滚,却没有一滴雨落下来,只有数只蝙蝠拍打着翅膀飞舞。少年在恍惚中低下头,看着手里滴血的尖刀,竟变成了 *DOTA* 里的大砍刀。他已穿越回南方小城的岁月,在网吧屏幕前砍出的每一刀,全都对准额头上带有青色印记的男人。

大怪物,你终于来了。

想象中被自己砍死过无数次的爸爸,正浑身是血躺在街边,夜市里无数围观的人们,却没有一个敢靠近来救他。

路中岳眨了眨眼睛,仰望被灯光污染的夜空,即将暴雨倾盆的乌云。好怀念南明路荒野上空的星星啊,还有一个叫申明的少年——将近二十年过去,他从未停止过对于死亡的猜度,当尖刀绞碎心脏,究竟是怎样的疼痛与绝望?

看不到十九岁儿子的脸,只有一张张惊恐、冷漠或说笑的路人的面孔。

他真想要大喊一声:是我拿刀捅死了自己,不是那个孩子干的,他不是杀人犯!

可是血块堵住了气管,他已无法说出哪怕一个字。

"110来了!"

人群中有谁喊了一声,路中岳沾满鲜血的手,却摸入自己的裤子口袋,这里还有一部手机,只要按下那个热键……

来不及投胎吗?

最后一滴血都要流尽了,恍惚中看到警察的大盖帽,正俯身检查他是否还有气。

好吧,还剩下最后那么一,丁,点,儿,的,力,气。

拨通了。

第十七章

2014年6月19日,21点55分。

安息路19号,凶宅的二楼,何清影少女时代的闺房。

"如果还有明天,你想怎样装扮你的脸?如果没有明天,要怎么说再见?"

突然,房间里响起这熟悉的手机铃声。

司望不明白这意味着什么,虽然嘴巴被胶带死死封着,却在心底跟着薛岳一起唱起来。

欧阳小枝感觉到了什么,双目惊恐地瞪大,用尽最后的力气挣扎。

铃声,持续了十秒,便响起一记剧烈的响声,就像过年时小孩扔的摔炮,房间里火星四溅,落进那几个汽油桶里。

路中岳是故意设计这手机铃声的吗?

眨眼之间,火焰在屋里蔓延,烧到了司望的裤脚管上。

他疼得要放声大叫,嘴巴却被胶布堵着,真比死还难受。索性闭上眼睛,就这样跟小枝一起烧死算了,如果两具烧焦的尸体还能绑在一起的话。

空关了三十多年的凶宅,早已摇摇欲坠,何况大多是木结构的,整栋楼很快被烈焰包围,热辣辣的泪水带着黑色眼线,继续在小枝的脸上流淌。眼看自己就要被烧死,还要搭上十九岁的司望。火场里烟雾弥漫,呛得她剧烈咳嗽,却被胶带封住而无法张嘴。通常火灾中遇难的人们,都是因有毒气体窒息而死,活活烧死算是超级倒霉了。

但她没放弃,用力挪动椅子的脚,终于让自己倒在了地上。

火焰烧到她背后绑住的手上,几乎把双手皮肤烧焦了,同时也烧断了绳索。强忍烧伤的疼痛,她奋力地挣脱而出。

自由了。

司望也睁开眼睛,目光里有了希望。她连自己嘴上的胶布都没撕,立刻扑到他身后,即便双手已被烧烂,仍要解开他的绳索。可路中岳对司望捆得更紧,这样复杂的死结,根本不是她能打开的。她把司望推倒在地上,想要用火焰烧断绳索。令人绝望的是,捆绑司望的绳子材料,跟捆绑小枝的全然不同,竟是专业的防火绳,无论怎么烧也不会断。

她只能先撕开司望嘴上的胶布,再把自己嘴上的也扯掉。她看到这少年满嘴是血,心疼地亲吻他的嘴唇,似乎这样能减轻疼痛。

司望却用头顶开了她,被封死十几个钟头的嘴,疼痛欲裂地吐出第一句话:"小枝,你快走!"

"不。"

她的嘴角也淌下了血,混合着自己与少年的鲜血。同时,头顶传来可怕的声音,熊熊大火在烧毁房梁,眼看整栋楼就要坍塌了。

如果,现在她一个人冲出去的话,或许还有机会逃命。

21点59分。

小枝听到玻璃碎裂的声音,立即抓住捆绑司望的椅子,拼命冲向被火焰灼烧的窗户。

他还来不及说出一句话,已被连人带椅飞了出去。

天知道她从哪儿来的力气?一百四十多斤的男人,被推出到窗外的半空中。

司望身上扎着木头窗架与碎玻璃,裤脚与头发烧着火焰,在安息路的夜空上飞行。

然后,坠落。

从二楼摔到一楼,木头椅子砸得粉碎,身上绳索自然也松开了。

几乎就在他飞出窗外的一秒钟，身后这烈火围困的凶宅，发出惊天动地的巨响。屋顶与房梁完全坍塌，整栋房子连同熊熊大火，全都变成一团废墟，连同还来不及跳窗逃生的小枝。

司望刚想要起身，回去把小枝救出来，右腿却疼得抬不起来，原来整条腿都已变形，想必已摔成了骨折。

许多人尖叫着围观，没想到在这废弃的空楼里，居然会飞出个小伙子来。

眼看围墙要压倒在他身上，幸好有两个大胆的男人，飞快地抓住司望的胳膊，将他拖到了马路对面。

躺在人行道上的司望，看到地下室的气窗，原本蒙着尘土的肮脏玻璃，一下子变得锃亮，照出对面那栋燃烧着的房子——竟只剩下一小半的高度，安息路上布满破烂木头与砖瓦，似乎还有烧焦的人肉气味。

忽然，仿佛有个十几岁女孩的幻影，蹲在凶宅前的大门台阶上，抱着肩膀抽泣。

2014 年 6 月 19 日，晚 10 点整。

豆大的雨点打落到头顶，转眼化作瓢泼大雨，将所有围观的人们淋得四散跑开。

司望看着对面火焰一点点减弱，想要高声大喊她的名字，喉咙却被烟雾熏坏了，再也发不出一点声音。

等到消防车呼啸着冲到安息路，差不多凶宅大火已被浇灭。

几分钟前，当大雨尚未降落到烈焰，欧阳小枝已被压在废墟下——什么都看不到也听不见，一切都已烟消云散，等待漫长无边的寂静过去。

又一团冲天火焰燃烧，四周全是垃圾与木板，身上穿着破烂衣服，自己一下子变得如此瘦小。小枝摸着头发与胸口，才明白已回到了十一岁。

1988 年，南明路。

正当她茫然地面对炽热火舌,那个人一刻不差地出现了,像传说中的盖世英雄,踏着七色云彩,抱起年少的新娘,冲出火焰……

第十八章

子夜。

叶萧简直要忙疯了,刚勘察完两个杀人现场,几乎发生在同一时间。

第一起在七仙桥夜市,沙县小吃店里的小伙计,用切菜刀刺死一个中年男人。死者身份刚被确认,正是逃亡了八年的通缉犯路中岳——此人身背数条命案,黄海警官也是为抓他而殉职的。杀人嫌疑犯已被逮捕,名叫路继宗,年仅十九岁,自称路中岳的私生子。叶萧联系了他的户籍所在地警方,才知道其母陈香甜失踪两个月了,几天前刚从山里挖出她的尸体,法医鉴定死因是机械性窒息,犯罪嫌疑人就是路中岳。

第二起发生在安息路19号,那栋空关了三十年的老房子,当年发生凶案而被废弃。今天晚上9点55分左右,凶宅突然失火,短短几分钟内烧得全部坍塌,随后降下的大雷雨都没起作用。消防队在废墟中发现一具烧焦的尸体,三十余岁的女性,正在紧急核对身份。初步判断是一起纵火案,现场有大量汽油痕迹,还有个远程引爆装置。火灾现场竟有幸存者,一个年轻男子从二楼窗户飞出来,摔断了腿而被送入医院——他叫司望。

整个白天,何清影到处寻找儿子,包括打电话叫上叶萧警官,一起去了南明路的魔女区。等到晚上10点多,电闪雷鸣中下起滂沱大雨，她才想起另一个地方——安息路，在她神色大变的同时，叶萧的手机也响了起来，据报在七仙桥刚发生一起命案，死者身份至关重要。当他前往杀人现场的同时，何清影坐着出租车来到安息路，才看到自己童年长大的房子，已烧成一片残垣断壁。消防队与警察正在清理现场，有人提到一个幸存的小伙子，因为骨折被送往了医院。

何清影几番打听赶到医院，果然看到了儿子——他脱光了躺在病床上，半边头发烧光了，头顶与嘴上缠着纱布，浑身上下都是伤，最严重的是右小腿，医生正在为他打石膏。护士们也窃窃私语，都说要不是年轻力壮，这么多伤早就进重症监护室了。他的手上插着针管输液，在急诊室昏迷了一会儿，醒来正好看到妈妈，几颗硕大的泪珠滚了出来。

她却什么都没问，只是小心地抱着司望，避免碰到他的伤口，在耳边轻声说："望儿，一切都过去了。"

叶萧也来到了医院，看到他们母子相拥，便想避开一下，却被司望叫住了，少年忍着嘴上疼痛问："她还活着吗？"

他知道司望问的那个人是谁。烧死在安息路凶宅的女子，刚才已核实了身份，是司望曾经的高中语文老师欧阳小枝，也是申明当年带过的高中毕业生。

叶萧面无表情地摇头，在司望的失声痛哭中，他转到急诊室外边，大雷雨下个不停。

一小时后，何清影出来说："叶萧警官，望儿不肯睡觉，希望跟你说几句话，但麻烦你长话短说，他的嘴还在流血。"

然而，警察与少年单独聊了整个后半夜，直到凌晨天色放亮，雨也渐渐停了。

司望坚持出院回家，叶萧开着警车把他们母子送回去。他想把打着石膏的少年背上去，却被何清影婉言谢绝，司望说只要有妈妈搀扶，自己可以单腿走上楼梯。

早上6点，何清影艰难地搀扶儿子来到家门口，只见一个黑色人影,她警觉地打开楼道灯,照亮一张似曾相识的脸。

她揉了揉眼睛,对方也惶恐地看着她,还有打着石膏的少年。

"十二年了。"

男人满面悲伤地摇头,看起来快要五十岁,头发有一半白了,额头上刻画着皱纹,手边有个硕大的旅行箱。

司望挣扎着往前靠了靠,虽然整晚都没睡,但精神忽而恢复,盯着这个男人的脸说:"爸爸?"

"望儿!"

他战栗着把司望抱在怀里,没想到这孩子长到这么高了,个头都超过了自己。他心疼地摸着儿子的脸,不晓得为何会受那么重的伤?

何清影默默掏出钥匙,给这对父子打开房门。

十二年,她仍然记得这张脸,就像2002年的小年夜,丈夫匆忙回到家里,两人大吵一架。他却是来收拾行李的,明天早上高利贷就会上门,必须去遥远的地方避难。

于是,这次出门再也没有回来过。

司明远漂泊在外了几个月,只想要尽快还掉赌债,以免老婆儿子陷入更大困境。他想办法偷渡去了南美,却成了契约劳工,在热带雨林里砍了八年甘蔗,终于攒够了赎身的钱。但他已经两手空空,没有脸面回国来找儿子,而是继续留在地球另一边,在圣保罗开了家小超市,没日没夜地工作赚钱,等到上个月把超市转让出去,他已有了五十万美金。

三天前,他带着这笔钱回到中国,发现原本的家正在建造摩天大厦。司明远四处找人打听,几经辗转来到这个家门前,他想给妻子一个惊喜——曾经窝囊废的丈夫,不称职的父亲,总算堂堂正正地做回男人,可以让家人过上体面的日子。

司望打着石膏躺在床上,听爸爸讲述在南美洲的生活与奇闻,这个男人遭受过许多困难,并在脸上留下了几道伤疤。

想起自己的小学时代,他有一种强烈的怀疑——妈妈杀了爸爸。

这个疑问一直埋在心底,从来不敢对任何人说出口,包括妈妈。

许多次面对黄海或叶萧时,他都有种要脱口而出的冲动,最后他才发誓,要把这个秘密烂在心底。

去年,老房子拆迁时发现的尸体,最近被警方查明了真实身份,肯定不是司明远。

司望抱着爸爸昏昏沉沉地睡去,想起叶萧告诉他的另一件事——路中岳在用手机拨号引爆汽油的同时,被他的亲生儿子一刀捅死了。

第十九章

农历七月初七。

司望接到了大学录取通知书,高考分数是全校文科第一名,再过几周就要去大学报到。右腿上的石膏刚拆下来,依然要小心地休养。不能去搏击俱乐部打泰拳,大半个暑期备感无聊——不过路中岳都死了,他也没有了继续练拳的理由。

爸爸在荒村书店隔壁开了家品牌超市的加盟店,这些天忙碌着装修与招工。父子俩每天下两盘象棋,他的棋力比年轻时更差了。

虽然消失十二年的丈夫回到身边,何清影的脸上却罕见笑容,司望明显感觉到——他们不是在一张床上睡觉的。

这天晚上,叶萧警官来到司望家里,单独跟司明远聊了片刻,提出想跟他的妻子与儿子出门散步。

"只要不是抓起来,去哪里都没事。"

在国外待了那么多年,司明远的脑子反而变得简单了。

于是,叶萧把何清影与司望接上警车,开往郊外的南明路。

"有什么事现在就说吧,"司望坐在副驾驶座上,显得忐忑不安,"干吗还要去那里?"

"望儿,你就听叶警官的话吧。"

后排的何清影,面色凝重地看着窗外,经过南明高中的门口,她摇下车窗仰望天空,难得有清澈的星空。

警车停在魔女区外的荒地,叶萧下车后看着高高的烟囱,径直走进残破的厂房。他打着一支手电筒,绕开地上的垃圾与粪便,蒙着鼻子照出那条向下的地道。

他回头看了看何清影与司望母子,看到两人都在犹豫,便招招手说:"跟我来啊!害怕了吗?"

叶萧的声音在空旷的废弃工厂内回荡。

"走吧。"

何清影拍了拍儿子的肩膀,跟着警官踏入地道,手电光束下有道斑驳的舱门。

忽然,司望冲到最前面,用力推开这道门,却听到门轴发出吱呀声,里面积满了铁锈与灰尘,门只能打开一半。他把叶萧递来的手电咬在嘴里,侧身钻入门中,电光照出一团厚厚的烟雾,呛得他难以睁开眼睛,手电差点掉在地下。

待到烟雾渐散,三个人来到魔女区的地底。幽暗的墙壁深处,几块积水散发着臭味,也许是老鼠或其他动物的尸体。

"说吧,叶萧警官!"

司望退到门边的位置,随时都能逃出去。

"1983年,安息路凶杀案的被害人,是一位姓路的处长,名叫路竟南。而路中岳之父叫路竟东,也在政府部门任职。户籍资料显示,路竟东与路竟南是同胞兄弟,就是说那场凶案的死者,正是路中岳的叔叔。"

"不错,路中岳就是这么对我说的,因此他才会在凶宅潜伏。"

"凶案唯一的幸存者与目击者,就是死者的女儿路明月,奇怪的是她的资料后来消失了。我在档案馆里熬了三个通宵，才查出这卷消失的档案，原来是被人挪到了其他目录。路明月是死者的养女，她的亲生父亲是一位翻译家，20世纪70年代自杀于那栋房子。1983年凶案发生后，她被一对夫妇收养，从此远离过去的生活圈子。档案被人挪动了地方，显然是故意要隐藏身份，而她的第二对养父母，父亲在邮政局工作，母亲则是在档案局，因此很容易做到这一点。"

突然，何清影在阴影中发出低沉的声音："是，我在邮局工作是养父安排的，养母则为我隐藏了档案，这样我就能永远告别过去。"

"1994年，你经同事介绍与司明远谈恋爱，当时他是南明钢铁厂的工人，就是我们此刻所在的地方。第二年，你们顺利结婚了。那年春天，南明钢铁厂举办过一次职工联欢会，当时参加过的人们回忆，你作为司明远的新婚妻子也来了，在场的还有一个人，就是厂里最年轻的工程师路中岳。"

"你要说什么？"

司望拦到叶萧面前，却被轻而易举地推开，警官盯着黑暗中的何清影说："我询问过多位路家的亲戚，1983年的暑期，路中岳十三岁，曾经在安息路的房子里，也就是他叔叔家里暂住过两个月。那时你们也算是堂兄妹，年龄相仿，在同一屋檐下生活过，不可能忘记他的吧？"

"是。"何清影停顿了许久，"我记得他。"

"你的丈夫司明远，至今还对路中岳存有印象，他说就在那次联欢会后，你变得终日愁容满面，但他并未多说什么，看来还是对妻子有所保留。我好几次问过你，关于路中岳这个人的情况，而你每次都说不认识他，甚至连名字都没听说过，就算跟你的丈夫在同一所工厂，但你极少去南明路钢铁厂，结婚时也只请了很少的客人——显然，你在说谎。"

"妈妈，你不用回答。"

何清影却摇摇头说："我对你们说谎了，我认识路中岳，我们从小就认识，十三岁那年的凶案发生后，我跟他再也没见过面，直到1995年。"

"我想知道你说谎的动机？"

"这是我的秘密。"

"以下是我的分析——我并不认为杀害申明的真凶就是路中岳，因为目的已经达到了：申明被彻底毁灭，失去了原本拥有的一切，并在6月19日的夜晚，成了真正的杀人犯，等待他的要么是逃亡，要么是被抓住判处死刑。因此，路中岳并不具有杀人动机。"

"我的妈妈也没有杀人动机！她的人生与申明根本毫无交集！"

"错了，她与申明有两个交集，第一是申明在少年时代，曾经住在安息路凶宅对面的地下室里，或许跟当年的路明月与路中岳有过交往。第二是何清影与路中岳必然有交集，据你的叔叔与姑姑反映，司明远在你大约五岁时，怀疑过儿子不是自己亲生的！因此才对你冷淡，并与妻子关系急剧恶化。他的怀疑对象是谁？申明老师？还是路中岳工程师？我想，应该是后者吧，毕竟司明远与路中岳在同一个单位上班。"

司望像被人重重地打了一拳，用力抓住何清影的胳膊："妈妈，我的亲生父亲是谁？千万别告诉我是那个人！"

"请不要怀疑你的母亲，你就是司明远的亲生儿子，我指天发誓！"

叶萧胸有成竹地插话："这一点我毫不怀疑。但是，司明远为何要疑心你与路中岳？与你们小时候共同生活过有关吧？仅仅是我的推测——1983年安息路凶案，许多人都认为凶手并非外来闯入的，不过没人会怀疑死者的女儿。但我现在可以这么说，凶手就是何清影、路中岳、申明三个人中的某一个，甚至可能同时三个人都是凶手。这个秘密被隐藏了十二年，直到有人想要把谜底揭穿，那个人就是路中岳，当他重新认出了何清影的脸。接下来发生的，就是种种的威胁与恐惧，有人想要利用这个秘密，得到自己想要的东西，也有人想要隐藏秘密，包括杀人灭口……"

"你没有证据。"

"是，所以说只是推测，1995年6月19日，深夜10点，在这个魔女区的地下，杀死申明的人——就是此刻站在我面前的人吧。"

叶萧的手电光束，准确地打到了何清影的脸上。

"不。"

司望夺过他的手电，用身体保护着妈妈，沉声道："叶萧，你不是在推测，而是在想象，这不是警察的做事方式。"

"我承认！"叶萧轻巧地将司望绊倒在地，几乎没让他疼痛，以免伤到他脆弱的右腿，他拿回手电照着魔女区的地下，"大部分的关键证据都消失了，包括杀死申明的凶器，十九年来从未被找到过。而最重要的证人——路中岳，也将所有秘密带进了坟墓。因此，你们完全可以矢口否认，我也没有任何证据能逮捕嫌疑人。只是到了今夜，我的胸中块垒，实在是不吐不快，毕竟跟你们母子相识已久，必须给出一个交代，免得将来让你小子说——叶萧警官嘛，浪得虚名罢了。"

"我们可以回家了吗？"

"当然，很抱歉在七夕之夜，占用你们那么多时间，快回家团聚去吧。"

司望抓起妈妈的手，每个毛孔都在战栗，正要往舱门外离去，何清影却挣脱了他，回到叶萧的手电光束前。这个四十四岁的女人，大滴泪水涌出眼眶，竟似雨打梨花般迷人。

再次甩开儿子拽她的手，何清影仰起头，平静地说："1995年6月19日，深夜10点，在这里杀死申明的人，就是我。"

第二十章

1983年,街头开始流行邓丽君,安息路19号二楼窗户,偶尔会传出"绿草苍苍,白雾茫茫,有位佳人,在水一方"。

这是伯父送给路明月的生日礼物,一台日本进口的录音机,区政府的伯父总能弄到这些好东西。邓丽君卡带是从街边小店买来的,她希望每天晚上都能听着这些歌入睡。

路明月刚满十三岁,她不再是个小女孩了,有时也会远远偷看某个少年,比如马路对面地下室里的小子。她从没跟对方说过话,街上也没哪个孩子愿意跟他玩,听说他妈是被他爸毒死的,然后他爸就被枪毙了。但在许多个夜晚,她都能透过这二楼窗户,看到地下室的气窗亮着灯光,少年趴在灯下看书,昏黄微弱的光线,使他的脸颊晕染上一层金黄。

她从对面的老爷爷那里,打听到了少年的名字,他叫申明。

老爷爷八十多岁了,他是个有许多故事的人,常有北京的大领导来看他,也有些外国记者专门来采访。在安息路的另一边,住着个六十多岁的婆婆,人们都管她叫曹小姐。老爷爷与她经常在银杏树下散步,偶尔说几句谁都听不懂的外文,然后两人相视一笑道别。

一年前,路明月的养母淹死在了苏州河里,因为养父在外面有了其他女人。

从此以后,她再也没有了开心的日子,尤其在养父喝醉了的夜晚。

这年暑期,有个少年搬到了她家,是伯父的儿子路中岳。他的父母被外派出去两个月,就把他送到叔叔家里,因为这里有许多空房间。

路中岳的额头上有块青色胎记。

这小子不爱读书,弄了许多香烟牌子,没事就在路边跟人刮牌玩。他喜欢到处打听,很快知道了路明月的秘密——她只是个养女,与路家毫无血缘关系。

有一晚,十三岁的路中岳,悄悄告诉她:"我喜欢你。"

结果,他被路明月扇了个耳光。

漫长的暑假过去,路中岳搬回了自己家,但时不时还会来叔叔家看"堂妹"。他不喜欢走大门,总是翻过围墙跳进来吓她一跳。

每次看到路中岳闯入,她就会感到害怕。

1983年,深秋。

那是下着细雨的夜晚,路明月被喝醉了的养父抓住,少女拼死反抗之中,拿起一块碎玻璃,划破了他的脖子。

养父死了。

当她惊慌失措地看着地上的尸体,却发现窗外还有一张脸。

路中岳。

这次仍像往常一样,他偷偷翻墙进来找她玩,却意外目睹了凶案。

她满脸都是血迹,凶恶地抓着碎玻璃冲到窗口,路中岳吓得面无人色,大雨把他淋成了落汤鸡,他摇着头说:"我什么都没有看到!我发誓,永远不会说出去!"

说罢,路中岳翻墙逃了出去。

她清理了杀人现场,把杀人的碎玻璃砸得粉碎,而路中岳翻墙进来的痕迹,恰好为警方提供了外人闯入复仇杀人的假象。

路明月走出这栋杀人的房子,坐在安息路边的台阶上低头哭泣。她不知道在马路对面的地下室里,有个少年正隔着雨幕静静地看着她。

警方审问过她许多次，而她并没回答是谁闯了进来，只说半夜里听到楼下响声，下来便看到爸爸倒在血泊中。她想要把他抬起来，结果沾上了一身的鲜血。

没有人怀疑过她的话，只是对凶手如何闯入产生各种争议，直到以复仇杀人而定案。

冬天，路明月被一对膝下无子的夫妇收养，改名何清影，搬到未来司望出生的老宅。

搬出安息路的凶宅前夜，她把邓丽君的卡带，还有路中岳留下的香烟牌子，塞进一个《红楼梦》的铁皮饼干盒子，藏在自己房间墙角的洞里。

但她保留了一个《红楼梦》铁皮饼干盒，还有一张邓丽君的卡带，悄悄带去了新家。

养母是档案馆的管理员，在她的百般哀求之下，给她的档案做了手脚，使路明月与何清影变成了两个毫无关系的人。

她要跟过去的自己一刀两断。

虽然家庭条件一般，但新的养父母对她很好，供她读书到中专毕业，分配进邮政局。她再没吃过什么苦，对于当年经历讳莫如深，更没有旧相识来找过她，幸好养父母家也没什么亲戚，没人知道她的过去。

二十四岁那年，养父母出车祸去世了。也在同一年，她认识了司明远。

何清影不知道自己是否真的爱他，但是，他真的很爱自己。

1995年4月，她嫁给了这个男人。

结婚后不到两周，她去了丈夫工作的南明钢铁厂，参加职工及家属联欢会，却意外被一个人认了出来。

"明月？"

那个额头上有块青斑的年轻男子，盯着她问个不停，直到被司明远拦下来。

虽然她不承认自己就是路明月,但当晚就梦到了安息路的凶宅。

路中岳闯入了她的生活,比如在她工作的邮局门口,在她独自回家的路上。有一天,他拿着个信封找到她,收信人是北京的一个地址。他请求何清影帮忙,把邮戳时间调整到半年前,盖在信封正面的邮票上。她当即拒绝,伪造邮戳是违法行为,一旦发现要被开除的。

"妹妹,十二年前你在安息路做的事,我可是看得清清楚楚。"

面对赤裸裸的威胁,何清影只能屈服,她被迫更改了邮戳时间,盖到这所谓的申明写给贺年的信封上。

没想到,路中岳又约她到南明钢铁厂,进入废弃厂房的地下仓库,说这是他高中时代经常来玩的地方,传说中最邪恶的魔女区。

"明月,在我的心目中,你就是一个魔女。"他轻抚何清影的头发,紧盯着她羞涩的眼睛,"你杀过人,我很佩服你,我会你保守秘密的,只要你愿意……"

突然,何清影一脚蹬在他的裆下,逃出了魔女区的地下。

她知道这个秘密不能延续太久,路中岳垂涎于她的美貌,还会继续敲诈勒索。但这件事绝对不能告诉丈夫,如果让司明远知道妻子曾是杀人犯的话……

何清影必须自己解决问题。她给路中岳写了一封信,约他在6月19日晚上10点,两人单独在魔女区见面,她说自己并不喜欢丈夫司明远,或许该对未来有新的规划。

其实,她准备好了一把尖刀。

1995年6月19日,何清影一大早就出门了。她藏着尖刀进入魔女区,从白天到黑夜,躲藏在伸手不见五指的地下,等待那个男人出现。

晚上10点,外面隐隐传来雷声,接着闷锅般的大雨声,然后是一个男人急促慌乱的脚步声。

舱门被推开的刹那,她看到一个年轻男子的身影,在对方转身的同时,何清影将利刃刺进了他的后背。

刀尖一分不差地刺破了心脏。

她看着那个男人的尸体，还有满地流淌的鲜血，再用手电照了照，才发现居然不是路中岳！

他没有来，不管有没有收到那封信，唯一确定的是，她又杀死了一个男人。

何清影跪倒在死去的陌生男人跟前，祈求他的冤魂原谅自己，但她必须隐藏这个秘密，就像十二年前在安息路做过的那样。她拔出插在死者后背的刀子，仔细检查杀人现场的每个角落，带走了可能留下的任何线索。

然后，她匆忙离开地下，将死者留在黑暗的轮回中。

回到家已是子夜，司明远还在外面打麻将，这是她提前给丈夫安排好的。她把所有的衣服都反复洗了，但那件沾着血迹的外套，被偷偷地烧了。

本以为整晚都绝无睡着的可能，却不知不觉做了个梦，无比清晰而真实的梦。

她梦到一个少年，衣着朴素，目光忧郁，点着根蜡烛，站在她床边低声哭泣……

何清影还记得这张脸，1983年的安息路，街对面老房子的地下室，他叫申明。

凌晨时分，司明远才回到家里，这个粗心的男人，并未察觉异样。

也是在这一天，她发现自己竟然怀孕了，丈夫陪她去医院检查，原来已有两个多月。

次日，她写给路中岳的那封信，刚刚退还到邮局——钢铁厂的收发室出了差错，以至于路中岳根本就没收到过这封信。

然而，路中岳再也没有出现在她面前。

随着肚子一天天变大，她感到这个生命在缓缓蠕动，并从体内升起莫名的恐惧。

因为，她偶然听丈夫说起：6月19日死在魔女区里的男人，就是附近南明高中刚被开除的语文老师，他叫申明。

她不是没有想过打胎——走到医院门口却腿肚子打软，似乎听到孩子嘤嘤的哭声，迫使自己含着眼泪回家。

预产期在1996年1月，没想到这孩子提前要出来了，何清影被连夜送到医院，在12月19日，生下了她与司明远的儿子。

当护士抱着孩子到她面前，看着这张皱皱的小脸，她哭了。

她给儿子取名为司望。

司望刚生下来没几天，妈妈就发现他的后背有道小小的胎记，乍一看还以为是伤疤呢，恰巧在后脊梁的左侧，几乎正对心脏的背面，仿佛在娘胎里就被一刀刺破——脑中闪过半年前的雷雨之夜，南明路钢铁厂废弃的地下仓库里，她从背后杀死了一个男人，刀尖也是从这个部位插进去的。

于是，她在无数个噩梦中坐完了月子。

何清影从未告诉过儿子这个秘密，孩子他爸也没说过——反正没人能看清自己的后背。

20世纪的最后几年，这孩子过早地学会走路与说话，何清影感觉越发不对劲。他是个沉默寡言的孩子，家里堆满爸爸买的玩具车玩具枪，他只是应付着假装玩一下，也不像其他小孩那样乱跑闯祸。

还在吃奶瓶的年纪，有一回他趁着妈妈睡着，爬到书架上偷翻《宋词选》，结果被何清影发现了，他立即把半本书撕了。她严厉教训了儿子，从此每逢他在窗前发呆，嘴里喃喃自语，做妈妈的就会仔细观察。他的眼神与众不同，根本不像普通的小孩，总能注视到重点的地方，看似可以读懂所有的文字。

儿子经常晚上说梦话，何清影把耳朵贴着小孩嘴巴，听到的竟全是成年人的话语，其中就有南明路、魔女区、安息路……还有一个叫小枝的名字。

司望五岁那年，钢铁厂破产了，司明远下岗回家，脾气也越发暴躁。有个退休职工，喝醉了告诉别人，在五年前的春天，看到工程师路中岳，跟司明远的老婆进了地下仓库。虽然是事实，但何清影坚决否认，与丈夫冷战了两年，直到他欠了一屁股赌债后失踪。

家里只剩下孤儿寡母。

有一回，她在电视里看到一首游鸿明的歌《孟婆汤》：

  如果真的有一种水／可以让你让我喝了不会醉／那么也许有一种泪／可以让你让我流了不伤悲／总是把爱看的太完美／那种豪赌一场的感觉／今生输了前世的诺言／才发现水已悄悄泛成了泪／虽然看不到听不到／可是逃不掉忘不了／就连枕边的你的发梢／都变成了煎熬／虽然你知道我知道／可是泪在飘心在掏／过了这一秒这一个笑／喝下这碗解药／忘了所有的好所有的寂寥……

忽然，她听到某种轻轻的抽泣时，才发现七岁男孩已泪流满面。

"望儿，你为什么哭？"

他挣脱了妈妈的怀抱，躲进卧室将门反锁。何清影掏出钥匙开门，才看到儿子趴在梳妆镜前，掩面痛哭。

过了三年，当她作为司望的妈妈，来到谷秋莎家里做客，却意外见到路中岳，两人尴尬地看着对方，却再没多说过一句话。

虽然她坚决反对儿子去谷家，最终还是为生活所迫，为了司望躲避高利贷骚扰，能够平平安安长大，忍痛将他送到最可怕的人身边。

路中岳私底下来找过她，这个男人如此颓丧，再也不复当年模样。他说安息路的事已过去二十多年，他不会以此来威胁她了，何况他对女人已毫无欲望，希望彼此之间互不相犯。

但他并不知道在 1995 年，杀死申明的人，就是她。

不久以后，司望回到了妈妈身边，路中岳却成为被通缉的杀人犯。

望儿,你所有的秘密,妈妈都知道。

而妈妈的秘密,你却一无所知。

你真的不是什么天才。

只是个傻孩子。

要知道,世界上没有不了解孩子的父母,只有不了解父母的孩子。

第二十一章

杀死申明的罪犯,并非男人,而是一个美丽的女人——赐予司望以生命的女人。

七夕那晚,叶萧带着何清影与司望母子离开魔女区,来到那根最高的烟囱下。何清影指着写有"禁区"二字的破烂墙根说:"杀人的当晚,凶器就被我埋在这地下。"

叶萧刚要去准备挖掘工具,司望已用双手刨起了地面。前几天一直下雨,泥土疏松柔软,很快挖下去半尺多深,却是各种腐烂的草根与骨头。

"我来吧。"

何清影推开了儿子,埋头拼命挖坑,直到双手流满鲜血,才挖出一个黑乎乎的东西。

她用衣角擦去刀子上的泥土,虽已锈迹斑斑,但在手电照耀下依然扎眼。

"这就是杀死申明的凶器。"

叶萧将刀子收进证物袋,把杀人嫌疑犯送上警车,直接驶往公安局。

这天晚上,局长亲自出来见了何清影,仍由叶萧做审讯笔录。她对1983年安息路与1995年南明路的两桩杀人案供认不讳。杀死申明的凶器,将作为最重要的物证,与法医报告进行鉴定与比对。

最后一个疑问——她精心掩盖了那么多年的秘密,却在没有确凿证据的情况下,竟然一口气全都承认了?

叶萧是这样猜想的:过去将近二十年间,何清影害怕自己一旦被抓进监狱,望儿就会一个人孤苦伶仃,无法想象没有妈妈的孩子会怎样长大,说不定会走上邪路的吧。

如今,儿子已长大成人,丈夫也阴差阳错回到身边,做妈妈的再也不用担心了。何清影如释重负地说出来,心里一定清爽了许多。

这是解脱。

清晨,司望才回到家,爸爸也整晚没睡,他已接到叶萧的通知。何清影跟丈夫通过了电话——从今往后,就把望儿拜托给他了。

司望把头靠在他的肩上,柔声耳语道:"爸爸,我是你的亲生儿子。"

"其实,当我在南美砍甘蔗,心里就想通了,就算你不是我亲生的,但我还是会把你当作儿子!望儿,你不知道,你刚生下来的时候,我多么开心。"

忽然,司明远摸出一个钱包,看起来颇为古老,已磨出好几个破洞,这是结婚前何清影送给他的。在外漂泊的十几年间,始终保留在身边,钱包里有张泛黄的照片,是司望出生后的满月照,这个早产的婴儿格外漂亮,却露出成年人般的阴郁目光。

"你长大了!"

对比照片里的他,司明远紧紧搂住儿子。

第二天,司望去了申援朝家里。

叶萧还是比他快了一步,已打电话将案情通报给老检察官,也算是给了死者家属交代。

申敏考进了心仪的大学,但在另一座城市,正收拾行装准备离家远行。两个月前,她的语文老师发生意外,在安息路的一栋老房子里被烧死,她为此伤心了好久。闺房的床头柜上,还摆着那位女老师与她的合影。

司望面对申明的遗像,与申敏一起上了三炷香。

临别时,司望还是与申援朝深深拥抱,趴在老人的肩上,低声说:"求你帮个忙……"

半分钟的耳语过后,退休检察官的面色变得灰暗,垂下脑袋回答:"你知道吗?我一直很想亲手杀了那个人。"

"我知道。"

"孩子,你回家吧,以后不要再让我看到你。"

司望已走到门外,固执地回头:"拜托了,我等你的电话!"

申援朝靠在门背后默不作声,只有申敏追了出去,把司望送到楼下,挽住他的胳膊说:"你跟我爸说了什么?"

"这是个秘密。"

"我们什么时候还可以见面?"

"等你大学毕业!"

"我能亲你一下吗?"

于是,司望闭起眼睛,申敏在他脸颊上轻吻了一下。

他头也不回地骑着自行车离去,身后女孩的眼泪在飘。

一个月后,开学了。

初秋,明媚的上午,司明远包了一辆出租车,从荒村书店出发,把儿子送到了靠近海边的S大。

司望提着重重的行李箱,向他挥挥手说:"老爸,回去吧,我会照顾好自己的!"

他独自踏入大学校园,欢迎新生入学的横幅挂在头顶,大屏幕里的宣传片,滚动着历届校长的头像,其中就有谷长龙。

一路上,不时有女生回头看他,还有人打听他是哪个专业的。有个大四学姐抢着来接待,殷勤地带他去注册交费,又去看了教学楼与宿舍。

最后,司望怔怔地看着她说:"尹玉?"

"学弟,你认识我吗?"

眼前的女大学生,留着一头披肩乌发,脸上化着淡淡的妆容,还穿着一身齐膝的碎花裙子,没有任何假小子的迹象,而是个标准的窈窕淑女。

然而,那张脸未曾改变过,三年多前在南明路上分别,她被大卡车撞飞前的刹那间,就已是个留着短发的美丽女子。

"你是从南明高中毕业的吗?"

"对啊,你怎么知道?"

"我的高中也是南明中学,我和你的初中都是五一中学,我们曾经是最好的朋友。"

"真的吗?"面对眼前的学弟,她莫名兴奋,搅着肩上的发丝,故作娇羞状说,"对不起,我真的全忘了!三年前,高考结束后不久,我在学校门口遭遇了一场车祸。"

"是一辆失控的土方车对吗?当时,我就在现场,是我把你送到了医院。"

"原来就是你啊!我昏迷了四个月才醒来,却因为脑部遭受严重撞击,丢失了全部记忆。本来我已被香港大学录取,却无法适应香港拥挤狭窄的环境,只能回到内地读书。但我是本市的高考状元,这所大学破格录取了我。真不好意思,我听说以前别人都管我叫假小子,我却一点都不这么觉得,真是这样吗?"

"尹玉,你,全都忘记了吗?"

"偶尔脑子里还会闪过一些奇怪的画面与声音,仅此而已。"

看着尹玉双颊上的腮红,司望抬头望天,牙齿缝里蹦出一句:"再给我来一碗孟婆汤吧!"

忘记,该多好。

尾声一

三个月后。

12月22日，周一。

清晨7点，天还是黑的。窗户对面的大厦早已消失，叶萧难得穿上一套带有毛领的警服，昨天特意请人熨烫得笔挺。他看着镜子中的自己，在鬓边发现了一茎白发。

整装出门，来到本市中级人民法院。今天有两桩重大刑事案件一审开庭，公诉的罪名都是故意杀人罪。

早上9点，路中岳被亲生儿子杀死一案开庭。叶萧作为侦查此案的警官，坐在旁听席的第一排。嫌犯路继宗已年满十八周岁，辩护律师认为他不构成故意杀人，而是过失致人死亡。理由是这个少年从小沉溺于网络虚拟世界，第一次见到亲生父亲，强烈的情绪波动之下，导致了这起弑父惨剧。

下午，轮到何清影故意杀人案开庭。在检察院的公诉书里，她在1983年的安息路杀死路竟南，在1995年的南明路杀死申明。警方认定她具有自首情节，这都出自叶萧的侦查报告。

叶萧坐在最后一排的角落里，仔细观察来到现场的人们，果然看到了司明远，今天的辩护律师就是他聘请的。旁听席里还有申援朝，六十四岁的老人坐在前排，面色沉默地看着被告席上的何清影。

这个女人的表情颇为平静，剪着短短的头发，坦然面对法官与公诉人。

不过，似乎没有看到司望的脸。

他去哪儿了？

冗长的庭审过程中，辩护律师出示了一份谅解书，签字人是退休检察官申援朝，此前公安局与法院都已承认，他是被害人申明唯一的直系亲属。

律师当庭朗读了这份谅解书，申援朝完全原谅了何清影杀害他儿子的行为，恳求法院对她从轻发落，最后是这样几句话——

> 我是一个自私的检察官，一个不配称为父亲的男人。
> 真正的凶手，不是何清影，而是我。
> 如果，一定要判处某个人死刑，就请判处我。
> 为了我的孩子，也为了她的孩子。

尾声二

冬至。

又是一年中白昼最短黑夜最长的日子，阳光却难得暖心地坠落，暂且驱散北风的冰冷。

他刚从欧阳小枝的墓地返回。

半年来第一次回到安息路，司望穿着一件全黑的羽绒服，一路上紧紧握着手心，某些物件刺得手掌剧痛。

安息路19号，曾经的凶宅，如今的残垣断壁，地上还有烧焦的痕迹，听说欧阳小枝的尸体，就是在墙根下被挖出来的。

他坐在那团废墟上，原本想象会烫得让人跳起来，如今却感到冰冷刺骨。

闭上眼睛,他对着空气微微一笑:"跟我来吧。"

走过安息路,像渡过生死河。

对面的那栋老房子,地下室的气窗依然。

安静地坐了半小时,他起身离去,这片废墟等到开春,就会变成绿地。

司望坐上拥挤的地铁,晃晃悠悠到了南明路。天色已近昏黑,手心仍然紧握,半条胳膊都要麻木了。他加快脚步,穿过南明高级中学的大门,学校围墙上伸出夹竹桃的枝叶。

经过南明路边的荒地,他跪倒在冰冷的路面,埋首悔恨道:"对不起,严老师。"

抬起疼痛的膝盖,走到两个楼盘间的小径,他看到了高高的烟囱。

冬天的破厂房更显萧瑟,像被遗忘的古代遗址,他一步一顿走进去,来到魔女区的地道口。

舱门似乎在对他说话。

一分钟后,司望推开了那道门。

魔女区。

满地灰尘扬起过后,他跪倒在黑暗深处,往紧握的拳头里吐了口气,这才摊开手心说:"我来了。"

眼前一丝光都看不到,司望却能清晰地数出手里的每一粒珠子。

就是这串珠链,在申明的寝室里挂了多年,却在他遇害的前一天,被人弄散而再也无法串起来了。

1995年6月19日,深夜10点,申明疯狂地杀人后,却没有想到逃亡,而是紧握这串珠链,跌跌撞撞来到魔女区的地下。

然后,被杀死。

珠链始终抓在申明的手心,陪伴他在地底污水中浸泡了三天,直到警方发现尸体,却怎么也无法打开他的手,最终掰断了两根手指,才掏出这串断了线的珠链。

那是黄海警官亲手给他掰断的。

后来，死者的很多遗物都转交给申援朝了，唯独这串珠链留在了黄海手中，锁在自家小房间的铁皮柜子中，直到他殉职以后，才被司望偷了出来。

司望把这串珠链放到耳边，从这些奇怪的小珠子里，听到某个小女孩的笑声：

"哥哥，你叫什么名字？"

"我叫申明。"

高三男生坐在一堆野草里，茫然地看着空旷的天空。

"谢谢你救了我。"

衣衫褴褛的小女孩，看起来只有十岁，像只瘦弱不堪的小花猫，趴到十八岁少年后背上，缠着他挠痒痒。

"不要闹啦，你叫什么名字？"

"我没有名字。"

"好吧，那我给你起个名字，你就叫——"少年低头想了片刻，捏着她火柴棒似的细胳膊，"小枝！"

"我喜欢这个名字！我要送你一样礼物！"她摊开自己手心，还藏着一串珠链，看起来有些古怪刺眼，"哥哥，你看这个是珍珠，这个是玻璃，这个是假冒的玉，还有这木头的是佛珠……总共十九颗，都是我从垃圾场里捡来的，花了三天时间才把它们串起来。"

"哦！"

少年把珠链放到太阳底下，竟发出七彩的反光。

小女孩缠绕着他的脖子，细细的手臂就像条水蛇，让人有窒息的感觉："哥哥，你能不能对我发誓？"

"发什么誓？"

"永远把这串珠链放在身边，直到死！"

他会心地笑起来，把珠链紧紧捏在手心，抱起小女孩高声说："我，申明，指天发誓，要永远把小枝送给我的珠链放在身边，直到死!"

　　直到死…….

　　忽然,太阳躲到了乌云背后,整个世界变成灰色,下雨了。

　　　　天是灰色的
　　　　路是灰色的
　　　　楼是灰色的
　　　　雨是灰色的

　　　　在一片死灰之中
　　　　走过两个孩子
　　　　一个鲜红
　　　　一个淡绿

后记

我们是两个孤儿

组成了家庭

会留下另一个孤儿

在那长长的

影子苍白的孤儿的行列中

所有喧嚣的花

都会结果

这个世界不得安宁

大地的羽翼纷纷脱落

孤儿们飞向天空

——北岛《孤儿》

今年3月,深夜京城,雍和宫西五道营胡同,友人赐我一本张承志的《心灵史》。触摸此书,满心欢悦,翻开的第一页,读到的第一行字,就令我心跳加快,眼眶几乎湿润——

我站在人生的分水岭上。

而我想,从《谋杀似水年华》开始,我已站在这条山脊上很久了。但是,任何人想要越过这条分水岭,却如渡过生死河般艰难困苦。

因此,这篇《生死河》的后记,应当从我眺望这座山脊开始。

正如"司望"这个名字,除了一眼可知的谐音,也是因为这样远远的眺望。

1985年,我刚读小学一年级,在上海的北苏州路小学,位于闸北区苏州河边的弄堂里,靠近老闸桥(福建路桥)。记忆中有个老洋房的校舍,妈妈给我报了个美术班,也在这所小学,叫菲菲艺术学校。几年前,北苏州路小学连同我住过的外婆家的老房子,全被拆迁光了。

三年级时,我因为搬家而转学,转到普陀区的长寿路第一小学。这所学校的背后就是苏州河,至今还留有一座行人的小桥。童年时看什么都觉得很高大,长大后回来看看又觉得很小。在我们小学的图书馆里,我读的第一本长篇小说是凡尔纳的《海底两万里》,虽然是缩写的绘图本。学校深处曲径通幽,转过一条暗道,可以进入一片小院子,隐藏着一栋三层的教学楼。我的四五年级都在那里度过。教学楼旁边就是民房,记得民房窗外栽种着许多竹子与无花果树,隔壁还有一个幼儿园。

1990年,我进入普陀区的五一中学读预备班。

苏州河就在学校后面,进门是个不大的操场,右边和正前方是教学楼,左边则是一条煤渣跑道,还有一排两层楼的低矮房子。那里就像一条长长的孤岛,远离教学楼和所有人。医务室在那排房子一楼,每次面对视力表,我总对自己没多少信心,因为整个假期都把眼睛奉献给了各种小说。还有体育老师的办公室,男生们总喜欢上体育课,有的人和老师关系不错,在旁边的沙坑练习跳远。音乐教室也在那,墙是隔音的,门窗对着大操场,可以眺望浅绿色的教学楼。教室里有具很老的钢琴,木头感觉颇像风琴。初一,新来了一位年轻漂亮的音乐老师,刚从师范毕业分配进来。她姓祝,我还记得那个好听的名字。每个音乐老师都会弹琴,祝老师当然也弹得一手好钢琴。那时学校不重视音乐美术这些课,到了初三很少再上了,我对音乐课的印象,只剩隐藏在后排,听着她弹钢琴的时光。那时我在家学吹笛子,两次在学校表演过,但祝老师没注意到我这个特长,腼腆的我也从不拿出笛子。初中音乐课本已有五线谱了,我很长时间拿这些谱来练笛子。最后一次音乐课考试,是每人在祝老师钢琴伴奏下唱一首歌。照理说应该唱课本上的歌,有几个男生唱当时的流行歌曲,比如《新鸳鸯蝴蝶梦》,比如四大天王,而祝老师坦然地伴奏钢琴。我选了一首课本里的《我的祖国》,虽然显得很老土,但我觉得那首歌旋律极优美。可惜,我唱到一半就不好意思继续了,但祝老师觉得我开头唱得还不错,好像给了我一个中等的分数。

毕业以后,我再没见过祝老师。

音乐教室的楼上,是学校的图书馆。经常出入一个年轻的女教职工,不知是老师还是图书管理员?她给我留下的最深刻的印象,是在冬天很冷时,还穿着一条超短裙,露着修长雪白的大腿,惹得周围高年级的男生尖叫。要知道在那个年代,即便最热的夏天,马路上穿超短裙的女孩也不多。初一那年,我悄悄走上二楼台阶,钻进小小的图书馆,总共也只有三四排书架,但对我来说已足够。我兴奋地看着那些发黄的书脊,挑选了一本柯南道尔的《福尔摩斯探案集》。我如获至宝般地摸着书,在借书卡中记写下名字,小心翼翼地走下了楼。结果在楼梯口被两个高年级男生拦住,他们看了看我的书说:"这本书我看过,很好看的!"于是,我更加开心地捧着书回了教室。

在我毕业后不久,五一中学就被拆掉,门外变成了夜总会,现在是上海有名的声色场所。

而我的初中音乐老师,因为学校拆迁被分配到了附近的其他中学。后来,祝老师带过的一个学生,成为有名的歌星,就是尚雯婕。

再后来,我去了很远的地方读书,当时还是荒凉的工厂区,隔壁有一家鼓风机厂,我们经常在学校里踢足球,有时把球踢过围墙就要去捡。听说那家工厂曾经是著名的墓地,一代名伶阮玲玉就被埋葬其中。

再再后来,我就上班了。

从2002年到2007年初,我的上班地点在苏州河边,四川路桥北侧的邮政大楼,一栋1924年竣工有着科林斯式巨柱与巴洛克式穹顶的折中主义风格建筑。

再再再后来,就是你们看到的我了。

巧合的是,从生下来,到现在,我也一直住在苏州河边。

这是我的生死河。

2012年,6月,某个夜晚,我陪家人去家乐福购物,坐在永和大王吃饭时,忽然思维一跳——孩子的心底究竟在想什么?埋藏成年人无法想象的秘密?远远超出孩子的生活体验,抑或来自另一时空——当孩子们沉默不语,就是在回忆上辈子的前尘往事。

我转而想象:其实,我们每个人都是这样走来的,即便在忘川水边奈何桥下喝了孟婆汤,但在出生时仍然保有上辈子的记忆,只是在慢慢长大的过程中,受到所谓"教育"的侵入与污染,才逐渐遗忘了前世的一切,从悲欢离合到生老病死……

由此,便开始了《生死河》。

半年之后,当这本书已经完工80%,并已在《悬疑世界》杂志连载过六万字之后,我却突然想到了一个更好的方案——现在你们都没有看到过的一个人,他叫于雷,顾名思义就是《红与黑》里的于连,我这才发现真正的主人公应该是他啊,为何他不能渡过生死河?

于是,我面临一个极度艰难与残酷的抉择——要么按照原定的写作大纲,顺利完成最后的结尾;要么把主人公改成另一个人,并将绝大部分叙述视角,由第一人称改为第三人称,结果就是全书几乎要重写一遍,我将要再付出数十个不眠之夜的代价。

这是我从未遭遇过的困境,就像站在一座小型的分水岭上,往后走是条平坦大道,但只能通往来时的埃及;往前去却是登山险径,却有可能进入造物主应许的迦南地。

然而,我相信一个写作者,如果能遭遇这样的十字路口,不管他怎样地选择,都是一种莫大的幸运。

我选择了最难的那条路。

那是在2013年的春节,我放弃了所有的休息,埋头于《生死河》的第二遍创作,也就是从头到尾重写一遍。

于是,这就是你们看到的这个故事。

三月末,终于完成《生死河》的初稿,激动之下,我竟把完稿日期误写作2014年,似乎自己的生活,已随着司望穿越到了一年之后。

那一晚,我发了条微博——

> 《生死河》大功告成,真想要放声大哭一场!仿佛把自己的心揉碎了,再粘合在一起再揉碎一遍,最后一针一线地缝合。酸甜苦辣,冷暖自知。耳边听着游鸿明的《孟婆汤》。小说的最后一句,请允许我引用顾城的诗。今晚,我想,生命不息,小说不止,永不封笔。

这里所说的顾城的诗,你们在本书的结尾,都已经看到了。

感谢看到这行字的你。也感谢书中出现的每一位人物,他们活生生地站在我面前,在我的心里经历生老病死、喜怒哀乐。当黄海警官殉职之时，我也是一边敲打键盘，一边跟着司望在哭泣，仿佛冰冷的雨点都砸落到我眼里。

昨夜，赐我《心灵史》的朋友从北京来看我。兴之所至，我带着他走过我的母校，也是《生死河》中写到的小学门口，一转身就到了苏州河边——司望发现河边藏着尸体的吉普车的位置。

这里有一座步行的桥，我们踏上台阶，俯视苏州河水。子夜时分，春风习习，幽暗中看不清水波，唯想象桥下静水深流。

子在川上曰，"逝者如斯夫，不舍昼夜"。

蔡骏
2013年5月1日星期三于上海苏州河畔